KB124329

래리 케이크의

특별한 솜씨

레몬
케이크의

THE PARTICULAR
SADNESS OF
LEMON CAKE

특별한
슬픔

A I M E E   B E N D E R

에이미 벤더 장편소설   황근하 옮김   melite

음식이란,
소화 작용을 통해 생명으로 동화되거나 변화됨으로써
살아가면서 인체가 겪는 상실을
메울 수 있는 모든 물질을 말한다.

장 앙텔므 브리야 사바랭,《브리야 사바랭의 미식예찬》

차례

그 일이 처음 일어난 것은 어느 따뜻한 봄날 화요일 오후였다. 할리우드 근처 평지의 우리 집 쪽으로 서쪽 바다에서 산들바람이 불어와 화분에 새로 심은 팬지 꽃잎을 흩어놓던 날이었다.

엄마는 집에서 나를 위해 케이크를 만들고 있었다. 내가 기우뚱하며 현관 연석에 오르자, 엄마는 내가 노크를 하기도 전에 현관문을 열어주었다.

엄마가 만드는 케이크 한번 먹어볼래? 엄마가 현관에 기대서서 물었다. 그런 다음 잘 다녀왔느냐는 인사로 나를 안아주니, 엄마 앞치마 중에서 내가 가장 좋아하는, 붉은 체리한 쌍이 그려진 낡은 면 앞치마가 나를 감쌌다.

부엌 조리대 위에는 엄마가 준비해놓은 재료들이 보였다. 밀가루 봉지, 설탕통, 굴러가지 않게 타일 홈 사이에 놓아둔 달걀 두 개, 가장자리가 녹고 있는 노란 버터 한 덩어리, 레몬 껍질이 담긴 얇은 유리그릇. 나는 일렬로 놓인 재료들을 쓱 훑었다. 이번 주에는 내 아홉 번째 생일이 들어있었고, 오늘은 내가 싫어하는 필기체 쓰기 수업 말고도 운동장 놀이에서 점수 때문에 고함을 질러야 했던 긴 하루였는데, 집에 오니 햇살이 내리쬐는 부엌과 엄마의 따뜻한 눈길이 나를 두 팔 벌려 맞아주었다, 활짝. 나는 투명한 흑설탕 알갱이가 담긴 봉지 안에 손가락을 찔러 넣고 중얼거렸다. 그럼요, 좋고말고요.

케이크가 완성되려면 한 시간쯤 더 있어야 한다는 엄마의 말에 나는 가방에서 맞춤법 자습장을 꺼냈다. 내가 도와줄까요? 반투명한 식탁 매트 위에 종이와 연필을 꺼내 놓으며 내가 물었다.

괜찮아. 밀가루와 베이킹 소다를 한데 섞으며 엄마가 말했다.

내 생일은 삼월이다. 그해 생일이 있던 주는, 몇 블록만 올라가면 선셋 대로가 나오는 우리 동네 좁다란 주택가가 선명하고 맑게 보일 만큼 유난히 화창한 봄날이었다. 밤에 피는 재스민 꽃이 이웃집 현관을 타고 오르며 해가 질 무렵이면 아득한 향기를 퍼트렸고, 북쪽으로는 언덕이 지평선 위로 아름답게 능선을 그리며 집들을 갈색 그늘 안으로 품었다. 곧 낮이 길어지는 서머타임이 시작될 것이었다. 막 아홉 살이 되는 꼬마였는데도 나는 내 생일 하면 여름의 희미한 첫 느낌과, 창문을 열어놓은 교실과 더 가벼워진 옷차림, 두세 달만 있으면 이제 숙제가 없어진다는 느낌을 떠올렸다. 내 머리카락은 봄이 되면 밝은 갈색에서 금발에 가깝게 색이 옅어져, 엄마의 하나로 묶어 내린 금발머리와 거의 비슷해졌다. 이웃집 정원에서는 아가판투스들이 부드러운 보라색과 파란색 꽃망울을 터뜨리려 길고 곧은 초록 대를 밀어 올리기 시작하고 있었다.

엄마는 달걀을 풀고, 밀가루를 체에 내렸다. 옆에는 아이싱을 하기 위한 초콜릿이 준비되어 있었고, 무지개색 스프링클(케이크나 과자 위에 뿌리는 색색의 알갱이─옮긴이)이 담긴 통도 보였다.

이번처럼 번거로운 케이크 만들기는 우리 집에서 흔히 있는 오후 일과가 아니었다. 엄마는 빵을 자주 굽는 편이 아니었고 다만 촉각을 활용하는 일이라면 뭐든 좋아했기 때문에, 이 케이크도 최근 시도 중인 손으로 하는 여러 실험 가운데 하나라고 할 수 있었다. 지난 여섯 달 동안 엄마는 딸기를 잘 길러 넝쿨로 키웠고, 손뜨개로 옛날식 레이스 꽃병 받침을 만들었으며, 넘치는 의욕으로 사람까지 한 명 불러 오빠 방에 참나무로 된 옆문을 만들었다. 엄마는 줄곧 사무직으로 일했지만 복사기나 사무실용 신발이나 컴퓨터를 좋아하지 않았고, 그래서 아빠가 로스쿨 학자금 융자를 다 갚자, 마침내 일을 좀 쉬면서 손으로 하는 것들을 더 배워도 되겠느냐고 물었다. 내 손 말이야, 여보. 복도에서 엄마가 엉덩이를 아빠에게 기대며 말했다. 내 손이 아무것도 못 배우고 있어.

아무것도? 아빠가 엄마의 두 손을 꼭 잡으며 말했다. 엄마는 낮게 웃었다. 진짜로 써먹을 만한 것들 말이야.

엄마와 아빠가 복도 한가운데 서 있는 동안, 나는 플라스틱 표범을 들고 이 방 저 방 뛰어다녔다. 나 좀 지나갈게요.

내가 말했다.

아빠는 달콤한 냄새가 나는 엄마의 풍성한 머리칼에 코를 대고 숨을 들이쉬었다. 아빠는 보통 엄마가 뭘 부탁하든 들어주었는데, 그건 아빠의 단단한 두 발과 턱에 '가장'이라는 단어가 쓰여 있었기 때문이다. 아빠가 엄마를 사랑하는 방식은 보드라운 분홍 도요새가 맹그로브 나무에서 경쾌하게 우는 소리를 들을 때 가슴이 뛰는 새 파수꾼의 사랑 같은 것이었다. 어디 보자. 새 파수꾼이 말했다. 좋아. 아빠는 우편물 한 꾸러미로 엄마 등을 툭 쳤다.

만세. 표범이 말하며 보금자리로 돌아갔다.

식탁에서 나는 뜨거워지고 있는 오븐의 째깍 소리에 흠뻑 취해 맞춤법 자습장을 획획 넘겼다. 내가 조금이라도 불안함을 느꼈다면, 그건 해가 구름 뒤로 잠깐 숨었다가 금세 다시 얼굴을 내미는 것과 비슷했다. 나는 어젯밤 엄마 아빠가 말다툼했다는 것을 어렴풋이 알고 있었지만, 부모들이란 우리 집에서도 그렇고 텔레비전에서도 그렇고 늘 다투는 사람들이었다. 게다가 나는 점심시간에 주근깨 난 에디 오클리라는 아이가 피구 점수를 잘못 부른 것 때문에 아직도 머릿속이 복잡했다. 그 애는 점수를 제대로 매기는 법이 없다니까. 나는 맞춤법 자습장을 쭉 읽어 내려갔다. 넉(knack), 닉(knick), 낫(knot). 옆으로 재주넘기(cartwheel), 외바퀴손수레(wheelbarrow), 뒷바퀴로 달리기(wheelie). 조리대에서는 엄마가 되직한 노란색 반죽을 기름 바른 케이크 팬에 붓고 분홍색 플라스틱 스패출러의 평평한 끝으로 윗면을 고르고 있었다. 엄마는 오븐 온도를 확인하고, 땀에 젖어 이마에 달라붙은 머리카락을 손목으로 쓸어 넘겼다.

자, 갑니다. 엄마는 오븐 안으로 케이크 팬을 밀어 넣으며 말했다.

내가 올려다보았을 때 엄마는 손가락 끝으로 눈꺼풀을 문지르고 있었다. 엄마는 나에게 입 모양으로 키스를 보내고는 잠깐 누웠다 오겠다고 말했다. 그러세요. 나는 고개를 끄덕였다. 창밖에서 새 두 마리가 재잘거렸다. 나는 맞춤법 자습장에서 옆으로 재주넘는 사람을 골라 그 사람 신발에 빨간색으로 레이스를 그려주고 옅은 오렌지색으로 얼굴을 칠했다. 다음에는 운동장에서 반드시 공을 더 세게 튕기리라고, 그래서 에디 오클리가 있는 쪽에 명중시키겠다고 다짐했다. 나는 외바퀴손수레에 모양 자를 쓰지 않고 사과를 몇 개 그려 넣었다.

따뜻한 버터와 설탕, 레몬과 달걀 냄새가 부엌을 가득 채웠다. 다섯 시가 되자 타이머가 울렸고, 나는 케이크를 꺼내 오븐 위에 올려놓았다. 집 안은 고요했다. 아이싱 초콜릿이 담긴 그릇이 바로 코앞 조리대에서 대기 중이고 케이크는 오븐에서 막 꺼냈을 때가 가장 맛있는 법이니, 나로서는 도무지 기다릴 수가 없었다. 나는 케이크 팬의 옆면, 가장 눈에 안 띄는 부분으로 손을 뻗어 진한 금빛이 도는 따뜻한 스펀지 케이크를 한 덩어리 떼어냈다. 초콜릿을 듬뿍 골고루 묻혔다. 통째로 입 안에 집어넣었다.

2

엄마는 직장을 그만둔 뒤 여섯 달 정도를 집을 꾸미는 데 보냈다. 매주 다른 프로젝트가 시작되었다. 맨 처음에는 뒷 마당에 딸기를 길렀는데, 담장에 단단히 묶어둔 줄기에서 구불거리는 선을 따라 빨간 열매들이 점처럼 솟아 나왔다. 딸기 넝쿨 만들기를 마치자 엄마는 레이스를 한 아름 안고 소파에 자리 잡더니, 갓 따낸 딸기를 담은 접시 아래 새로 짠 가장 예쁜 받침을 깔았다. 그다음에는 딸기를 장식할 휘 핑크림을 만들어, 대학 시절 만들었던 세라믹 접시에 크림 없은 딸기를 담아 새로 만든 레이스 받침과 함께 내왔다. 그 모양이 빨갛고 하얗고 섬세하고 우아했지만, 엄마는 칭 찬을 받으면 매번 어색해했다. 가을이 되어 딸기 넝쿨이 시 들어가자 엄마는 좀더 험한 일을 찾았고, 마침내 토건업자 를 알고 있는 친구에게 전화를 걸어, 작업 동안 엄마가 조 수를 맡겠다는 조건으로 인부를 한 명 고용했다. 작업은 오 빠 방에 옆문을 내는 것이었는데, 오빠가 혹시라도 밖으로 나가고 싶어 할 때를 위한 것이라고 했다.

하지만 오빠는 밖에 나가는 걸 싫어하는데! 내가 치수를 재러 오빠 방으로 들어가는 엄마와 일하는 아저씨를 따라 들어가며 말했다. 내 방에는요?

넌 너무 어려서 안 돼. 엄마가 말했다. 오빠는 책가방을 가슴에 끌어안고 우리를 지켜보고 있다가, 위치가 괜찮으냐고 묻는 엄마에게 짧게 고개를 끄덕여 보였다. 얼마나 걸려요? 오빠가 물었다.

작업은 너희가 학교 갔을 때만 할 거야. 엄마는 필요한 자재를 적은 공책을 꺼내면서 우리 둘 다를 향해 힘주어 말했다.

톱질을 하고, 사포질을 하고, 부수고 다시 짓는 데는 삼주가 걸렸다. 엄마는 청바지 차림에 하나로 동여맨 머리를 블라우스 칼라 안으로 집어넣은 모습이었고, 인부 아저씨는 문 크기에 대해 길고 긴 설명을 늘어놓았다. 오빠는 벽이 부서져 휑하게 뚫린 날부터 이불을 한 장 더 덮고 잤는데, 기어코 자기 침대에서 자겠다고 고집을 부렸기 때문이다. 여러 날 작업 끝에 꼭 맞는 나무문이 완성되었다. 위쪽에 창문이 하나 나 있고 손잡이가 달려 있으며, 문틀 절반 정도까지 내려오는 발랄한 빨간색 작은 커튼이 걸린 문이었다. 엄마는 우리가 학교에서 돌아오자마자 오빠를 데리고 가 문을 보여주었다. 짜잔! 엄마가 오빠의 손목을 끌어당기며 인사하듯 허리를 숙였다. 오빠는 손잡이를 돌려 문을 열고 나간 뒤 집을 한 바퀴 돌아 현관문으로 들어와서는, 부엌으로 가서 시리얼을 먹었다. 보기 좋아요. 부엌에서 오빠 목소리가 들렸다. 엄마와 나는 문을 오십 번은 열었다 닫았고, 문을 잠근 채 커튼을 쳤다가 문을 연 채 커튼을 젖혀보기도 했다. 늘 오는 시간에 집에 돌아온 아빠는—키가 백팔십 센티

미터가 넘어 문을 통과할 때면 늘 머리를 숙여야 했다 — 곧장 안방으로 들어가 전화를 몇 통 했고, 엄마가 완성된 문을 보라며 끌어내자 좋군, 잘 만들었네, 하고는 팔짱을 꼈다.

왜? 엄마가 물었다.

아냐.

열쇠구멍도 있어요. 내가 손으로 가리켰다.

그냥 좀, 우습잖아. 아빠가 콧잔등을 찡그리며 말했다. 우리 식구 중 딱 한 명이 쓰는 방에다 문을 만들려고 이 수고를 했단 말이지.

아빠도 쓰세요. 오빠가 부엌에서 소리쳤다.

불이 났을 때요. 내가 덧붙였다.

사포질을 얼마나 해댔는지 몰라. 엄마가 손바닥에 새로 박인 굳은살을 쓰다듬었다.

아주 부드럽네. 아빠가 커튼을 만지며 말했다.

저녁을 먹은 뒤 아빠가 안방에서 회사 일을 마저 끝내는 동안 엄마는 거실의 빨간 벽돌 벽난로 앞 카펫에 길게 드러누웠다. 바깥 날씨가 이십 도 정도로 아직 따뜻한데도 엄마는 차고에서 찾아낸 오래된 소나무 장작으로 불을 피웠다. 로즈, 이리 와 앉으렴. 엄마가 나를 불렀고, 우리는 꼭 붙어 앉아 가물거리는 불꽃이 통나무를 덮쳐 재로 만들어버리는 모습을 물끄러미 바라보았다. 그날 밤 나는 악몽을 꾸었다. 집이 너무 더우면 악몽을 꾼다더니 그래서였을까. 꿈속에서 우리는 꽁꽁 언 강물 속으로 떨어지고 있었다.

내 생일 케이크는 엄마의 가장 최근 프로젝트였다. 케이크 믹스로 만드는 게 아니라 밀가루, 베이킹 소다, 레몬 같은 모든 재료를 갖춰 손수 만드는 것이었기 때문에 그럴 만했고, 또 무엇보다 내가 작년 여덟 살 생일 때 엄마에게 부탁했던 것이기도 했다. 그때 나는 신맛에 반해 있었다. 엄마랑 같이 요리책을 몇 권이나 뒤적여 내 마음에 쏙 드는 케이크를 고른 것이었고, 부엌을 가득 채운 냄새는 온몸을 사로잡을 만큼 맛있었다. 그건 분명했다. 내 입속에 들어간 케이크는 맛있었다. 레몬향 반죽의 따뜻한 케이크는 폭신했고, 케이크를 감싼 초콜릿은 차갑고 깊고 진한 맛으로 입안을 휘감았다.

그러나 바깥이 어둑해지고, 내가 베어 문 한 입의 케이크가 목구멍을 타고 다 넘어갔을 즈음, 그 첫맛이 사라져갈 즈음, 나는 예상치 못한 내 안의 미묘한 움직임을 감지했다. 내 안에 깊숙이 묻혀 있던 센서 같은 것이 이제 막 탐지기를 곧추세우고 몸속을 돌아다니며 뭔가 새로운 것이 있다고 내 입에 경고하는 것 같았다. 최고급 초콜릿과 가장 신선한 레몬 같은 좋은 재료들은 더 커다랗고 어두운 무언가를 덮어버리려는 연막에 불과한 듯, 그 아래 숨어 있던 것의 맛이 치밀고 올라오기 시작했다. 분명 초콜릿 맛이었지만, 그 맛이 퍼지며 흔적을 남기는 동안 동시에 내 입안에 가득 차는 것은, 하찮음과 위축된, 화가 난 느낌의 맛, 어쨌든 엄마와 연관이 있는 듯한 거리감의 맛, 엄마의 복잡한 소용돌이 같은 생각의 맛이었다. 마치 아스피린을 여러 알 집어 먹게 만드는 두통 때문에 이를 앙 다무는 엄마의 느낌까지 맛으로 전해지는 것 같았다. 나 좀 누웠다 올게…… 하던 엄마 말 속의 말줄임표처럼 침대 협탁 위에 한 줄로 놓여 있던 아스피린의 맛 같은……. 그중 어느 것도 아주 고약하다고는 할 수 없었지만 맛에서는 뭔가가 빠져 있는, 어딘가 구멍이 뚫린 듯한 맛이 났다. 레몬과 초콜릿이 그 뚫린 구멍을 그저 감싸고 있는 것만 같았다…… 엄마의 솜씨 좋은 손이 케이크를 만들었고 머릿속으로는 재료의 비율을 어떻게 맞추어야 하는지 알고 있었지만, 거기, 그 케이크 안에, 엄마는 없었다. 나는 너무나 겁이 나서, 서랍에서 칼을 꺼내 완벽한 원 모양을 깨뜨리며 커다랗게 한 조각을 잘라냈다. 당장 다시 한 번 확인을 해봐야 했다. 분홍색 꽃무늬 접시 위에 한 조각을 올려놓은 뒤 서랍에서 냅킨을 꺼내 손에 꼭 쥐었다. 심장이 빠르게 뛰고 있었다. 에디 오클리는 점처럼 작아져 보이지도 않았다. 이 모든 게 상상이기를 바랐다. 어쩌면 레몬이 상했을지도 몰라. 설탕이 오래됐거나. 하지만 나는 내가 맛본 것이 재료와는 아무 상관이 없다는 것을 알고 있었다. 나는 불을 켜고 내가 가장 좋아하는 오렌지색 줄무늬 의자가 있는 다른 방으로 접시를 가져가 케이크를 한 입 한 입 입에 넣으며 그때마다 생각했다. 음, 정말 끝내준다, 최고야, 맛있어. 하지만 매번 느껴지는 건 부재, 굶주림, 소용돌이, 텅 빔의 맛이었다. 엄마가 바로 나, 엄마 딸, 얼마나 사랑하는지 때로 내가 학교에서 돌아올 때면 벅차서 주먹까지 꽉 쥐는 것도 보이는, 잘 다녀왔느냐며 나를 안아줄 때면 그 한 번의 포옹이 엄마가 나에게 주고 싶어 하는 것에 비하자면 턱없이 부족하다는 걸 느낄 수 있는, 그 정도로 사랑하는 나를 위해 만든 이 케이크에서.

나는 케이크 한 조각을 다 먹었다, 내가 틀렸기를 간절히 바라면서.

여섯 시가 넘어 일어난 엄마는 멍하게 부엌으로 들어오더니 케이크가 한 조각 잘려 나간 것을 보았고, 오렌지색 줄무늬 의자 발치에 널브러져 있는 나를 발견했다. 엄마가 무릎을 꿇고 뜨거워진 내 이마의 머리카락을 쓸어 넘겼다.

로지, 우리 예쁜 딸. 괜찮니?

나는 눈을 커다랗게 뜨고 깜빡였다. 눈꺼풀이 한층 무거워져 있었다. 마치 조그마한 납덩이들이 속눈썹 하나하나에, 낚싯줄의 미끼처럼 매달려 있는 것 같았다.

케이크 한 조각 먹었어요.

엄마는 나를 보며 웃었다. 왼쪽 눈썹이 실룩거리는 게 아직 두통이 남아 있는 게 분명했지만, 웃음은 진짜였다.

괜찮아. 엄마는 눈가를 비볐다. 맛이 어땠어?

좋아요. 그러나 내 목소리는 떨리고 있었다.

엄마는 부엌에서 케이크 한 조각을 덜어 내 옆으로 와서는 편하게 바닥에 앉았다. 이불 자국이 나 있는 엄마의 뺨.

음. 조그맣게 한 입 떼어 먹고는 엄마가 말했다. 너무 단
가?

목구멍으로 커다란 산 하나가 넘어가듯, 목울대를 따라
통증이 퍼졌다.

왜 그러니, 우리 딸?

모르겠어요.

오빠는 집에 온 거야?

아직이요.

무슨 일이야? 우는 거니? 학교에서 무슨 일 있었어?

엄마, 아빠랑 싸웠어요?

그런 거 아냐. 엄마가 냅킨으로 입가를 닦으며 말했다. 그
냥 이야기 좀 나눈 거야. 넌 그런 거 걱정 안 해도 된단다.

엄마 괜찮아요?

나?

응, 엄마. 나는 몸을 일으켜 앉았다.

엄마는 어깨를 으쓱해 보였다. 그럼. 잠깐 낮잠이 좀 필요
했을 뿐이야. 왜?

나는 세차게 고개를 저었다. 내 생각에는…….

엄마는 말해보라는 듯 눈썹을 높이 올렸다.

맛이, 비어 있었어.

케이크가? 엄마는 놀랐는지 조금 웃었다. 그렇게 맛이 없
었어? 재료를 하나 빠뜨렸나?

아니, 그런 거 말고. 엄마가 어디 멀리 가 있는 것 같았는

데. 엄마 괜찮은 거예요?

나는 계속 고개를 젓고 있었다. 말들, 멍청한 말들, 앞뒤가 맞지 않는.

엄마 여기 있잖아. 기분도 좋아졌어. 엄마가 명랑하게 말했다. 더 먹어볼래?

엄마는 그 샛노란 갈색 덩어리를 포크로 크게 떼어 내밀었지만, 나는 먹을 엄두가 나지 않았다. 가까스로 삼켰을 때, 케이크 덩어리는 목구멍 속에 있던 산을 타고 미끄러져 내렸다.

내가 저녁 식사를 망쳐버리면 안 되는 거겠죠?

그제야, 몇 초 동안이었지만 엄마는 나를 이상하게 쳐다보았다. 희한한 말도 다 하네. 그러고는 손가락으로 냅킨을 톡톡 두드리더니 일어섰다. 자, 그럼. 슬슬 시작해볼까?

저녁? 내가 물었다.

오늘 메뉴는 닭고기야. 엄마는 손목시계를 보며 말했다. 이런, 늦었네!

나는 엄마를 따라 부엌으로 갔다. 조지프 오빠가 십 분쯤 있다가 나타났고, 쿵 책가방을 내려놓는 소리가 꼭 천장에서 쇠모루가 떨어지는 것 같았다. 오빠는 집까지 걸어오며 상기된 얼굴이었다. 또렷한 회색 눈동자, 땀에 젖은 짙은 머리카락, 발그레한 볼과 반짝거리는 눈은 오늘 하루 종일 있었던 일들을, 부풀리기도 하고 농담과 장난도 섞어서 우리에게 모두 말해주고 싶다는 듯했다. 하지만 오빠는 말없이 싱크대에서 손을 씻었다. 마치 자기 주변의 공기를 망토 안에 가두어둔 사람 같았다.

엄마는 오빠가 일 년 만에 집에 오기라도 한 것처럼 껴안았고, 오빠는 엄마가 강아지라도 되는 양 엄마 어깨를 두드렸으며, 우리 셋은 엄마가 완두콩과 쌀밥을 곁들인 빵가루 묻힌 닭가슴살 요리를 만드는 동안 다 같이 썰고 치웠다. 오빠는 도마를 싱크대 안에 넣고 표백제 희석액을 뿌렸다. 프라이팬 위에서 기름이 지글거렸다. 나는 다시 학교 생각으로 돌아가보려 애를 썼지만, 음식 준비가 반쯤 끝나가자 불안감이 스며들었다. 엄마가 닭고기를 빵가루에 굴리는 것을 보며 나는 생각했다. 닭고기에서도 그런 맛이 나면 어떡하지? 쌀에서도 나면?

여섯 시 사십오 분, 아빠 차가 집 앞에 와 섰다. 아빠는 여느 때와 같이 경쾌하게, 아빠 왔다! 크게 외치며 현관에 들어섰다. 늘 복도에 대고 그렇게 말했다. 하루를 마칠 즈음 아빠의 검고 굵은 머리칼은 회사에서 맡은 일에 대한 걱정으로 헝클어지고 부스스해져 있었다.

아빠가 부엌 문간에 와서 섰지만 우리는 각자 바빴기 때문에 달려가 아빠를 맞이할 수 없었다.

요리 팀이 아주 일사불란하네! 아빠가 말했다.

아빠, 안녕. 다녀오셨어요. 내가 칼을 흔들어 보이며 인사했다. 아빠는 늘 그랬지만 내게는 어딘지 모르게 손님같이 느껴졌다.

집에 오니 좋구나. 아빠가 말했다.

엄마가 프라이팬에서 고개를 들어 힐끗 쳐다보고는 고개를 까딱했다.

아빠는 부엌으로 들어와 엄마에게 키스하고 싶지만 그래도 좋을지 망설이는 것 같았는데, 결국 서류가방을 벽장에 세워두고는 옷을 갈아입으러 복도 저 끝으로 사라졌다가, 우리가 음식이 담긴 김이 나는 대접과 접시 들을 차려놓고 막 식탁에 앉았을 때에야 합류했다. 오빠는 자기 것을 덜어서 먹기 시작했고, 나는 될 수 있는 대로 천천히, 음식을 그저 조금씩만 내 접시 위에 골고루 올려놓았다. 닭고기 반쪽. 완두콩 일곱 개. 쌀밥 두 숟가락.

이제 바깥은 깜깜했다. 가로등이 지징거리며 희끄무레한 푸른색 형광불빛을 쏟아냈다.

저녁은 케이크보다는 맛이 조금 더 나았지만 그저 간신히 낫다고 할 수 있는 정도였다. 나는 의자에 깊숙이 몸을 파묻었다. 입꼬리를 끌어올려 억지로 웃어 보였다.

왜 그러니? 엄마가 물었다.

모르겠어요. 내가 엄마의 소매를 붙잡으며 말했다. 닭고기 맛이 이상해.

엄마는 가만가만 닭고기를 씹었다. 빵가루가 이상한가? 로즈마리가 너무 많이 들어갔니?

아니, 맛있는데. 접시만 내려다보고 먹는 통에 아무와도 눈을 마주칠 수 없고 사실상 말도 섞을 수 없던 오빠가 말했다.

밥을 먹는 동안 오빠는 방과 후 천문학 프로그램에 대해, 그리고 로스앤젤레스 캘리포니아 대학의 우주학자가 곧 학교를 방문해 우주가속팽창이론에 대해 설명할 거라며 잠깐 이야기했다. 바로 지금 이 순간도, 오빠가 말했다, 팽창은 점점 더 빨라지고 있다고요. 오빠가 포크로 허공을 찔렀고, 밥알 몇 알갱이가 식탁을 가로질러 날아갔다. 아빠는 아빠 비서의 강아지에 대한 이야기를 하나 했다. 엄마는 자기 접시에 놓인 닭고기를 가닥가닥 찢어냈다.

모두가 식사를 마치자 엄마는 초콜릿과 설탕 장식으로 마무리된 절반짜리 케이크를 노란색 도자기 접시에 내왔다. 솜씨를 부려 간단하게 장식도 되어 있었다.

자, 그리고 디저트! 엄마가 말했다.

오빠는 손뼉을 쳤고, 아빠는 음 소리를 냈고, 난 어떻게 해야 할지 몰라 한 조각을 꾸역꾸역 또 먹고는 냅킨으로 눈물을 훔쳐내야 했다. 미안. 나는 웅얼거렸다. 죄송해요. 나속이 좀 안 좋은 것 같아. 다른 식구들 접시를 유심히 보았지만, 아빠 접시는 눈 깜짝할 새에 비워졌고, 심지어 오빠조차도, 원래 먹는 것을 그다지 좋아하지 않는데다 접시 위에 음식 대신 '아침 약', '점심 약', '저녁 약'이 놓여 있으면 좋겠다고 입버릇처럼 말하는 오빠조차도, 엄마더러 이 케이크로 요리대회 같은 것에 나가보라고 말했다. 문도 만들 줄 알고, 또 케이크도 만들 줄 알고, 또 컴퓨터 파일도 정리할

줄 아는 사람은, 내가 아는 한 엄마밖에 없어요. 오빠는 약
이 초간 고개를 들고 말했다.

로즈는 엄마가 뭐 하나를 빠뜨린 거 같대. 엄마가 말했다.

그렇게 말하지 않았어요. 내가 접시를 꽉 쥐며 말했다. 입
안의 케이크는 진득거리고 맛이 고약했다.

그럴 리가, 완벽한데. 오빠가 말했다.

고맙구나. 엄마는 얼굴을 붉혔다.

사람 입맛은 다 다른 거란다, 아가. 엄마는 내 머리를 쓰
다듬었다.

그런 말이 아니야. 엄마…….

아무튼, 당분간은 이게 마지막 케이크가 될 거야. 내일부
터 부업을 시작할 거거든. 실버레이크에 있는 목공소에서
말이야. 엄마가 말했다.

난 처음 듣는 이야기인데. 아빠가 입가를 닦으며 말했다.
뭘 고치는데? 문짝을 더 달게?

목공소라고 했잖아, 수리공이 아니라. 엄마가 말했다. 식
탁이랑 의자를 만들 거야.

내 방으로 가도 돼요? 내가 물었다.

그럼, 물론이지. 엄마가 말했다. 금방 올라가볼게.

나는 혼자 샤워를 하고 잠자리에 들었다. 나중에 선잠이
들었을 때 엄마가 오는 게 느껴졌다. 침대 맡에 선 엄마. 어
른 한 사람의 짙은 그림자가 감은 눈꺼풀 안으로 느껴졌다.
잘 자렴, 우리 예쁜 로즈. 엄마가 속삭였고, 나는 그 말이 마

치 암흑 속으로 들어가는 나를 인도해줄 금빛 실 한 가닥이라도 되는 양 꽉 붙잡았다. 그 말을 단단히 붙들고, 나는 잠이 들었다.

3

우리 가족은 샌타모니카와 멜로즈 애비뉴 사이, 십오 분만 가면 수많은 고속도로들이 다양한 모양으로 교차하는 로스앤젤레스의 여느 중심가에 살았다. 북쪽으로는 러시아 식품점들이, 남쪽으로는 유명한 중고품 할인판매점들이 자리한 우리 동네는 주로 일반 가정집과 동유럽 이민자들, 그리고 길 건너편 커다란 복합주택에 살며 대개는 대본을 파느라 고생하는 시나리오 작가들이 한데 섞여 사는 주택가였다. 그 작가들은 내가 학교 끝나고 집으로 올 즈음 발코니에 나와 담배를 피웠고, 가끔 커다란 이삿짐 차가 보일 때면 누군가가 일감을 따냈다는 것을 알 수 있었다. 그게 아니라면 저축해놓은 돈이 바닥났다는 뜻이었다.

윌러비 애비뉴에 있는 우리 블록은 밤에는 조용했지만 아침이 되면 낙엽 청소기들이 돌아가고 이웃집 자동차 시동 거는 소리며 사람들 지나다니는 소리에 시끄러웠다. 나는 부엌에서 들리는 부산한 소리에 잠을 깼다. 가장 일찍 일어난 사람은 아빠였다. 아빠는 일곱 시 십오 분에 벌써 싱크대에서 물을 사방으로 튀기고 노래를 흥얼거리며 아빠가 마신 커피 잔을 씻고 있었다. 내가 한 번도 들어보지 못한 노래를 흥얼거리며 이른 아침의 생기를 내뿜고 있었지만, 오후 일곱 시 내가 다시 아빠를 볼 때쯤이면 그 생기는 오직 텔레비전을 보고 싶다는 일념으로 좁아들어 있었다.

시내의 사무실을 향해 차를 출발시킬 때 아빠는 늘 경적을 짧게 울렸다. 빵! 아빠가 경적을 울릴 거라고 말한 적도, 그와 관련해 나랑 이야기를 나눈 적도 없었지만, 나는 이불 속에 파묻혀 그 소리를 기다렸고, 경적이 울리면 그제야 일어났다.

좋은 아침. 내 위는 말짱했다.

나는 순하고 만만한 곡물 바로 아침을 때우고, 물 한 잔을 따라 까치발로 엄마 방으로 가 침대 머리맡 탁자에 조심스럽게 내려놓았다.

물 드세요. 내가 속삭였다.

고맙구나. 반쯤 뜬 눈으로 말하는 엄마의 머리칼이 베개 위에 두꺼운 부채처럼 펼쳐져 있었다. 방에서는 깊은 잠과 방향제가 섞인 따뜻한 냄새가 났다. 엄마는 나를 끌어당겨 볼에 입을 맞춰주었다.

점심 도시락은 냉장고에 있어. 엄마가 반대쪽으로 돌아누우며 중얼거렸다.

나는 다시 까치발을 하고 방에서 나왔다. 오빠와 나는 도시락 가방을 꼭 쥐고 페어팩스 쪽을 향해 윌러비 애비뉴를 한 줄로 걸어갔다. 하늘이 시리도록 짙게 파랬다. 걸어가는 동안 나는 돌멩이를 걸어차며 어제의 음식 소동은 그냥 좀 이상한 일이었다고, 오늘은 개똥벌레 탐구와 아마 크레용

그럼 시간이 들어 있는, 즐거운 하루가 기다리고 있을 거라고 마음을 다잡았다. 에디 오클리는 어제 내 마음속에서 차지하던 만큼의 분노를 다시 얻어냈다. 아침인데도 벌써 날이 너워지고 있었다. 뉴스에서는 이번 한 주가 삼십이 도까지 오르는, 이례적으로 더운 봄 날씨가 될 거라고 예고했다.

버스 정류장에서 오빠와 나는 몇 발자국 떨어져 서 있었다. 나는 보통 오빠를 짜증나게 하는, 말하자면 여동생 알레르기 같은 존재였으므로 이 거리를 유지했는데, 오늘은 무슨 일인지 기다리고 있는 동안 오빠가 몇 발자국 뒤로 오더니 바로 내 옆에 와 섰다. 나는 숨을 멈추었다.

봐봐. 오빠가 손가락으로 가리켰다.

하늘 저 멀리에서, 하얀 달이 아주 가느다란 은빛을 내며 줄지어 선 나무들 위로 걸려 있었다.

그 옆에 있는 것 보여? 오빠가 물었다.

나는 눈을 가늘게 떴다. 뭐?.

저기 조그만 점, 오른쪽에 있잖아.

자세히 들여다보니 정말로 보였다. 아침 하늘에 아직 희미하게 남아 있는, 점 같은 빛이.

목성이야.

아, 그 커다란 사람(목성을 뜻하는 '주피터'는 그리스신화의 제우스를 가리키는 이름이기도 하다―옮긴이)? 내가 묻자, 잠깐 오빠는 정색을 했다.

그럴 리가.

왜 저기 있는 거야?

그냥 나타난 거야. 오늘 날짜에 맞추어서.

나는 버스가 올 때까지 그 점이 마치 하느님이라도 되는 양 계속 올려다보며 기도를 했고, 오빠가 다시 앞으로 가기 전에 오빠 소매를 붙잡고 고맙다고 말했다. 오빠 팔에 내 손이 닿지 않게 하려고 주의했는데, 안 그러면 오빠가 귀찮아 하면서 팔을 세차게 뿌리칠 것이기 때문이었다.

버스 안에서 오빠는 나보다 몇 줄 앞자리에 앉았고, 나는 고개를 숙이고 발라드 유행가를 흥얼거리는 여자아이 뒷자리에 앉았다. 주위의 아이들은 연신 풍선껌을 터뜨리고 큰 소리로 장난을 치며 놀았지만, 오빠는 미동도 없는 것이 마치 사방에서 쏟아지는 공격을 받아내고 있는 사람 같았다. 우리 오빠. 오빠의 옆모습은 고전적이었다. 곧은 콧날, 튀어나온 광대뼈, 까만 속눈썹, 옅은 갈색의 굽슬굽슬한 머리칼. 엄마가 한 번은 오빠가 잘생겼다고 말해 나를 놀라게 했는데, 사실 오빠는 결코 잘생겼다고 할 수 있는 얼굴은 아니었다. 다만 오빠 얼굴을 보면 이목구비가 참 또렷하다는 생각은 나도 들었다.

나는 말없이 앉아 나방으로 뒤덮인 창을 내다보며, 남쪽으로 가는 버스를 따라오는 목성을 좇았다. 버스 아래로 보이는 작은 차들은 페어팩스를 향해 총알같이 달려갔다. 신호에 걸렸을 때 나는 헤어 롤러를 만 채 운전을 하는 나이든 아주머니에게 눈인사를 했다. 모터사이클 복장을 갖춰

입은 남자에게 손을 흔들었더니 그는 검지와 새끼손가락을
편 로커의 손인사를 해 보였다. 나는 오빠에게도 보여주고
싶어서 오빠의 뒤통수를 물끄러미 바라보았다. 오빠는 교
과서를 읽고 있었다. 마음속으로, 나는 말했다. 오빠가 웃더
니, 창밖을 바라보았다.

우리는 무사히 학교에 도착했고, 나는 손 흔들기를 네 번
이나 했으며, 오빠는 버스에서 내리자 중학교 건물로 이어
지는 좁은 골목길 안으로 사라졌다. 나는 우레탄 고무로 된
운동장을 가로질러 삼학년 교실로 걸어갔다.

산수 문제 풀기, 읽기, 카펫 타임(미국 초등학교에서 아이들을
바닥에 앉혀 진행되는 수업—옮긴이), 크레용으로 하늘 그리기.
쉬는 시간. 공놀이. 이 점 올림. 우유 급식. 역사 수업, 맞춤
법 수업. 점심시간 종.

나는 점심시간의 절반은 분홍색 고무로 군데군데 메워진
식수대의 도자기 받침대 앞에서 보냈다. 천구백이십년대에
지어진 오래된 수도관에서 쏟아져 나오는 쇠 맛이 나는 미
지근한 물을 연거푸 마시면서, 그 녹과 불소를 입안으로 쏟
아부으면서. 나는 점심으로 먹은 땅콩버터 샌드위치 맛을
지우고 싶었다.

엄마는 밤에 잠을 잘 못 잤기 때문에 늦잠을 잤다. 어렸을 때부터 그랬다고, 엄마는 언젠가 내가 아침에 물을 가져다 주러 들어갔을 때 말했다. 잠이 올 때까지 기다리고는 했어. 기다리고 또 기다렸지. 치아 요정(서양에서는 어린아이들이 뽑은 이를 베개 밑에 넣고 자면 밤새 치아 요정이 와서 그 이를 가져간다고 말한다─옮긴이) 붙잡듯 잠이 드는 순간을 붙잡고 싶어서 말이야. 하지만 잠은 붙잡을 수 없잖아요. 침대 끄트머리에 앉은 내가 코르크 컵받침에 놓인 유리잔을 돌리며 말했다. 엄마는 반쯤 감긴 눈으로 날 보고 웃었다. 우리 딸 똑똑하네.

가끔 한밤중에 깨어 뒤척일 때면 엄마 소리가 들렸다. 새벽 두 시에, 부엌 불이 딸깍 하고 켜지는 소리와 찻주전자 데우는 소리가 들려오는 건 그리 드문 일이 아니었다. 가느다란 불빛은 복도를 지나 내 방 벽에까지 희미한 빛을 드리웠다. 그 소리들이 들리면 내 마음은 편안해졌다. 엄마가 거기 있다는 표시, 늘 해오던 일을 하고 있다는 느낌이었으니까. 비록 아침에 마주치게 되는 건 피곤해 보이는, 쉬고 싶어 하는 초점 없는 눈의 엄마라는 것을 알면서도 그랬다.

이따금씩 한밤중에 침대에서 나와 보면 엄마가 오렌지색 줄무늬 커다란 안락의자에, 어깨 담요를 무릎까지 늘어뜨린 채 앉아 있었다. 나는 다섯 살이나 여섯 살일 때는 엄마 무릎으로 고양이처럼 기어 올라가곤 했다. 그러면 엄마는 정말 고양이인 것처럼 내 머리를 쓰다듬어주었다. 날 한번 쓰다듬고, 차 한 모금 마시고. 우리는 아무 말도 하지 않았고, 나는 엄마 품에서 금세 잠이 들었다. 내 무게가, 내 잠기운이 어떻게든지 엄마에게로 스며들기를 바라면서. 깨어나 보면 늘 내 침대 속이었으니 엄마가 안방으로 돌아갔는지, 아니면 창문 커튼 자락을 빤히 바라보며 안락의자에서 밤을 새웠는지 나로서는 알 도리가 없었다.

우리 가족은 내가 다 커서까지도 이 집에서 살았다. 부모님은 버클리 대학 학생 시절에 만났는데, 졸업하자마자 결혼을 해 아빠의 로스쿨 때문에 로스앤젤레스로 이사를 왔고, 엄마는 윌러비의 이 집을 사서 들어온 지 얼마 안 되어 바로 오빠를 낳았다. 대학에서는 자기가 무엇을 좋아하는지 잘 몰라 전공을 선택하는 데 애를 먹었다는 엄마였지만 집은 단번에 골랐다. 빨간 타일로 된 지붕과 현관 차양 위로 부겐빌레아가 풍성하게 드리워진 이 집이 반듯하고 친근했기 때문에, 그리고 정면에서 보이는 다이아몬드 문양의 창문 안으로는 마치 행복한 가정만 꾸려 넣을 수 있을 것 같아 보였기 때문이다.

아빠는 공부를 열심히 했고, 시험 점수가 좋았으며, 선생님들과 가깝게 지내는 학생이었다. 아빠는 해야 할 일들을 노란색 리걸 패드(한 장씩 뜯어 쓸 수 있는 메모 노트—옮긴이)에 목록으로 써서 가지고 다녔는데, '사서에게 말할 것', '제퍼슨 거리 노숙자에게 초록색 스웨터 가져다주기', '사과 사기' 같은 것들이 적혀 있었다. '아내 구하기'란 항목이 이 목록에 오른 적은 없었지만 아빠는 대부분의 또래들보다 일찌감치 청혼을 했고, 결혼을 하고 나자 할 일 목록 하나가 머릿속에서 지워진 느낌이 들었다. 각종 기념일과 함께 선물들을 챙겼고 가장 잘 나온 결혼사진을 액자에 넣어 집 안 복도에 걸어놓았으며, 비록 '아들 낳기'나 '딸 낳기'라는 항목은, 날마다 울어대는 아기들 또는 기저귀를 갈아야 하는 현실에서보다는 종이 위에 적혀 있을 때가 더 좋아 보이기는 했지만 그래도 첫째가 아들, 둘째가 딸이라는 순서는 마음에 들어 했다. 삶은 아빠가 꿈꿔왔던 것과 꼭 들어맞았다. 아빠는 엄마와 함께 일군 이 세계에 만족스럽게 자리를 잡았다. 퇴근해 집으로 올 무렵의 아빠는 생기는 충분했지만 어린아이들과 놀아주는 법을 몰랐기 때문에 우리에게 자전거 타는 법을 가르쳐주거나 야구 글러브를 끼워주는 일은 일어나지 않았고, 문틀에 우리의 키를 표시한 선은 덧그어지지 않은 채 그대로였기에 우리는 증거도 없이 알아서 키가 컸다. 아빠는 매일 아침 같은 시간에 집을 나섰고 매일 저녁 같은 시간에 집으로 돌아왔다. 엄마와 관련한 내 가장 최초의 기억은 아빠 퇴근 시간이 되면 엄마가 나를 허리춤에 안고 한 손으로는 오빠를 붙잡은 채 지나가는 차들을 한

대 한 대 바라보면서 문간에 서서 아빠를 기다리던 모습이다. 아빠는 결코 늦는 법이 없었지만 그래도 엄마는 늘 미리 나가 기다렸다. 우리를 돌보느라 지친 오후에는 이따금씩 하얀색 플라스틱 야구공을 갖고 놀면서 우리 한두 살 때 이야기를 해 주었다. 특히 우리가 태어날 때 이야기를 자주 했는데, 아빠가 무엇 때문인지는 몰라도 병원에는 절대로 가지 않아서 엄마는 오빠랑 나를 낳을 때 번번이 혼자였고, 그동안 아빠는 병원 앞 나무 궤짝에 걸터앉아 눈에 들어오지도 않는 탐정소설을 넘기며 기다렸다고 했다.

나는 참 복도 많지. 엄마가 물렁한 플라스틱 공을 바닥에 튕기며 말했다. 너희 둘 모두 세상에서 처음으로 맞이한 건 이 엄마야.

퇴근한 아빠는 호기롭게 걸어와 문을 활짝 열어젖힌 다음, 엄마에게 입을 맞추고, 우리에게도 입을 맞추고, 자기 신발을 정리하고, 우편물을 확인했다. 오빠나 내가 무슨 이유로든 울면 티슈를 한 장 뽑아 뺨을 닦아주면서 소금은 고기에나 필요한 거지 얼굴에 필요한 게 아니라고 말했다. 그렇게 인사를 다 마치고 나면 집 안을 물끄러미 둘러보다가 옷을 갈아입으러 안방으로 갔다. 엄마가 우리를 씻기고 먹이고 옷 입히고 트림을 시키면서, 세상이란 가장 큰 대학이자 일찍이 전공을 결정할 때 겪었던 어려움의 반복이라고 생각하던 그 긴 시간 내내, 아빠가 가장 힘 안 들고 또 가장 잘했던 것은 그저 통나무처럼 누워 있는 것이었다. 엄마에게는 모든 가능성이 열려 있는 것 같았다. 엄마는 모든 게다 좋구나. 내가 아직 한 팔로 안을 수 있을 만큼 작았을 때 엄마가 말했다. 내가 뭘 좋아하는지 모르겠어! 그러고는 내코에 입을 맞추며 발랄하게 외쳤다. 귀엽기도 해라, 내 딸! 귀여운 것, 요 녀석! 요 녀석!

다른 친척들에 대해서는 아는 게 거의 없었다. 친척들이 멀리 사는지 아니면 죽었는지 나는 알지 못했다. 친가와 외가의 할머니 할아버지 중 세 분은 내가 네 살이 되기 전에 모두 돌아가셨지만, 외할머니는 평생 운동이라고는 해본 적이 없다는데도 올림픽 선수만큼이나 건강했던 것 같다. 외할머니는 저 북쪽, 워싱턴 주에 살았다.

외할머니는 여행을 끔찍이도 싫어하셨기 때문에 우리 집에 올 일 역시 없었지만, 한 번은 내가 여덟 살이던 어느 토요일 오후, 보낸 사람 주소란에 큼지막하게 '할머니'라고 쓰인 커다란 갈색 소포가 현관에 놓여 있던 적이 있었다. 소포다! 나는 소리치면서 문간으로 엄마 아빠를 끌고 갔다. 누구 생일이에요? 아니야. 엄마는 딱딱하게 대답하며 소포를 발로 밀쳤다.

상자 속 여러 겹의 포장용 에어캡 아래서 나는 내 이름이 붙은 접시 닦는 행주 한 장을 찾아냈다. 로즈에게, 라고 외할머니가 구불거리는 글씨로 쓴 종이가 셀로판테이프로 행주에 붙어 있었다. 닳아 해진, 문양이 희미하게 지워진 행주였다. 나는 행주를 상자에서 꺼내 볼에 대보았다. 이건 대체 뭐지? 아빠가 마룻바닥에 에어캡 뭉치를 내던지며 종이가 한 장 붙어 있는 이 빠진 데이지 문양 찻잔을 들어 올렸다. 역시 '폴에게'라고 쓰여 있었다. 장모님의 깨진 찻잔이라. 아빠가 말했다. 오빠 선물은 깨끗한 파란색 베갯잇 몇 장이었고, 엄마의 이름은 갈라진 립스틱들이 잔뜩 담긴 비닐봉지에 붙어 있었다. 엄마가 이제 늙으셨네. 손등에 립스틱을 조그맣게 둥글려 바르며 엄마가 말했다. 외할머니는 혼자 사셨고 아마 그때쯤 어느 정도 정신이 온전치 않으신 것 같았지만, 용감하게 할머니를 모셔 오는 사람은 아무도 없었다. 아직은 우체국에도 가실 수 있나 봐, 그렇지? 엄마는 립스틱 봉지를 서둘러 부엌 서랍 깊숙이 넣으며 말했다. 아빠는 주머니에서 동전을 한 줌 꺼냈다. 휴! 당신과 장모님 사이에 사랑이 아직 많이 남아 있군! 아빠는 말하면서, 아무도 그 찻잔으로는 뭘 마실 수 없도록 잔돈을 그 안에 몽땅 쏟아 넣었다.

나는 내 행주가 마음에 쏙 들었다. 양면의 색이 달랐는데, 한 면에는 연보라색 바탕에 튼실한 보랏빛 장미들이, 다른 쪽에는 보랏빛 바탕에 역시 튼실한 연보라색 장미들이 수놓여 있었다. 어느 쪽을 쓸까? 접시를 닦을 수 있는, 착시현상을 일으키는 양면 행주. 행주는 낡아서 부드럽고 영락없는 세탁세제 냄새가 났다.

외할머니는 직접 우리 집에 올 수 없었기 때문에 한 달에 한 번, 일요일 오후가 되면 전화를 했다. 엄마는 우리를 모아놓고 식탁 가운데 전화기를 갖다 놓은 뒤 스피커폰 버튼을 눌러 통화했다. 외할머니는 퉁명스러웠지만 재미있는 분이셨다. '지질학 돌 파티' 이야기 하는 걸 좋아하셨는데, 할머니가 사람들을 집으로 초대해 마당의 땅을 파서 돌을 찾아 오게 하는 파티였다. 할머니는 사람들이 현관에 들어설 때 아무도 말하지 말 것을 특별히 당부했다.

가끔은 사람들 입에 테이프를 붙이기도 했는데, 물론 허락을 받고서 말이다, 아주 재미있었지. 할머니가 말했다. 알아듣겠냐, 조지프? 잘 듣고 있어?

네. 오빠가 말했다.

우리는 술을 많이도 마셨지. 할머니의 목소리에 어딘가 그리움이 묻어났다. 애, 로즈 말이다, 듣고 있니?

할머니, 안녕하세요?

넌 너무 조용하구나, 말 좀 해봐라. 할머니가 말했다.

나는 식탁 매트를 돌돌 말아서 나팔처럼 만들었다.

사랑해요, 할머니. 나는 나팔에 대고 말했다.

잠시 침묵이 흘렀다. 방 저편, 멀리 구석에서 듣고 있던 엄마의 몸이 잠깐 움찔했다.

사랑한다고? 조그마한 검은 구멍들을 통해 할머니가 말했다.

네.

넌 나를 알지도 못하잖니. 그런데 어떻게 나를 사랑한단

말이냐? 거저 얻으려 들면 못써. 넌 너무 들러붙는구나. 애
가 너무 들러붙는구나, 레인.

엄마도 참. 엄마가 묶은 머리칼 끝을 만지작거리며 말했다.

전 들러붙지 않아요. 내가 말했다.

얘는 완전 들러붙어요, 할머니. 오빠가 말했다. 할머니,
무슨 돌 찾으셨어요?

좀 어떠세요, 엄마? 엄마가 물었다. 잘 지내시죠?

아니, 잘 못 지낸다. 그것들이 내 운전면허증을 빼앗아 갔
어. 현무암이다, 조지프. 현무암이 엄청 많이 나왔지. 네게
도 좀 보내주마.

다음 주, 현무암 상자가 왔다. 반들거리는 검은색 돌. 우
리는 정원을 다시 꾸몄다. 학교 선생님이 할머니 할아버지
를 그려 오라는 숙제를 내주었을 때, 나는 검정색 크레용 하
나만으로 완성했다. 내 그림은 구멍이 촘촘히 나 있는 새카
만 검은 상자 하나가 전부로, 바깥으로 뻗어 나오는 선들은
목소리를 가리키는 것이었다.

점심시간이 끝나고 선생님은 나를 보건실로 보냈다.

매주 수요일 오후에는 자연 수업이 있었다. 삼학년 자연 과목은 처음부터 끝까지 곤충에 대한 것이었고, 나는 개똥 벌레가 주제인 이번 수업을 무척 기대하고 있었지만, 점심 시간에 기분이 급격하게 바뀌는 바람에 교실로 돌아오자마 자 고개를 책상에 푹 수그리고 엎어졌다. 일부러 그런 게 아 니었다. 마치 누가 내 이마에 자석을 붙이고 다른 하나는 공 책에 붙여놓은 것 같았다. 거기가 내 머리가 있을 자리라는 것처럼.

선생님이 수업을 하다가 멈추었다.

여러분, 눈 감아보세요. 그리고 개똥벌레가 되었다고 상 상해보세요. 깜깜한 밤에 반짝거리며 날아다니고 있습니다.

그런 다음 선생님은 내 책상으로 다가와 옆에 무릎을 구 부리고 앉더니 괜찮으냐고 물었다. 내가 아픈 것 같다고 말 하자, 옆에서 개똥벌레를 열심히 상상하고 있던 짝꿍 엘리 자가 한쪽 눈을 뜨고는 내가 점심시간 내내 식수대에 있었 다고 친절히 설명했다.

로즈는 정말, 정말 목이 말랐나 봐요. 엘리자가 속삭였다.

열이 나니? 선생님이 물었다.

그런 것 같지는 않아요.

선생님이 외출허가증을 써주는 동안 나는 옆에 서 있었다. 반 친구들이 두 팔을 벌려 개똥벌레의 날개를 만들고 있는 사이 나는 텅 빈 복도를 걸어 오래된 트로피들과 그림들을 지나 문 열린 보건실 앞에 다다랐다. 허가증을 손에 꽉 쥔 채 잠시 서 있었다. 전에는 보건실에 와본 적이 없었다. 나는 보통 아플 일이 없었다. 꾀병도 부리지 않았다.

들어가니 노란 바둑판무늬 블라우스를 입은 여자 선생님이 군데군데 벗겨진 소나무 책상에 앉아 오렌지색과 분홍색 서류철들을 분류하고 있었다. 내가 허가증을 들어 보이자 선생님은 들어오라고 손짓했다.

잠깐만 기다리렴. 선생님은 종이 위에 뭔가를 쓰면서 말했다.

나는 이 선생님을 조회 시간에 본 적 있었는데, 대개는 누가 되었든지 뼈가 부러진 사람 옆에 서 있었다. 이 선생님은 말하자면 뼈 부러진 사람들의 수호천사였다. 흰 옷을 입지는 않았지만 통통한 두 팔은 부드러워 보였고, 한쪽 손목에는 와인색 실크 시곗줄이 두 줄로 겹쳐지는 시계를 차고 있었다. 선생님은 서류철 두 개에 뭔가를 마저 쓴 뒤 빈 의자에 앉아 있는 나를 바라보았다. 아픈 꼬마들의 긴 대열에 합류한 또 한 꼬마.

그래, 어디가 아프니? 선생님이 체온계를 흔들며 물었다.

나는 생각하느라 팔꿈치를 붙잡았다.

열이 나니?

아니요.

코가 막혀?

나는 코로 숨을 들이쉬어 보았다. 보건실 안에서 체리맛 약 냄새가 연하게 났다. 선생님의 통통한 팔꿈치와 와인색 실크 시곗줄을 다시 바라보았다. 나는 선생님을 신뢰할 첫 번째 근거로 그 팔을 골랐다.

음식 맛이 이상해요. 마침내 내가 말했다.

전부 다 그렇다는 건 아니에요. 그러니까 점심에 먹은 사과는 괜찮았어요. 쉬는 시간에 먹은 우유도 괜찮았고요. 하지만 다른 것들은, 그러니까 케이크도, 저녁으로 먹은 닭고기도, 엄마가 직접 만든 브라우니도 다 이상했어요. 땅콩버터 샌드위치에 들어 있던 갈망 같은 맛도 그렇고, 정도만 다르지 하나같이 이상한 감정이 맛으로 느껴졌어요.

맛이 어떻게 이상했니? 선생님이 내 몸을 훑어보면서 물었다. 네가 뚱뚱하다고 생각해?

아니요. 텅 비어 있었어요.

선생님은 클립보드에 종이 한 장을 새로 끼워 넣었다. 네가 텅 비었다고 생각하니?

제가 아니라요. 나는 다급하게 말했다. 음식이요. 음식 안에 구멍이 있는 것처럼요.

'음식 안에 구멍이 있다고 함.' 선생님이 종이 위에 천천히 썼다. 나는 선생님이 그 문장 끝에 물음표를 그리는 것을 보았다. 둥그런 선, 일직선, 사이를 띄우고, 점.

보건실 안의 공기가 답답해졌다. 선생님이 내 체온을 쟀다. 나는 눈을 감고 내가 깜깜한 밤에 반짝거리며 날아다니는 개똥벌레라고 상상했다. 정상이네. 선생님은 잠시 뒤 체온계를 보며 말했다. 그래, 분명히 네가 뚱뚱하다고 생각하지는 않는단 말이지?

네, 아니에요.

애들이 점점 빨라지네. 선생님은 혼잣말처럼 중얼거렸지만 꼭 내가 들으라고 하는 말 같았다.

하지만 저는 잘 먹어요.

선생님은 그것도 클립보드에 적었다. '잘 먹는다고 함.'

좋아, 여기 있다. 선생님이 작은 종이컵에 물을 담아 건네주었다. 물은 산에서 떠 온 약수인 것이 분명했지만 몇 주 동안 플라스틱 병에 담겨 있었는지, 산은 흔적만 남았을 뿐 액체 플라스틱을 마시는 기분이었다.

어유, 잘 먹네. 선생님이 말했다.

나는 고개를 끄덕였다. 아직 이 선생님에게 기대하고 있었다, 아주 많이.

자, 괜찮지 않았니? 선생님이 알코올 적신 휴지로 체온계를 닦아내며 물었다.

물은 중요해요. 나는 종이컵을 쥐고 말했다. 우리는 물을 꼭 마셔야 하고 안 마시면 죽어요.

밥처럼 말이야.

저 밥 좋아해요. 내 목소리가 커졌다.

하루에 세 끼 다 먹니?

네.

혹시 손가락 집어넣어 억지로 토해본 적 있니?

아뇨.

아니면 화장실 가려고 약 같은 거 먹지는 않고? 선생님이 눈썹을 치켜올렸다.

나는 고개를 저었다. 환풍기가 돌아갔고 에어컨이 더 세게 바람을 내뿜었다. 목구멍 안에 또 눈물이 모여들기 시작하는 게 느껴졌지만, 나는 눈물방울들을 따로따로 아주 멀리 떼어놓았다. 눈물은 뭉쳐 있을 때만 무서운 것이다.

그렇구나. 선생님이 숨을 길게 내쉬었다. 그럼 며칠만 좀 더 있어볼래? 선생님은 클립보드를 옆으로 밀쳐놓았다.

끝났어요?

그래, 끝났어. 선생님은 웃으며 말했다.

약 안 주세요?

안 줘. 넌 괜찮은 것 같아.

그럼 대체 왜 그래요? 내가 물었다.

선생님은 손목시계를 만지작거리더니 어깨를 한 번 으쓱해 보였다. 나도 모르지. 알레르기일 수도 있고.

음식 알레르기요?

아니면, 왕성한 상상력?

나는 외출허가증을 집어 들었다. 남은 하루가 내 앞에 길게 펼쳐져 있었다.

가서 좀 쉬렴, 이삼 일 뒤에 다시 부를게. 선생님은 종이컵을 쓰레기통에 넣으며 말했다. 물을 많이 마셔. 마음을 편히 갖고. 집에는 별일 없니?

우리 집이요? 네. 왜요?

그냥 확인한 거야. 선생님은 의자에 몸을 묻었다. 그러고는 개나리색 카디건을 어깨에 두르며 덧붙였다. 가끔은 이런 일도 있는 법이지.

나는 나머지 시간은 교실의 평평하고 딱딱한 녹색 카펫에
앉아 곤경에 처한 동물들에 대한 그림책을 읽으면서 보냈
다. 모든 게 갈라질듯 건조한 오후였다. 에디와 엘리자가
호기심 가득한 눈으로 다가와 수업 끝나고 공놀이나 피구
를 하겠느냐고 물었지만, 나는 몸이 좋지 않다고 말했다.
이걸 옮겨 가고 싶진 않겠지. 나는 그 애들 얼굴에 대고 밭
은기침을 했다. 나는 힘없이 걸어 버스 정류장으로 갔다.
버스에 오르니 오빠가 역시 하루 일과로 지쳐 보이는 모습
으로 늘 앉는 창가 자리에 앉아 있었다. 이번에는 친구와
함께였다. 높게 산을 그린 눈썹에 팔다리가 가늘고 긴 오빠
친구. 둘은 집에 오는 내내 교과서에 코를 박은 채 이야기
를 하고 손가락으로 가리켜댔다.

　그날은 수요일이었고, 조지 오빠는 수요일이면 늘 학교
끝나고 우리 집으로 놀러 왔다. 조지 오빠는 우리 오빠의 가
장 친한 친구이자 유일한 친구였다. 조지 맬컴, 반곱슬과 완
전곱슬의 중간, 헝클어지고 뻗친 부스스한 머리를 한 흑백
혼혈인. 전에 한 번, 일 년쯤 전 우리 집에 왔을 때 조지 오빠
는 자기 머리카락을 하나 뽑더니 그걸로 내게 소용돌이와
나선에 대해 설명해주었다. 중심을 향해 돌아가는 원형의
흐름인 거야. 조지 오빠는 머리카락을 들고 있으라고 내게

건네며 말했다. 나는 꼬불거리는 머리카락을 잡아당겼다. 자연에는 똑같은 모양이 아주 많아. 오빠는 나를 욕실 세면대로 데려가서 수도꼭지를 틀고 물이 배수관으로 빠져나가는 모양을 가리켰다. 그러고는 책장으로 데려가 기상(氣象)에 관한 책을 하나 펼치더니 사이클론을 보여주었다. 그다음에는 나선 은하. 그리고 다시 욕실 세면대로 데려가 조개껍질을 모아놓은 유리병 앞에 나를 세우고 똑같은 소용돌이 모양의 자그마한 조개껍질 하나를 가리켰다. 보이지? 그는 조개껍질을 자기 머리카락에 갖다 댔다. 응! 나는 손뼉을 쳤다. 조지 오빠의 눈은 가르쳐주는 기쁨으로 따뜻했다. 은하계 머리카락이야. 그가 웃으며 말했다.

학교에서 조지 오빠는 이미 전설적인 인물이었다. 조지 오빠는 물리학에 천부적인 소질이 있었는데, 어느 날 오후 중학교 이학년 과학 선생님이 조지 오빠에게 상대성이론의 기초를 반 친구들에게 아주 간단하게 설명해보라고 시켰다. 조지 오빠는 일어나서 문진과 막대 자, 보통 교실에 걸려 있는 표준 크기의 시계를 이용해 완벽하게 설명했고, 선생님은 자기 지갑에서 이십 달러짜리 지폐를 꺼내며 말했다. 네 명석한 두뇌에 돈을 지불하는 첫 번째 사람이 되고 싶구나. 조지 오빠는 그 돈으로 반 전체에 피자를 돌렸다. 더블 페퍼로니 피자였어. 나중에 내가 무슨 피자를 시켰냐고 물었을 때 오빠가 대답했다.

그날 오후, 우리는 페어팩스 애비뉴와 멜로즈 애비뉴가

만나는 지점에서 다 같이 내렸고, 나는 둘을 뒤따라 집으로 갔다. 오키도그에서 만든 기름지고 짠 파스트라미 부리토(향신료로 양념한 훈제 고기를 토르티야에 말아서 먹는 음식으로 미국의 핫도그 전문점 오키도그의 대표 메뉴—옮긴이) 냄새에 힘이 쭉 빠져 겨우 걸음을 떼어놓고 있었다. 비행기의 방향에 관해 뭔가를 보여주려고 돌아본 조지 오빠가 뒤처져 걷고 있는 나를 보더니 손을 흔들었다.

어이, 로즈! 거기 있었어?

응. 내가 말했다. 덥네.

물 빠진 파란색 티셔츠를 입은 우리 오빠는 내게 등을 보인 채로 계속 걸어가고 있었다.

계속 우리 뒤에 있었던 거야? 조지 오빠가 물었다.

내가 고개를 끄덕였다. 조지 오빠는 계속 내 쪽을 보며 뒤로 걸었다. 뭔가를 더 기다리는 것 같아서 나는 한 손을 번쩍 들어 올렸다.

조지 오빠가 웃었다. 네? 에델스타인 양?

오빠, 보건실에 가본 적 있어?

아니.

가지 마.

알겠어. 조지 오빠는 조금 따분해진 듯했다.

오빠가 다시 앞으로 돌아서려 해서 나는 다시 손을 흔들었다.

잠깐만. 미안. 나 정말 궁금한 거 있어. 과학 질문이야.

그러자 조지프 오빠가 흘끗 돌아보았다. 짜증난다는 얼굴.

야, 우리 바빠. 우리는 개똥벌레 따위에 관심 없다고.

만약에, 내가 대꾸했다, 음식 맛이 이상하다는 말이면?

너희들 저 식당에서 파는 부리토 먹어봤어? 아직 뒤로 걷고 있는 조지 오빠가 연필로 머리를 드럼처럼 두드리며 물었다. 난 오늘 먹어봤다. 조지 오빠가 말했다. 정말 웃긴 말이었다.

너 플루트 수업 있지 않아? 조지프 오빠가 소리쳤다.

월요일이야. 내가 말했다. 음식이 다 이상해.

엘리자는? 오빠가 또 물었다.

발레 수업 갔어.

근데 그게 무슨 말이야? 조지 오빠가 물었다.

나 어떡해야 될까?

무슨 말인지 모르겠네. 조지 오빠가 말했다.

나 어디가 좀 이상한 것 같아. 내 목소리가 갈라졌다.

조지 오빠가 헷갈린다는 듯 눈을 가늘게 떴다. 우리 오빠나 조지 오빠 모두 중학생 때는 그리 멋진 외모는 아니었다. 둘은 각자 다른 속도로 계속 자라는 중인 데다 몸의 균형도 맞지 않았는데, 그 당시 조지 오빠는 눈썹이 너무 높이 치솟아 있어 늘 의심하고 있거나 그게 아니면 놀란 사람 같아 보였다.

집 앞에 도착하자 오빠는 책가방 안을 뒤적여 열쇠를 찾왔다. 수요일 오후는 오빠가 엄마 대신이었는데, 오빠는 최근에 용돈으로 새 열쇠고리를 산 터였다. 단단한 원형 은 열쇠고리로, 원 안으로 쏙 집어넣으면 안 보이는 만능 걸쇠가 달려 있었다. 오빠는 열쇠를 찾아 우리를 들여보내고 둥그런 열쇠고리를 허리띠 고리에 달았다. 마치 배관공 같았다.

오빠는 자기 방으로 곧장 가버렸지만, 조지 오빠는 문간에 그대로 서 있었다.

너 플루트 불어? 조지 오빠가 물었다.

응, 조금.

야, 조지. 오빠가 책가방에서 교과서를 꺼내 펼치며 말했다. 십이번 문제 풀어봐. 악당들이 탄 쾌속정이 높이 육 미터 부두에서 출발해서 일정하게 시속 이십사 킬로미터로 가고 있어. 경찰차가 악당들을 잡으려고 부두에서 막 출발하려고 해. 차가 부두를 출발할 때 배가 십 미터 앞서 있다면, 차는 얼마나 빨리 달려야 배를 따라잡을 수 있게?

그러나 지금 조지 오빠는, 우리 오빠 방 안이나 밖에 있을 때 이따금씩 하던 것처럼 팔짱을 낀 채 서성거리고 있었다. 둘은 도서관에서 물리학 심화 문제를 적어 와 오후 내내 방에 틀어박혀 문제를 풀고는 했다. 조지프 오빠는 자기 책상에서, 조지 오빠는 서성거리면서. 둘은 옆문을 활짝 열어 환기를 시키고 나뭇가지를 가지고 장난을 치기도 하면서, 선생님이 둘을 위해 특별히 내준, 실은 선생님도 잘 모르는 추가 문제들을 머리를 맞대고 풀었다.

조지 오빠가 나를 빤히 바라보았다. 날카로운 갈색 눈동자.

너 대체 무슨 일인 거야?

내 얼굴이 붉어졌다. 나는 보건 선생님에게 말했던 것을 조지 오빠에게 다 말했다. 조지 오빠는 복도에 서서 내 말을 다 들었지만, 우리 오빠는 자기 방에 틀어박힌 채 이제는 교과서를 침대에 던져버리고 책상 앞에 앉아 서류함에서 모눈종이 한 장과 컴퍼스를 꺼내고 있었다. 내가 이야기하는 동안 오빠는 컴퍼스의 한쪽 다리를 모눈종이 위에 두고 연필을 다른 한쪽에 끼운 뒤 조심스러운 손놀림으로 아름다운 반원을 하나 그렸다. 행동 하나하나가 어찌나 확신에 차 있는지, 자기가 막 밝혀내려고 하는 우주의 신비가 무엇인지를 정확히 알고 있는 사람 같았다.

그럼 구멍들이 뚫린 스위스 치즈 같은 맛인 거야? 내가 말을 마치자 조지 오빠가 물었다.

아니. 하나의 커다란 구멍이야. 선생님은 내가 상상력이 풍부하대.

오빠는 자기가 그린 완벽한 반원을 구겨버리더니 새 모눈종이를 한 장 더 꺼냈다.

구기지 마, 조지프. 조지 오빠가 말했다.

망쳤단 말야. 오빠가 구긴 종이를 쓰레기통에 던져 넣으며 말했다.

그 계획은 내 방을 위한 거잖아, 잊지 않았지? 조지 오빠가 말했다. 잘못 그려진 벽지로만 내 방을 채울 거거든. 조지 오빠가 내 쪽으로 돌아서며 말했다. 아무튼, 그럼 한번 테스트를 해보자. 어쨌든 먹을 게 좀 있어야겠다.

지금? 방에서 오빠가 다시 파란색 모눈종이의 칸 두 개가 만나는 지점에 컴퍼스 두 다리를 올려놓으며 말했다.

몇 분이면 돼. 조지 오빠가 대답하고는 나를 향해 물었다. 넌 시간 괜찮지?

응, 괜찮아.

그는 손뼉을 쳤다. 우리 실험의 목표 하나. 로즈에게 무슨 일이 일어났는지 알아내기.

방에서 오빠가 토를 달려고 입을 열었다.

목표 둘. 가서 실험해보기!

나는 고개를 조금 수그렸다. 조지 오빠가 내 이름을 부를 때마다 얼마나 기분이 들뜨는지. 마치 복권 추첨에서 내 번호가 호명되는 기분이었다.

조지프 오빠는 또 종이를 구기려다 멈추더니 조지 오빠에게 넘겨주었다. 조지 오빠는 종이를 햇빛에 대고 비추어보며 그것이 한 편의 그림이라도 되는 양 곡선을 보며 감탄했다. 북쪽 벽에 붙여야겠다, 완벽해. 조지 오빠가 고개를 끄덕이며 말했다.

그날 오후, 집에는 샌드위치 네 개, 소다수, 감자칩, 버터 바른 토스트, 초코우유가 있었다. 나는 냉장고를 뒤져 있는 것을 다 먹었다. 엄마가 아직 새 작업실, 그러니까 웨스트선셋 대로 근처 미첼토레나의 목공소에 있는 동안, 오빠와 조지 오빠는 토스트에 설탕과 잼을 들이부으며 자기들이 가장 좋아하는, 로봇이 나오는 텔레비전 시리즈에 대해 이야기를 나누었고, 나는 음식을 한 입 씹어 삼킨 뒤 조지 오빠에게 맛을 말해주었다. 그는 전화기 옆에 있는 노란색 리걸 패드를 가져와 무릎에 올려놓고 왼쪽 칸에는 음식 목록을, 오른쪽 칸에는 그 음식에 대한 내 반응을 적어 넣었다. 반쯤 비어 있어. 내가 엄마가 남겨놓은 참치 캐서롤 맛을 이야기했다. 고약해! 대접에 남아 있던, 아빠가 믹스로 만든 버터스카치 푸딩을 한 입 떠먹으며 내가 말했다. 아빠의 음식은 너무 산만하고 흐리멍덩해서 도무지 무슨 맛이라고 표현할 수도 없었다. 센서는 비단 엄마가 만든 음식에만 국한된 것 같지 않았고, 분류할 정보는 너무 많아 홍수처럼 쏟아져 나왔다. 하지만 조지 오빠가 부엌 창문으로 들어오는 오후 봄 햇살을 받으며 옅어져가는 온기 속에서 내 앞에 앉아 있었기에, 감격스럽게도 내가 먹을 토스트에 버터를 발라주고 있었기에, 부드럽게 열중하는 모습이 눈부시고 멋졌기에, 나는 맛의 층위들에 대해 생각이란 것을 할 수 있었다. 빵 유통업자, 빵 공장, 밀, 농부. 버터에서 음울한 맛이 코를 찔렀다. 봉지를 확인해보니 위스콘신의 큰 농장에서 만들어진 것이었다. 크림에서는 얄팍한 맛이 났는데, 무슨 금속 범퍼 같은 뒷맛이었다. 우유로 말하자면, 지쳐 있었다. 이 모든 재료들이 마치 멀고도 시끌벅적하게, 저 멀리서 들려오는 비행기 소리, 혹은 차가 주차되는 소리처럼, 전부 다 배경에서 떠돌면서 음식 만든 사람의 상태를 앞으로 밀어내고 있었다.

그러니까 모든 음식에 감정이 담겨 있다는 거구나. 내가 포도 젤리 안에 들어 있는 시큼한 억울함에 대해 설명하려 애쓰고 있을 때 조지 오빠가 말했다.

음, 말하자면, 아주 많은 감정이.

조지 오빠는 리걸 패드에다 표를 몇 개 더 그렸다. 그건 너의 감정이야?

나는 고개를 내저었다. 모르겠어.

지금 좀 어때?

피곤해.

맛이 피곤하다고?

그런 맛도 있고.

교과서를 들고 식탁에 앉아 있던 조지프 오빠가 빵 한 장에 버터와 잼을 바르고 설탕을 뿌려 토스트를 만들었다. 오빠가 보고 있지 않을 때 나는 손을 뻗어 몰래 한 귀퉁이를 떼어냈다. 입에 넣자마자 내 얼굴이 찌푸려졌는지 조지 오빠가 나를 힐끗 건너다보았다. 그건 어때? 그는 조지프의 토스트, 라고 왼쪽 칸에 커다랗게 쓰면서 물었다. 말해봐. 조지 오빠가 연필을 쥔 채 재촉했다. 나는 오빠를 볼 수 없었다. 빵을 제대로 먹을 수조차 없었다. 빵은 씹기 어려운 무언가처럼 두껍고 질기게 느껴졌다. 반으로 접혀 있는, 까끌거리는 빈칸이라고 해야 하나. 말미잘? 나는 웅얼거렸다. 조지프 오빠가 아이스티 상표를 네모반듯하게 접다 말고 고개를 들었다. 눈길은 현관문 틀을 좇고 있었다. 난 괜찮아! 오빠가 웃으면서 말했다. 난 기분 좋다고.

나는 냅킨에다 빵을 뱉었다.

오빠는 접시를 싱크대로 가져갔다.

이제 이거 끝난 거야? 나 패터슨한테 심화 문제 다 풀겠다고 큰소리쳐났단 말이야.

알았어. 조지 오빠가 말하며 일어섰다. 기지개를 켜자 티셔츠가 살짝 들려 맨살이 보였다. 그러고는 나를 보고 웃었다. 수고 많았다, 꼬마야.

둘이 부엌에서 나간 뒤 나는 우유와 잼을 다시 냉장고에 넣고, 오빠의 토스트 맛을 지우기 위해 나이프의 톱니무늬 가장자리로 혀를 살살 긁어냈다. 그래도 소용이 없자 나는 찬장에서 소용돌이 모양 설탕쿠키가 든 상자를 꺼냈다. 사람이 만들지 않은 그 쿠키에서는 밀가루와 버터와 초콜릿과 공장이 뒤섞인 희미한 규격화된 소음이 느껴졌다. 나는 여섯 개를 먹었다. 바깥은 열기가 누그러졌고, 나는 손에 흐르는 찬물을 느끼며 접시를 씻었다. 포크와 나이프가 제 빛을 찾았다.

설거지를 마치고 나는 복도 벽장에서 보드게임 세트를 꺼내 오빠 방 바로 앞에 펼쳐놓았다. 그렇게 하면 '접근 금지'라는 팻말의 경고를 어기지 않으면서도 최대한 가까이 있을 수 있었다. 나무문을 통해 흘러나오는 조지 오빠의 낮은 목소리를 놓치지 않을 수 있었다.

거기 밖에, 좀 어때? 조지 오빠는 이따금씩 큰 소리로 물었다.

괜찮아. 나는 노란 말을 네 칸 앞으로 움직이면서 대답했다.

쟤 이상해. 우리 오빠가 컴퓨터 키보드를 두드리면서 말했다. 아니면 기분이 안 좋은 건지. 너도 들어봤지, 여자애들 기분이라는 거 있잖아.

위가 옥죄어왔다. 그럴지도 모르지. 나는 혼자 하고 있는 보드게임에서 딴 가짜 돈다발 속으로 숨죽여 말했다.

주말에 더 좋은 방법으로 실험해보자. 조지 오빠가 말했다. 집 밖에서 말이야. 야, 조지프, 팔번 문제 다시 크게 읽어봐.

주말에? 우리 오빠가 물었다. 그 목소리의 떨림을 모른 척하기란 불가능했다.

토요일에 잠깐만. 조지 오빠가 말했다. 괜찮지, 로즈? 조금만 더 말해주면 돼. 토요일 열두 시 어때?

좋아. 나는 돈 통에서 백만 달러를 빼내 나에게 지불하면서 말했다.

일 년 전쯤인가, 한 번은 내가 육각형 하나하나가 반대 색 깔의 이웃하는 오각형에 깔끔하게 면하게끔 축구공을 정확하게 그리는 재주로 아빠를 깜짝 놀라게 한 적이 있었다. 엄청난 축구광이었던 아빠는 흐뭇해했다. 나란히 앉아 경기를 보고 있었는데 아빠는 내가 그린 그림들을 쥐고 큰 소리로 외쳐댔다. 보라고, 이게 바로 예술이란 거지! 아빠는 그림을 텔레비전에 붙이면서 말했다. 하지만 나는 곧 공의 흰색 면들에 긴 속눈썹의 커다란 눈과 웃고 있는 빨간 입술을 그려 넣는, 아빠가 덜 좋아하는 습관을 들이게 되었다. 로즈? 이런……. 아빠는 턱을 문지르며 말했다. 안 그리면 안 돼요. 나는 웃는 입술을 그려 넣은 다섯 번째 그림을 아빠에게 건네주며 말했다. 너무 밋밋해 보이잖아요.

그 이후로 나는 아빠와 같이 스포츠 경기를 보지 않았고, 내 기억에 내가 특별한 재주를 선보였던 적은 그때 한 번이 전부였다. 육각형 면 여섯 개를 이웃한 오각형들과 나란히 맞춰 그렸을 때는 정말 뿌듯했다. 바느질 선을 나타내는 빗금도 그렸다. 나는 대개, 좋은 쪽으로든 나쁜 쪽으로든 돋보이는 아이가 아니었다. 다들 읽는 나이에 책을 읽기 시작했다. 공부는 곧잘 했지만 엄마나 아빠를 모셔 오게 해 내게 특별한 재능이 있다고 귓속말하는 선생님은 한 명도 없었다.

오빠는 우리 집안의 천재였다. 여섯 살에는 레고 블록을 쌓아 성단(星團) 모형을 만들기도 했다. 용돈을 모아 치과 주치의 선생님에게서 구입한 치과용 집기로 울퉁불퉁하게 만들어놓았던 레고 블록으로 말이다. 오빠는 아주 어릴 적 부터 어려운 단어를 구사했는데, 예를 들면 시리얼 한 숟갈 을 입에 넣고는 나는 이제 저작(咀嚼)해야겠어요, 라고 말 하는 식이었다. 어른들은 오빠의 커다란 회색 눈동자와 너 무도 진지한 얼굴이 귀여워 못 견디겠다는 듯 오빠를 보고 웃었고, 그런 다음 오빠를 안으려 했다가 거절당했다. 나는 접촉 금지예요. 오빠는 로봇처럼 팔을 앞뒤로 흔들면서 말 했다.

조지프는 참 영특해요. 서둘러 집을 나서던 어른들은 오 빠가 아직 발견되지 않은 행성들을 대기층의 두께와 위성들 까지 완벽하게 갖추어 정확하게 그려놓은 스케치북 그림에 고개를 내저으며 그렇게 말했다. 엄마는 뿌듯해하며 눈을 내리깔았다. 나는 살갑게 군다는 칭찬을 이따금씩 들었다.

너는 사람들과 참 쉽게 친해지는구나! 엄마는 내가 자동 차 오일을 갈아준 아저씨를 보고 웃고 아저씨 역시 날 보고 웃어주자 그렇게 말했다.

확실히 내가 경쟁할 일은 전혀 없었다. 오빠는 그 누구를 보고도 웃는 법이 없었고, 아빠는 그저 아주 잠깐 치아만 드 러낼 뿐이었으며, 엄마의 웃음은 너무 감정이 풍부해서 사람들은 엄마가 인사할 때 조금 뒤로 물러날 정도였으니까.
어느 정도 표현하는 게 적당한지는 참으로 알기 어려운 것
이었다.

8

조지 오빠와 내가 냉장고를 텅 비우고 난 뒤인 다섯 시 삼십 분쯤, 엄마가 목공소 첫 출근을 마치고 집에 돌아왔다. 엄마의 뺨은 조깅을 하고 온 사람처럼 발그레했다. 정말 멋져! 엄마는 내 손을 덥석 잡으며 말했다. 엄마가 오빠를 찾았지만 오빠는 자기 방에서 책을 읽고 있었다. 조지 오빠는 집으로 돌아가고 없었다. 우리, 동네 나무들 한 번 구경하고 올까? 엄마는 비밀스럽게 속삭이며 나를 집 밖으로 잡아끌었다. 자, 저게 전나무라는 거야. 엄마는 모르는 사람의 집 마당 한가운데 서 있는 짙은 색 상록수를 가리켰다. 연한 재질이지. 이건 플라타너스. 엄마는 그 옆에 있는 나무를 두드리며 얼굴을 찡그렸다. 보통은 플라타너스로 가구를 만들지 않는 것 같아. 왜 그런지 모르겠어.

　나는 나무줄기에서 지그소 퍼즐 모양의 잿빛 껍질을 한 조각 벗겨냈다. 엄마의 이 열정이 새로운 관심의 첫번째 단계라는 것을 난 알고 있었다. 이단계는 대개 서너 달 뒤에 오는데, 초반의 타고난 소질이 빠르게 소진되어 벽에 부딪히고, 꾸준히 숙련해온 사람들을 따라가려 애를 써야 하는 단계였다. 삼단계는 수도 없이 고개를 내저으며 왜 저 특별한 기술—사회학, 도예, 컴퓨터, 프랑스어—이 자기에게는 없느냐는 말을 입에 달고 사는 단계였다. 사단계는 불편한

긴 기다림의 시기로, 내가 새벽 두 시에 방에서 나와 깨어 있는 엄마의 무릎에 올라가는 날이 잦아지면 드디어 사단 계에 도달한 것이었다.

너무 얇다. 나는 나무껍질을 반으로 접으며 말했다.

마텔 애비뉴의 그늘진 쪽을 걸을 때 나는 엄마 팔에 약간 기댔다. 잔디에 물을 주고 있는 이웃들 몇에게 손을 흔들었다. 그 시간, 바깥의 열기는 가벼워져 쾌적했고, 우리를 둘러싼 공기는 잘 닦여 윤이 나는 듯했다. 기분이 좀 괜찮아졌느냐고 묻는 엄마에게 나는 곧 다가올 저녁 시간을 머릿속에서 밀어내면서 조금, 이라고 대답했고, 엄마가 이어서 하는 말에 집중해 귀를 기울였는데, 목공소에서 다른 사람들을 따라가지 못할 것 같다는 걱정이었다. 당치 않은 말이었다. 엄마는 선택하는 능력과 꾸준함 면에서는 달렸지만, 애초에 모든 것에 소질이 있었고, 특히 손으로 하는 것이라면 뭐든지 뛰어났다. 엄마가 정돈해놓은 내 침대 시트는 그 모양새가 어찌나 완벽한지, 나는 그 속으로 몸을 집어넣어 엄마가 만든 놀랍도록 반듯한 모양새를 망가뜨리고 싶지 않아 몇 년째 그 위에서 잠을 잤다.

엄마는 잘할 거예요.

엄마가 내 삐져나온 머리칼을 귀 뒤로 넘겨주었다. 고맙다. 우리 딸이 엄마 응원을 다 해주네. 너희 아빠보다 백번 낫구나.

가드너 거리와 비스타 거리까지 오가며 나무를 구경하고

다시 돌아오는 길, 엄마는 새롭게 좋아진 기분에 더 가벼워 보였다.

어제 먹고 남은 음식으로 때운 저녁 식사는, 하루라는 시간과 조지 오빠의 다정함 덕분에 조금 누그러들었을 뿐 지난밤 고역의 똑같은 반복이었다. 나는 보건 선생님의 조언을 명심하고 혹시 다른 식구도 나같이 느끼는지 살펴보았지만 나 말고는 누구도 이런 걸로 괴로워하지 않는 것 같았다. 아빠는 목공소 일에 대해 물었고, 엄마는 첫 번째 숙제는 나무판 자르기가 될 거라고 말했다.

나무판이라! 아빠는 자기 잔을 엄마 잔에 부딪히며 말했다. 멋지군.

엄마는 아빠를 보고 얼굴을 찡그렸다. 놀리지 마.

내가 뭐라고 했나? 아빠는 눈을 커다랗게 떴다. 나야 만들 줄 아는 게 아무것도 없잖아. 이미 만들어진 스툴을 다시 조립하는 것밖에는 못하지.

아빠가 엄마를 보고 눈을 찡끗했다. 엄마가 잔을 비웠다.

너도 그 이야기 알지, 로즈? 아빠가 말했다.

백 번은 들었어요.

오빠는 후추통을 집어서 자기 접시 위에 검은 점들이 비오듯 쏟아지도록 흔들어댔다. 엄마처럼 오빠도 손가락이 길고 예쁜 게 마치 피아니스트의 손 같았다. 가늘게 뜬 실눈처럼 날카로운 손가락들.

너무 밍밍하니? 엄마가 물었다.

오빠는 고개를 저었다. 그냥 실험하는 거예요.

나 오늘, 아빠가 식탁 깔개를 두드리며 발표하듯 말했다, 원숭이를 데리고 걷는 사람을 봤어. 진짜야.

어디서요?

퍼싱 광장에서.

왜?

아빠는 어깨를 으쓱해 보였다. 나도 모르지. 입을 닦으며 말했다. 아빠의 오늘 하루는 그랬다. 자, 다음.

오빠가 후추통을 내려놓았다. 좋았어요.

반은 좋고, 반은 형편없었어요. 내가 말했다.

반은 형편없었다니! 아빠가 내 말을 더 기다렸다.

내 머리통이, 없어진 것 같았어요.

내가 보기엔 있는 것 같은데. 아빠가 말했다. 잘만 있는걸.

어머, 로지, 그런 말 마! 엄마가 말했다. 엄마는 자기 접시에도 후추를 뿌리고는 몸을 기울여 내 머리를 한 팔로 감싸 안았다. 이렇게 예쁜 머리통이 있는데. 착하고 아름다운 소녀가 무슨 그런 말을 해.

음식에 감정들이 잔뜩 들어 있어요. 내가 접시를 밀어내며 말했다.

감정? 잠시, 아빠는 나를 빤히 바라보았다.

샌드위치를 먹을 수가 없었어요. 내 목소리가 떨렸다. 케이크도 못 먹겠고.

아, 그런 식으로 말이냐. 아빠가 의자에 등을 기댔다. 그럴 수 있지, 나도 입맛이 여간 까다롭지 않았거든. 일 년을 감자튀김만 먹은 적도 있었어.

거기서도 사람들 맛이 났어요?

사람 맛? 아빠는 코를 찡그렸다. 아니. 감자 맛이지.

보기엔 괜찮은 것 같은데. 엄마가 말했다. 엄마는 닭고기를 한 입 넣고 신중하게 씹었다. 후추를 뿌리니까 더 낫네. 엄마가 고개를 끄덕였다. 훨씬 나아, 음.

오빠가 팔짱을 꼈다. 그냥 실험이었다고요.

토요일에 오빠랑 조지 오빠랑 놀러 나갈 거예요.

순전히 네 생일이라 그런 거야. 오빠가 말했다.

로즈 생일이지. 엄마가 오빠 말을 따라했다. 아홉 살이 됐네. 믿기니?

엄마는 일어나더니 요리수첩을 찾아 커다랗게 적었다. 후추 넣을 것!

그거였어! 엄마가 말했다.

나는 아빠 접시 위에 내 것을 포갰다. 아빠는 우리의 접시를 오빠 것에 포갰다.

안 보여요? 내가 아빠에게 물었다.

뭐가?

내가 엄마를 가리켰다.

너희 엄마? 그래. 아름다운 여인이 한 명 서 있네.

나는 아빠에게서 눈을 떼지 않았다.

근데 왜? 아빠가 다시 물었다.

엄마요.

나? 엄마가 말했다.

뭐야, 여보? 무슨 일 있어?

아무 일도 없는데. 엄마는 고개를 저으며 말하고는 펜 뚜껑을 닫았다. 그리고 소리 내 웃었다. 쟤가 무슨 말 하는지 모르겠네. 로즈?

엄마는 응원해주면 좋겠다고 했어요. 내가 말했다.

어머, 아냐, 아냐. 엄마의 얼굴이 붉어졌다. 그냥 농담한 거야, 아까는. 모두가 응원하고 있다는 거 아주 잘 알아.

그만 일어나도 돼요? 오빠가 물었다.

엄마가 나무판을 만든다는구나. 아빠가 포갠 접시들을 싱크대로 가져가며 말했다. 무슨 말이 더 필요하겠어? 엄마는 완벽한 나무판을 만들 텐데. 디저트 있어?

나는 움직이지 않았다. 엄마는 귀 뒤로 머리를 계속 넘기고 있었다. 넘기고, 또 넘기고. 오빠는 자기 자리에 서 있었다.

가도 돼요? 오빠가 다시 물었다.

토요일에 뭐 하고 싶은 거 없니, 로즈? 엄마가 물었다. 예쁘게 차려입고 다 같이 공원 산책할까? 레몬 케이크 몇 조각 더 남았어, 여보. 저기에.

나 조지 오빠랑 중요한 약속 있다고요.

오빠가 식탁 끝을 꽉 그러쥐었다. 토요일만 지나면, 어림

없어. 알아들었어?

조지랑? 엄마가 물었다. 조지프 친구 조지 말이니?

네 엄마가 응원이 필요한지는 아빠가 귀신같이 알지! 아빠가 싱크대에서 말했다.

오빠는 자기 방으로 갔다. 엄마 아빠는 밝고 가벼운 얼굴로 나를 보았다. 우리는 빈 식탁 매트를 앞에 두고 서 있었다.

축복기도하려고요?

축복기도는 먹기 전에 하는 거죠, 아가씨. 엄마가 말하고는 접시들이 쌓인 싱크대로 갔다. 이제 먹으려고 하는 음식에 감사드리는 거잖니.

나는 눈을 감았다.

이미 사라져버린 음식들을 위해, 나는 속삭였다. 축복을.

아빠는 돈을 벌어오니까 설거지 당번에서 면제되었고, 오빠는 그릇을 지나치게 꼼꼼하게 씻었기 때문에 차라리 자기 방에 들어가 있는 게 훨씬 더 나았고, 그래서 비눗물 담긴 싱크대 앞에 서게 되는 건 엄마와 나였다. 엄마는 그릇을 씻고 나는 행주로 닦았다. 나는 할머니에게 새로 선물 받은 낡은 장미 행주로 은수저를 뽀득거리게 닦았다. 엄마는 기분이 좋아 보였고, 내 어깨를 꽉 붙잡고 학교에 대해 짧게 몇 가지를 물어보기도 했지만, 아직 내 입에는 소용돌이치는 갈망이 가득 담긴 닭고기의 뒷맛이 남아 있는 터라, 나는 엄마의 생기를, 내 머리로는 도저히 감당할 수 없는 이 모순된 정보를 신뢰하기 어려웠다. 나는 젖은 접시를 행주로 둥그렇게 문질러 닦은 후 수납장에 하나씩 쌓았다. 행주를 머그잔 안으로 집어넣었다. 다 마치고서는 서랍의 금속 고리에 걸어두었다.

나는 책가방을 어깨에 메고 내 방으로 걸어갔다. 내 뇌가 물이 가득 담긴 유리잔이어서 복도를 걸어갈 때 아주 조심스럽게 균형을 맞춰야 한다는 듯 한 발 한 발 천천히 걸었다.

놀랍게도 오빠 방 문이 반쯤 열려 있었다. 이것은 초대장처럼 드물고도 반가운 일이었는데, 오빠는 최근 용돈으로 열쇠고리를 샀던 그 철물점에서 자물쇠를 하나 사서 방에 달았기 때문이었다. 새로 산 자물쇠의 열쇠도 그 우아한 원형 은 열쇠고리에 끼워두었다.

바깥에는 아직 햇볕 한 자락이 남아 있었지만, 오빠 방 창문 커튼은 내려져 있었고 그 대신 전기스탠드가 켜져 있었다. 오빠는 침대에 누워 발을 꼰 채, 내부를 훤하게 드러낸 은색 라디오 옆에서 《디스커버》를 읽고 있었다.

안녕. 내 말에 오빠는 잡지에서 고개를 들었다. 오빠의 눈은 내 눈과 마주쳐 인사를 하는 대신 우리 사이에 느슨한 벽 하나를 만들었다.

조지 오빠 독차지해서 미안해.

오빠는 나를 보고 눈을 깜빡거렸다.

내 생일 선물 아무것도 안 줘도 돼. 토요일이 나한테 생일 선물이 될 거야. 오빠 기분 좀 나아졌어?

무슨 말이야?

아까, 토스트 말이야.

오빠가 다시 잡지로 고개를 돌렸다.

맙소사, 넌 모든 사람의 기분이 엉망이라고 생각하는구나. 난 하루 종일 기분 좋았어. 오빠가 잡지에 대고 말했다. 난 내 오후 시간을 여동생이 간식 먹는 것을 지켜보면서 보내고 싶지 않았을 뿐이라고. 됐어?

오빠는 계속 읽으면서 한 장 넘겼다.

나는 잠깐 방문 앞에 서 있었다. 오빠 방 문에 걸린 '접근 금지' 팻말의 'ㅁ'자를 손가락으로 콕콕 찔렀다.

오빠가 눈썹을 치켜 올렸다. 뭐 더 할 말 있어?

아니, 없어.

잘 자. 오빠가 말했다.

나는 돌아서서 문간에서 막 벗어날 참이었다. 그때 내 시야 언저리에 보이는 오빠의 침대 주변이 얼핏 흐릿해졌다. 아주 잠깐 담요 무늬가 좀 더 밝아졌거나 아니면 흰색이 더 하얘진 것 같았다. 고개를 돌려 다시 보니 모든 건 그대로였다. 달라진 것 없이 그대로 오빠는 열심히 잡지를 읽고 있었다.

오빠 괜찮은 거야? 나는 고개를 세차게 저으며 물었다.

오빠가 다시 흘끗 올려다보았다. 그 이야기 방금 다 끝난 거 아니었어?

그게 아니라…….

그 순간 나를 보는 오빠의 눈이 커졌다.

색깔 바뀌지 않았어? 조지 오빠가 또 올 거야?

지금? 무슨 소리야, 지금 밤중이야.

오빠 살짝 움직이거나 그랬어?

나?

그래. 혹시 침대에서 나왔었어?

오빠가 잠깐, 퉁명스럽게 웃었다.

나 여기 있었어, 쭉.

미안. 내가 말했다. 신경 쓰지 마, 잘 자.

9

엄마는 오빠를 더 사랑했다. 엄마가 나를 사랑하지 않았다는 말은 아니다. 오히려 나는 날마다 내게 쏟아져 내리는 엄마의 사랑의 물줄기를 느꼈지만, 다만 그건 다른, 그리고 좀 더 인위적인 종류의 물줄기에서 졸졸 흘러내리는 다른 종류의 사랑이었다. 나는 엄마의 사랑스러운 딸이었고, 오빠는 엄마의 전부였다.

오빠는 사람들이 쉽게 좋아할 만한 유형은 아니었다. 자신은 특별히 선호하는 유형이 없다고 주장하는 아빠도 가끔은 오빠를 마치 나무에서 뚝 떨어진 존재인 양 바라보았고, 오빠와 자연스럽게 접촉하는 사람은 조지 오빠 말고는 거의 없었다. 오빠는 언제나 혼자 동떨어져 있었다. 내가 두 살 때, 어두운 방 안에 앉아 있던 오빠를 보고 그 어린 아기의 머릿속에서조차 동굴을 떠올렸던 희미한 기억이 있다. 오빠가 삼학년이던 해, 엄마는 이따금씩 오빠를 학교에서 빼내 오고는 했다. 오빠는 수업을 지루해했고, 실은 말할 수 없이 지루해했기 때문에, 선생님은 다른 아이들이 덧셈을 막 익힐 동안 오빠에게는 자기 지갑을 주어 그 안에 든 것들을 분류하고 정리하게 했다. 엄마가 오빠를 데리러 가면, 오빠는 교실에 비치된 반짇고리에서 꺼낸 바늘과 실로 작고 납작한 민트 사탕을 하나씩 꿰어 사슬 같은 것을 만들고 있었다. 엄마, 이것 보세요. 오빠는 민트색 줄을 들어 올리며 말했다. 박테리아예요. 선생님은 당황해서 몸을 움츠렸다. 조지프는 정말이지 똑똑해요. 선생님은 오빠가 그것으로 자기를 해치기라도 할 것 같은지 낮은 목소리로 속삭였다.

어느 날 오후, 엄마는 나를 한 팔로 안고 학교 교무실로 가서 오빠가 병원에 가야 한다고 말하고는 체육 수업에서 한창 공 던지는 법을 배우고 있는 오빠를 데리고 나왔다. 그래서 오빠는 공 던지는 법을 영영 배우지 못했다. 선생님들은 병원에 간다는 엄마 말에 더 캐묻지 않았고, 다른 학생들 역시 의심을 품지 않기는 마찬가지였다. 오빠는 깡말랐고 창백했으며 웅크리고 다니는 게 병원 치료가 아주 많이 필요한 아이 같아 보였기 때문이다. 엄마는 우리를 차로 데리고 가서 나를 유아용 시트에 앉히고 벨트를 채웠다.

우리 무슨 병원 가요? 나 아파? 오빠가 물었다.

그럴 리가요. 엄마가 학교 주차장에서 차를 빼고 라디오를 켜면서 말했다. 트럼펫 소리가 울려 퍼졌다. 넌 완벽하고, 완벽하게 건강하단다. 우리는 시장에 갈 거야.

안 그랬으면 걔가 뭘 했겠니. 하루 종일 민트 사탕이나 꿰고 있었을 거 아냐? 나중에 엄마는 그해의 일을 떠올릴 적에 내게 말했다.

그 모든 과정에 나도 함께했지만 나는 동행자라기보다는 메아리에 더 가까웠다.

그날 오후 우리 셋은 옷가게와 재래시장, 세탁소에 들렀다. 우리는 바닷가에서부터 시내 중심부까지 윌셔 대로를 끝에서 끝까지 달렸고, 집에 돌아올 때는 핸콕 파크의 대저택들 사이로 육번가를 달렸다. 천구백삼십이년에 영화계 거물들이 심은 키 크고 우아한 소나무들 아래로. 우리는 시장에 들러 저녁에 먹을 라비올리와 시금치를 샀다. 그해 엄마는 직장에 다니지 않았고, 혼자 운전하는 것을 싫어했다. 이따금씩 엄마와 오빠는 나무가 어떻게 자라는지에 대해, 혹은 왜 꼭 비가 와야 하는지에 대해 이야기를 나누었고, 때로는 내가 뒷좌석에서 크래커를 온통 흘려 가며 먹고 있는 동안 그저 말없이 앉아 있기도 했다. 엄마는 오빠의 말을 듣는 것을 무척이나 좋아했다. 오빠가 하는 말 한 마디 한 마디에 맞장구를 치며 고개를 끄덕였다. 가끔은 차를 길가에 대놓고 오빠에게 엄마의 인생에 대해 조언을 구했는데, 겨우 여덟 살이던 오빠는 엄마의 질문들에 느리고 낮은 독백조로 답을 했다. 엄마는 안전벨트를 꽉 쥔 채로 오빠의 눈에서 시선을 떼지 않으며 귀 기울여 들었다.

이런 일이 여러 달 반복되었고, 그 누구도 아빠에게 이 일에 대해 말하지 않았다. 학교에 간 오빠가 피구를 하기 싫어해 쉬는 시간에 교실에 남아 있던 어느 날 오후까지는 모든 것이 순조로웠다. 선생님은 젖은 헝겊으로 칠판을 닦고 있었고, 오빠는 교실 바닥에 웅크리고 앉아서 카펫 섬유의 색조를 분석하고 있었다. 선생님이 오빠를 무척 걱정하며 몸이 좀 괜찮아졌느냐고 물었을 때 오빠는 좋다고 대답했다.

하지만 의사 선생님이 약을 많이 주셨을 텐데? 선생님이 물었다. 그 선생님은 말하자면 눈치가 좀 없었다. 나중에 그 선생님을 마주친 적 있는데 나를 보고는 눈물을 찔끔거렸다. 마치 내가 에델스타인 가문의 총명함으로 자기를 또다시 고문하기라도 할 거라는 듯. 나는 천재가 아니라고 말하자 선생님은 한눈에도 금세 편안해졌다.

아니요. 오빠가 말했다.

그렇다면 뭐라시니, 의사 선생님이? 선생님은 칠판에 남아 있는 분필 자국을 말끔하게 닦아내며 물었다. 오빠는 학교를 자주 빠졌고 당시는 한 주에 세 번을 빠지기도 했다. 오빠는 대답하지 않았다. 오빠는 이제 선생님 책상 발치에 웅크린 채 책상 나무의 입자를 살펴보고 있었다.

조지프?

우리는 시장에 가요. 그제야 오빠가 대답했다.

의사 선생님과 시장에 간다고?

저랑, 엄마랑요.

병원 가기 전에? 선생님은 칠판 지우던 손을 늦추며 물었다.

의사가 그렇게 하라 그랬어요. 오빠는 아주 잠깐 고개를 들어, 가늘게 뜬 선생님의 눈을 바라보았다.

나는 이 이야기를 처음부터 끝까지 꿰고 있었다. 엄마가 조사를 받는 기간 동안 전화기에 대고 친구들에게, 아빠에게, 그리고 그 외 누구에게든 말하고 또 말하는 것을 들었기 때문이다. 엄마는 이 이야기를 정말이지 오랫동안 해야 했다. 사회복지사 몇이 집에 찾아와 거실에서 두 시간이나 엄마에게 질문을 했다. 지역 홈스쿨링 대책위원회가 손수 만든 소책자를 한 뭉치 떨어뜨려놓고 갔다. 이 모든 일을 알았을 때 아빠는 저녁 식탁에 수첩을 가져와 상황을 이해해보겠다며 같은 질문들을 계속 던져대는 통에 오빠와 나는 고개를 수그리고 밥만 먹었다. 다시 설명을 해봐. 아빠가 미간을 찌푸리며 말했다. 도대체 왜 애를 데리고 나갔어? 아이가 말도 못하게 지루해했으니까. 엄마의 포크가 허공에서 왔다 갔다 했다. 아이가 스스로 세상을 발견하게 해주려고! 아빠는 수첩에 비쭉비쭉하게 갈겨썼다. 하지만 당신은 박물관 같은 델 간 게 아니잖아. 세탁소에 갔잖아. 엄마가 이를 앙다물었다. 조지프는 좋아했어. 거기서 뭔가를 배우지 않았니, 아가? 오빠가 등을 곧게 폈다. 유기용제만 쓰고 물은 하나도 쓰지 않아요. 오빠가 로봇처럼 외웠다.

엄마는 교무처장과 교장에게 불려갔고, 영구근신학부모 목록에 올랐다. 몇 년 뒤 내가 감기가 영 떨어지지 않아 엄마가 나를 병원에 데려가려고 조퇴시키려 했을 때, 총무 선생님이 의사에게 전화를 걸어 정말 진료 약속이 되어 있는지 확인하는 동안, 나는 교무실의 어두운 수족관 속에서 지그재그로 헤엄치는 조그마한 파란색 물고기 행렬을 바라보며 기다려야 했다.

기침해봐, 로즈. 교무실로 들어갈 때 엄마가 말했다. 나는 기관지가 찢어질 듯 연거푸 기침을 해댔다.

보이죠? 엄마가 총무 선생님에게 말했다. 가도 되나요?

총무 선생님은 내게 걱정스러운 눈길을 보냈다. 죄송합
니다, 학교 규정이라서요. 그는 얼굴을 찡그렸다. 그는 의사
와 전화 연결이 되기까지 십오 분을 기다렸고, 우리는 하마
터면 병원 예약 시간을 놓칠 뻔했다. 병원 대기실에서 엄마
는 잡지 한 장 한 장을 따귀를 때리듯 세차게 넘겼다.

그 몇 달간의 장보기는 평화롭게 보였다. 함께 장을 보는
엄마와 아이. 어떤 면에서는 보기 좋은 모습이기까지 했다.
우리 집에 찾아왔던 사회복지사들은 그날 엄마가 갓 구워
낸 바나나 빵 몇 조각을 싸들고 집을 나섰고, 고맙다고 외치
며 차에 올랐다. 오빠가 정상적인 하교 시간에 집에 오던 날
부터 아빠는 모든 걸 잊었다. 하지만 그 많은 수업을 빼먹고
얻은 한 가지 심각한 결과는 오빠가, 그렇지 않아도 친구가
없는 오빠가 학교에서 더욱 고립되었다는 점이었다. 오빠
는 몇 해 전만 해도 친구가 두셋은 있었다. 비록 아무도 집
에 데려온 적은 없었지만 오빠의 대화에서는 여러 번 반복
되는 같은 이름들이 있었다. 마르코, 마르코, 마르코, 스티
브, 마르코, 스티브, 스티브. 삼학년 이후부터는 그 이름들
이 '걔네'로 바뀌었다. 걔네는 쉬는 시간에 나갔어. 난 걔네
가 맘에 안 들어. 걔네는 죄다 체스를 둬. 걔네는 점심에 과
일 펀치를 싸 왔더라. 나도 싸줄 수 있어요? 나 집에 있어도

돼요? 이런 것은 엄마에게는 전혀 문제가 되지 않았다. 엄마는 오빠가 완벽하다고 생각했다. 오빠가 자주 기분이 안좋아지고, 대개 누구와도 눈을 마주치지 않으며, 모두를 무시하는데도. 엄마는 우리 셋이 샌타모니카 부두를 산책하던 어느 여름 오후, 오빠를 사막이라고 불렀다. 생태계로 치자면 오빠는 공급 에너지가 조금밖에 필요하지 않은 생태계라서 그렇다고 했다. 조지프에게는 햇빛이면 충분해. 엄마는 오빠에게 해가 들게 하면서 말했다. 오빠는 부두의 남쪽 면에 늘어선 게임 진열대에 정신이 팔려서 두 발을 옆으로 해서 걷고 있었다.

조지프는 자기 자원을 아껴서 쓰지. 오빠가 듣고 있지 않았으므로 엄마는 내게 말했다.

그럼 난 뭐예요? 부두의 끝으로 이어지는 삐걱거리는 나무판자 위를 걸을 때 내가 물었다. 부두 끝에는 구식 낚싯대를 붙잡고 온종일 서 있는 낚시꾼들이 있었다.

너? 엄마는 바다로 눈을 돌리며 말했다. 음. 열대우림.

열대우림? 왜요?

너는 무성하니까.

그럼 나는 비가 필요하겠네?

많이 필요하지.

그거 좋은 거예요?

좋은 것도, 나쁜 것도 아냐. 열대우림이 좋거나 나쁘든?

그럼 엄마는?

엄마는 어깨를 한 번 으쓱했다. 난 자주 바뀐단다. 하와이 빅아일랜드처럼.

엄마 하와이 가요?

빅아일랜드 말이야. 거기는 기후가 일곱 가지나 있단다. 너도 하와이가 될 수 있어, 되고 싶다면.

엄마도 열대우림이에요?

아닌 것 같은데.

사막은?

가끔은.

화산은?

때에 따라. 엄마는 소리 내어 웃었다.

나는 난간을 따라 혼자 걸었다. 한낮의 열기에 바다는 몽글거리는 투명한 알갱이처럼 보였다. 부두 끝까지 가니 키가 작은 일본인 할아버지가 있었다. 내가 그 옆에 서자 할아버지는 아침 여섯 시 반부터 거기서 고등어를 잡고 있는 중이라고 했다. 몇 시에 일어났니, 꼬마야? 할아버지가 물었다. 일곱 시요. 난 그때 벌써 여기 있었구나. 할아버지가 시계를 보며 말했다. 발치에는 얼음 상자에 담긴, 물고기가 그득한 양동이가 하나 있었다. 그때가 세 시 삼십 분이었다. 지금까지도 여기 있고 말이다.

지금은 저도 여기 있어요.

우리 둘 다 여기 있구나.

해 뜨는 거 보셨어요?

산 위로 떴지.

예뻐요?

할아버지가 고개를 끄덕였다. 그렇고말고. 주황색에, 분홍빛도 나고.

나 열대우림 대신 바다 할래요. 집으로 돌아오는 차 안에서 내가 말했다.

그러렴. 이미 마음이 다른 데로 간 지 오래인 엄마가 말했다.

오빠는 사막이 이따금씩 꽃 한 송이를 피워내듯 가끔씩 내게 손을 내밀어왔다. 미묘한 색조의 베이지색과 갈색에 익숙해져갈 즈음, 문득 햇살처럼 노란 양귀비가 손바닥선인장 가지에서 터져 나온다. 오빠가 달이나 목성을 손가락으로 가리킬 때 같은, 그 꽃이 피어나는 순간을 내가 얼마나 사랑했던지. 그러나 그런 순간은 드물었고, 결코 기대할 수도 없는 것이었다.

그래서, 이런 모든 이유 때문에, 어느 가을날 오후, 중학교 일학년인 오빠가 버스에서 내려 집까지 걸어오는 길, 옆에 누군가와 함께인 것을 발견했을 때 그것은 이만저만 놀라운 일이 아니었다. 오빠 또래의 친구라니. 나는 그날 학교 자연 수업에서 날씨에 대해, 뇌우, 토네이도, 허리케인 같은 것에 대해 배웠기 때문에 색깔 분필로 인도에 번갯불을 그리는 중이었다. 로스앤젤레스의 새파란 하늘에는 모두 너

무나도 이국적인 것들이었다. 첫 번째 번갯불 끄트머리를
정신없이 그리다가 고개를 들어 모퉁이를 돌아 나오는 둘
을 보았을 때, 처음에는 내가 잘못 본 거라고 생각했다. 나
는 번갯불을 밝은 오렌지색으로 마저 칠했다. 다시 고개를
들었다. 여전히 둘. 그다음 든 생각은 오빠가 장난에 걸려들
었다는 것이었다. 누가 오빠더러 저 친구를 맡으라고 시킨
건지도 몰랐다. 어쩌면 저 남자는 오빠를 놀려 먹으려는 나
쁜 친구인지도.

오빠 어떻게 된 거야? 둘이 마당 잔디에 발을 딛자마자
내가 물었다. 그때 난 일곱 살이었을 거다. 오빠는 여느 때
와 같이 대꾸가 없었다. 사막 바람. 뱀과 전갈들.

안녕. 조지 오빠가 말했다. 난 조지라고 해. 조지 오빠는
무릎을 굽혀 내 손을 잡고 악수했다. 중학교 일학년인데도
악수하는 폼이 자연스러웠다.

번개네! 조지 오빠가 바닥을 내려다보며 말했다.

그런데 오빠 어떻게 된 거야? 내가 둘을 따라 집 안으로
들어가며 물었다.

오빠는 자기 방으로 향했다. 조지 오빠가 나를 돌아보더
니 숙제를 같이 하러 집에 온 거라고 했다.

우리 오빠가 오빠를 가르치는 거야? 내가 물었다.

아니.

그럼 왜 우리 오빠랑 같이 있어?

과학 숙제 때문에. 과학 관련된 것들.

그의 눈썹이 눈에 들어왔다. 바지는, 그 나이 또래 남자아이들이 많이 입는 평범한 바지.

오빠도 과학 좋아해?

물론이지. 조지 오빠가 오빠 방으로 사라지며 말했다.

나는 그날 오후를 집 앞 인도의 분필 그림에서 오빠 방문 앞까지를 왔다 갔다 하면서 다 보냈다. 둘이 정확히 뭘 하는지는 들리지 않았지만 학교 수업에 대해 이야기하는 것 같기는 했다. 나는 기다란 번갯불을 아주 빨리 완성했고 그런 다음 파란색 분필로 사방에 빗줄기를 그려 넣었다. 건조하고 구름 한 점 없던 그날의 대기 속으로.

내가 충격을 받은 것은 조지 오빠가 우리 집에 네 번째인가 다섯 번째로 왔을 때였다. 나는 이번에도 오빠 방 앞에 앉아서 둘이 하는 이야기를 들으려 애쓰고 있었다. 나는 아직도 우리 오빠가 조지 오빠를 가르치고 있는 게 틀림없다고 생각했는데, 왜 저 오빠가 계속 우리 집에 나타나는지, 그것도 한 주에 두 번, 심지어 세 번씩이나 나타나는지 도무지 이해할 수 없었기 때문이다. 나는 레고로 기찻길을 쌓느라 여념이 없는 시늉을 했고, 공간이 모자라서 어쩔 수 없이 오빠 방 문 바로 앞에서 할 수밖에 없는 척 연기했다.

그건 이유가 뭘까? 목소리가 들렸다. 오빠 목소리였다.

바람 저항 때문이지. 조지 오빠였다.

나는 우리 오빠가 조지 오빠에게 뭔가 설명해주기를 기다렸다.

넌 그 문제를 왜 그렇게 풀었어? 오빠가 물었다.

이렇게 하면 더 빨라. 조지 오빠가 공책 위에 선을 그으며 말했다.

잠깐, 다시 한 번만 해봐. 오빠가 말했다.

어느 부분?

거기.

장난감 기차가 빨갛고 파란 기찻길을 들이받았다. 나는 삼십 분째 거기 앉아 귀를 기울였지만 오빠가 자기 손님에게 뭔가를 설명해주는 것은 들을 수 없었다.

내가 오빠와 같은 학교를 다녔더라면 그렇게 놀라지는 않았을 것이다. 오빠가 내 나이였을 때 학교 공부를 너무 빨리 배워 모두를 놀라게 했던 그 속도는 계속 유지되지 않았고, 중학교 일학년 때 오빠는 물론 고급수학반에 있었지만, 반에 오빠를 앞서는 이들이 적어도 셋은 있었다. 오빠는 따라가기 위해 미리 예습해 간 것을 곁눈질로 보아야만 할 때도 있었다. 오빠는 영재반에서 우수반으로 바뀌었고, 우수반도 매우 훌륭했지만 천재 소년에게 이것은 곤두박질이나 다름없었다.

기차가, 역을 들이받았다.

나에게는 천재 오빠라서 눈감아주어야 하는 부분이 있었다. 나는, 내가 태어난 이후로 줄곧, 오빠가 그렇게 이상한 것은 너무 똑똑해서라고 생각했다. 그러나 여기 오빠보다 더 똑똑한 조지 오빠가 있었고, 그는 내 이름을 알았다. 그는 나타날 때 '안녕'이라는 말을 빼먹지 않았으며 갈 때는 손을 흔들어주었다.

그날 나는 들키고 말았다. 내가 기차 바퀴를 돌리면서 복도 카펫에 누워 있었을 때, 조지 오빠가 전화를 걸려고 방에서 나왔다.

안녕, 로즈. 여기서 뭐 해?

미안. 나 기차 만들고 있었어.

어디로 가는 기차야?

그러니까, 기찻길인데, 뭐라 그랬지?

아, 기차가 어디로 가냐고.

음, 벤투라.

저리 안 가! 오빠의 화난 목소리가 방 깊숙한 곳에서 들렸다.

나는 기차를 부엌 쪽으로 옮기고 조지 오빠가 통화하는 것을 들었다. 누나가 잘 있는지 확인하는 전화였는데, 지적 장애가 있는 누나였다. 그가 전화기에 대고 말했다. 나 코끼리 그림이 하나 더 필요한데, 괜찮지? 내 늙은 코끼리가 친구가 필요하대.

엄마 역시 부엌에서 야채 망에 든 브로콜리를 흐르는 물에 씻고 있었다.

조지 오빠가 전화를 끊고 돌아갈 때 나는 엄마를 바라보았다.

착한 동생이구나. 엄마가 말했다.

사막이 아니야.

그게 무슨 말이니? 엄마는 물이 싱크대로 떨어지도록 브로콜리를 옆으로 걸쳐놓으며 말했다.

엄마가 오빠는 사막이라 그랬잖아요.

엄마는 물을 틀고 손을 씻었다. 그럴 리가, 사막 아니야. 엄마는 그날의 대화를 까맣게 잊었다는 듯이 말했다. 조지프는 정동(晶洞)이란다. 겉에서 보면 평범하지만 속은 눈부신 결정으로 꽉 찬 암석 말이야.

나는 손의 물기를 닦는 엄마를 보았다. 엄마의 나긋나긋한, 재주 많은 손가락들. 엄마가 오빠를 칭찬할 때면 내 마음속에선 한바탕 소동이 벌어졌다. 그때도 그랬다. 오빠는 정동이라니. 정동! 하지만 마음이 놓이기도 했다. 가끔 나로서는 빛 속에서 익사하는 기분이 드는, 엄마의 지대한 관심을 오빠가 거의 전부 빨아들이고 있다는 사실에. 오빠가 고스란히 받아서 바위 안으로 모아두는 그 빛은, 토파즈 크리스털과 흑전기석의 비스듬히 잘린 날카로운 면 안에 숨겨져 있었다.

조지프에게는 단면과 프리즘이 있어. 엄마는 말했다. 복잡한 지질학적 경이로움이지.

나는 그대로 조리대에 있었다. 손에는 여전히 레고 기차가 들려 있었다.

그럼 아빠는요?

아, 너희 아빠는, 엄마는 엉덩이를 조리대에 기대며 말했다, 커다랗고 강한 고집스러운 회색 바위. 그러고는 소리 내어 웃었다.

그럼 나는? 나는 주먹을 꽉 쥐고, 마지막으로 물었다.

너? 아가, 우리 로즈는…….

나는 가만히 서 있었다. 기다림.

로즈는…….

엄마는 파란색과 하얀색 체크무늬 행주를 접으면서 내게 웃음을 지어 보였다. 너는 바다유리(오랜 시간 파도와 모래의 마찰로 둥글게 다듬어진 유리 조각 ─ 옮긴이)란다. 예쁜 초록빛깔 바다유리. 모두들 널 사랑하고, 널 집으로 데려가고 싶어 하지.

기찻길 레고블록들을 모두 주워 내 방으로 가져다놓는 데는 한참이 걸렸다. 그건 칭찬이었어. 나는 레고블록을 챙기면서 계속 속으로 생각했다. 기분 좋아야 하는 게 맞다고.

10

토요일이 밝았고, 날은 화창하고 더웠다. 정식으로 아홉 살이 되었다. 나는 눈을 떴을 때 벌써 갈 준비가 되어 있었다. 조지 오빠는 열두 시나 되어야 오기로 했지만 나는 열 시부터 현관을 들락거리며 집 앞 길가를 흘끗거리는 통에 낙엽위로 길이 만들어질 지경이었다. 그리고 조지 오빠가 모퉁이를 돌아 우리 블록에 나타났을 때는 집 안으로 뛰어 들어가 마치 놀랐다는 듯이 현관문을 열어주었다. 안녕! 조지 오빠는 내게 인사를 하고 생일 축하 노래를 재빨리 불러준 뒤 오빠 방으로 바로 들어갔다. 십 분의 설득 끝에, 오빠는 '야구의 가장 큰 묘미는 야구모자다'라고 쓰인 야구모자를 쓰고 방에서 나왔고, 조지 오빠는 내게 비벌리 대로에 있는, 한 조각에 무려 삼 달러나 하는 수제 쿠키가 유명한 빵집까지 다 같이 걸어가는 게 어떻겠냐고 물었다. 좋아. 나는 고개를 끄덕이며 답했다. 마음에 쏙 들었다.

　가벼운 열기에 산들바람이 불어오는 흰 구름 낀 하늘의 이 따뜻한 토요일 오후, 아빠는 테니스를 치느라 야외에, 엄마는 연장을 익히느라 목공소에 있었고, 쪼로니 길을 나선 우리 셋은 멜로즈를 가로질러 스폴딩 애비뉴에 정겹게 줄지어 선, 자카란다 나무로 둘러싸인 네 가구 주택 건물들을 지나 남쪽으로 향했다.

엄마 말에 따르면 그때까지도 나는 건널목에서 꼭 누군가의 손을 잡고 건넜다고 했다. 열 살에야 나는 누구의 손도 잡지 않고 길을 건널 수 있게 되었다. 여러 번 오빠 손을 잡고 길을 건넜지만, 오빠 손을 잡는 것은 그저 식물을 붙잡는 느낌이었고, 맞잡아주지 않는 손가락에서 오는 실망은 너무나 날카로워 어떤 때는 대신 팔뚝을 잡는 쪽을 택하기도 했다. 이번에도 처음 몇 번은 길을 건널 때 그렇게 했지만, 오크우드 애비뉴에서 모퉁이를 돌면서 나는 충동적으로 조지 오빠의 손을 잡아버렸다. 곧바로, 내 손을 꼭 잡는, 손가락들. 태양. 진분홍 무더기를 이루며 창문 위로 드리워진 더욱 탐스러운 부겐빌레아 넝쿨. 그의 따뜻한 손바닥. 인도에 웅크리고 앉은 오렌지색 줄무늬 고양이. 낡은 검은색 티셔츠 차림으로 계단에 앉아 담배를 피우고 있는 사람들. 활짝 열리는, 도시.

우리는 인도에 도착했고, 손을 놓았다. 얼마나 바랐던가, 바로 그때, 온 세상이 건널목이기를.

둘이 앞서 걸으며, 우리 오빠가 고무나무 이파리를 세게 돌리면서 '돌림힘'에 관한 무엇인가를 설명해 보이는 동안, 나는 둘의 등과 팔을, 내젓는 움직임을 바라보았다. 나는 둘 사이에 끼었다는 기쁨에 취해 우리가 왜 이 길을 나섰는지를 까맣게 잊고 말았지만, 모퉁이에 다다라 비벌리 대로로 방향을 트는 순간, 실크같이 부드러운 버터와 설탕 향에 현실로 돌아왔고, 대개는 사람들을 군침 흘리게 만드는 그 냄새에 내 위는 곧바로 두려움을 느꼈다.

흠, 맛있는 냄새. 조지 오빠가 말했다.

우리 오빠는 벌써 따분하다는 듯 눈알을 굴렸다. 아무래
도 냄새치인 것 같았다. 오빠는 빵집 앞, 진달래 무더기를
둘러싸고 있는 낮은 돌담에 자리를 잡고 앉아 예의 모눈종
이 뭉치를 꺼냈다.

난 여기 밖에 있을게, 진짜 실험을 하면서 말이야.

오빠는 모눈종이들을 고르기 시작했다. 조지 오빠는 나
를 위해 문을 열어주었고, 우리는 한 줄로 안으로 들어갔다,
같이.

나는 우리 오빠랑 단둘이 같이 있는 일도 드물었거니와,
하물며 조지 오빠와는 단둘이 있는 것은 처음이었다. 나는
어떻게 해야 할지 알 수 없었다. 마치 춤 신청이라도 받은,
아니 뭐라도 정말 부탁을 받은 기분이었다. 가게는 텅 비어
있었고, 나는 가게 한가운데 선 채로 어쩔 줄을 몰라 하며
가게 벽면을 뒤덮은 열정적인 문구들을 남김없이 중얼거리
며 읽었다. 그중에는 모든 쿠키를 틀림없이 이 빵집에서 '직
접' 구웠다는 문구도 있었다. 그것이 바로 조지 오빠와 내가
오늘의 실험 장소로 이곳이 제격이라고 동의한 이유였다.

집 밖으로 나오는 게 더 좋지. 조지 오빠가 내게 다가오며
말했다. 다른 걸 알아낼 수 있을지도 모르잖아, 상대가 누군
지 모른다면.

맞아. 내가 말했다.

대상을 환경에서 분리해 재실험하기. 조지 오빠가 손으로 따옴표 표시를 만들며 말했다.

커다란 통에서, 나는 초콜릿칩 쿠키와 오트밀 쿠키를 집었다. 조지 오빠도 같은 걸 집더니 그 높은 산 모양 눈썹을 하고 나를 가까이서 바라보았다. 좋아, 준비됐어?

그런 것 같아.

나는 빨강과 베이지색이 섞인 탁자에 자리를 잡았다.

천천히 해. 조지 오빠가 말했다.

나는 초콜릿칩 쿠키를 한 입 깨물었다. 천천히 삼켰다.

거의 한 주가 지난 그때쯤, 나는 맹렬히 쏟아지는 여러 층의 맛들을 좀 더 빨리 감별해낼 수 있었다. 초콜릿칩들은 공장에서 만든 것이어서 하나같이 약한 쇠 맛과 텅 빈 맛이 났고, 버터는 우리에 갇힌 소에게서 짜낸 젖으로 만든 탓인지 풍미가 충분하지 않았다. 달걀은 약간 먼 곳의 맛과 플라스틱 맛이 희미하게 났다. 각 부분들 모두가 멀리서 웅성거렸으며, 이에 더해 재료들을 섞고 반죽을 만든 제빵사는 화가 나 있었다. 쿠키 안에 들어 있는, 단단한 화.

화? 내가 말했을 때, 조지 오빠는 자리에서 일어나 자기 초콜릿칩 쿠키를 우물거리면서 진열된 화이트초콜릿 쿠키며 무설탕 버터 쿠키 들을 훑어보는 중이었다.

그럼 그건 화난 쿠키야?

내가 망설이면서 고개를 끄덕였다. 오빠는 자기 것을 한 입 더 먹어보았고, 나는 그가 나처럼 맛을 느껴보려 세심하게 주의를 기울이는 모습을 볼 수 있었다. 눈동자가 거의 닿을 듯이 모아졌다.

맙소사. 잠시 후 조지 오빠는 고개를 저으며 말했다. 난 전혀 모르겠는데.

조지 오빠는 계산대로 가서 종을 눌렀다. 잠시 후, 점원이 뒤편에서 나타났다. 검은색으로 염색한 짧은 머리에 코가 우뚝 솟은, 먼지투성이 빨간 유니폼 차림의 젊은 남자였다.

그래, 뭘 도와줄까.

이거 구우셨어요? 조지 오빠가 물었다.

분명 이십대 초반쯤 되어 보이는 그 젊은 남자는 조지 오빠의 손에 아직 반절이 남은 초콜릿칩 쿠키를 내려다보았다.

뭐였는데?

초콜릿칩이요.

점원은 코를 훌쩍였다. 벽시계를 쳐다보았다. 그래. 점원이 말했다.

조지 오빠가 팔꿈치를 계산대에 올려놓고, 주머니가 여러 개 달린 카키색 바지를 입은 다리를 꼬았다. 나는 조지 오빠의 바로 그런 점들이 정말로 좋았다. 한 주 내내 우리 오빠가 독사 같은 눈을 하고 증오의 눈빛으로 나를 쏘아봤던 것도 아무렇지 않았다. 곧 오빠들의 관심사가 다른 무엇인가로, 부러진 스프링클러나 날씨 패턴의 변화, 아니면 라브레아 애비뉴의 교통 체계 따위로 옮겨 갈 것임을 알고 있었지만, 그 순간만큼은 내가 제일번 프로젝트였다. 그리고 빨간 유니폼을 입은 젊은 남자는 지금, 대부분의 사람들이 하듯 조지 오빠가 묻는 말에 대답하고 있었다. 조지 오빠가 그에게서 뭔가를 원하고 있었으니까. 그때 그 점원만이 알고 있는 특별한 사실을 원하고 있었으니까. 다른 것도 아니라 도무지 저항하기 힘든, 집중하는 그 부드러운 눈빛으로.

저희가 학교 숙제를 하고 있는데요. 조지 오빠는 점원에게 조금 더 가까이 몸을 기댔다. 몇 가지 좀 여쭤봐도 될까요?

그러렴.

이 쿠키 만들 때 기분이 어떠셨어요?

기분 같은 건 없어. 그냥 쿠키를 만드는 거지. 볼에 넣고, 저어서, 구우면 끝이야.

쿠키 만드는 게 좋으세요?

그럴 리가 있겠냐? 난 이 일이 미치도록 싫어.

조지 오빠는 계산대에 기댄 자세를 바꾸었다. 아주 잠깐 고개를 돌려 내 눈을 똑바로 바라보았다. 달콤한 가루들이 내 목구멍을 타고 흘러 내려갔다.

왜요?

대학 졸업하고 처음 하는 일이 쿠키 굽는 거라면 넌 좋겠니?

아마 안 좋겠죠.

게다가 난 원래부터 쿠키는 좋아하지도 않아.

나는 오트밀 쿠키를 한 입 깨물었다. 비슷한 수준이었다. 단지 이번엔 귀리라는 것이 다를 뿐. 귀리는 잘 말랐지만 수분이 충분하지 않았고, 거의 아무 맛이 없다시피 한 건포도는 바싹 말라붙은 포도로 만들어진 데다 목마른 농장 일꾼이 수확한 것이었고, 만든 이는 무척 서두르고 있었다. 쿠키전체가 너무 서두르는 맛이 나서, 나도 빨리 먹어야지 그렇지 않으면 그것이 어떻게든 나를 먹어치울 것 같았다.

오트밀 쿠키는 급하게 만들어졌어. 내가 조지 오빠에게 목청을 좀 더 높여 말했다.

초콜릿칩은 화가 났고. 오빠가 내게로 돌아서며 말했다. 그건 또 뭐라고? 오트밀은?

서두르고 있어.

오빠가 다시 몸을 돌렸다. 오트밀 쿠키도 만드셨어요?

아니, 그건 재닛이 만들었는데.

재닛이 누군데요?

아침에 일하는 당번이야. 늘 차가 막힌다고 타령을 하지. 점원이 나를 흘끗 보았다. 언제나 늦어서 헐레벌떡 뛰어오니까.

내 얼굴이 빨개지는 게 느껴졌다. 조지 오빠가 웃었다. 고맙습니다. 오빠가 점원에게 말했다.

조지 오빠는 돌아오더니 내 묶은 머리를 두 갈래로 잡아당겼다.

누구누구는 똑똑하다네. 그가 노래를 불렀다.

나는 그를 꽉 붙잡고 싶었다. 그의 소맷부리에 나를 묶어놓고 싶었다.

하지만 난 그런 거 싫어. 내가 말했다. 필요 없다고.

그런데 무슨 숙제니? 남자가 계산대의 쿠폰 더미를 대충 정리하면서 물었다.

나는 플라스틱 못 몇 개로 바닥에 박혀 있는 빨간 의자에 앉아 있었다. 발끝이 바닥에 겨우 닿았다. 탁자는 베이지색 점박이 무늬 위로 두껍게 천연 광택제가 칠해진 것이었는데, 자연스러움을 전달하려고 애쓰는 것 같았다. 나는 둘 다 더는 먹을 수 없어서 탁자 위에 자투리를 그대로 남겨두었다.

위치 맞히기 실험이라고 할 수 있을지 모르겠네요. 조지 오빠가 내가 남긴 것을 집어 먹으며 말했다. 말하자면, 사람이 쿠키 어디에다 감정을 집어넣었는지, 뭐 그런 거요. 그가 우물거리며 말했다.

남자는 이맛살을 찌푸렸고, 검은 머리칼 한 뭉치가 내려와 눈을 덮었다.

아니면, 제가 제정신이 아니거나요. 의자에 앉은 내가 말했다.

그래? 남자가 물었다.

진실을 말하자면, 그랬다. 나는 조지 오빠가 남은 쿠키들을 주저 없이 먹어치우는 게 보기가 힘들었다. 재닛의 오트밀 쿠키 안에 들어 있는 서두름, 어찌나 서두르고 있는지 약속이 빽빽이 들어찬 달력을 먹는 기분을 조금도 맛보지 않다니. 초콜릿칩 하나하나에 스며들어 있는 분노의 샌드백 맛을 눈곱만큼도 느끼지 않다니. 나는 벌써부터, 다른 사람들 모두의 입이 너무 부러워졌다. 하지만 나는 나를 믿어주었다는 점에서 조지 오빠를 사랑했다. 내가 차갑고 새하얀 방에 서서 불이야! 하고 소리 지른다 해도 오빠는 내게 다가와 왜 그러는지 이유를 물어줄 테니까. 바로 그 점 때문에 오빠는 아주 좋은 과학자가 될 수 있을 것이었다.

아니요, 아마 아닐 거예요. 내가 말했다.

잠깐만, 기다려봐. 남자가 뒤편으로 사라지더니 랩으로 꽁꽁 싸인 샌드위치를 들고 나왔다.

샌드위치도 될까?

나는 움직이지 않았다. 점원은 샌드위치를 건넸다. 조지 오빠는 일종의 중립적인 호기심으로 지켜보고 있었고, 나는 어떻게 해야 할지 알 수 없어서 그냥 랩을 벗겨서 샌드위치를 한 입 베어 물었다. 집에서 직접 만든 햄치즈 겨자소스 샌드위치로, 흰 빵 중간에는 얄따란 양상추가 끼어져 있었다. 음식으로서는 나쁘지 않았다. 좋은 햄, 정상적인 공장에서 만들어진 일반 겨자. 보통 먹는 빵. 피곤한 양상추 수확자. 그러나 샌드위치 전체에서는 거의 절규하는 듯한 맛이 났다. 샌드위치가 내게 소리를 지르고 있는 것 같았다, 사랑해달라고, 자기를 사랑해달라고, 아주아주 큰 소리로. 계산대의 남자는 나를 유심히 살폈다.

아……. 내가 말했다.

내 여자친구가 만든 거야. 남자가 말했다.

여자친구가 아저씨 샌드위치를 만들어줘요? 조지 오빠가 물었다.

걔가 그러는 걸 좋아해서.

나는 뭐라고 해야 할지 난감했다. 샌드위치를 탁자에 내려놓았다.

왜? 남자가 물었다.

샌드위치가, 아저씨가 자기를 사랑해주면 좋겠다는데요.

남자는 소리 내어 웃기 시작했다. 하지만 내 목소리는 꽉 잠겨 있었다. 조지 오빠가 샌드위치를 가져가 한 입 베어 물었다. 햄이 그러는 거야? 오빠가 물었다.

샌드위치가? 남자가 물었다.

나한테 소리 지르고 있었어요. 내가 눈을 감은 채 말했다. 자기를 사랑해달라고 나에게 소리치고 있었어요.

조지 오빠가 한 입 더 먹고는 샌드위치를 다시 랩으로 쌌다. 여자친구분 이야기 같아요?

아니. 남자가 조금 웃어 보이며 말했다.

제 말은 그러니까, 여자친구를 사랑하세요? 조지 오빠가 물었다.

남자는 어깨를 으쓱해 보였다. 네가 사랑을 무슨 뜻으로 생각하고 묻느냐에 따라 다르지.

나는 탁자 위에 고개를 수그렸다. 외치는 소리는 컸고, 정보는 너무 많아 감별할 수 없었다. 이 모두가 아홉 살짜리에게는 충분히 버거웠다. 조지 오빠는 남은 샌드위치를 점원에게 돌려주었다.

자, 됐어. 조지 오빠가 말했다. 로즈의 맛 실험은 이걸로 끝이야. 오빠가 손을 뻗어 내 손을 꽉 잡았다. 건널목 앞에 서 있지 않은데도.

도와주셔서 고맙습니다. 조지 오빠가 나를 일으키며 말했다. 정말 큰 도움이 되었어요. 재닛이란 분에게 천천히 하시라고 전해주세요.

이런, 고맙다고? 남자가 고개를 내저으며 말했다. 우리가 계속 있어주기를 바라는 듯한 목소리였다.

우리는 냅킨을 버리고 문을 열고 나왔다. 나는 아직 조지 오빠의 손을 꽉 붙잡은 채였다. 바깥의 차 소리가 들려오고, 저마다 바쁘게 움직이는 닫힌 차창들 안에 있는, 내가 닿을 수 없는 사람들의 행렬이 눈에 들어오니 정말로 마음이 놓였다.

밖에서는 조지프 오빠가 아직도 듬성듬성하게 무더기 진 분홍 진달래를 둘러싼 돌담에 앉아 종이 위에 곡선을 꽃잎처럼 겹쳐 그리고 있었다.

야, 로즈 진짜야. 조지 오빠가 우리 오빠에게 다가가며 말했다. 내가 어딘가에서 우승이라도 한 듯 내 손을 번쩍 들어올렸다. 네 여동생 말이야. 마술 음식 심령술사, 뭐 그런 것 같다고.

오빠는 나를 쳐다보았다. 표정에는 미동조차 없었다. 그

대신 오빠는 완벽한 문양이 그려진 모눈종이 세 장을 건넸다. 네 방 벽지에 보태라. 오빠가 말했다. 멋진데. 조지 오빠가 한 장 한 장을 오래도록 바라보며 말했다.

있잖아. 다 같이 걷기 시작했을 때 조지 오빠가 내 쪽을 보며 말했다. 그건 대부분이, 사람들이 모르고 있는 감정 같다, 그렇지?

내가 보기에도 그런 것 같았지만 나는 그 생각이 전혀 마음에 들지 않았다.

그 아저씨 진짜 화났더라! 조지 오빠가 오빠에게 점원에 대해 말하며 웃었다.

오빠는 조지 오빠가 처음부터 끝까지 이야기해주는 것을 들었고, 나는 길을 건널 때마다 조지 오빠의 손을 붙잡았으며, 그는 따뜻한 손가락으로 내 손을 꽉 맞잡아주었다. 몇 번은 길을 다 건넜는데도 그가 내 손을 놓는 걸 잊어버려서 나는, 그가 검은색 장미선인장의 고딕풍 아름다움이나 어떤 집 굴뚝의 비스듬한 각도에 대해 몸짓으로 설명하려고 내 손을 놓을 때까지 그대로 붙잡고 있었다. 아까 그 샌드위치의 맛을 나는 잘 알았다. 그의 손을 잡고, 나는 모든 아파트 건물을 달뜬 사랑의 눈길로 바라보았다. 창가로 난 커다란 창문들 안을 유심히 들여다보니 짙은 와인색과 어두운 빨강으로 칠이 된 거실들이 보였다. 나는 음식 심령술사야. 속으로 말해보았다. 그렇게 생각하니 비록 건물 아래로 기어 들어가 다시는 나오고 싶지 않았지만.

나는 그 산책을 깊이 음미했고, 그렇게 하기는 정말 잘한 것이었다. 왜냐하면 집에 도착하자마자 줄은 뚝 끊어졌기 때문이다. 혹은 우리 오빠가 줄을 끊었거나. 집으로 들어가자마자 오빠는 자기 방으로 달려가 도서관에서 빌려 온, 프랙털에 관한 희귀한 하드커버 도감을 가지고 나왔고 그것은 중학교 이학년 과학 천재에게는 저항할 수 없는 매력이었다. 둘은 나머지 오후 시간은 물론 저녁까지 나뭇잎을 뚫어져라 바라보면서 보냈다.

11

낮이 점점 길어지던 봄날, 아빠는 테니스 치는 시간을 더 늘렸고 회사에서는 재분배 권한에 대한 사건을 맡았으며, 목공소 일을 계속하는 엄마는 따끈한 톱밥과 송진 냄새를 풍기며 집에 돌아왔다. 엄마는 공단처럼 부드럽게 사포질된 티크 나무 도마와 함을 집으로 가져왔다. 곧게 뻗은 다리에 황갈색으로 염색한 천 뒷면에 복잡한 문양이 있는, 소나무로 만든 주방용 캔버스천 의자도 가져왔다. 우리는 감탄사를 연발하며 그 주위로 몰려들었다. 엄마는 손부채질을 하며 가시가 박혔다고 우는소리를 했고, 결국 오빠와 함께 미용용품점에 특별히 걸음을 했으며, 오빠는 그곳 선반에서 가장 좋은 족집게를 하나 골랐다. 둘은 같이 장보기를 아직도 즐기고 있었다. 그 일요일 저녁, 식사를 마친 뒤 오빠는 소파에 엄마와 붙어 앉아, 조심스럽게, 족집게를 따뜻한 물이 담긴 얕은 대접에 담갔다가 꺼내 그 긴 손가락들과 엄마에게 물려받은 손재주를 이용해 인내심 있게 엄마 손에서 가시를 뺐다. 오빠는 가시 하나를 빼내면 키친타월로 닦아냈고, 족집게를 다시 물에 담갔다가, 다른 가시를 뽑아내기에 몰두했다. 이 작업은 한 시간이 걸렸고, 오래지 않아 일요일 저녁의 관례가 되었다.

우리 조지프는 뇌외과 의사를 해도 되겠구나. 엄마가 오빠를 바라보며 중얼거렸다.

때로 나는, 매주 토요일이 돌아오면, 엄마가 오빠와의 이 특별한 시간을 지속하고 싶어서 다듬지 않은 나무에 손을 문지르다 오는 것은 아닐까 궁금했다.

남은 한 해, 나는 가까스로 학교를 다녔다. 맞춤법 자습장을 다 채웠다. 버스에 올랐다. 쉬는 시간이 되면 피구하는 무리 맨 앞줄에 섰고, 몇 번은 내가 공을 너무 세게 던져서 선생님이 나를 끌어내야 했다. 에디는 나를 사기꾼이라고 불렀다. 엘리자가 사이드라인에서 나를 너무나 안됐다는 눈빛으로 바라보기에 나는 그쪽으로 공을 던졌다. 공이 어떤 아이 얼굴을 스치면서 그 아이의 안경을 깼다.

나는 누구에게 말해야 할지, 혹은 알려줘야 할지 알 수 없었기 때문에 그저 나 혼자서, 포장되어 나오는 간식들을 사 먹으며 지냈다. 그러면서 전국 수많은 공장의 딱딱함과 무미건조함의 미묘한 차이들을 가려낼 줄 알게 되었고, 식료품점에서 조리되어 나오는 음식을 먹으면서는 행복한 점원, 초조해하는 점원, 좌절한 점원이 만든 음식을 맛보기도 했다. 때로는 냉장고를 열기가 겁이 났다. 무엇보다 오븐에 구운 제품들이 최악이었는데, 가장 속속들이 오랜 시간 조리되는 음식이었기 때문이다. 그래서 나는 사람이 만들지 않은, 고도로 가공된 음식—썹어 먹는 젤리, 땅콩버터 크래커, 감자칩—을 섞어가며 먹고, 여기에 가끔씩 기계가 음식

재료를 쌓고 사람의 손길이 닿지 않는 경우가 많은 패스트푸드 버거, 그리고 아예 조리되지 않은 과일과 채소를 먹었다. 학교에서는 집에서 싸 간 사과와 당근을 먹고 나서 용돈으로 자판기에서 과자를 사 먹는 식으로 하루를 버텼다.

나는 아빠에게 엄마가 요리를 쉴 수 있게 외식을 더 자주 하자고 말했다. 하지만 난 요리가 좋아! 엄마는 손사래를 치며 말했다. 엄마가 만든 게 그렇게 맘에 안 드니? 아니, 그게 아니라요. 학교 때문에 그러니? 나는 아빠의 소맷자락을 잡아당겼다. 밖에 나가 먹어요, 네? 아빠는 말도 안 되게 양이 많다며 식당 음식을 싫어했지만 입을 꾹 다물고 생각하더니 비벌리에 있는, 아빠 보기에 괜찮다고 생각되는 새로운 이탈리아 음식점을 이야기했다. 우리는 토요일에 거기에 갔다. 미네스트로네 수프(파스타나 쌀을 넣은, 이탈리아 채소 수프—옮긴이)에서 느껴지는 주방장은 조금 무뚝뚝한 사람이었지만 친절했고 느긋했으며 먹기에 편안했다. 이제 우리 앞으로도 계속 거기 가요. 나는 바라는 마음을 담아, 차 안에서 노래를 했다.

끼니때마다 고기 반 근씩을 먹어야 하는 거니? 아빠는 황색 신호에서 직진하며 말했다. 정말 그래야 해?

엄마는 아빠 볼을 문질렀다. 당신은 계속 자라고 있잖아.

아니, 그렇지 않아! 아빠는 운전대를 치며 말했다. 난 이제 더 이상 자라지 않아! 옆으로만 자라지!

학교 보건 선생님이 나를 다시 불렀다. 나는 이 킬로그램이 줄었다. 선생님은 아이스크림을 먹어보라고 권했다. 아이스크림은 대체로 괜찮았다. 나는 도로 몸무게가 늘었다.

그런데 나 이제 어떡하지? 빵집에 들른 지 두세 달 뒤, 나는 오빠가 팝콘을 한 그릇 튀기러 자기 방에서 나간 사이 조지 오빠에게 물었다. 조지 오빠는 바닥에 누워 있었고, 어디서 났는지 빨간 레이저 불빛을 쏘는 포인터로 천장 모퉁이를 비추고 있었다.

이것 좀 봐. 조지 오빠가 말했다.

나는 방 안으로 한 발 내디뎌, 빨간빛이 천장 네 귀퉁이에 점을 만드는 것을 바라보았다.

광선이야. 그가 말했다.

예뻐.

그런데 나 그거 어떻게 해야 해? 내가 조금 있다가 또 물었다.

그거라니?

내 음식 문제 말이야.

그는 빨간 점의 불빛을 내 이마에 쏘았다. 이렇게 하니까 인도 사람 같네.

조지 오빠!

그건 문제가 아냐. 그가 포인터 불빛을 치우며 말했다. 엄청 멋진 거지.

난 싫단 말이야. 나는 양 볼을 빨아들여 홀쭉하게 만들었다.

아니면 점점 익숙해질 수도 있지. 조지 오빠가 빨간 점을 문의 열쇠구멍 틈새로 쏘면서 말했다.

그는 나를 보고 웃었고, 그것은 진짜 웃음이었지만 또한 저 먼 곳에서 오는 것이기도 했다. 강물 위의 우리가 탄 배는 점점 멀어지고 있었다. 그가 들어주어야 할 내 고충이 더 있었지만 부엌에서 팝콘이 다 된 소리가 들렸고, 그릇 안에서 녹아내리는 유혹적인 버터 냄새를 맡을 수 있었다. 오빠는 팝콘을 튀기면서 뭐라고 투덜거리고 있었다. 저 팝콘, 부풀어 오르다 무너져 내리는 짜디짠 죽음. 나는 한 개도 먹지 않을 것이다.

그럴 수도 있겠지. 내가 말했다.

내 생각엔 말이야, 넌 영웅이 될 거야. 그는 내 입에 빨간 점을 쏘았다. 입 벌려봐.

레이저 불빛이 내 목구멍을 타고 내려갔다.

여기다. 그가 빨간 점을 이리저리로 움직이며 말했다. 영웅적인 입.

맨 처음 케이크 사건이 있은 지 여섯 달쯤 뒤인 팔월의 어느 토요일 아침, 과일과 이스트 냄새에 깨어보니 엄마가 부엌을 여기저기 뒤지며 손수 과일 파이를 만들고 있었다. 오빠는 조지 오빠와 공원에서 배터리로 가는 로켓을 띄워보기 위해 일찌감치 나가고 없었고, 아빠 차는 주말이었음에도 늘 출근하던 시간에 경적을 울렸다. 요새 집에는 긴장감이 감돌았다. 아빠는 무뚝뚝해졌고 엄마는 안절부절못했다. 아빠가 집에 있을 때면 엄마는 정말로 빠르게 이야기들을 늘어놓았고 아빠는 거의 알아들을 수가 없는지 눈길이 방 안을 떠돌았다.

그날 아침, 내가 잠옷 바람으로 지척지척 부엌으로 갔을 때 엄마는 마치 오래도록 못 만난 단짝 친구를 반기듯 날 맞이했다. 로즈! 내가 부엌 문간에 나타나자 엄마가 외쳤다. 좋은 아침! 기분 어때? 잘 잤니? 엄마는 나를 붙잡더니 꽉 껴안았다. 방금 감은 엄마의 머리카락에서는 새순 돋은 라벤더 들판의 냄새가 났다. 자! 엄마가 두 손을 맞잡으며 말했다. 우리 딸, 아침으로 파이 어떠니?

엄마가 저렇게 말짱하게 깨어 있다는 건 십중팔구 새벽 두 시에 잠을 깬 뒤로 다시 잠들지 못했고, 새벽 다섯 시쯤 되어 지루함을 이기지 못해 뭔가를 굽기 시작했다는 뜻이었다. 조리대는 반죽 볼들과 숟가락, 여기저기 흘린 밀가루로 어질러져 있었다.

아니면 시리얼은 어떨까요? 내가 말했다.

신문에서 본 새로운 요리법으로 해본 거란 말이야. 엄마가 말했다. 복숭아 딩고 파이. 준비됐습니까? 같이 맛보지 않을래요?

딩고? 그건 캥거루 아니에요?

링고인가? 링고베리였나? 아무튼 그 비슷한 거.

엄마는 나를 식탁으로 끌어당겼다. 얼굴에서 빛이 났다.

그렇게 부정확하다니 엄마답지 않았다. 그날 아침은 도처에 경고등이 켜져 있었다.

엄마는 요사이 평소보다 훨씬 자주 디저트를 구웠지만 모두 목공소로 가져갔고, 하느님께 감사하게도 엄마의 선생님은 단것을 무척 좋아했다. 선생님이 치즈 케이크를 얼마나 좋아하는지 몰라. 말하는 엄마 얼굴에서 빛이 났다. 내가 만든 오트밀 쿠키를 다 먹었다니까. 목공예와, 작업실 사람들과, 그리고 아들과의 오붓한 가시 빼내기 시간이라는 매력들이 한데 합쳐져 엄마는 늘 부딪혔던 한계점에 도달했는데도 계속 실버레이크 작업실로 갔고, 나는 매일 밤 잠자리에 들면서 내가 할 수 없는 일을 맡아준 것에 대해 목공소 사장님에게 감사기도를 보냈다. 하지만 오늘 아침 집에는 나밖에 없었고, 주말이었으며, 목공소는 문을 열지 않았고, 부엌에는 미국 곳곳의 냄새, 애틀랜타의 과수원, 오리건의 열매 넝쿨, 메이플라워호에 오른 청교도들에게 배어 있던 유서 깊은 잉글랜드 파이의 냄새가 진동했다.

아이들은 겁이 없다. 두려움도 전과 같았고 희망도 변함없었지만, 바로 그 희망 때문에, 나는 은 포크를 집어 들었다. 작은 흰 접시 위에 놓인 엄마의 파이 한 조각을, 천장의 붙박이 이중 전구 아래서 입안으로 가져갔다. 목 늘어난 버니 양말에 데이지꽃 잠옷 바람으로. 맛은 너무 고약해서 입안에 물고 있기조차 힘들었다.

어떠니? 엄마는 의자에 등을 기대고, 눈을 가늘게 뜬 채 맛을 음미하며 물었다. 옛날에 그랬던 것처럼.

시작이 케이크였다면, 끝은 파이였다.

나도 등을 기댔다. 이번에는 하나도 숨길 수가 없었다. 나는 의자에서 몸을 기울여 타일 깔린 부엌 바닥으로 고꾸라졌다. 낮은 데로 가야 했기에 마룻바닥으로 떨어졌다. 의자는 너무 높았다. 이글거리는, 붙박이 등.

로즈? 아가? 괜찮니?

아니. 내가 낮게 말했다.

숨을 못 쉬겠어?

아니. 하지만 나는 눈을 감았다. 목구멍이 죄어들었다. 파이 반죽도 복숭아 시럽도 입안에서 꺼끌거렸다. 한 입 한 입에 밴, 전과 똑같은 지독한 갈망의 맛.

엄마 것이었을까? 내 것이었을까?

오전이었고, 바깥에서는 옆집 꼬마들의 자전거 타는 소리, 자전거 바퀴가 이른 아침 잔디에 물을 주어 생긴 물웅덩이를 튀기며 지나가는 소리가 들렸다. 지금까지 유례없이 선선한 팔월이 계속되고 있었고, 바깥의 빛은 맑고 선명했다. 나는 스프링클러가 돌아간 뒤의 촉촉한 공기 속을 걸으며, 인도 위를 버둥거리는 벌레가 있으면 접은 나뭇잎으로 들어 올려서 다시 땅에 놓아주는 것을 좋아했다. 그렇게 벌레의 구원자일 만큼 나는 대체로 너그러운 아이였다. 그러나 그날 아침, 아이들이 밖에서 씽씽 소리를 내며 자전거를 타고 지나가는 동안, 나는 키친타월을 낚아채듯 뽑아 그걸로 혀를 세게 긁어냈다.

나는 내 입을 잡아 뜯기 시작했다. 나가! 고함을 쳤다.

왜 그러니, 아가? 엄마가 버둥거리며 의자에서 일어났다.

내 입이, 내가 말했다. 별안간 울음이 터졌다. 뜨거운 눈물이 얼굴을 타고 쏟아져 내렸다. 모든 게 흘러넘쳤다. 나는 손가락으로 그것을─입을─잡아당겼다. 빼내줘! 내가 소리쳤다. 제발, 엄마. 내 얼굴에서 뜯어내줘.

바닥 타일은 차가웠고, 나는 언제나처럼 거기, 마룻바닥이 있다는 게 너무 고마웠다. 타일 바닥에 뺨을 대고 그 차가움에 나를 진정시켰다.

엄마가 놀라고 당황한 얼굴로 무릎을 꿇고 내 옆에 앉았다. 로즈, 아가, 무슨 일인지 모르겠구나. 너 무슨 말을 하는 거니?

나는 키친타월을 내던져버렸다. 한 장을 더 뽑았다. 혀를 닦아냈다. 또 한 장 뽑았다. 그동안 엄마가 구운 디저트는 안 먹고 피해왔지만, 엄마가 만든 저녁은 몇 달째 먹고 있었다. 저녁마다 우리를 위해 수고와 사랑으로 만드는 음식들이었다. 얼굴에 모든 것을 드러내지 않으려 애쓰면서 먹었다. 한 입 먹을 때마다 감자칩을 같이 먹었다. 점심시간에는 친구들 점심을 한 입씩 얻어먹었고, 학교식당에서도 이것저것 먹어보다가 급기야 학교식당 맨 왼쪽 구석에서 일하는, 머리에 위생모를 쓴 어떤 슬픈 아줌마가 만드는 말랑한 조각피자가 괜찮다는 것을 알게 됐다. 그 아줌마는 정말로 슬펐다. 그렇지만 그 슬픔은 진실됐고 또 솔직해서, 토마토소스와 녹은 치즈는 상당히 먹을 만했고 심지어 맛이 좋기까지 했다. 나는 그 아줌마가 만든 음식을 먹기 위해 점심시간마다 늦지 않게 학교식당에 도착하려고 애썼다. 가끔 그 아줌마는 우리 점심시간에 맞춰 휴식 시간을 가졌기 때문이다. 나는 그 아줌마가 자리를 뜨기 전에 음식을 받을 수 있도록 맨 앞줄에 서려고 사람들을 밀치며 앞으로 뛰어갔고, 선생님은 나를 불러 세워 무슨 일이냐고 물었다. 어떤 아줌마가 있어요, 식당에요. 내가 선생님의 하늘색 귀고리를 뚫어지게 보며 말했다. 아직 교실에 있어야지, 로즈. 선생님은 그렇게 말하면서 나를 끌고 갔다. 그 슬픈 아줌마는 수업 시작종이 울리기 십 분 전에 식당으로 돌아왔기 때문에, 나는 사과 같은 싸 온 것 무엇이든 오물거리다가 그 아줌마가 돌아오면 배식구로 달려가서 아줌마가 만든 것을 아무거나 받아옴으로써, 점심시간이 끝나기 전에 검증받은 감정을 먹을 수 있었다. 나는 언제라도 여건만 되면 패스트푸드를 먹었고, 그것은 길을 건널 때 오빠 손의 실망감을 감당하고 싶지 않아 오빠의 팔뚝을 잡는 것과 다르지 않았다. 나는 모든 새로운 음식에서 꽉 찬 무언가를 찾는 데 열중했고, 내 하루 일과 전체는 그 일에 할애되었다. 그렇게, 날이면 날마다, 나는 집에서 한 주마다 돌아오는 엄마 아빠 사이의 어색함과 침묵 속에서, 엄마의 반짝이고 쉴 틈 없는 눈빛 속에서, 맛있게 먹는 것처럼 연기를 하고 있었다. 하지만 무슨 이유에서인지 바로 그때 한 번, 나는 엄마의 파이를 맛있게 먹는 시늉을 할 수 없었다.

조리대에 놓인, 크게 두 조각이 잘려 나간, 갈색 파이.

왜 그러니, 로즈? 파이 때문에 그래?

엄마 기분이 너무 안 좋지. 내가 바닥 타일에 대고 말했다.

무슨 소리니? 엄마가 내 어깨에 손을 올리며 말했다. 바닥한테 말하는 거니? 나 말하는 거야, 로즈?

저 안에서 엄마는 너무 슬퍼. 외롭고, 배고프고, 너무 슬퍼…….

어디서?

파이에서.

파이에서? 엄마가 움찔했다. 도대체 무슨 말이니, 아가?

아가 아니야. 더 이상 아가가 아니라고.

로즈? 엄마의 눈썹이 움푹 꺼졌다. 눈물이 다시 내 얼굴을 덮어 눈앞이 흐려졌다. 나는 입안을 긁어냈다. 도대체 뭘 하는 거야? 엄마가 내 손을 붙잡았다.

나는 엄마를 뿌리쳤다. 내가 맛을 봤어. 나는 내뱉듯 말했다.

그렇지만, 로즈, 무슨 맛을 봤다는…….

내가, 엄마 맛을, 봤다고. 내가 말했다. **내 입에서, 나가줘.**

엄마는 나를 응급실로 데려갔다. 나는 가는 내내 울었고, 플라스틱 의자에 앉아 기다리면서도 울음이 그치지 않았다. 마침내 의사가 와서 주사를 놔주고 나를 침대에 눕혔다. 애를 달랠 수가 없어요. 내가 잠속으로 빠져들 때, 걱정으로 격앙된 엄마의 목소리가 들려왔다.

12

의사들은 나를 어떻게 진단해야 할지 몰랐지만, 그들 말에 따르면, 나는 내 입에 망상을 갖고 있었다. 나는 그날 시더스 사이나이 병원 응급실 병동에서 검사를 받고 질문에 답하고 컵에 오줌을 받으며 여섯 시간 동안 있었다.

우리는 오전 열 시 반쯤에 병원에 왔는데, 내가 진정이 되고 주사 기운이 사라졌을 때는 두어 시간이 지난 뒤였다. 여러 가지 기본적인 진료가 끝나자, 반달 모양 안경을 낀 키큰 남자 의사가 내가 있는 병실로 들어왔다. 나는 침대에 말없이 누워 있었다. 내가 연출한 상황에 당황한 채로.

엄마는 간이의자에 앉아 초조하게 핸드백을 정리하고 있었다. 우리가 있는 방은 여러 톤의 베이지색이 칠해진 곳이었다. 짙은 베이지색 몰딩, 아이보리 벽지, 밀의 줄기들을 꽂은 꽃병을 그린 고상한 액자 속 수채화.

의사는 침대 가장자리에 앉더니 연달아 질문을 던졌다. 기분이 어떤지. 잠은 잤는지. 무엇을 먹었는지.

보통 잠드는 시간이 여덟 시 반이니? 의사가 적어 내려가며 물었다.

네.

일어나는 시간은?

일곱 시요.

밤중에 깨어날 때도 있니?

가끔요.

의사가 차트에 뭔가를 갈겨썼다. 왜지?

그냥 어쩌다가요. 두 시에 깨요.

엄마가 이상한 냄새라도 맡은 듯 콧잔등을 찡그렸다.

엄마가 깨어 있을 때만요. 내가 엄마를 가리켰다.

의사가 엄마를 돌아다보았다. 아, 의사가 이해한다는 투로 말했다. 불면증이시군요?

어머, 아니에요. 엄마가 말했다. 그냥 좀 뒤척이는 것뿐이에요.

아, 그럼요, 뒤척이는 거죠. 의사가 말했다. 저도 그거 압니다. 여기 분이세요?

샌프란시스코 베이에이리어요. 엄마가 웃음을 지어 보였다.

베이에이리어! 정말 좋은 곳이죠. 저는 새크라멘토 출신입니다.

어머, 정말이요? 그럼…….

저기요. 내가 끼어들었다.

둘 모두 나를 돌아다보았다.

전 다 끝난 거예요?

의사는 몇 마디 더 하려고 입을 열었다가 이내 차트로 돌아왔다. 그는 보건 선생님이랑 똑같이 토하지는 않는지 등 몇 가지를 물었고, 의사들 특유의 네모진 글씨체로 내가 말하는 것을 모두 받아 적었다. 그러고는 일어났다. 엄마가 따라 나가 이야기를 나누었다. 나는 베개를 베고 누워 그 시간 동안 혼자서 여러 해 나이를 먹었다. 잠시 후, 그 의사와 엄마가 다른 의사와 함께 다시 들어와 내 침대 발치에 섰다. 쓰레기통에는 사용한 휴지, 끈적거리는 사탕, 낡은 명함, 엄마 핸드백에서 나온 것들이 들어 있었다.

셋은 모두 자기들 어른 키 높이에서 나를 빤히 내려다보았다.

도와주셔서 고맙습니다. 나는 일어나 앉으며 말했다. 기분이 좀 좋아졌어요.

그들은 내게 병원 수프 한 그릇을 주었다. 성난 맛이 구석까지 꽉 들어차 있었다. 나는 그들이 똑똑히 보는 가운데 수프를 다 먹었다. 튼튼하게 비닐 포장된 소금 뿌린 크래커도 야금야금 먹었다. 뉴저지 이스트하노버 공장에서 만들어진 것이었다.

정말 죄송합니다. 내가 말했다. 제가 열이 있었나요?

너도 알겠지만 사람이 입을 떼어버릴 수는 없단다. 키 큰 의사가 말했다.

저도 알아요. 내 몸의 일부니까요.

다른 의사가 머리를 긁적였다. 그런데…….

저도 왜 그런 말을 했는지 모르겠어요. 속이 이상했어요.

옆에 서 있던 엄마가 몸을 기울였다. 애가……. 엄마는 키 큰 의사에게 속삭였다.

두 의사가 고개를 한쪽으로 기울였다. 괜찮을 것 같습니다. 좀 두고 보시죠. 어쩌면 일시적인 것일 수도 있고요.

나는 식사를 마쳤다. 그들이 엄마에게 서류들을 주고 서명하라고 하는 동안 나는 내 옷으로 갈아입었다. 휠체어를 탄 할아버지 한 명이 문밖으로 지나갔다. 멀리 복도에 켜놓은 형광등이 흰색 리놀륨 바닥에 흐릿한 빛을 더할 뿐이어서 지금이 몇 시쯤 되었는지 분간할 수 없었지만, 저 뒤쪽 통유리로 된 창문을 얼핏 보니, 잦아드는 눈부신 오후 햇살로 바깥은 노란빛이었다.

엄마가 서류에 서명을 다 끝내자 의사는 내게 체리맛 막대사탕 하나를 주었다. 루이지애나의 한 공장에서 만들어진 것이었다. 먼저 향을 첨가한 다음, 뜨거운 설탕을 조그마한 원형 쇠틀에서 냉각시켜 흰색 카드보드지 막대 위에 찍어 눌러 만든, 사람의 손길이라고는 조금도 묻어 있지 않은 사탕. 나는 고맙다고 말한 후 막대가 나올 때까지 깨끗하게 먹어치웠다.

주차장에서 나는 차 문을 조심스럽게 열고 내 자리에 몸을 묻었다.

병원 데려다줘서 고마워요.

그래. 엄마가 차를 뒤로 빼며 말했다.

검사 결과는 뭐래요?

다 정상이래.

엄마는 운전대를 열 손가락으로 꽉 쥐고, 운전대를 가슴팍까지 끌어당기려는 사람처럼 운전했다.

차는 삼번가에서 많이 막혔다. 무슨 내용인지 가두 행진이 벌어지고 있었다. 창가에 옷이 진열된 가게, 입으로 불어만든 유리 꽃병이 놓인 가게, 구경하는 사람들이 꽉 찬, 가게들.

엄마, 나 때문에 많이 놀랐지. 내가 조그만 목소리로 말했다.

엄마는 한숨을 쉬었다. 그러고는 손을 뻗어 내 머리칼을 쓰다듬었다. 그래, 너 때문에 놀랐어.

미안해요.

아, 로즈.

다시는 안 그럴게요.

엄마는 창문을 내리고 팔을 걸친 후 손가락으로 차 문을 두드렸다.

그러니까 네 말은…… 아니다, 관두자. 그냥 집에 가자.

뭔데요?

그러니까 네 말은, 내가 기분이 안 좋고, 내가 아주 불행하고, 내가 거기 있지도 않다는 거지.

내가 그랬어요? 나는 전체 대화가 녹음한 듯 다 기억났지만 그렇게 말했다. 열린 창문으로 신선한 공기가 들어왔다. 네 시로 향해 가는 오후, 햇살은 금빛 강물 같았다.

엄마는 괜찮아. 엄마는 그냥, 네가 알아줬으면 좋겠구나, 아가. 네가 나에 대해서 그렇게 많이 걱정하지 않았으면 좋겠어.

엄마는 그렇게 말하고 나를 건너다보았다. 엄마의 눈은 커다랗고 투명하고, 늦은 오후의 바닷물처럼 짙은 파란색이었다. 하지만 눈빛 속에는 여전히 똑같은 갈망이 있었다. 제발 나를 걱정해다오. 내가 엄마의 눈 속에서 본 것은 그랬다. 눈빛과 전혀 맞지 않는 엄마의 말. 엄마가 만든 무엇이라도 다시 한 번 먹는다면 그 음식이 내게 똑같은 말을 하리라는 것을 나는 알고 있었다. 도와줘. 난 행복하지 않아. 날 좀 도와다오. 식사 때마다 먹는 사람에게 보내는 병 속의 메시지. 그리고 난 그것을 받았다. 나는 메시지를 받았다.

그리고 이제 내가 할 일은, 그 메시지를 받지 않은 척하는 것이었다.

알겠어요. 내가 말했다.

엄마는 라디오를 켰다. 우리는 같이 퀴즈 프로그램을 들었다. 여러 가지 의미를 가진 단어들에 대한 퀴즈였다. 나는 그다지 집중할 수 없었고, 그저 차장으로 휙휙 지나가는 페어팩스의 집과 가게 들을 바라보았다. 모두 한순간 시야에 들어왔다가 이내 사라지는 것들이었다.

그런 날이 있다. 낮에 쇼핑을 하며 밖에 나와 있는 낯선 이들을 보는 것이 정말 외롭게 느껴지는 날. 그러니까 내가 입을 떼어 내버리고 싶어 발작을 일으키고 응급실로 실려 갔다가 집에 돌아가는, 오늘 같은 날. 선명한 색 옷을 입은, 반짝거리는 머릿결을 한, 색색의 니트 스웨터를 가리키며 웃음 짓는 사람들을 바라보는 것이 쉽지 않은 날.

저 모두를 지워버리고 싶었다. 하지만 나는 또한 저 모두를 원했으니, 나는 그들을 지워버릴 수 없고 동시에 그들이 되고 싶어 할 수도 없었다.

집에 돌아오니, 오빠는 내게 전보다 잘해주었다. 우리는 남은 햇볕이 카펫 위로 만들어내는 비스듬한 네모 칸 안에서 한 시간 동안 말없이 주사위 게임을 했다. 아빠는 내게 다가와 베개를 받쳐주었다. 엄마는 낮잠을 자러 갔다. 오빠가 게임에서 이겼다. 나는 일찌감치 자러 갔다. 같은 시간에 깼다.

조지프

2

13

부모님은 아빠 룸메이트가 연 차고 벼룩시장에서 만났다.
셋 모두 버클리 대학 졸업반이었고, 아빠의 룸메이트 칼은
이십대 초반 젊은이치고는 유별난 데가 있는 사람이었다.
이를테면 문 경첩에 기름칠하는 걸 재미있어하는 그런 성
격이었고, 타고난 게으름뱅이인 아빠의 말에 의하면, 칼은
이따금씩 피자 상자 위에 얌전히 얹힌 옥수수 봉지나 가지
런하게 쌓인 냉동식품들을 보는 게 좋아서 냉장고를 열어
보고는 했다고 한다.

　나한테는 좋은 친구였지. 아빠가 말했다.

　칼은 집 안의 잡동사니를 싹 치워버리기 위해 반년마다
차고 벼룩시장을 열었다. 엄마는 벼룩시장을 좋아했다. 돈
이 궁했던 데다 엄마 말로는 오브제 트루베(objet trouve, 일상
적 사물에서 미적 가치를 발견하는 것―옮긴이)를 좋아했기 때문이
라고 했다. 엄마가 가장 관심을 둔 것은 심지어 그때도 가구
였는데, 당시 엄마는 벼룩시장에서 건진 벨벳 스툴 몇 개를
아파트에 손님이 올 때 요긴하게 쓰고 있었다. 그때 엄마의
룸메이트인 황갈색 갈기머리 샬린은 요리에 열정이 대단해
서 둘은 모로코식 성찬이며 이탈리아식 연회며 전 세계 여
러 음식을 만들어 거나한 저녁 파티를 자주 열었다. 식탁은
보랏빛 유리에 담긴 봉헌 초와 오래된 지도들을 찢어 장식

했는데, 그렇게 장식한 이유는 둘 다 돈이 없어 여행을 못
했기 때문이었다. 엄마의 룸메이트는 한 주간의 식단을 짜
는 일을 맡았고, 엄마의 임무는 좌석 마련이었다. 엄마는 스
툴을 더 많이 사기 위해 토요일만 되면 샌프란시스코와 오
클랜드, 버클리 일대를 샅샅이 뒤지며 애시비 벼룩시장과
열려 있는 모든 차고 벼룩시장을 찾아다녔다. 햇살에 정원
이 더 싱그러워 보이던 어느 특별한 아침, 엄마는 언덕에 있
는 이 작은 집 앞에 멈춰 서서 깔끔하게 쌓인 물건들을 둘러
보고 있었다. 안락의자에 앉아 있던 키 크고 잘생긴 남자가
도와줄 것이 없느냐고 물어온 것은 그때였다.

혹시 벨벳 스툴 같은 것은 없나요? 엄마는 눈길을 신발과
주방용품들 위로 두며 잔디밭을 쓱 훑어보았다.

스툴이라. 남자는 생각하는 것 같았다. 다 벨벳으로 되어
있어야 하나요?

아니요, 윗면만요.

남자가 고개를 저었다. 미안합니다.

다 벨벳으로 된 것은 있나요?

아빠는 또다시 고개를 저었다. 그런 비슷한 것도 없군요.

엄마는 고개를 들었고, 아빠를 보고 웃었다. 당시 머리를
풀고 다니던 엄마는 그 긴 머리가 허리까지 내려와, 나는 엄
마의 옛날 친구들을 만날 때마다 그들이 엄마를 꼭 다리가
있는 인어 같았다고 묘사하는 것을 들었다. 보호해주고 싶
은 마음이 들 만큼 얇고 투명한 피부와 함께.

아빠는 뭔가 과제가 주어지는 것을 좋아했다.

어떤 종류의 벨벳 스툴을 말하는 거죠? 아빠가 의자에서 일어나며 물었다.

종류는 상관없어요. 높이는 이 정도? 엄마는 손을 무릎께에 댔다. 윗면이 벨벳이고, 색깔은 뭐든지.

잔디밭 맞은편에서 남은 책 몇 권에 가격표를 붙이고 있던 칼이 소리쳤다. 없어요. 거품기는 어때요, 오십 센트인데?

엄마는 고개를 까딱해 보였다. 전봇대에는 이 동네에서 열리고 있는 다른 벼룩시장 광고지들이 붙어 있었다. 아무튼 감사해요. 엄마는 말했다.

아니면 토스터 오븐은요? 칼이 열정적으로 판매원 같은 손짓을 해가며 말했다.

엄마는 웃었다. 장사 잘하시네요. 하지만 제가 맡은 일이 있어서요.

아빠는 엄마에게 동행해도 괜찮겠느냐고 물었고, 엄마는 어깨를 으쓱해 보였다. 당시 대부분의 남자들이 접근을 허락하는 것으로 받아들이는 몸짓이었다. 어깨를 한 번 들었다 내리는 것은 좋다는 말이나 다름없었고, 이처럼 섬세한 아름다움을 뽐낼 때는 더 좋았다. 아빠는 집 안으로 뛰어들어가 정말 의욕적인 차고 벼룩시장 주최자들의 판매 품목이 뒷면에 실린 지역 신문을 낚아채 가지고 나왔다. 둘은 같이 도보 여행하듯 동네를 한 바퀴 돌면서 섀턱 애비뉴를 지나고 엘름 가를 지나, 오크 가에 다다랐다. 집 앞 잔디들이 초록과 노랑, 베이지색으로 짙어지기도 하고 옅어지기도 했다. 매번 새로운 벼룩시장에 들를 때마다 엄마는 쌓인 물건들 사이를 한가로이 거닐었고, 아빠는 양해를 구하고 집 안으로 들어가 집주인에게 전화를 써도 되겠느냐고 물었다. 중요한 겁니다. 아빠는 다급하게 말했다. 그래 주시면 정말 감사하겠습니다. 아빠는 용모가 매력적이고 키가 컸고 밖에 무거운 물건들이 있으면 뭐든 날라주겠다고 제안했으니, 집주인들은 하나같이 그러라고 했고 아빠는 한 군데 들를 때마다 칼에게 전화를 걸어 지령을 내렸다. 부탁이다, 아빠는 속삭였다. 직물 가게에 사람을 보내서 벨벳을 좀 사 오라고 해. 아빠는 손으로 수화기를 감싸 쥐었다. 되돌아오는 맹렬한 야유에 아빠는 칼에게 약속했다. 다른 이도 아닌 아빠가, 거실의 아빠 책들과 신발들을 이제 치우겠다고, 그러니까 칼이 집에 있던 스툴의 울로 된 윗면을 뜯어내주기만 한다면 그러겠다고 약속했다. 그리고 그건 내 스툴이 잖아. 아빠는 현관과 차고 벼룩시장이 열리는 곳에서 충분히 떨어지려고 몇 발짝 옮기면서 말했다. 낡은 참나무 협탁의 서랍을 열었다 닫고 있는 엄마가 듣지 못하도록.

그래 좋아. 일 년 내내, 집 안에서 내 물건들 깨끗이 정리할게. 아빠가 말했다.

장난을 좋아했던 칼의 여자친구는 가장 가까운 직물 가게로 달려가 가장 싼 담자색 벨벳을 사서 발로 밟은 뒤 그것을 네모지게 잘랐다. 아빠는 엄마가 될 수 있는 한 오래 벼룩시장 여행에 몰두하도록 했고, 그다음 둘은 듀랜트 애비뉴에 있는 작은 카페로 점심을 먹으러 갔다. 대학 생활과 졸업 이후의 막막함에 대해 이야기를 나누었고 아빠는 하고 싶은 말을 꾹 참았으며 그 밖에는 무엇도 묻지 않았다. 휘핑크림이 올라간 더블 초콜릿 브라우니를 반으로 가르더니 엄마가 한숨을 쉬었다. 엄마의 눈이 반짝거렸다. 다시 가봐야겠어요. 엄마가 말했다. 물론이지요, 가실까요. 아빠가 말했다. 아빠는 새로 산 책 몇 권과 레코드판이 들어 있는 엄마 가방을 들었다. 가는 길에 저희 집 차고에 다시 한 번 들러보는 건 어떨까요. 아빠가 될 수 있는 대로 가볍게 제안했다. 또 모르지요, 가끔은 돈 대신 물물교환으로 사 가는 사람도 있으니까요.

어차피 그쪽 차 바로 옆이기도 하고요. 아빠가 말했다.

아빠는 엄마를 앞서 걷게 했고, 칼과 여자친구가 지쳐서 의자에 축 늘어진 채 돈을 세며 남은 자투리 물건들 값을 낮춰야 할지 고민하고 있던 바로 그때 엄마가 그것을 보았다. 엄마는 달려가, 닳은 분홍색 벨벳 같은 것으로 윗면이 덮여 있고 가장자리 천은 안쪽으로 감겨 들어가 단정하게 스테이플러로 찍혀 있는 작달막한 나무 스툴 앞에서 기쁨의 손뼉을 쳤다. 엄마는 곰팡이 핀 책들과 짝 안 맞는 은수저 더미 옆에 따로 떨어져 있는 그것을 보았다.

어쩌면 이런 일이 다 있죠? 엄마가 말했다. 폴! 이것 봐요! 엄마는 스툴을 들어 올리고 손으로 벨벳을 어루만졌다.

아빠가 달려왔다. 세상에 이럴 수가! 아빠는 칼에게 말했다. 누군가 놓고 간 거야?

토스터 오븐 대신에 놓고 갔어. 칼이 또박또박 말했다. 그래서 이제 우리는 새 토스터 오븐이 필요하지.

아빠가 고개를 끄덕였다. 우리를 위해 토스터 오븐을 새로 사야겠군.

암, 그래야 하고말고. 칼이 눈을 감으며 말했다. 제 생각엔 그쪽도 관심이 있을지 모르겠는데요. 칼이 엄마에게 말했다.

엄마의 뺨이 상기되었다. 나도 무척 관심 있어요.

엄마는 스툴에 앉아 다리를 꼬고는 스툴의 느낌이 좋다고, 정말 좋다고 말했다. 장미처럼 분홍빛이네요. 엄마가 말하자 칼의 여자친구는 얼굴이 환해졌다. 가격표에는 칠 달러라고 쓰여 있었고 엄마는 가방을 뒤적여 값을 치렀다. 아빠는 계산하는 엄마를 말리지 않았다. 엄마가 스툴을 차로 끌고 가자 아빠는 그런 엄마를 도왔고 둘은 다음 날 밤 데이트를 했다. 데이트는 마치 여러 달 사귄 사람들처럼 자연스러웠다. 그녀와 데이트하기. 그즈음 아빠의 할 일 목록에는 거의 다 단정한 글씨로 그렇게 적혀 있었다. 결혼식 날, 신랑 들러리였던 칼은 샴페인 잔을 들고 이 이야기의 자초지종을 밝혔다. 아빠가 엄마에게는 결코 말한 적 없는 이야기였다. 하객들은 환성을 질렀다. 빛이 창처럼 금빛 샴페인 잔을 관통했다. 사진에는 엄마의 웨딩드레스가 실제보다 더

비쳐 보이게 나와서, 엄마는 모든 사진에서 언제라도 형체를 드러낼 것 같은 유령처럼 보였다. 있는 듯 없는 듯 하늘거리는 드레스는 거의 작품 수준이었고, 엄마의 피부는 그 얇은 드레스와 분간이 잘 되지 않았다. 검은 양복에 떡 벌어진 어깨를 뽐내며 누구보다 분명해 보이는 아빠와 함께 건배하는 사진에서, 엄마의 눈빛은 타오르고 있었다.

내가 열한 살이던 어느 날 오후, 나는 어떻게 저리도 다른 두 사람이 만나 결혼이라는 걸 할 수 있었는지 알고 싶어서 엄마에게 결혼식에 대해 몇 가지를 물었다. 엄마는 사진첩을 선반에서 꺼내더니 우리 무릎 위, 엄마와 나 사이에 펼쳐 놓았다. 잠시 동안 엄마는 샴페인 잔을 들고 있는 칼의 사진에 머물러 있었다. 칼의 입은 건배를 외치느라 반쯤 열려 있었다. 엄마는 칼의 윙팁 구두 장식을 훑으면서 내게 그 이야기를 들려주었고, 그때 나는 엄마의 이야기에서 두 개의 평행선을 느꼈다. 하나는 경외심이었다. 한 남자가 자기를 위해 불과 두세 시간 만에 그토록 많은 일을 할 수 있었다는 것. 그리고 그런 일을 성사시켰을 만큼 그가 얼마나 유능한 남자였는가 하는 것. 심지어 그는 칼에게 한 약속 덕분에 전과는 비할 수 없이 깔끔한 사람이 되었다는 것. 이는 엄마가 칼을 볼 때마다 고마워하는 것으로, 엄마는 아빠가 어떻게 날마다 서류가방을 복도 벽장에 세워놓고 신발을 벗어놓으며 재킷을 걸어두는지를 칼에게 설명했다. 그리고 이 모든 것에 더해 나는 미묘한 거북함이, 결국에는 운명이 아니었을 수도 있다는 미묘한 불쾌함이 느껴졌다. 나는 말이야, 엄마가 말했다, 표징이 아빠를 가리키고 있다고 생각했어. 하지만 그 표징은 네 아빠가 '만든' 거였다는 게 밝혀진 거지! 엄마는 말하며 손끝으로 사진을 찔렀다.

그래서 기분이 나빴어요?

우리 결혼식 날이었는걸!

엄마는 사진첩을 한 장 넘겼다. 우리는 춤추고 있는 사람들을 바라보았다. 내가 아는 사람들, 모두가 더 젊었다.

하지만 엄마는 그 표징을 믿었던 거잖아요?

엄마는 고개를 저었지만, 아니라는 뜻은 아니었다. 생각을 떨쳐버리려는 거였다. 엄마는 사진들이 일정하게 고정되어 있는 검은색 사진첩을 몇 장 더 넘기다가, 내가 본 적이 없는 친척들과 내가 태어나기도 전에 돌아가신 친할아버지를 가리켰다. 할아버지는 얼굴에 냅킨을 두르고 있어 카우보이 같았다. 바깥이 점점 어두워지니 새하얀 드레스가 사진첩 안에서 빛을 더했다. 나는 사람들을 구경했고 다음 장으로 넘어가자고 재촉했지만, 전에 보았던 페이지에 자꾸 마음이 갔다. 엄마는 언제나 표징을 찾았다. 슈퍼마켓에서 어떤 사람이 엄마에게 퉁명스럽게 굴면, 엄마는 그것을 낯선 이들에게 더 친절해야 한다는 표징으로 보았다. 어쩌다 오빠가 엄마에게 웃어 보이면, 엄마는 자기가 오빠의 그런 웃음을 받을 만한 어떤 행동을 했는지 모든 행동을 되짚어보고는 했다. 한 번은 외출에서 돌아왔는데 현관에 달팽이가 한 마리 있었다. 엄마는 그것이 속도를 늦추라는 표징이라고 말했고, 시간을 조금만 들인다면 엄마를 위한 무엇인가가 숨겨져 있는 것을 발견할지도 모른다면서 동네를 장례 행렬 속도로 한 바퀴 걷고 돌아왔다. 돌아왔을 때 엄마는 여느 때와 같이 발랄한 얼굴이었다. 고맙다, 작은 달팽이야. 엄마는 달팽이를 차가운 재스민 넝쿨 그늘에 내려놓으면서 나지막이 말했다. 엄마는 늘 예기치 못한 인도(引導)를 기다리고 있었고, 그 차고 벼룩시장에서 엄마가 구하던 것을 세상이 정확히 내놓았으니 그보다 더 좋은 계시가 또 어디 있었겠는가. 그러니 결혼식 날, 그 행위에 개입한 더 커다란 손이 그때 엄마가 잡고 있던 바로 그 손이라는 사실을 알게 되었을 때 그만한 충격도 없었을 것이다.

우리는 사진첩의 마지막 두세 장을 넘겼다. 데이지 무늬 통 원피스를 입은 할머니. 청바지 차림의 이모 신디. 뺨이 붉은 아빠의 삼촌들 몇 분.

네가 여기 있어.

없는데.

여기 있어, 너랑 조지프랑. 공기 중에. 너의 시작이지. 엄마는 내 정수리에 입을 맞추었다.

마지막 장은 엄마의 말을 강조라도 하듯, 엄마 아빠의 입맞춤 사진이었다. 서로를 꼭 껴안은 엄마와 아빠. 아빠 주변으로 날리던 그 겹겹의 유령 같은 웨딩드레스. 우리는 그 사진을 잠시 바라보았다.

그 스툴 아직 갖고 있어요?

우리는 차고로 가서 불을 켰다. 오래된 돌바닥과 삐걱거
리는 창문, 차고의 냉기 속에서 엄마와 나는 상자와 궤짝을
헤치며 물건 더미를 뒤졌다. 삼십여 분 뒤, 써레와 빗자루 몇
개 뒤에 처박혀 있는 그것을 내가 찾아냈다. 윗면은 좀먹고
빛바랜 복숭아색 벨벳, 몸통은 윤이 나는 갈색 고리버들로
만들어진 스툴. 여기 있다! 손으로 윗면을 쓸어내며 내가 말
했다. 아기 장난감들에 무릎까지 잠긴 엄마는, 마지막으로
복잡한 대화를 나누고 오랫동안 못 만난 사람을 보는 눈빛
으로 스툴을 응시했다. 내가 더 좋은 걸로 하나 만들어줄 수
있는데. 엄마는 홀리듯이 말했다. 나는 벨벳을 쓰다듬으며
대답했다. 이게 좋아요. 벨벳은 부드러웠다. 나는 물건 더미
에서 빠져나와 그것을 내 방으로 가져갔다. 내 가구였다.

14

유독 두드러지게 기억되는 해가 있다. 한 번은 아홉 살 때. 그다음은 열두 살. 세 번째는, 열일곱 살 때. 오빠가 연속되는 사건들을 모눈종이에 그려 모양을 만들어냈던 것처럼 내게도 그 세 번의 해가 한 세트인 건 사실이었지만, 그 작은 모눈종이 네모 칸 위에 그려 넣고 싶은 그런 종류의 것은 아니었다. 나는 그 그래프를 뭐라고 이름 붙여야 할지, 엑스축과 와이축을 무엇으로 정해야 할지 알 수 없었다. 그보다 그 그래프는 내 마음속에서 한데 뒤엉켜 있는 쪽에 가깝다. 사물함에 달린 맹꽁이자물쇠의 비밀번호 숫자들처럼. 어려워 보이는 원리이지만, 숫자 셋을 한데 모으고 톱니 모양의 숫자들을 한 줄로 맞추면 쇠고리 안의 무엇인가가 딸깍, 하고 풀리는 것이다.

영화를 보면 불륜 관계는 종종 모텔 방의 염탐이나 흰 칼라 위에 남은 빨간 립스틱 자국 같은 것으로 들통이 난다. 내 경우는 열두 살이던 어느 선선한 이월의 저녁, 구운 쇠고기와 감자 요리로 저녁을 먹으려고 앉은 자리에서였다. 첫 한 입을 씹었을 때 엄습하는 죄책감과 연애 감정을 맛보자마자 나는 엄마가 누군가를 만나고 있음을 알았다. 고기와 집에서 만든 사워크림, 송송 썬 파란 골파 조각 속의 그 두

터운 물결. 아! 나는 탄식하듯 내뱉고 물 한 컵을 다 들이켰다. 아아! 아빠는 하루를 마친 안도의 한숨을 내쉬었다. 구운 쇠고기라, 내가 제일 좋아하는 요리군. 아빠는 허리띠를 만지작거리며 중얼거렸다. 내가 나를 도와줄 공산품인 케첩을 가지러 일어났을 때, 오빠는 책장을 넘기고 있었고 엄마는 자기 잔에 와인을 따르고 있었다. 괜찮니? 엄마가 말했다. 나는 엄마를 흘끗 보았다. 역시, 틀림없었다. 엄마는 요새 훨씬 좋아 보였다. 옷을 더 잘 입었고, 약간 더 행복해 보였으며, 묶은 머리에 무늬가 있는 머리띠를 하고 양 팔에는 팔찌를 차고 있었다. 전체적으로, 집 안의 모든 것이 새로운 흐름 속에 있었다. 오빠는 대학에 지원했고 집을 떠나 조지 오빠와 같이 캘리포니아 공과대학 기숙사에서 살기를 기대하고 있었다. 엄마는 오빠가 얼마나 보고 싶을지 자주 이야기했지만 오빠는 별로 대꾸하지 않았다. 그 대신 어떤 종류의 소포든, 일반 소포든 할머니가 보낸 것이든, 무엇이 도착할 때마다 내용물을 비워내고 상자를 차곡차곡 챙겨 방으로 가져가 그 안에 자기 물건을 담기 시작했다. 오빠는 벌써 짐을 절반은 싸둔 상태였다. 자기 방에서 저녁을 먹을 수 있었다면 아마 그렇게 했겠지만, 아빠는 식사 때는 식탁에 모두 같이 앉아야 한다고 못을 박았다.

연구 결과를 하나 읽었어. 아빠가 무릎 위로 냅킨을 활짝 펼치며 말했다. 저녁을 같이 먹는 가족이 더 행복한 가족이라더라.

그런 가족은 서로 말도 하겠죠. 내가 말했다.

엄마는 우리 뒤에서 숟가락으로 채소를 뜨다가 웃음을 터뜨렸다.

사실이 그랬다. 늘 식탁에 둘러앉아 꽃무늬 부엌 커튼과 김이 솟는 캐서롤 접시 들에 둘러싸여 먹는 우리의 저녁은, 당시 엄마가 목공소의 최신 소식과 이야깃거리로 채우는 경우가 아니면 거의 늘 고요했다. 아빠는 일에 대해 별로 말을 하지 않았다. 일은 회사에서 끝낸다는 게 아빠의 신조였으니까. 물론 아빠는 식사를 마치자마자 접시를 개수대에 집어넣고 안방으로 가서 전화를 하고 일을 시작했다. 열 시나 열한 시쯤, 내가 문을 살짝 두드리고 곧 시작하는 텔레비전 드라마의 제목을 말해줄 때까지 방에서 나오지 않는 경우가 허다했다. 그럴 때 드라마는 좀처럼 잡히지 않는 참치를 꾀는 낚시꾼의 미끼 같은 것이었다. 비록 열두 살 꼬마였지만 충분히 솔깃해지도록 드라마 제목을 속삭인다면 나는 아빠가 서류 더미를 잠시 제쳐두고 텔레비전을 보러 터덜거리며 나오게 만들 수 있었다. 내가 조용하게 있으면 아빠는 나더러 자러 가라고 하지 않았다. 우리는 이런 식으로 공모했다. 내가 꼬마라는 사실을 아빠에게 상기시키지 않는 이상 아빠는 부모로서 나서지 않았고, 그렇게 한 시간 동안 우리는 각자의 역할을 잠시 면제받았다.

아빠는 의학 드라마만 좋아했다. 법률 드라마는 짜증이 난다며 싫어했다.

오빠는 사춘기라서 그렇기도 했지만 저녁 식탁에서 뭔가를 읽으며 먹는 것을 좋아했다. 그래서 보통은 책 한 권을 갖고 와서 무릎 위에 펼쳐놓고 음식을 씹는 동안 열심히 읽었다. 대개 교과서였고 때로는 스릴러 소설이었다. 엄마나 아빠 모두 오빠를 말리기는 포기했다. 전에 오빠 손에서 책을 빼앗았을 때 오빠가 어찌나 당황스러워하며 허공을 뚫어지게 바라보는지 꼭 우리 셋이 오빠에게 몹쓸 짓이라도 한 것 같은 기분이 들었기 때문이다. 때로 오빠가 책을 가져오지 않으면 나는 오빠의 갈 곳 없는 시선을 위해 오빠 앞에 시리얼 상자를 세워 놓았고, 그러면 오빠의 시선은 상자를 타고 올라와 단어들에 달라붙었다. 오빠의 눈길은 단어와 숫자가 붙잡아두지 않으면 정처 없이 허공을 떠돌지 않고는 도리가 없는 것 같았다. 열일곱 즈음, 오빠는 다양한 건포도 귀리 시리얼들의 비타민 함량을 다 암기했을 것이 틀림없었다. 만일 오빠에게 치리오스 시리얼 하루분에서 섭취할 수 있는 비타민 비가 몇 퍼센트냐고 물었을 때, 오빠가 자기 키나 몸무게를 말하듯 무심결에 정확한 수치를 댔다고 해도 나는 놀라지 않았을 것이다.

이날 저녁, 오빠는 몸을 웅크리고서 캘리포니아 공과대학 캠퍼스 소개 팸플릿을 아마도 스무 번째로 읽고 있었다. 오빠는 강의 소개는 읽지 않았고 그보다는 기숙사에 훨씬 더 관심이 있는 듯했다. 엄마는 와인 잔을 한 번 더 채웠다. 나와 눈이 마주치자 엄마가 눈을 찡긋했다.

나는 무사히 식사를 마치는 것만으로도 벅찼기 때문에 식탁에서 말을 하지 않았다. 응급실 사건 이후, 나는 더 이상 내 경험을 누구에게도 알리려 하지 않았다. 노력을 해봐도 전혀 이해받지 못하는 것 같다면 그다음은 입을 꾹 다물어버리기 마련이다. 아이들이 우는 건 말하자면 부모에게 무언가를 보여주기 위해서다. 고통을 보여주려고, 뭔가를 말하기 위해서. 그날 그렇게 울면서, 절박하게 앞뒤 없는 말을 지껄이면서 입속을 긁어내리던 그 끔찍한 순간, 나 역시도 뭔가가 전달되기를 바랐었다. 뭐 하나라도 전달된 것이 있었던가? 전혀.

나는 여덟 살에는 살가운 아이였다. 열두 살에는 침착하지 못한 산만한 아이가 되어 있었다. 힘닿는 대로 학교 공부를 따라갔고 공을 던졌다. 내 입은—언제나 왕성하게 활동하며 깨어 있는 내 입은—이제 내가 먹는 제품이나 고기에서 대체로 사오십 개 주(州)를 감별해낼 수 있었다. 나는 내 접시 위에서 아주 먼 곳의 요소들을 추적해 가는 데 재미를 들였고, 매일 밤 저녁 식사 때마다 음식을 씹는 내 머릿속에서는 미국 지도 한 장이 펼쳐졌다. 나는 그 지도에서 파슬리 줄기와 오렌지 조각, 구운 감자 속의 미묘한 느낌들을 따라 각각 플로리다로, 캘리포니아로, 캔자스로 돌아다녔다. 때로 달걀은 카운티 단위까지 추적해 들어갈 수도 있었다. 이 모든 걸 엄마의 목공소 이야기를 듣거나 케첩통을 두들기면서도 할 수 있었다. 이것은 나에게 좋은 놀이였다. 어느 정도의 집중을 요구하기는 해도 음식 전체에 퍼진, 음식 만든 사람의 기분이라는 더 소란하고 난감한 영향에서는 한숨 돌리게 해주었기 때문이다. 나는 고기를 자르면서는 절반쯤은 대화에 의식을 둘 수 있었고, 그 뒤로는 노란 양파가 그득한 트럭을 타고 미국 고속도로를 내달렸다. 엄마와 슈퍼마켓에 갈 때면 내 짐작이 맞는지 전부 확인할 수 있었고, 열두 살 즈음에는 오 초 안에 캘리포니아산 오렌지와 플로리다산 오렌지를 구별할 줄 알게 되었다. 캘리포니아산 오렌지는 사막 토양과 광범위 관개법으로 물이 깨끗하고 알싸해 더 감칠맛이 났다. 이렇게 나는 무척 바빴다. 내가 대화에 덧붙일 말은 거의 없었다.

하지만 엄마는 이야기를 했다. 일단 의자에 앉으면 엄마는 목을 풀기 위해 와인을 몇 모금 마셨고, 엄마가 침묵을 채워 나가는 동안 우리 셋은 멀찌감치 의자에 등을 기대고 있었다. 우리는 엄마의 부산함이 고마웠다. 엄마가 와인 병의 곡선에 가볍게 손을 얹고 이야기하는 동안, 우리는 엄마 말 속을 자유롭게 들락거릴 수 있었다. 엄마는 목공소에 관련된 것들을 빠짐없이 이야기했다. 목공소는 엄마의 관심을 붙들어놓는 데 성공했고 심지어 넓히기까지 하는 모양이었다. 엄마의 기술은 사 년 만에 빠르게 늘었고, 엄마는 콘솔형 수납장이며 은촉 자르기며 소형 회전톱으로 나무판 켜기 등의 갖가지 위험과 쾌감에 대해서 이야기했다. 삼나무와 가문비나무의 결이 어떻게 다른지에 대해서도. 장붓

구멍과 장부촉 선반, 가로대에 대해서도. 엄마가 다른 수강생들을 전부 들먹이며 그들 각각에 대한 의견을 말하고 있던 때였다. 저 먼 데서 느껴지는 구운 쇠고기의 미묘한 차이들을 필사적으로 찾아 들어가면서 캘리포니아 중부에서 온 건지 오리건 남부에서 온 건지 알아내는 데 몰두하던 내가 엄마의 불륜의 원천을 알아버리고 만 것은.

바비는 자기 몫의 청소를 안 해. 엄마가 말했다.

앰버는 손재주가 좋긴 한데 상상력이 없고. 엄마는 투덜거렸다.

래리가! 엄마의 목소리가 갑자기 높아졌다. 새 합동 과제를 내줬어.

책상이야. 엄마는 마치 장미에 대해 말하고 있다는 듯이 속삭였다.

나는 언제나처럼, 아직 따뜻하고 풍미가 좋은, 감정이 가득 들어찬 구운 쇠고기를 한 조각 썰면서 건성으로 듣고 있었다. 오리건산 쇠고기군, 나는 생각했다. 유기농 농가에서 자랐어. 바로 그때 높이 솟구치는 엄마의 목소리가 내 입안에 든 것과 정확히 일치했다. 래리. 구운 쇠고기는 그렇게 말하고 있었다. 래리. 나는 씹고 또 씹었다.

래리가 누구예요? 내가 물을 한 모금 마시며 물었다.

오빠가 대학 팸플릿을 한 장 더 넘겼다. 아빠는 감자를 반듯하게 자르고 있었다.

래리? 엄마는 둥그레진 눈을 내게 고정시켰다.

래리 말이에요. 수강생이에요?

목공소 대표야. 엄마는 말하며 자세를 고쳐 앉았고, 귀가 있는 사람이라면 누구라도 엄마 목소리에서 묻어나던 벅참을 놓칠 수 없었을 것이다.

아, 대표님. 나는 힘줄 조각을 냅킨에 뱉었다.

고기는 어떠니?

좋아요. 오리건 고기예요?

그럴 거야. 포장을 봤구나?

아니요.

우리는 만장일치로 래리를 대표로 뽑았지. 엄마가 줄줄이 걸린 팔찌들을 밀어 올리며 말했다. 그 말하는 폼이 사랑에 빠진 소녀가 너무 티 나지 않게 그 이야기를 계속 이어가고 싶어 애쓰는 모습 그대로였다. 취미가 이토록 오래 이어지는 데는 이유가 있었다. 오빠는 주스를 길게 한 모금 들이켰다. 아빠는 롤빵의 보드라운 안쪽으로 접시를 싹싹 닦아냈다. 그때쯤 나는 그런대로 빠져나가도 좋을 양의 고기를 어렵사리 해치웠기 때문에 자리에서 일어나 찬장에서 반쯤 먹은 눅진 프링글스 한 통을 찾아냈다.

먹어도 돼요? 혀 위에 구부러진 얇은 칩을 얹으며 물었다.

엄마는 의자에 몸을 깊숙이 묻었다. 십대들이란. 엄마가 한숨을 쉬었다.

조금 뒤 아빠는 접시를 말끔히 비우고 식탁에서 일어났다. 오빠는 방으로 돌아가 전자기학에 관한 숙제를 했다. 엄마는 수세미로 조리대 위를 닦았다. 나는 식탁을 마저 치우고 나서 구운 쇠고기 남은 것을 랩으로 싸서 냉장고 안에 넣었다. 다음 날 불륜 샌드위치 속으로 들어가겠지.

나 장 좀 봐 올게. 식기세척기가 첨벙거리며 돌아가는 소리를 내기 시작했을 때 엄마가 말했다. 마치 방백처럼 허공에 대고서. 아빠와 오빠는 자리를 뜬 지 한참 뒤였지만, 나는 식탁 정돈을 막 마치고 부엌 문간에 서 있었기 때문에 그 말은 내 차지가 되었다. 조그맣고 연약한 무엇인가에 목구멍이 따끔거렸다. 어디 가는데요? 내가 말했다. 책상 만들기 재료 좀 사야 해. 엄마가 내 볼에 입을 맞추며 말했다. 같이 가도 돼요? 내가 물었다. 미안하지만, 로즈 아가씨, 엄마가 말했다. 넌 숙제가 있잖아. 몇 시간 걸릴 거야! 엄마는 문을 빠져나갔다.

15

우리는 할머니에게서 여전히 가재도구 상자를 정기적으로 받고 있었다. 할머니는 저 멀리 워싱턴 주에서 그렇게 자기 삶을 천천히 우편으로 보내고 있었다. 짐은 이제 더 자주 도착해 거의 두 주 간격으로 왔는데, 지난번 소포에서 할머니는 내게 반쯤 쓴 비누를 보냈다. 나는 그것을 다 써버리고 싶지 않아서 서랍 안에 넣어두었다.

처음에는 좋았다. 나의 그 양면 행주도 좋았고, 구식 유리 문진에, 운 좋으면 장난감 곰도 들어 있었으니까. 하지만 시간이 갈수록 할머니는 상태가 점점 안 좋아지시는 것 같았고 물건들도 더 이상해져서 급기야 우리는 건전지가 든 봉지, 은으로 된 귀고리 뒤판, 아빠를 몸서리치게 만들었던 반쯤 체크된 장보기 목록이 담긴 상자를 열어보아야 했다. 최근에 온 상자는 거실 벽난로 앞에 밀쳐두었다. 이삼 년 전인가 나는 엄마에게 왜 할머니가 직접 우리 집에 오시지 않느냐고 물었다. 엄마는 생각을 하는지 고개를 숙이고 상자의 좁은 갈색 테이프 선을 따라 가위질을 했다.

할머니는 어디 다니는 걸 싫어하셔.

그럼 우리가 보러 가면 되잖아요? 내가 상자의 날개를 열어젖히며 물었다.

할머니는 누가 오는 걸 싫어하셔.

나는 믿을 수 없다는 투로 첫소리를 냈고, 엄마는 가윗날 끝을 손가락으로 가볍게 훑었다.

너희 할머니는, 엄마가 한숨을 쉬었다, 일곱 형제랑 같이 자라셨어. 그래서 당신 혼자 사는 집으로 들어가실 때 조용한 걸 원하셨지.

그게 무슨 말이에요?

엄마는 가위를 내려놓고 내게 바싹 붙어 앉아 내 손을 들어 올렸다. 네 손톱 예쁜 것 좀 봐. 엄마가 말했다.

엄마는 조용했어요?

엄마는 내 손을 자기 손 위에 올렸다.

노력은 했지. 너희 할머니는 내가 너무 많은 것을 요구할 때면 나를 쓰레기차라고 부르고는 하셨어.

엄마는 우리의 맞잡은 손 위에 뺨을 대고 눈을 감았다. 새로 산 연한 핑크색 아이섀도를 칠한 엄마는 꼭 손 위에 놓여 있는 한 송이 꽃 같았다. 엄마를, 반짝이는 엄마의 연약한 눈꺼풀을 얼마나 감싸주고 싶었는지. 나는 엄마 머리칼 위에 살짝 손을 올렸다.

그건 너무했다. 내가 말했다.

엄마의 눈꺼풀이 파르르 떨렸다. 잠깐 있다가 엄마는 몸을 일으키더니 상자의 날개를 도로 덮어버렸다. 엄마는 안을 들여다보지 않았다. 모두 가져라, 아가. 엄마가 말했다. 아니, 미안하구나, 로즈. 갖고 싶은 것은 뭐든 가져.

엄마가 장을 보러 간 그날 저녁, 나는 그 상자 앞에 앉았다. 이번에는 몇 장 안 남은 옅은 연두색 포스트잇 뭉치와 제본 상태가 좋지 않은 오리건 역사책 한 권, 그리고 크래커 봉지가 들어 있었다. 나는 크래커 몇 개를 먹었다. 눅눅했다. 켄터키산. 나는 내 방으로 가져가려고 포스트잇을 챙기고, 나머지는 차고 안 할머니의 다른 우편물 더미 옆에 갖다 놓았다. 할머니 물건들은 엄마가 냉장고에 넣지 않아 곰팡이로 뒤덮인 잼 단지 옆 선반에 한데 처박혀 있었다. 누런색 상자는 상태가 괜찮아서 나는 오빠 방 앞까지 상자를 끌고 갔다. 새 상자야. 내가 방문을 두드리며 말했다. 몇 분 뒤, 내가 다시 발걸음을 떼었을 때 상자는 오빠 방 안으로 사라졌다.

구운 쇠고기 때문에 아직 속이 안 좋았던 나는 내 오랜 점심 도시락 친구인 엘리자 그린하우스네 집에 곧바로 전화를 걸었다. 역사 숙제에 대해 물어볼 게 있었다. 신호가 가는 동안 나는 전화기 옆에 있는 수첩에서 한 장을 뜯어냈다. 엘리자가 전화를 받았을 때 수화기 너머에서는 비명 소리가 들렸다. 미안. 엘리자가 웃으며 말했다. 내 동생이 아빠랑 간지럼 태우기 싸움 하고 있어.

그게 정말이야? 내가 말했다.

그만해! 엘리자가 누군가를 찰싹 때리며 수화기 너머에서 외쳤다.

우리는 잠깐 학교 이야기를 했고 나는 뜯어낸 종이를 조각조각 더 잘게 찢었다. 전화를 끊고 나자 우리 집이 더욱 휑하게 느껴졌다. 우리 집은 모든 게 갖추어져 있고 늘 그대로였다. 모든 것이 깨끗했고 정돈되어 있었다. 나는 잘게 찢은 종잇조각을 주먹에 쥔 채 쓰레기통 위에서 조금씩 떨어뜨렸다. 그렇게 하는 데 사 분이 걸렸다. 조지 오빠에게 전화를 걸어 안부 인사나 할까 생각했지만, 보통 사람들이 그 뒤에 무슨 말들을 하는지 알 수가 없어서 나는 전화기 앞을 떠나 텔레비전 방으로 갔다. 아빠가 소파에 앉아 스툴 위에 올려놓은 발을 흔들면서 신문을 읽고 있었다. 발을 너무 까딱거려서 이 방에 애완견이 한 마리 있는 기분이었다.

뭐 보고 있어요? 내가 물었다.

아무것도 안 봐. 아빠는 한 팔 거리에 있던 책장에서 빨간 가죽 장부를 꺼내 펼쳤다. 가로세로 빽빽이 들어찬 숫자들이 나왔다.

아빠가 아버지 노릇에 가장 열심인 듯 보였던 건 내가 축구공을 그려대던 그때 한 번뿐이었다. 그때 나는 아빠 눈동자 속에 들어 있는 조그만 나를 보았다. 아빠 옆에 앉아 월드컵 결승전 브라질 경기를 보면서 맥주를 홀짝이던 나. 그러나 내가 축구공에 얼굴을 그려 넣자, 깜박하고 꺼지는 텔레비전처럼 아빠 눈 속의 나도 사라져버렸다.

그런데 로즈. 아빠가 가장 마지막으로 그린 속눈썹 축구공 그림을 들고서 말했다. 왜니?

맥주 맛이 이상해요. 나는 텔레비전 방에서 나오며 말했다.

비록 부모로서는 대체로 부족했지만, 그래도 나의 아빠

는 매우 좋은 사람이었다. 아빠는 부유층을 상대로 일했기 때문에 평범한 서민들을 닦달할 일이 없었고, 자기 일을 올바르게 잘하고 싶어 했기에 책을 읽으며 공부도 열심히 했다. 봉급이 꽤 많았지만 그것을 과시하지 않았다. 시카고 출신의 아빠는 가난했던 리투아니아계 유대인 어머니 밑에서 반듯하게 자랐다. 아빠의 어머니는 닭 한 마리를 하나도 버리지 않고 알뜰하게 활용하는 방법을 자주 들려주었다는데, 그래서인지 아빠는 음식점에서 음식이 나오면 그 즉시 절반으로 잘라 포장용기에 담아달라고 부탁하는 버릇이 있었다. 아무래도 양이 너무 많아. 아빠는 불만스럽다는 듯 배를 도닥거리며 말했다. 아빠는 음식을 말끔하게 잘라낸 경우에만 남에게 주었는데, 누군가 입으로 베어 문 자국이 선명한 음식을 먹는 노숙자는 기분이 더 나쁠 것이라고 생각했기 때문이다. 자기들이 개나 박테리아가 된 것 같은 기분이 들 거 아니니. 위엄은 중요한 거란다. 아빠는 자기 접시에 있는 라자냐 절반을 포장상자 안에 넣으며 말했다.

음식점에서 나오면 아빠는 플라스틱 칼과 포크까지 모두 갖춰 넣은 음식 상자를, 윌셔 대로의 한구석이나 라브레아 애비뉴에서 군용 담요를 두르고 앉아 있는 남자나 여자에게 건넸다. 여기요, 아빠는 말했다, 부디 복 받으라는 말은 사양하겠습니다. 나는 이런 광경을 자주 보았다. 아빠는 엄마가 근사한 드레스를 입기를 바랐고 사고 싶은 보석을 사기를 바랐으며 그것들을 자기 손으로 벗겨주고 싶어 했다.

아빠는 엄마에게 옷을 입혀주는 것도 또 벗겨주는 것도 자기이길 원했다. 내가 아빠를 표현할 수 있는 가장 적절한 말은 그저 아빠가 상당히 집중력 있는 사람이었다는 것, 그리고 본성은 아주 단순한, 똑똑한 사람이었다는 것이다. 어쩌다 보니 엄청나게 복잡한 세 사람과 한집에 살게 되기는 했지만 말이다. 외로움으로 못 견뎌하는 아내와, 눈빛이 너무 불안정해서 마음 편히 마주 앉아 있으려면 시리얼 상자라도 급하게 세워 막아야 하는 아들, 그리고 누구나 먹는 학교 점심을 먹고 나면 십오 분은 걸어야 속이 진정되는 딸. 대체 이 사람들은 누구란 말인가? 같이 텔레비전 드라마를 볼 때면 나는 이따금씩 아빠가 불쌍했고, 아빠가 광고에 나오는 단순한 삶을 얼마나 바랄지를 헤아려볼 수 있었다. 사실 우리 셋보다도 얼마나 더 간절히 그 삶을 원했을지를.

아빠의 의외의 모습 한 가지는—사실은 전혀 어울리는 짝이라고 할 수 없는 엄마를 선택한 것도 의외이기는 했지만—병원을 놀랍도록 혐오한다는 것이었다. 단순히 싫어하는 것 이상이었다. 아빠는 병원이라면 질색을 했다. 운전하다가 병원이 있는 동네가 나오면 그 앞을 지나가는 것조차 싫어서 굽이굽이 불편한 샛길을 지나야 하는 더 먼 길을 택했다.

오빠와 내가 태어날 때 아빠는 병원 로비에도 들어오지 못했다는 이야기를 들었다. 엄마는 차에서 겨우 몸을 빼내 시더스 사이나이 병원으로 들어와 수속을 밟았다. 아름다운 병원, 돈이 많은 병원, 우리 집에서 이삼십 블록 떨어진 곳에 있는 그 병원. 아빠는 차를 주차하고 나서 산부인과 병동 위치를 확인한 뒤 그리로 전화를 걸었다. 엄마 병실 호수를 묻고는, 파김치가 된 간호사를 붙들고 엄마가 누워 있는 창가가 정확히 어느 쪽인지 알려달라고 부탁했다. 간호사가 알려주지 않자 아빠는 일 분 간격으로 쉬지 않고 전화를 걸었고, 결국 간호사는 수화기에 대고 고함을 쳤다. 남쪽이요! 팔층! 왼쪽에서 세 번째 창문! 이제 빌어먹을 전화 좀 그만 해요! 아빠는 재빨리 지역 꽃집으로 전화를 해서 그 간호사 앞으로 탐스러운 튤립과 장미 다발을 보냈다. 꽃다발은 오빠가 나오기도 한참 전에 병원에 도착했다.

아빠는 잽싸게 주문형 스툴을 만들어냈던 바로 그 결단력과 수완으로 창문이 정확하게 보이는 위치에 자리를 잡고 몇 시간이고 위만 올려다보고 있었다. 이번에는 치러야 할 대가가 훨씬 비쌌다. 진통이 몇 시간 지속되고, 엄마가 오랜 친구 샬린의 격려를 받으며 힘을 주고 또 힘을 주는 동안, 아빠는 길가에서 기다렸다. 아빠는 그 길가에서 오빠 때는 여덟 시간, 그리고 나 때는 여섯 시간 동안 서성거렸다. 지나가는 사람들과 잡담을 했다. 체조를 했다. 내가 태어날 때는 분명히, 어디서 나무 궤짝을 가져와 주차 단속 경찰이 다른 데로 가라고 할 때까지 그 위에 앉아 몇 시간이고 추리 소설을 읽었을 것이다.

엄마는 아빠가 당황스러워하는데도 나에게 그 이야기를

해주었다. 실은 꽤 자주 했다. 오빠가 태어날 때는 거의 종일 병원에 있었다고 했다. 마침내 모든 게 끝났을 때 엄마는 엉망이 된 환자복 차림으로 지척거리며 창가로 가서 울어대는 작은 아기를 높이 들어 올렸다. 아빠는 보도 위에 있는 조그마한 점으로밖에 보이지 않았는데도 용케 엄마를 바로 알아보았고, 파란색 담요를 얼핏 보고는 펄쩍거리며 뛰었다. 아빠는 두 팔을 휘젓고 환호성을 질렀다. 내 아들, 내 아들이에요! 아빠는 지나가는 차들에 대고 소리쳤다. 엄마는 병실 바닥에 피를 떨어뜨렸다. 아빠는 담배 하나에 불을 붙이고 남은 담배는 지나가던 행인들에게 나누어주었다.

16

엄마가 장을 본다며 나가고 난 뒤, 나는 엘리자와 전화 통화를 끝내고 텔레비전 방 소파 한 편에 잠시 앉아 있었다. 아빠는 무릎 위에 그 빨간 가죽 장부를 펼쳐놓고 새 칸에 숫자들을 써넣고 있었다. 텔레비전 볼륨은 소거되어 있었다. 잠깐 나는 그냥 앉아서 아빠를 바라봤다.

왜? 아빠가 얼마 있다 말했다. 뭐 할 말 있니?

아니요.

아빠는 이마가 눈에 띄는 얼굴이었다. 이마 선에서부터 살짝 경사를 이루며 길게 내려온 이마는 공무원 같은 인상을 풍겼다. 드문드문 흰머리가 섞인 아빠의 굵고 까만 머리칼은 이마 위쪽에 딱 달라붙어서 분명하고 확실한 곡선을 만들었다. 아빠는 꼭 회사 사장님처럼 보였다.

바로 전날, 조지 오빠가 저녁을 먹으러 와서 아빠에게 고등학교 시절에 대해 물었다. 아빠가 고등학교에 다녔다는 것도 신기했는데, 심지어 흔쾌히 대답을 해준다고? 충격이었다. 조지 오빠여서였을까, 대수롭지 않게 던진 그의 물음에 굳게 닫혀 있던 아빠라는 상자가 열렸다. 아저씨는 고등학교 연극에서 주연을 맡았었지. 아빠가 물 한 모금을 홀짝이며 말했다. 나는 바닥에 포크를 떨어뜨렸다. 뭐라고요? 어, 진짜야, 누구나 다 하는 거였어. 아빠가 말했다. 뮤지컬도 하셨어요? 조지 오빠가 물었다. 그럼. 아빠가 말했다. 엄마조차 웃음을 터뜨렸다. 아빠는 입안 가득 고구마를 넣었다. 무슨 뮤지컬? 내가 물었고, 아빠가 음식을 다 씹어 삼키고 냅킨으로 입가를 톡톡 두드리는 동안 우리 모두는 기다렸다. 그리고 마침내 처음 들어보는 '브리가둔(Brigadoon)'이라는 말이 튀어나왔다.

아빠는 어떤 사람이었을까? 그날 밤, 구운 쇠고기 안의 연애는 아빠에게 까마득하게 비밀이었고, 마지막 한 조각까지 먹어치우면서도 아빠는 아무것도 몰랐다. 어쩌면 바로 그 때문에, 아빠는 평소보다 조금 더 다가가기 쉬운 것 같아 보였다. 나는 앉아 있던 자리에서 몸을 좀 기울였다.

왜 그러니, 로즈? 아빠가 자기 자리에서 말했다.

아빠 안녕. 내가 말했다.

아빠가 연필을 내려놓았다.

숙제 없니?

있어요.

아빠는 눈썹을 들어 올렸다. 그러면 왜 가서 숙제하지 않고?

숙제 여기로 가져와도 돼요?

아빠는 잠깐 입을 가리고 기침을 했다. 조용히 있겠다면. 아빠가 말했다.

나는 방으로 달려가 공책과 교과서를 가져왔다. 아빠가 명세표와 예산안 세부사항을 갖고 씨름하는 동안, 나는 소파 다른 한쪽에서 캘리포니아 역사를 공부했다. 책에서 하라는 대로 한 장을 읽기 전에 그 장 맨 뒤에 나오는 질문들을 먼저 풀었다. 질문에 나온 문장이 본문 어디에 나와 있는지 맞히기는 무척 쉬웠고, 나는 말 잘 듣는 실험실 생쥐처럼 맞는 선들을 연결했다. 소리가 나지 않는 화면 속에서 눈이 커다랗게 클로즈업된 배우들이 싸우는 모습을 이따금씩 올려다보면서. 우리는 고요 속에서 각자 할 일을 했다. 아빠가 가느다란 샤프펜슬로 숫자들을 살짝살짝 써 내려가면서 거기 앉아 있으니, 나는 숙제를 평소보다 두 배는 빠르게 마친 것 같았다.

아빠? 내가 올려다보며 말했다. 골드러시가 캘리포니아 경제를 살린 다섯 가지 이유를 다 쓰고 난 뒤였다.

응?

엄마 어디 간 거예요?

뭐 좀 사러.

엄마 언제 올까?

곧. 아빠가 말했다. 열 시쯤엔 오지 않겠니, 늦어도.

아빠?

아빠는 또 눈썹을 들어 올렸다. 그래, 로즈?

됐어요, 아무것도 아니에요.

아빠는 일을 계속했다. 나는 숙제를 다 끝내고 다음 장을 읽었다. 이건 숙제가 다양할 수도 있다는 걸 믿지 않는 우리 선생님이 매주 똑같은 숙제를 내주기 때문이었다. 째깍거리며 시계가 갔다.

조금 있다가 나는 다시 올려다보았다. 소파 저쪽에서 아빠는 빨간 장부 안에 새로운 숫자들을 말끔하게 적어 넣고 있었다. 아빠는 일을 더 많이 하고 있는 것 같았다.

뭐 하나 물어봐도 돼요?

아빠는 바로 전에 그려 넣은 장부의 세로줄 맨 밑에서 눈을 떼지 않았다. 이윽고 연필을 내려놓았다.

되다마다. 아빠가 말했다.

아빠가 고쳐 앉자 소파가 삐걱거렸다. 내 앞으로 문이 열렸다. 나는 옆에 아무도 없이 아빠와 단둘이 마주 앉아본 게 마지막으로 언제인지 기억도 나지 않았다. 무엇을 물어보아야 할지 정말 아무 생각도 나지 않아서, 그저 머릿속에 처음 떠오른 것을 불쑥 내뱉었다.

아빠 혹시 뭔가 알아요?

뭐라고?

나는 숨을 들이마셨다. 죄송해요. 그러니까 내 말은, 알면 안 되는 것을 혹시 알고 있지 않나 해서요.

아빠가 고개를 갸우뚱했다. 무슨 말이냐?

그러니까…… 혹시 복도를 걸어 다니다가 나도 모르게 비밀을 엿들었다든가 한 적 없어요?

아빠는 잠깐 생각을 했다. 없는데. 왜?

만일 들었다면 어떡할 거예요?

비밀을 지켜야지.

나는 자리를 고쳐 앉았다. 그렇구나. 알았어요. 그럼, 아빠 혹시 특별한 기술 같은 거 없어요?

아빠가 싱긋 웃었다. 없는데.

아빠에게 그런 기술이 없다는 말은 아니었고, 그러니까…….

아냐, 진짜야. 아빠는 내 쪽으로 완전히 몸을 돌렸고, 얼굴은 다정해 보였다. 아빠는 로스쿨에 다닐 때도 내내 딱 평균만 했어. 로스쿨 입학시험에서도 정확하게 상위 오십 퍼센트였지. 오십. 아빠는 흡족하다는 듯 혼자 고개를 끄덕였다.

나는 교과서를 덮었다.

하지만 아빠는 그것도 했잖아요, 브리가…….

둘. 아빠가 덧붙였다. 내 노래는 완벽하게 평균치였어. 선생님도 그렇게 말했지.

아빠는 병원을 혐오하잖아요.

그래서?

아니, 그냥. 나는 교과서 한 귀퉁이를 잡아당겼다. 병원 혐오하는 사람은 없잖아요?

그건 특별한 기술이 아니지.

아니죠. 나는 말한 후 아빠가 더 말하길 기다렸다.

아빠는 등 뒤에 있던 베개를 세웠다. 텔레비전 화면으로 드라마 예고편들이 지나갔고, 우리가 가장 즐겨 보던 본격 의학 드라마도 나왔다. 곧 시작할 것이었다.

난 그냥 아픈 사람들이 싫구나.

그건 아빠가 뭔가를 느끼기 때문이에요?

뭐라고?

그 사람들의 아픔을 느낀다거나, 그런 거?

아빠는 콧잔등을 긁었다. 그러고는 나를 조금 의아하게 바라보았다. 아니야. 아빠가 말했다. 난 그냥 그 사람들이 싫어. 그나저나 그걸 네가 어떻게 아니?

아빠는 농담을 했던 걸까? 텔레비전 화면은 광고로 바뀌어 나무들이 줄지어 선 거리에서 꼬마 셋이 춤을 추고 있었다.

엄마가 우리 태어났을 때 이야기를 늘 해주잖아요. 그런데 드라마는 어떻게 봐요?

아빠는 화면에 대고 손을 흔들었다. 아, 저건 다르지. 저건 재밌잖아.

그래도 병원 안이잖아요.

그건 세트장이야.

진짜 병원 안에 있는 세트장이잖아요.

상관없어. 냄새가 안 나니까.

그럼 만일 아빠가 아프게 되면 어떡할 거예요?

나는 절대로 안 아파.

아빠는 리모컨을 집었다. 소파에 앉은 채로 리모컨을 이리저리 돌렸다. 질문들이 내 안에서 요동쳤고, 점점 더 불어났다. 나는 소파 안으로 깊숙이 몸을 묻으면서 조지 오빠가 그날 저녁 식탁에서 어떻게 했는지를 기억하려 애썼다. 부드럽게, 질문이 하나도 급하지 않은 듯이. 일 미터 앞에 놓인 씨앗을 관찰하는 호기심 많은 새 한 마리처럼.

아빠는 절대로 안 아프다고요? 얼마간의 침묵 끝에 내가 말했다.

아빠가 나를 흘끗 돌아보았다. 여전히 발을 까딱거렸다.

아빠는 건강한 유전자를 갖고 있거든. 아빠가 어깨를 한 번 으쓱해 보이며 말했다. 늘 건강하지. 그 좋은 리투아니아 닭고기를 많이 먹은 덕분에.

우리는 같이 앞을 빤히 바라보았다. 나는 교과서의 코팅이 벗겨져 벌어진 한 귀퉁이를 들추었다. 갈색 마분지의 부드러운 층들이 드러났다.

나중에 내가 병원에 가야 하면 아빠 올 거예요?

아빠가 내 쪽으로 손사래를 쳤다. 너는 건강한 아이야.

하지만 만약에 말이에요, 심각한 병이면?

그런 일 없었잖니.

하지만 만약에 생기면요?

아빠는 텔레비전 아래쪽에서 초록색으로 깜빡거리는 시계를 바라봤다. 이 분 뒤면 우리가 보는 드라마가 시작할 것이었다.

아마. 아빠가 말했다.

아빠의 눈길은 시계에 가 있었다.

갈 수도 있지.

아빠의 손은 빨간 장부 위에 놓여 있었다. 텔레비전 화면에 갖가지 색깔이 채워졌다.

할 말이 별로 없어서 우리는 빠르게 지나가는 자동차 광고 몇 편을 봤다. 광고에 따르면 첫 번째 차는 당신을 남자답게 만들어주고, 두 번째 차는 부자로 만들어주며, 마지막 것은 당신을 재미있는 사람으로 만들어주었다.

나는 피에로가 모는 날쌘 노란 해치백을 가리켰다. 그 차가 그렇게 좋지는 않았지만 그냥 뭐라도 해야 할 것 같았다. 아빠는 그 화면을 유심히 보았다. 그러고는 장부의 빈 페이지를 펴 그 차의 이름을 쓰고 옆에 내 이름을 적었다. 내 이름을 가리키는 정확한 작은 화살표와 함께.

열여섯이 그리 멀지 않았구나. 아빠가 말했다.

아빠가 음소거 버튼을 다시 누르자 방은 소리로 가득 찼다. 경적 소리, 성우 목소리, 분절된 노랫소리. 마치 아빠와 나 사이에 비밀 암호를 교환하고 있는 기분이었다. 우리말로 번역된 '부녀지간 지침서'에서 읽은 바에 따라, 우리는 읽은 바대로 실천하려고 최선을 다하고 있는 것 같았다. 고마워요, 아빠. 내가 말했다. 광고가 끝났고, 응급실을 바쁘게 오가는 간호사 서넛으로 드라마가 시작했다. 한 남자가 바닥에 쓰러져 발작을 일으켰다. 누군가 응급전화에 대고 고함을 쳤다. 나는 이야기 속으로 빠져들어서 아빠가 도중에 내 이름을 말하는 걸 처음에는 듣지 못했다.

널 위해서 말이다, 로즈. 아빠가 말하고 있었다. 너 태어날 때.

내가 고개를 돌리자 아빠 얼굴은 평소보다 더 가까이에 있었다. 나는 아빠 눈썹 위로 생긴 선들에서 옅은 긴장을 볼 수 있었다. 아빠가 말하려는 것이 무엇이든 조용한 응급 상황이었다.

네?

아빠 손이 공중에서 머뭇거렸다.

널 위해서, 아빠가 말했다, 쌍안경을 샀었단다.

엄마는 드라마가 끝나자마자 집에 왔다. 정확히 열 시. 진입로로 들어오는 차 소리가 들렸고, 그 뒤 현관문 열쇠 돌리는 소리가 들렸고, 엄마는 내가 차마 쳐다볼 수 없는 빛나는 뺨을 하고서 잽싸게 방 안으로 들어갔다. 나는 그 대신 아빠를 보았다. 혹시 무엇이라도 눈치 챘을까 싶어서. 그러나 아빠는 다른 차, 네 번째 차, 당신을 예리하게 만들어주는 차, 어쩌면 아빠에게 꼭 필요한지 모르는 그 차의 섬광처럼 지나가는 영상들을 건성으로 보고 있었다. 아빠는 소파에 앉은 자리에서 엄마에게 인사를 했고 장은 잘 보았느냐고 물었다.

아주 잘 봤어. 엄마가 말했다. 좋았어. 로즈, 아직 안 자네? 드라마 재미있었어?

엄마 뭐 사러 갔다 왔어요?

이것저것. 엄마가 눈을 가린 머리칼을 쓸어 올리며 말했다.

시장 가방은 어디 있는데?

아. 엄마가 손을 내저었다. 차에.

엄마는 나를 보고 다시 윙크를 했다.

잠잘 시간이죠. 엄마가 말하기 전에 내가 말했다.

이리 와 앉아봐. 아빠가 소파 쿠션을 두드리면서 엄마에게 말했다.

나는 방에서 나왔다.

17

그날 밤, 엄마가 여전히 세상 누구보다 반듯하게 정돈해준 이불 속으로 파고들면서, 나는 눈을 감고 늘 하던 대로 하느님께, 혹은 세상의 신비로운 자비에 감사를 드렸다. 학교에 자판기가 있는 것에, 학교식당에서 위생모를 쓴 슬픈 아줌마가 아직 일하고 있는 것에, 조지 오빠의 존재에 대해, 그리고 목공소에서 엄마의 쿠키를 먹은 모든 사람들에게. 버릇처럼 하던 것이다 보니 딴생각이 스며드는 건 순식간이었다. 나는 화들짝 놀라 베개로 두 귀를 꽉 막았다. 래리, 떠오르는 이름. 래리. 엄마 쿠키를 먹지 않아도 되도록 나를 구해준 남자, 지난 거의 사 년간 엄마가 작업실로 쉴 새 없이 디저트를 가져다 나르는 동안 내가 감사기도를 올렸던 사람. 오빠! 나는 오빠 방 쪽 벽을 두드리며 외쳤다. 크게 소리쳤다. 나는 손에 힘을 주어 세차게 다시 두드렸다. 오빠가 공부에 얼마나 열중해 있든지 오빠를 깨우기 위해서. 나는 계속 두드렸다.

십 분 뒤, 오빠가 잠옷 바람으로 내 방에 성큼성큼 들어왔다. 뭐야.

오빠는 아빠처럼 키가 컸지만 아빠와 달리 깡마른 체형이었다. 축구 따위에는 관심도 없었다. 오빠의 눈은 동굴 같았다. 오빠가 당장이라도 가버리려고 벌써 문으로 향하는 것이 보였다. 그래도 오빠가 거기 서 있어서, 머리칼은 눌린 채로 팔짱을 끼고 퉁명스럽고 어색하게 거기 있어서 나는 안도감이 밀려왔다. 오빠가 아직 거기 있다는 것, 만질 수 있고, 방으로 들어올 수도 있고, 짜증도 내면서 내 방에 있다는 사실에. 그것은 아무도 집에 없는 것 같은 적막함에 대한 해독제였다.

18

오빠는 곧잘 사라지고는 했다. 그러나 평범한 사춘기 소년
처럼 종일 안 보이다가 취해서 집에 들어온다거나 무릎에
검불을 묻히고 머리칼은 땀으로 눌린 채 새벽 두 시에 들어
오는 그런 식이 아니었다. 한적하고 고요한 대낮에, 오빠는
집에 있다가도 집에서 없어졌다. 오빠 방에서는 오빠가 대
학교 기숙사로 가져갈 짐을 싸느라 물건을 이리저리 옮기
고 바스락거리는 소리가 나다가도 아무 소리도 들리지 않
았다.

구운 쇠고기 저녁을 먹은 지 며칠 뒤인 일요일 밤, 오빠는
나를 봐주기로 되어 있었다. 부모님이 시내에 있는 법률사
무소 파티에 다녀와야 했기 때문이다. 매년 있는 아빠의 회
사 모임으로, 올해 장소는 장대 모양의 번쩍거리는 보나벤
처 호텔이었다. 오빠는 건물을 오르내리는 게 꼭 지퍼 같아
보이는 그 호텔의 외부 엘리베이터에 늘 감탄했다. 오빠는
들어가면 진공상태 같은 엘리베이터를 좋아했고, 나는 맨
꼭대기층의 회전 바를 좋아했다. 엄마는 파티를 좋아했고,
아빠는 싫지만 어쩔 수 없이 해야 하는 일처럼 여겼다. 아무
튼 엄마 아빠 모두 차려입고 차를 몰고 가 칵테일 잔을 들고
담소를 나누는 동안, 오빠는 안절부절못하는 나를 대충 봐
주면서 이십 달러를 받았다.

오빠가 나를 봐준다는 것은 사실 정해진 시간에 그저 한 집에 있다는 것을 의미했다. 보통 우리는 같은 공간에 있지도 않았다. 열두 살짜리 동생, 누가 봐도 보살핌을 받기에는 너무 많은 나이였으나, 대부분의 열일곱 살 소년들에게는 무리해서 놀러 나간 것을 실토하지 않을 수 있는 좋은 핑계이기도 했다. 하지만 오빠는 그러지 않았다. 무리하지도, 놀러 나가지도 않았다. 조지 오빠랑 록 콘서트에 간 적이 한 번 있었으나, 한 시간 뒤 택시를 타고 혼자 돌아왔다. 너무 많아. 묻는 엄마에게 오빠가 말했다.

나는 엄마에게 그날 밤 친구네 집에 간다든지 다른 것을 하면 안 되느냐고 물었다. 그러나 엄마는 오빠에게 나를 돌보는 수고비로 돈을 주는 게 좋아서 그러는 거라고 했다. 한 번만 봐주련? 엄마가 내 머리칼을 쓰다듬으며 말했다. 그러면 조지프는 자기가 오빠 같은 기분이 들 거야. 하지만 오빠는 나를 '봐주지' 않아요. 내가 벽을 발로 차면서 말했다. 엄마는 핸드백에서 지갑을 꺼냈다. 네게도 돈을 주면 어떻겠니? 엄마는 내게 이십 달러짜리 지폐를 쥐어주었다.

그 일요일, 나는 텔레비전을 보면서 오후 시간을 보냈다. 엄마가 준 이십 달러짜리 지폐는 돌돌 말아 보석함 깊숙이 넣었다. 혼자서 하는 카드놀이를 스물다섯 판 했고 그중 스물네 판을 졌다. 결국 싫증이 나서 카드를 가지고 밖으로 나와 다이아몬드 카드패 한 벌로 날렵한 미니 비행기를 세웠

다. 나는 이 현대적인 구조물을 멋지게 완성하고는, 그렇게
열세 장의 다이아몬드 카드에 둘러싸인 채 잔디밭에 앉아
잠시 허공을 응시하다가, 이내 무너뜨려버렸다. 내 안에 정
보가 넘치도록 꽉 찬 기분이었다. 지난 며칠 내내, 나는 엄
마의 불륜의 맛을 보았고 아빠와는 특별한 기술에 대해 대
화를 나누었다. 그중 무엇도 그리 좋게 느껴지지 않았다. 아
빠와 조금 더 가까워진 듯한 건 사실이었지만. 그러나 만일
내가 병원에서 죽어가고 있다면 아빠는 아마 주차장에서
깃발을 흔들 것이다. 엄마가 자기 쿠키를 갖다 줄 다른 사람
이 있는 건 다행이었지만, 그 사람은 우리 가족을 무너뜨리
고 있었고 그런데 아빠는 눈치도 못 채고 있었다. 그러니 내
가 누구에게 말할 수 있겠는가. 나는 오빠를 사랑했지만 오
빠를 의지하는 건 손에 공기를 담아두는 것과 같았다. 내 시
간은 아직도 조지 오빠를 생각하는 것으로 거의 다 채워졌
다. 그러나 조지 오빠는 내가 포함되지 않은 미래 속으로 저
만치 앞서가고 있었다.

　때로 나는 중학교와 고등학교를 가르는 운동장 건너편에
서 한 팔을 자연스레 여학생에게 두르고 세상에서 가장 자
연스러운 일이라는 양 여자애의 머릿결에 대고 속삭이는
조지 오빠를 보았다. 오빠의 눈썹은 얼굴에 잘 어울리게 자
라났을 뿐 아니라, 내면 역시 알맞은 속도로 성장하고 있는
것 같았다. 엘리자 또한 그랬다. 학교 끝나고 엘리자네 집에
가면 우리는 패션 잡지를 뒤적이고 립글로스를 발랐다. 거

기서 우리는 십대가 되었다. 하지만 엘리자가 우리 집에 오면 나는 침대 밑에서 인형과 동물 솜인형, 할머니가 보낸 물건 들이 담긴 신발상자를 끄집어냈다. 목이 잘려나간 소녀 인형, 오래돼서 너무 물렁거리는 바비 인형, 깨진 보석들. 엘리자는 흔쾌히 그것들을 갖고 놀아주었지만, 단 학교에서는 절대 비밀이라고 단단히 일렀다. 만약 이러고 놀았다고 입이라도 뻥긋하는 날엔. 한 번은 엘리자가 눈을 커다랗게 뜨고서 말했다. 손으로는 바비 인형의 긴 플라스틱 머리칼을 빗어 내리고 있었다. 내가 널 묻어버릴 줄 알아. 나는 순순히 고개를 끄덕였다. 그것은 맞는 말 같았다. 사실 우리는 내일모레면 열세 살이었다. 발가벗은 인형들을, 심지어 가끔은 아기 인형이기도 한 것을 손에 쥐고 있자니 때로는 우리가 소아성애증 환자가 된 기분이 들었다.

엄마는 아빠의 회사 파티를 위해 새 드레스를 샀고, 아빠가 준비하는 동안 내 앞에서 입은 모습을 선보였다. 허공에 날리는 연보라색 플리트 스커트. 아주 예뻐요. 내가 거울을 보고 엄마에게 말했다. 아빠가 좋아할 거야.

오늘 밤 괜찮은 거지? 엄마가 내 방 문간에서 말했다.

그럼요. 돈도 받았잖아요.

아, 그 말은 누구에게도 하지 않기. 엄마가 목소리를 낮추며 말했다. 보통 '아기'는 돈 같은 걸 받지 않으니까.

나는 엄마를 올려다보았다. 농담이죠?

아니. 엄마가 정색을 하며 말했다. 좀 예외적인 경우잖니.

나는 다시 방바닥으로 눈길을 돌려 할머니가 최근에 보낸 물건들을 훑어보았다. 광을 낸 갈색 사암, 걸쇠가 구부러진 빨간 인조 다이아몬드 목걸이.

호텔 번호는 냉장고 문에 붙여놨어. 엄마가 말하며 치마의 구김살을 손바닥으로 쳐서 폈다. 안절부절못하는 것 같으면서도 동시에 차분해 보이는 엄마. 구운 쇠고기 속에서 느껴지던 죄책감은 그 반대 방향으로 향하는 열망에는 아무래도 이길 수 없는 모양이었다. 나는 이 상황이 싫었다. 이 모든 게 마치 내 의사와 상관없이 엄마의 일기장을 읽는 기분이었다. 아마도 많은 아이들이 인생의 나중에 가서는 자기 부모가 결점이 있고 실수를 저지른다는 것을 알게 되는 것 같긴 했지만, 나는 내가 이 모든 것을 이토록 충격적으로, 그리고 일찍 알아버린 것이 조금도 달갑지 않았다.

그날 오후, 집에서는 구운 잣 냄새가 났다. 엄마는 견과류 믹스로 뭔가를 만들면서 내내 부엌에 있었다. 엄마가 만든 프레첼이란다! 오후 네 시, 오븐을 끄고 머리를 고쳐 묶으며 엄마가 외쳤다. 나는 맛을 안 볼 수 없었다. 엄마가 더없이 뿌듯하고 기대에 찬 얼굴로 내게 자그마하고 따뜻한 프레첼이 올려진 접시를 내밀었기 때문이다. 과연 그것은 엄마를 가장 잘 표현해주는 음식이었다. 작은 프레첼들에는 완벽한 프레첼을 만들고 싶다는, 절규하는 듯한 욕망이 들어 있었고, 그리하여 프레첼 자체가 아주 단단하게 묶인 매

듭 같았다. 음식의 모양새와 꼭 같이. 딱 한 번 내용물과 맞
아떨어졌다. 과연, 진짜 프레첼이네. 내가 씹으면서 말했다.

내 방에서 시간을 때우느라 이리저리 둘러보던 엄마의
눈길이 침대 근처에 와서 머물렀다.

어머! 저런, 저것 좀 봐!

엄마 아빠의 벨벳 고리버들 결혼 스툴이 내 침대 바로 오
른쪽에 딱 붙어 머리맡 탁자 노릇을 하고 있었다. 그것을 가
져다 놓은 지는 한참 되었는데, 그동안 엄마의 눈길을 피해
간 모양이었다. 그 부드러운 윗면은 책 한 권 올려놓기에 제
격이었고 몸통을 이루는 고리버들 문양 안으로는 숙제한
종이들을 끼워 넣을 수 있었다.

나 저거 마음에 들어요.

엄마는 그쪽으로 걸어가 쿠션을 눌러보았다. 세상에, 정
말 낡았구나. 쿠션을 다시 대야겠다. 작업실에서 하루면 할
수 있어. 그래도 되겠지? 제일 마음에 드는 색깔과 천을 골
라보렴.

난 그대로가 좋은데. 내가 말했다.

저기, 폴. 엄마가 소리쳤다. 이리 와서 이것 좀 봐봐!

다른 방에서 아빠가 서랍 몇 개를 닫는 소리가 들렸다. 아
빠는 내 방 문간으로 성큼성큼 걸어왔다. 목에는 넥타이 두
개가 걸려 있었다.

파란색? 아빠가 말했다. 아님 빨강?

이것 좀 봐. 엄마가 손가락으로 가리켰다.

뭘?

빨간색. 내가 말했다.

문간에서 아빠가 내게 고개를 끄덕였다. 거의 수줍어하는 것에 가까웠다. 텔레비전을 같이 본 후로 우리는 약간 더 친해졌다. 아빠는 금단추가 반짝거리는 파란색 재킷 차림이었다. 엄마의 연보라 드레스와 아빠의 빨간 넥타이. 마치 닳디닳은 옛 연인을 황홀한 사랑에 빠진 한 쌍과 맞바꾼 것 같았다.

정말 멋지다. 아빠가 목에서 파란 넥타이를 빼내 책장에 걸쳐놓을 때 내가 말했다.

엄마가 스툴을 가리켰다. 봐봐. 우리 딸, 가족 역사가야.

빨간 넥타이를 매는 데 정신이 팔려 있던 아빠는 방을 대충 둘러보다가 스툴이 눈에 들어오자 얼굴이 굳었다. 아빠는 스툴 가까이로 걸음을 옮겼다. 바닥에 무릎을 꿇고 좀먹은 벨벳을 어루만졌다.

아. 아빠가 작게 소리를 내더니 나를 건너다보았다. 여전히 바닥에 앉아 벨벳 천을 어루만지면서. 이걸 어디서 찾았니?

차고에서요. 좀 됐어요.

좀들이 아주 신이 났어. 엄마가 말했다.

아빠는 몸을 숙여 쿠션 냄새를 맡았다. 복숭아색 쿠션. 이제는 세월이 지나 옅은 베이지색이었다. 아빠는 고리버들 몸통을 손으로 매만졌다. 아직 모양새가 나쁘지 않았다.

엄마가 쿠션을 다시 씌우고 싶대요. 내가 말했다.

오, 안 돼! 아빠가 허공에 대고 손을 휘저었다. 절대 안 돼! 이것 봐라. 아빠가 나를 보고 말했다. 아빠한테 특별한 능력이 있냐고 물은 적 있지? 아빠가 몸을 일으켰다. 이게 바로 아빠의 특별한 능력이었어. 이런 일을 벌인 것 말이다.

엄마는 문에 기대 팔짱을 꼈다. 저기 구멍 난 것 좀 봐! 엄마가 말했다. 근데 무슨 특별한 능력?

아빠가 엄마에게 가서 팔을 둘렀다. 오늘이 우리 진짜 기념일이네. 아빠가 엄마 뺨에 입을 맞추며 말했다. 로즈, 너그 이야기 알고 있니?

내가 웃었다. 엄마가 웃었다. 엄마는 아빠에게 팔을 두르지 않았다. 불과 몇 분 전 엄마 얼굴에서 보았던 차분한 표정은 굳어 있었고, 눈가는 깊게 그늘이 졌다. 둘 중 누구도 그 일이 얼마나 억지스러웠는지 알지 못하는 듯했다. 이 관계의 시작부터 말이다. 아빠는 엄마의 열중하는 습관이 하고 싶은 게 많다는 뜻이라고 생각했고 주말마다 엄마가 마음껏 돌아다니게 놔두었다. 엄마가 샌프란시스코의 통근용 고속철도를 타고 돌아다니다가 어디든 생각지도 않은 곳에 내려 길거리 장터에서 중고 레코드판을 사 와도 그냥 두었다. 엄마는 아빠의 착실함을 무엇이든 해결하고 도와줄 거라는 의미로 생각했고, 아빠가 공과금을 내고 공부를 하고 할 일 목록을 만드는 걸 보며 흐뭇해했다. 이 모두를 아빠는 지금도 하고 있었다.

내 방 문간에서 아빠는 계속 엄마에게 팔을 꽉 두르고 서 있었지만, 갑자기 어찌할 줄 몰라 굳어버린 것 같았다. 마치 사람들 많은 데서 넘어지고는 허공에 대고 사과하는 사람처럼.

너 그거 잘 간수해야 한다. 아빠가 스툴을 가리키며 진지한 얼굴로 말했다.

누군가는 해야겠죠. 내가 말했다.

잠깐 동안, 그 파란 재킷 속에서 아빠의 어깨가 경직되었다. 나는 잘 다녀오라고 손을 흔들며 내 방에서 엄마 아빠를 내보냈다. 파티에 가서 재미나게 놀다 오세요.

엄마가 먼저 보라색 원을 그리며 잽싸게 사라졌다. 다녀올게! 엄마가 오빠 방에 대고 소리쳤다. 우리 나간다! 아빠가 지나치게 큰 소리로 말했다. 번쩍, 두 사람이 현관을 빠져나갔다.

차가 출발했다. 집은 둘이라는 새로운 숫자에 적응했다. 하늘이 옅은 파란색으로 바뀌며 날이 저물고 있었다. 나는 불을 켜고 한 시간 동안 열심히 놀았다. 슬리퍼로 만든 배 안에서 소녀 인형들이 이리저리 날아다녔고, 솜으로 된 동물 인형들이 결혼했다가 이혼했다. 나는 부엌 수납장에서 할머니의 이 빠진 컵을 빼 와 플라밍고 솜인형의 친한 친구로 썼다. 차를 유별나게 좋아하는 플라밍고였다. 광낸 갈색 사암은 머리 없는 바비 인형의 둘도 없는 친구였고, 파란색

넥타이는 헤엄칠 수 있는 강물이었다. 잠시 후, 나는 지루해졌을 뿐 아니라 당황스러워졌다. 반쯤은 다섯 살이 된 기분이었고 반쯤은 마흔 살이 된 기분이었다. 집 앞에 나가 테니스공 던지기를 하기에는—내 나이에 어울리는 것으로 알고 있는 유일한 놀이였지만—너무 어두웠다. 나는 부엌으로 가서 빈둥거리며 시간을 때웠다. 공장 마가린이 잔뜩 들어간 공장 빵을 한 조각 먹고, 서랍을 괜히 열었다가 닫았다. 엘리자에게 전화할까 생각했지만 외출하고 없다는 게 생각났다. 나는 오빠 방으로 갔다. 문을 두드렸다. 답이 없었다. 다시 두드렸다.

보통 일요일 밤마다 엘리자는 부모님과 함께 극장에 갔다. 엘리자가 영화를 골랐다. 자기들은 커다란 팝콘 하나를 다 같이 먹는다고 했다. 소금과 버터 맛이 나는 팝콘. 팝콘은 엘리자의 무릎에도 몇 개 떨어져 있을 것이고, 부모님 두 분은 마치 딸이 육중한 북엔드 사이에 있는 한 권뿐인 소중한 책이라도 되는 듯 엘리자 양옆에 앉아 팝콘 봉지에 손을 집어넣을 것이다.

방 안에서는 대답이 없었다. 나는 다시 두드렸다.

나는 구역질하는 소리를 냈다. 거의 질식하는 듯이 기침을 했다. 응급 상황이야! 내가 말했다. 숨이 막혀!

아무 대답 없음.

복도의 공기가 너무 조용하게 느껴졌다. 액자에 넣은 가족사진들이 꽉 들어찬 복도 벽면. 밖에서는 차들이 멜로즈 근처 주차장 쪽으로 내려가면서 굼뜨게 움직이고 있었다. 잠옷의 고무줄이 내 팔을 파고들었다. 나는 뭔가 안달이 나고 피곤했다. 한 주의 긴장이 쌓여 평상시 보여주던 고분고분함은 바닥 나 있었다. 이게 다 어떻게 된 일일까? 엄마는 이중의 삶을 살고 있고, 아빠는 먼 옛날의 추억이나 떠받들고 있으며, 곧 조지 오빠는 우리 집이 아니라 기숙사에서 밥을 먹을 것이다. 평소 말 잘 듣던 아이의 인내심은 바닥이 난 것 같았다. 좋다. 딱 한 번. 나는 열일곱 개 다른 나라 말로 적힌 '접근 금지'라는 팻말을, 평상시 나에게 악몽을 꾸게 하는 그 검은 잉크의 해골과 교차시킨 뼈 그림을 무시했다. 문손잡이에 손을 얹고 돌렸다.

아마 여덟 시였을 것이다. 해는 지고 없었다. 집 안은 어두웠다. 음식점에서 음식을 절반으로 나누는 것에 더해, 사람이 있을 때만 불을 켜야 한다고 믿는 아빠의 굳은 신념 때문이었다. 전기요금 때문이겠지. 나는 정반대로, 부모님이 없을 때면 집에 불을 다 켜고 있는 걸 좋아했고, 순식간에 이 방 저 방을 다니며 있는 불을 모두 켜곤 했다. 혼자 있을 때 불빛은 좋은 친구였다. 불이 켜져 있으면 왜인지 위안이 되었고, 거실 등의 가장 따뜻한 노란 전구는 그 자체가 일종의 빛이 나는 베이비시터였다. 그러나 그날 밤 나는 내 지정된 보호자의 행방을 알고 싶었고, 아직 포기한 게 아니었기에 보통 때와는 다르게 문을 밀었다. 문이 끽 소리를 내며 열렸다. 끼이이익. 일부러 경첩을 뻑뻑하게 해놓은 것일까?

있던 자리에 자물쇠가 없었고, 방 안에는 불도 켜져 있지 않았다. 옆문으로 들어오는, 이웃집 뒷마당 가로등에서 한 줄기 달빛처럼 바닥으로 쏟아져 내리는 불빛이 전부였다. 집 속의 동굴, 솟아오른 지하실. 나는 방 안으로 걸음을 뗐다. 가슴이 방망이질 쳤다. 움직임도, 동요도 없었다. 바닥에 쌓인 책들. 책상 위 로메인 양상추의 포장 용기. 오빠는 방에 없었지만, 나는 미약하게 오빠가 이 안에 있는 것같이 느껴졌다. 벽장 안을 들여다보았다. 오빠의 셔츠! 오빠의 신발! 빈 옷걸이들과 우산들. 오빠? 내가 말했다. 나는 떨고 있었다. 여기 있어? 전적인 고요. 비었으나 비어 있지 않은. 누군가 나를 보고 있는 건가? 벽들이? 오빠? 내가 속삭였다.

섬뜩한 느낌에 나는 방에서 뛰쳐나와 집 안을 뛰어다녔다. 불을 켜고 오빠 이름을 부르면서, 벽장들을 열어보고 또 오빠를 부르면서, 내 손에 닿는 모든 스위치를 켜면서. 오븐을, 텔레비전을, 방 불들을, 벽장 안 전구까지 줄을 잡아당겨 켜고, 정말로 겁이 나서 또 오빠를 부르면서. 그렇게 이제는 훤하게 노란빛이 나는 우리 방 앞 복도에 대고 다시 고함쳤을 때, 오빠가 거기 있었다. 큰 키로, 벽에 기댄 채, 누군가에게 얼굴을 세게 한 방 맞은 것 같은 모습으로. 나 여기 있어, 소리 안 질러도 돼. 오빠가 조용히 말했다. 도대체 어디 있었어? 내가 물었다. 여전히 너무 큰 목소리로. 쉿, 오빠가 말했다. 가긴 어딜 가. 그냥 바빴어. 어디 있었느냐니까? 나는 선 채로 발까지 약간 구르면서 다시 물었다. 눈부신 복도 불빛은 오빠 눈가의 늘어진 살과 뺨의 선을 도드라지게 보여주었다. 아직 그렇게 많이 살지는 않은 사람치고 너무 오래 산 얼굴.

네 방에 있었어.

나는 눈을 가늘게 뜨고 오빠를 보았다. 뭐? 오빠는 내 방이라면, 그 모든 소녀 같은 것들이라면 질색을 했다. 정말로? 오빠 어디 아파? 왜?

오빠는 오래도록 콧잔등을 긁었다.

분홍색 페가수스 펜이 필요해서. 오빠가 말했다.

대답이 나오기까지 일 분이 걸렸다. 침묵, 우리가 서로를 바라보는 동안. 우리 주변에서 해체된 말들. 분홍. 색. 페가. 수스. 펜. 그러고서 오빠는 코를 킁킁거리며 소리를 냈고, 우리는 둘 다 웃기 시작했다. 나는 배를 움켜잡았다. 오빠는 바닥에 주저앉아 웃고 또 웃었다. 배가 아파왔다. 웃음을 멈추려고 카펫을 끌어당겼다. 나는 입과 코로 동시에 웃고 있었다. 숨을 못 쉬겠어! 내가 소리쳤고, 그러자 우리는 둘 다 다시 웃음이 터졌다. 오빠의 웃음, 낮고 침묵에 가깝고 쉰 목소리가 나던 그 웃음. 나는 진정하려고 벽에 딱 달라붙었다. 그리고 오빠가 거칠게 숨을 내뱉었을 때, 또 한 번 십 분 동안 웃음을 터뜨렸다.

그만해! 내가 벽을 붙잡고 씩씩거리면서 말했다.

기침을 하며 마침내 둘 다 멈추었을 때, 오빠는 천천히 바닥에서 몸을 일으켰다. 모든 관절과 뼈가 평소보다 더 무거워진 듯이 보였다. 느릿한 걸음으로, 오빠는 방들을 다니며 하나씩 하나씩 불을 모두 껐다. 나는 오빠가 스위치 하나를 끌 때마다 복도에서 그 소리를 들었다. 덮개 없는 벽장 전구를 끄려고 쇠줄을 잡아당기는 소리. 집 안 전체에서, 불빛 한 무더기가 사라졌다. 미니어처 도시가 잠들듯이.

설명할 수 없는 무엇 때문에 우리는 둘 다 기진맥진했다. 그래서 아홉 시쯤 자리에 누웠고, 잠이 들었다.

19

간밤에 엄마 아빠가 돌아오는 소리는 듣지 못했다. 여느 때와 같은 아빠의 경적 소리로 월요일 아침이 열렸고, 나는 침대 안에서 꼼지락거리면서 그 소리를 들었다. 엄마가 늦잠을 자고 있는 안방은 조용했다. 바깥에서는 새 한 마리가 온 동네에 트릴 같은 울음소리를 퍼뜨렸다.

부엌에서는 오빠가 아침을 먹는 소리가 들렸다. 그릇에 시리얼 쏟아지는 소리, 우유를 붓는 소리.

침대에서 빠져나와 보니 식탁의 늘 앉는 자리에 오빠가 있었다.

안녕. 내가 말했다.

오빠는 계속 우물거릴 뿐이었다.

식기세척기 앞에는 엄마의 검은색 하이힐이 발로 차서 벗어버린 듯 기우뚱하게 놓여 있었다. 엄마의 보석들이 신발 한 짝 안에서 반짝거렸다. 이 광경은 집에 온 후 엄마가 밤을 새웠다는, 차를 만들고 오렌지색 줄무늬 의자에 앉아 창밖을 응시했다는 뜻일 가능성이 아주 높았다.

나는 냉장고 문을 열고 안을 들여다보았다. 오빠와의 어젯밤이 머릿속에서 재연되었다. 조용한 웃음이 솟아올랐다.

나는 오렌지 주스를—트럭에 쌓인 채 밤새 전국을 누빈, 돈 걱정에 시달리는 일꾼들 손에 수확된 플로리다산 오렌지로 만들어진 것—마시면서 식탁의 오빠 맞은편 자리에 앉아 어젯밤 이야기를 꺼냈고 분홍색 페가수스 펜 농담으로 끝을 맺었다.

나는 아침으로 와플을 구워 먹으면서—일리노이의 공장에서 만들어진 동그란 와플의 들쭉날쭉한 작은 네모 칸들 안에는 마약과 알코올의존증으로 고생하는 버몬트의 성실한 어떤 가족이 채취해 끓여 만든 메이플 시럽이 담겨 있었다—그 농담을 또 꺼냈다. 같이 설거지하는 동안 싱크대에서도 말했다. 성가시게 구는 동생으로서 그 농담을 지겹도록 우려먹는 것이 내 일이었다. 번번이, 나는 말을 꺼내고는 꼼짝도 않고 기다렸다. 목구멍 안의 그 간질거림, 통제할 수 없는 웃음의 습격을 기다리면서.

오빠는 단 한 번도 웃지 않았다. 식탁을 치며 웃는 나를 보면서도, 오빠 입은 일직선이었다.

어제 한 번뿐이었어. 오빠가 가방을 집으러 가며 말했다.

오빠와 내가 다니는 학교는 윌셔 대로의 같은 블록에서 갈라졌기 때문에 우리는 여느 때와 같이 버스를 함께 탔고 몇 줄 떨어져 앉았다. 밖에서는, 광고판 턱을 밟고 선 남자들이 종이 두루마리를 펼쳐 올리자 여자의 거대한 턱 그림이 나왔다. 한 무리의 십대들이 페어팩스 고등학교 담장에 서 있었다. 그때쯤의 나는 다른 차에 손 흔드는 걸 그만두었으므로—나는 사람들과 저마다의 복잡한 내면생활이라면 이제 경계심부터 들었다―그저 앉아서 밖을 바라보거나 이런저런 생각을 하면서 차에 실려 갔다. 버스 문이 열리자마자 우리는 모두 당구공처럼 문밖으로 굴러나가 각자 방향으로 멀어졌다.

삼교시 스페인어 수업, 나는 엘리자 뒤에 자리를 잡았다. 선생님이 지난주에 치른 쪽지 시험지를 나눠주는 동안 나는 몸을 숙여 엘리자의 귀에 속삭였다.

나 오빠랑 엄청난 주말을 보냈어. 같이 얼마나 웃었던지 하마터면 토할 뻔했다니까. 보미토스(Vomitos, '토하다'라는 뜻의 스페인어―옮긴이) 말이야.

엘리자는 나를 돌아보고 희미하게 웃었다. 엘리자의 광대뼈에는 반짝거리는 홀로그램 별 스티커가 붙어 있었다.

넌 주말에 어땠어? 내가 물었다.

선생님이 책상 사이를 돌아다니는 동안, 엘리자의 눈은 내 얼굴을 지나 열린 교실 문으로 향했다. 늦은 오전의 햇살이 교실 밖 나무 덤불을 번쩍거리는 초록색으로 바꾸어놓고 있었다. 내가 엘리자네 집에 놀러 가면, 집에서 주식 관련 일을 하는 엘리자의 아빠는 잠시 머리를 식히는 동안 컵케이크를 한 판씩 구워주고는 했다. 충만함이 넘치도록 배어 있던 조그만 초콜릿 머핀들.

원래는 영화를 보려고 했는데 모두 다 피곤한 거야. 그래서 그냥 집에 있으면서 대신에 야치 주사위 게임을 했어. 엘리자가 문간을 보며 하품을 했다. 미안. 재미있었어.

나는 연필로 책상에 별을 그리고는 가위표를 쭉쭉 그었다. 오길비 선생님이 내 시험지를 돌려주었다. 비 플러스. 나는 '가다' 동사의 과거분사 변화를 틀렸다. 내 시험지에서는 모두가 다 현재형이었다.

그 조지라는 오빠도 있었어? 엘리자가 자기 시험지를 공책에 끼워 넣으면서 물었다.

어디?

너희 집에. 너희 오빠랑 있을 때.

나는 더 바투 몸을 숙였다. 조지 오빠? 조지 맬컴을 말하는 거야? 그 오빠야 우리 집에 항상 오지. 내가 말했다.

엘리자가 한숨을 쉬었다. 빛을 받아 뺨이 반짝거렸다.

그 오빠는 우리 둘째 오빠나 다름없어. 내가 말했다. 나랑 결혼할 수 있다는 것만 빼고.

엘리자가 내 책상 위 푹 팬 자국을 손가락으로 훑었다. 그 오빠 괜찮은 것 같던데.

그 오빠는 야치 게임을 아주 싫어해.

뭐?

그냥 그렇게 한 번 말한 적이 있어. 저급하대.

뭐라고? 로즈? 그 오빠가 뭐라 그랬다고?

아무것도 아냐. 선생님이 우리 둘 모두를 쏘아보았다.

앞에 봐, 앞에. 내가 말했다.

오교시 시사 수업시간에는 내가 발표할 차례였다. 할머

니 할아버지 시대에는 없었지만 지금은 중요하게 생각되는 현대사회의 산물에 대해 써 와서 한두 문단 정도를 큰 소리로 읽어야 했다. 나는 산악자전거의 장점에 대해 발표한 여자아이의 다음 차례였고, 말라리아 퇴치법에 대해 삼부작으로 전지에 써 와서 발표한 남자아이의 앞이었다.

나는 목청을 가다듬었다. 으흠. 제 숙제는 도리토스에 대한 것입니다.

선생님이 고개를 끄덕였다. 영양은 중요하지.

이것은 영양에 관한 게 아닌데요. 내가 말했다.

나는 내 공책을 들었다.

도리토스의 좋은 점은, 내가 목청을 높이며 말했다, 관심을 기울이지 않아도 된다는 것입니다. 내가 관심을 두면, 도리토스는 다른 일반적인 칩과 똑같은 맛이 납니다. 하지만 관심을 두지 않으면, 세상에서 가장 맛있는 게 됩니다.

나는 특대형 과자 봉지 하나를 뜯어—나를 지탱해주는 버팀목 중 하나였다—교실에 돌렸다. 모두에게 과자를 하나씩 집으라고 했다.

먹어보세요! 내가 말했다.

와삭거리는 소리. 엘리자가 뒷줄에서 킥킥거렸다. 엘리자네 부모님은 도리토스를 먹지 못하게 했다. 말하자면 나는 이런 식으로 엘리자의 밀수꾼인 셈이었다.

어때요? 내가 말했다. 무슨 맛이 나나요?

도리토스 맛. 앞줄의 모범생이 말했다.

치즈 맛이요. 다른 누군가가 말했다.

정말인가요? 내가 말했다.

아이들은 도리토스를 먹는 데 정신이 팔려 있었다. 끝내주는 맛이다. 누군가가 말했다.

맞아요. 내가 말했다. 끝내주는 맛이죠.

나는 계속 숙제를 읽었다. 결국 내 입에 느껴지는 맛이란 내가 가장 최근에 먹은 도리토스 맛에서 기억해낸 것과, 맛을 내는 일종의 화학물질과, 그리고 실제로 무슨 맛이 나는지 따위는 별로 관심 없는 나의 의식 없는 마음이 합쳐진 것입니다. 기억, 화학물질, 그리고 의식 없는 마음. 마술을 만들어내는 삼총사입니다. 이것들이 합쳐져서 한 봉지를 다 먹고 싶게 만들고 그러고 나서 어쩌면 한 봉지 더 먹고 싶게 만드는 미각의 속임수를 만들어냅니다.

한 봉지 더 없나요? 스케이트보드 타는 남자애가 손가락을 빨면서 물었다.

없어요. 내가 말했다. 결론적으로, 도리토스는 여러분에게 아무것도 요구하지 않습니다. 그것이 도리토스의 위대한 점입니다. 그것은 오직 그 자리에 없을 것만을 요구합니다.

나는 허리를 조금 숙여 인사했다. 엘리자가 손뼉을 쳤다. 아까 그 스케이트보드 남자애가 비교해보고 싶은데 치토스는 없냐고 속이 들여다보이는 질문을 했다. 안 될까요? 그 애가 애원했다. 선생님께서 허락하신다면, 내가 말했다, 현장학습으로 반 전체가 과자 자판기를 둘러보고 올 수도 있지 않을까요? 선생님이 제지하기도 전에 애들이 전부 일어나 문가로 몰려갔다. 우리는 십오 분 동안 난리법석을 피웠다. 이십오 센트 동전을 죄다 자판기에 털어 넣고, 거기 있는 과자들을 전부 맛보면서 알지도 못하고 발음도 할 수 없는 성분들을 큰 소리로 읽었다. 맞아, 맞아, 집중하면 다르지. 스케이트보드 남자애가 우적거리며 말하고는 눈을 감았다. 엘리자는 불고기맛 과자 가루로 범벅이 된 손으로 나를 세 번이나 껴안았다. 우리는 웅성거리며 교실로 돌아갔고 수업이 끝난 뒤, 선생님은 나를 불러 피라미드 모양으로 음식분류표가 정리된 프린트를 주며 잘했다고, 그러나 성장기 소녀인 만큼 단백질을 먹어야 한다고 말해주었다. 고맙습니다. 내가 말하자 선생님은 머리를 살짝 숙였고, 우리 둘 다 이 훌륭한 조언에 감탄하듯 고개를 끄덕거렸다.

20

오빠는 수업이 끝나고 다시 봐야 하는 시험이 있었기 때문에 집으로 오는 버스에는 나 혼자였다. 내 숙제를 자축하는 의미로 늘 먹던 칩들을 사기로 하고 페어팩스 멜로즈에 있는 작은 잡화점에 들렀다. 걸어가는 거리가 조용했다. 한낮의 도로에는 차가 거의 없었다. 낙엽 청소기를 든 남자가 낙엽 더미를 배수로로 밀어 넣고 있었다.

집에 오니 할머니의 또 다른 소포가 와 있었다. 회색 접이식 의자가 담긴 기다란 나무 상자와 신문지에 싸인 낡은 책장과 부서진 스툴이 담긴 냉장고만 한 상자. 이 모두가 용달차에 실려 한꺼번에 도착했다.

엄마는 부엌에 있었다. 신문에서 본 새 요리법을 개시하는 중이었다.

할머니는 이제 몇 살이세요? 내가 부엌으로 들어가며 물었다.

여든하나. 엄마가 인사로 나무 숟가락을 흔들며 말했다.

근데 할머니는 어디에 앉으시지?

엄마가 어깨를 으쓱했다. 난들 알겠니.

엄마는 신문을 펼치고 재료를 뚫어져라 읽고 있었다.

오늘의 요리법은 메트로 섹션에서 오려낸 것이었다. 남부 이탈리아식 버섯토마토소스에 양질의 향긋한 올리브오

일을 써서 느리게 만드는 그런 요리. 아빠는 이탈리아 음식을 가장 좋아했고 엄마는 죄책감이 들 때면 이탈리아 요리를 했다. 엄마는 신문지를 쉽게 볼 수 있게 찬장에 붙였다. 파란색 줄무늬 머리띠를 하고 스토브에서 뭔가를 휘젓고 있는 엄마. 엄마는 잠이 부족해 눈이 풀려 있었지만, 입술에는 못 보던 분홍색 립스틱이 칠해져 있었고 기분 역시 들떠 있는 게 분명히 느껴졌다.

도와주려고? 내가 손을 씻자 엄마가 말했다.

엄마는 내게 칼과 도마와 피망 한 무더기를 쥐어주었다. 내 마음은 몇 봉지의 과자들 덕분에 아직 상쾌했다. 나는 요리할 때 이렇게, 멀찍이 떨어져 티가 나지 않는 참여자가 되는 것을 좋아했다. 물론 내가 뭔가를 쌓아올리거나 저을 일이 없다는 한에서였다. 내가 처음부터 끝까지 만든 음식을 먹는다는 건 너무 두려웠지만 그래도 준비 과정은 재미있었다. 썰고 자르고 다지고 깎아내고 잘게 찢고 저미고. 내 일상을 지배하는 것들을 공격하는 기분이 들어서였다. 비록 무엇도 내게서 이 복잡한 문제를 해결해줄 수 없다는 걸, 그것들을 먹지 않을 방도가 없다는 걸 알았지만. 무엇보다 치즈를 가는 것만큼 큰 기쁨이 없었다. 흡사 내가 치즈를 죽이고 있는 기분이 들었으니까.

내가 피망에서 씨를 털어내는 동안 엄마는 팬에 양파를 볶았고 지난번 파티와 재미있었던 변호사들에 대해 말해주었다. 엄마는 학교에 대해 물었고 내가 무슨 수업이 제일 좋은지 모르겠다고 말하자 고개를 끄덕였다. 이해해. 엄마가 머리를 까딱하며 말했다. 하나 고르기가 힘들지, 나처럼. 고를 게 너무 많다니까!

그런 건지는 모르겠어요. 쓰레기통에 씨를 쓸어버리며 내가 말했다. 주제를 바꾸려고 나는 오빠가 없어졌던 일에 대해 조금 말했다. 무엇도 자세하게 묘사하지는 않았다. 그냥 그 동생 돌봐주기 시간에 오빠가 이십 분 정도 사라졌었고 나는 그저 오빠를 찾을 수 없었다고만 말했다.

말하자면, 오빠가 잠깐 사라졌었어요. 내가 말했다. 그러다가 순식간에 돌아온 거지. 진짜로 웃겼어요.

엄마가 몸을 빙 돌렸다. 흥분이 엄마 얼굴에 퍼졌다. 옆문으로 빠져나갔던 것 같니? 엄마가 목소리를 낮춰 속삭였다.

나는 피망 가운데 심을 쓰레기통으로 던졌다.

아뇨.

아님, 로즈, 걔 여자친구가 생긴 거니?

난 거의 웃음을 터뜨릴 뻔했다. 음, 아니에요.

엄마는 나무 숟가락을 조리대에 조심스럽게 내려놓았다. 찬장에 붙은 조리법을 확인했다.

피망은?

준비 완료.

엄마는 조리대에서 도마를 가져가 울퉁불퉁한 사각형들을 팬에 쏟아 넣고 금빛이 도는 양파와 마늘에 섞었다. 우리는 피망 조각들이 기름 속에서 튀어 오르는 걸 바라보았다.

엄마가 내게 팔을 둘렀다. 우리의 가장 간단한 대화. 나는 엄마에게 기댔다. 로즈, 엄마가 내 머리칼을 쓰다듬으며 말했다. 우리 예쁜 로즈, 로오즈.

엄마는 숟가락을 들어 멍하게 재료들을 뒤적였다.

글쎄, 엄마가 말했다, 조지프는 비밀이 많지. 하지만 그게 꼭 나쁜 건 아냐.

집안 내력인가 봐요.

엄마가 날 보고 웃었다. 의아하다는 눈빛.

나는 도마를 씻어 다시 자리에 놓고 토마토를 썰기 시작했다.

내가 스툴 가질게요, 할머니가 준 거.

혹시 남자친구를 사귀는 것 같니? 엄마가 희망을 잃지 않고 물었다.

아니에요.

난 이해할 거야, 그렇다 해도. 엄마는 스토브 윗부분에 몸을 기댔다. 엄마가 이해한다는 혼잣말로 시작해 소설을 쓰는 소리가 들렸다. 그것도 무척 멋질 것 같아. 엄마가 작은 목소리로 말했다.

미안하지만 아니야, 엄마.

네가 어떻게 아니? 너도 모르잖아!

엄마는 나무 숟가락을 들고 다시 팬으로 몸을 돌렸다. 여러 재료들을 뒤적였다.

그거 다리가 하나가 없는데. 엄마가 잠시 뒤에 팬에 대고 말했다. 다리 두 개짜리 스툴로 뭘 하게?

　나는 그 스툴을 옆집과 경계를 이루는 좁다란 마당, 오빠
방 옆문 근처에 갖다 놓았다. 건물 면에 세워 놓으니 반절짜
리 사다리 노릇을 멋지게 했다. 엄마 아빠가 다시 집을 비웠
을 때, 나는 오빠가 자기 방에서 뒤적거리는 소리가 아직 들
리는 동안 살금살금 밖으로 나가 스툴 위에 올라가서 오빠
방 옆문 윗부분에 난 조그만 창문을 들여다보았다. 방 안의
불이 꺼져 있어서 내 눈에 보이는 건 새카만 그림자들뿐이
었다. 어둠. 그리고 눈에 익은 커다란 상자들. 오빠는 어둠
속에서 책상 앞에 앉아 책을 읽고 있는 듯했다. 어둠 속에서
넘어가는 책장들.
　나는 스툴 위에 서서 한동안 오빠를 바라보았다. 눈이 어
둠에 적응했다. 오빠는 한 장씩 천천히 읽고 있었다. 다음
장으로 넘길 준비가 되면 오른쪽 위쪽 모퉁이로 손가락을
움직여 날개처럼 가볍게 종잇장을 들어 올렸다. 오빠는 참
으로 조심스러웠다. 혼자 있을 때는 더욱.
　나는 화장실에 갔다. 여기저기 돌아다녔다. 스툴 겸 사다
리로 돌아왔을 때, 오빠는 없었다.

　나는 오빠와의 웃음 소동을 어떻게 하면 다시 한 번 더
벌일 수 있을까 하는 생각뿐이었기 때문에 오빠가 실제로
어디에 갔다 왔을지는 생각하지 않았다. 내가 또다시 집 안

을 다 뒤지면서, 오빠 방 문을 두드리고 오빠를 부르고 집 안을 한 바퀴 돌고 문을 또 열어보고, 그 모든 걸 다 반복하고서 발견한 것은 그때처럼 역시 자기 방 앞에 서 있는 오빠였다. 눈꺼풀과 피부에는 또 전에 없는 무거움이 내려앉아 있었다. 나는 전에 보였던 맹렬한 호기심은 훌쩍 생략하고 우리에게 웃음을 안겨주었던 대본으로 곧장 갔다. 나는 내 배역을 완벽히 알고 있었다. 오빠는 어디 있었던 걸까? 바빴던 걸까? 어디서? 나는 오빠에게 내 방에 있었느냐고 물었고, 오빠는 그렇다고 했다. 나는 왜냐고 물었고, 오빠는 지친 목소리로 대답했다. 분홍색 페가수스 펜이 필요했다고. 여덟 시 반쯤이었다. 처음으로 사라지고 나서 한 주 뒤. 부모님은 또 다른 저녁 약속으로 집에 없었다. 차가운 벽들. 문틀에 옆구리를 기댄, 키가 큰 오빠. 나는 오빠의 노력을 느낄 수 있었다. 나를 위해 대사를 읊고 있는 오빠를. 그리고 나조차, 끝나지 않을 듯한 가짜 웃음을 한 번 더 터뜨릴 만반의 준비가 되어 있는 나조차 오빠의 연기가 얼마나 밋밋한지 느낄 수 있었다. 우리는 말없이 서 있었다. 길게 뻗은 어두침침한 복도에 마주 선 채. 오빠는 늙어 보였다. 나보다 고작 다섯 살 위였을 뿐인데, 오빠는 그때 늙은 사람, 할아버지 같아 보였다.

오빠 아파?

오빠는 고개를 저었다. 뭐 좀 어려운 거 연습하고 있었어. 그래서 엄청 피곤해.

무슨 연습인데?

설명하긴 어려워.

아. 내가 도와줄까?

아니.

오빠는 위쪽 경첩에 머리를 기댔다. 눈을 감았다.

불법적인 거야?

아니. 오빠는 조금 웃었다.

우리는 잠시 같이 서 있었다. 오빠는 깊고 한결같은 호흡으로 숨을 들이마시면서 천천히 공기를 빨아들이고 있었다. 그 안테나 같은 속눈썹과 손가락 끝. 나는 오빠가 가족에 대해 뭘 알고 있을까 궁금했다. 그리고 뭘 모르고 있을까도. 그는 어떤 가족 속에 살고 있는 것일까. 내 마음은 갈피를 잡을 수 없었다.

오빠. 내가 조금 있다가 말했다. 부탁 하나 들어줄래?

그것은 내가 평생 오빠에게 했던 두 가지 부탁 중 첫 번째 것이었고, 비록 두 번째 것보다는 훨씬 사소했지만 그래도 그건 내 중학교 시절을 통틀어 가장 멋진 순간이었다. 다음 날 점심시간, 엘리자가 학교 공터에 앉아 즐거움으로 가득 찬 자기 도시락을 조심스럽게 풀어놓고 있을 때, 조지 오빠가 고등학교 쪽에서 모퉁이를 돌아 나타났다. 그의 긴 다리, 경중거리는 익숙한 걸음걸이. 조지 오빠는 얼마 전 캘리포니아 공과대학에 특별전형으로 합격했고, 두 학교를 가르는 벽돌 담장 뒤에서 그가 나타나는 것을 보자니 가슴이 시리도록 벅차올랐다. 청바지 차림으로, 여기 볼일이 있다는 듯 성큼성큼 걸어오는 그. 그가 왔고, 그 이유는 나였다. 조지 오빠는 더 가까이 오며 손을 흔들었다. 엘리자가 손을 흔들었다. 중학생 두셋이 빨대의 갈라진 끝을 씹으면서 이쪽을 지켜보았다. 어떤 식으로든 고등학생이 중학교에 오는 것은 주목받는 일이었지만, 이번 일은 그중에서도 단연 돋보였다. 고등학생이 되면서 조지 오빠는 멋있게 컸고, 오빠의 편안한 태도와 건강한 치아, 여학생들과 있을 때의 여유로움과 몸에 걸친 옷가지에서는 옛날 모범생 공붓벌레의 모습은 전혀 찾아볼 수 없었다. 날씬하고 단정하고 귀티가 났다. 그는 엄지손가락에 고무줄을 감아 기타 줄처럼 튕기고 있었다. 우리 집에 왔을 때 생각을 정리할 때면 가끔 하던 버릇이었다.

오빠는 엘리자에게 고개를 끄덕해 보이고는 내게 손짓을 했다. 잠깐 로즈 좀 빌릴게. 그가 말했다. 그럼요! 엘리자가 명랑함을 가득 담아 말했다. 손목 안쪽에서 문신 대신 붙인 듯한 달 스티커가 반짝였다. 조지 오빠와 나는 전봇대 옆에 나란히 섰다. 그가 속삭이느라 목소리를 낮추고 내 쪽으로 몸을 가까이 기댔다. 조지프가 여기 와서 널 만나라고 하더라. 나는 그를 물끄러미 보았다. 잘 지내? 그가 물었다. 아주 잘 지내. 내가 말했다. 나 그냥 엘리자에게 자랑을 좀 하고 싶었어. 오빠는 내가 아는 사람 중에 가장 자랑할 만한 사

람이야. 그는 싱겁다는 듯 웃더니, 저쪽에 떨어져 있는 엘리
자를 건너다보았다. 앞머리를 가지런히 내린 엘리자가 우
리를 지켜보면서 집에서 싸 온 칠면조 샌드위치를 우물거
리고 있었다. 아. 나는 저 칠면조 샌드위치를 맛본 적이 있
었다. 모든 게 사랑의 소나타였다. 양상추, 행복한 농장에서
키운 유기농 토마토, 심지어 공장 마요네즈조차 무척이나
섬세한 느낌을 지녀서 빼어난 바이올린 솔로 같았다. 힘들
었고, 무례했다. 친구를 그토록 미워한다는 것은.

대학교로는 언제 떠나?

다들 가는 때에. 팔월 말. 놀러 올게, 걱정 마.

오빠 엄마는 좋아하셔?

아, 물론이지. 오빠가 엄지손가락에서 고무줄을 튕겼다.
기뻐서 어쩔 줄 모르시지.

우리 오빠가 보였다. 저 멀리 피부색과 비슷한 벤치에 앉
아서 이쪽을 건너다보고 있었다.

우리 오빠가 보고 있어.

조지 오빠는 숨을 길게 내쉬었다. 웃긴 녀석이네. 그래.
다 괜찮은 거지?

아무 일 없어.

복도에서 괴롭히는 애들은 없고?

없어. 괴롭히는 건 전혀 없어.

널 힘들게 하는 남자애는?

별로 없네. 우리는 서로를 보고 웃었다.

좋은 녀석 나타날 때까지 기다려, 알았지?

알았어.

음식은?

늘 똑같지 뭐.

똑같다라. 그가 한숨을 쉬었다. 용감한 녀석.

엘리자는 이제 집에서 만든 세 종류의 쿠키들을 늘어놓고 있었다. 초콜릿칩, 오트밀, 장식을 뿌린 쇼트브레드. 조지 오빠의 눈길이 내 머리 너머 다른 데로 향했다. 다른 주제로 바꾸기 위해서였다.

충분한 시간이었니? 이제 가봐야 하는데.

그럼. 고개를 숙여 인사하며 내가 말했다. 너무 좋았어. 정말 고마워. 나는 그의 어깨를 두드렸다. 웃어줄 수도 있어?

그 말에 그가 웃었고, 그렇게 내 부탁을 다 들어주었다.

21

오빠가 태어날 때, 엄마 곁에 있었던 건 가장 절친한 친구 샬린이었다. 버클리 대학 시절 양고기 스튜와 가지토마토 타르트로 화려한 프랑스 튀니지아식 성찬을 요리했던 황갈색 갈기머리 그녀가 '팀 베이비'라고 적힌 라임그린색 티셔츠를 입고 제시간에 맞춰 산부인과 병동에 나타났다. 아빠는 바깥에, 할머니는 워싱턴에 있었다.

샬린은 비척거리는 우리 엄마를 축구 경기에서 공을 건네받듯 받아들였고, 얼마간 완벽한 도우미 역할을 해주었다. 분위기를 밝게 해주었고, 그 상황을 진두지휘했으며, 다정했고, 엄마를 헌신적으로 돌보았다. 그러나 오빠는 따뜻한 엄마의 배 속에서 만족스럽게 웅크린 채 그다지 나올 마음이 없었는지 혹은 때가 되었다고 느끼지 않았는지 소식이 없었다. 열띤 간호 다섯 시간째, 샬린은 얼굴이 벌게지고 티셔츠는 흠뻑 젖어 옥색이 된 채로 병원 복도의 공중전화까지 겨우 몸을 끌고 가서는, 케이터링 회사의 자기 상사에게 전화를 걸어 여러모로 사과를 했다. 엄마는 욕을 얼마나 큰 소리로 퍼부어댔는지 복도 끝에서도 그 소리가 들렸다. 드디어 오빠가 머리를 내밀었다. 무사히 태어난 푸르스름한 오빠가 꼼지락거리며 울음을 터뜨리자마자 샬린은 엄마의 이마에 입을 맞추고는, 축하한다고, 고생했다고, 기쁜 날이라고 말해주었다. 그러고는 반죽 안에 버섯을 채워 넣기 위해 시내에 있는 직장으로 서둘러 사라졌다.

의사는 다른 환자를 보러 자리를 떴다. 간호사는 탯줄을 자르고 아빠가 보낸 튤립과 장미 꽃다발을 감상하러 갔다.

일단 아기를 품에 안자 엄마는 천천히 몸을 일으켜 앉아 다리를 흔들어보았다. 몸이 아팠다. 침대에서 내려와 창가로 가서는 담요에 싸인 아기를 들어 올리고, 껑충껑충 뛰는 조그마한 아빠를 침묵 속에서 바라보았다. 아빠는 담배에 불을 붙였다. 춤을 추었다. 엄마 인생의 무성영화 같은 순간이었다. 아빠는 지쳐 눈이 풀릴 때까지 이를 몇 번 더 반복하고 나서야 작별의 키스를 보내고 아기 맞을 준비를 하러 집으로 출발했다. 엄마는 덩그러니 혼자 남겨졌다. 아들과 단둘이. 일인 병실이었다. 가까이서 여자들 고함 소리와 이런저런 기계 소음이 들려왔지만, 엄마는 그때 병동이 텅 빈 것 같았다고 했다. 모든 것이 아주 조용히 정지했다. 엄마와 갓난아기가 그저 서로의 눈을 바라보며 몇 시간을 보냈을 때, 거기에는 시간과 고요함의 창문이 있었다. 아기의 눈은 흔들리고 새로웠으며, 엄마의 눈은 지치고, 외롭고, 깊었다.

엄마는 이 이야기를 한 주에 한 번 하는 목욕을 마친 어느 날, 내 머리를 빗겨주며 처음 해주었다. 내가 일곱인가 여덟 살 때였다. 나는 조지프 안에서 보았어. 그렇게 말하는 엄마의 목소리가 점점 나직해졌다. 난 보았어. 엄마는 고개를 떨구었다. 우리는 욕실 바닥, 푹신하고 축축한 연보라색

깔개 위에 나란히 앉아 있었다. 엄마는 내 머리칼을 수건으로 털어 말리고 엉킨 머리칼을 빗어 내리려 빗을 높이 들었다. 엄마를 따라하려고 나는 될 수 있는 한 길게 머리를 기르는 중이었다. 그래서 엉덩이까지 내려온 내 머리를 감기는 일은 샴푸와 컨디셔너 후, 수건으로 말리기, 빗기, 그리고 운이 좋다면 헤어드라이어로 말리기까지 상당히 긴 시간이 드는 힘든 과제였다.

엄마는 뭔가 활동을 할 때 가장 멋졌고, 내게는 엄마와의 이 시간이 무척이나 소중했다. 붙박이 히터의 주황색 코일에 따뜻해진 병아리가 된 기분이었으니까. 엄마와의 이런 시간이 곧 오빠에 대한 이야기를 자주 듣는 것을 의미한다면, 그만한 가치가 있었다. 게다가 더러 나에 대한 재미있는 이야기도 있었다. 엄마 말로는, 나는 태어났을 때 몇 분 만에 소리 내어 웃었다고 했다. 비록 아기들은 웃지 않는다고 의사들이 엄마에게 확인을 해주었지만. 네가 작게 웃더라니까! 엄마가 젖은 머리칼 사이로 플라스틱 빗살을 끌어당기며 말했다. 내 두피 속으로 선들이 새겨졌다. 통통한 배가 킬킬거렸어! 엄마가 말했다.

정말요?

정말. 엄마가 말했다. 엄마는 빗을 아래로 끌어당기고, 머리칼 끝에 둥그렇게 모인 물방울을 수건으로 감쌌다. 그렇게 할 때 엄마의 어깨는 다시 내려앉았는데, 그 몸짓이 우아했다. 엄마는 욕실 문 갈라진 틈새를 흘끗 보았다.

조지프와 같이 있으면. 엄마가 말했다.

나는 기다렸다. 물방울을 떨어뜨리면서.

조지프와 같이 있으면, 뭐랄까, 조지프는 세상을 다 본 아이 같았어.

엄마의 손이 내 머리칼 중간에서 멈추었다.

아기가요? 내가 말했다.

조지프는 아기의 모습을 한 조그마한 늙은 예언자 같았지.

이 이야기를 하며 엄마는 울지는 않았지만 목소리가 점점 더 작아지면서 잠겨들었다. 오빠는 이 이야기를 들으면 대개 방을 떠났다. 우리는 몇 초 만에 사랑에 빠졌어. 엄마가 계속했다. 말 그대로, 몇 초 만에! 쾅! 엄마가 오빠를 보고 웃었고, 그러면 오빠는 어디에 있든 자리에서 일어나 자기 방으로 갔다. 그리고 조용하게 방문을 닫았다. 내 머릿속에는 이런 식으로 집 안의 모든 방에서 빠져나가는 오빠의 모습들이 남아 있다. 마치 엄마가 오빠 태어날 때 이야기를 끝도 없이 하고 또 했다는 듯이. 사실 엄마는 그 이야기를 아마 두세 번쯤 했을 뿐일 텐데, 내 기억 속에서는 오빠가 부엌에서, 텔레비전 방에서, 욕실에서, 내 방에서, 그리고 앞마당 잔디밭에서까지 나가버렸다. 엄마는 무슨 이유에서인가 나랑 같이 앉아 있고— 머리 빗기 때문이건, 숙제 때문이건, 결혼 사진첩 때문이건— 오빠는 대꾸 없이 곧장 나가버렸다.

난 알았어. 엄마가 말했다. 네 오빠가 날 이끌 거라는 걸.

오빠 방 문이 찰칵 하고 닫혔다.

엄마는 내 머리에 수건을 두르고 꼭 눌렀다.

나도 그래요?

너도 뭘, 아가?

나도 엄마를 이끌어요?

오, 그럼. 엄마가 내 귀를 닦아주며 말했다. 너희 둘 다 그래! 너는 나를 늘 도와주잖아, 그렇고말고!

내 머리칼이 어느 정도 마르고 충분히 빗질이 되면 엄마는 시간을 들여 축축한 머리칼을 두 갈래로 따주었다. 엄마의 능숙하고 정확한 손놀림은 두피에 바짝 붙어서 시작하는 프랑스식으로 머리칼을 땋아 내렸다. 저녁을 먹을 때 나는 내 머리칼의 매듭을 손으로 만지면서 오빠 눈을 들여다보려고 애썼다. 그 안에 무슨 특별한 게 있나 보려고 했지만 오빠는 요리조리 피할 뿐이었다. 뭐야? 내가 계속 하자 오빠가 말했다. 너 뭐가 문제야?

나도 오빠 눈에 인도 좀 받으려고.

오빠는 눈을 감았다. 창백한 눈꺼풀의 기다란 눈두덩, 검은 속눈썹의 테두리.

내 눈꺼풀은 나만의 동굴이야. 오빠가 중얼거렸다. 내가 원할 때면 언제든지 갈 수 있어.

오빠는 눈을 감은 채 음식을 다 먹었고 용케도 하나도 흘리지 않았다. 엄마는 오빠가 엄마가 만든 음식을 더 깊이 음미하려고 그런다고 생각했고, 그래서 자기도 눈을 감았다. 집중하면서. 그래. 엄마가 포크를 입으로 가져가며 말했다. 음, 정말 그러네. 이렇게 하니까 타임 맛을 훨씬 잘 느낄 수 있어.

아빠는 나를 건너다보더니 고개를 저었다.

둘 다 뭐 하는 거예요. 내가 말했지만, 둘은 이 말 역시 못 들은 것 같았다.

내 열세 번째 생일날까지, 오빠의 동생 봐주기에 동의하는 것으로 나는 팔십 달러를 넘게 모았다. 그 돈은 대부분 내가 가장 좋아하는 과자를 사거나, 있는 힘껏 길가로 던지는 취미를 들였던(때로는 이웃집 개에게 되돌려 받기도 했던) 테니스공을 사는 데 썼다. 하지만 마지막 남은 돈으로는 음반 가게에 가서 〈브리가둔〉을 샀다. 음반과 비디오 둘 다. 음반은 내 방에서 혼자 들었고, 비디오테이프는 엄마가 장을 보러 나간 또 다른 어느 날 밤, 아빠가 보지 않는 사이 몰래 텔레비전 안에 집어넣었다. 현란한 바이올린 선율의 전주곡이 흐르며 크레디트가 나오자 아빠는 고개를 들었고, 첫 번째 곡이 시작되자 장부를 옆에 놓더니 틀린 가사로 한두 소절을 시원스레 불렀다. 아빠 입에서 별안간 코러스도 튀어나왔다. 그때쯤은 나 역시 가사를 알았기에 조금 있다가 같이 따라 불렀다. 그러나 내가 끼어든 것은 이 시간을 자연스럽게 만들기는커녕 오히려 우리가 지금 무엇을 하고 있는지를 환기시키는 안타까운 부작용을 낳았다. 코러스 중간, 아빠가 리모컨을 집더니 텔레비전을 껐다. 아빠 일해야 해. 아빠가 빨간 장부를 다시 펼치며 말했다. 아빠는 고개를 내저었다. 재밌구나.

화창하고 맑은 사월의 어느 일요일 오후, 얇은 봉투 하나가 우편함에 도착해 있었다. 안에는 캘리포니아 공과대학 입학처에서 보낸 반듯하게 접힌 종이 한 장이 들어 있었다. 그 종이에는 오빠의 지원서가 인상적이기는 했지만 안타깝게도 올해에는 유독 훌륭한 지원자들이 많아 올 가을 학기 조지프 에델스타인을 위한 자리는 없노라고 적혀 있었다. 그들은 오빠에게 앞으로의 과학적 헌신에 내내 좋은 일이 있기를 기원했다.

나는 그 봉투를 오빠의 무릎 위에 직접 올려놓았다. 오빠는 바깥에서 케플러와, 사고의 궤도 변화에 따른 새로운 깨달음의 도래에 대한 책을 읽고 있었다. 타원형 궤도, 근일점, 동일 시간 안의 동일 지역.

내가 봉투를 올려놓자 오빠는 그것을 집어 들고는 책을 덮고 곧장 자기 방으로 갔다. 그 이후로 자기 방에서 이틀간 나오지 않았다. 아빠는 오빠에게 시간을 주어야 한다면서 놔두자고 말했다. 옆문 밖에 엄마가 놓고 간 음식들은 새와 벌레들이 먹었다.

두 통의 편지가 더 우편함에 도착했다. 오빠의 봉투는 모두 얇았다. 오빠는 로스앤젤레스 캘리포니아 대학에도, 서던캘리포니아 대학에도 들어가지 못했다. 다른 데는 애초에 넣지도 않았었다. 경쟁은 치열했고 오빠의 성적은 들쭉날쭉했다. 과학에서는 줄곧 에이를 받았지만, 스페인어나 영어에서는 시도 종종 있었고, 과외 활동은 거의 없었으며,

무엇보다 대학입학능력평가시험 점수가 고르지 못했다. 오빠는 입학지원서에 '아무튼 나는 천재다'라고 쓰고 그대로 나와서는 안 되는 거였다. 네가 천재라는 것을 보여줘야지. 진학 지도 선생님이 다리를 꼬며 말했다. 그 선생님은 원대한 구상과 복잡한 능력을 가지고 자기 사무실로 들어오지만 그것을 종이 위에 풀어놓을 방법은 모르는 청소년들을 얼마나 많이 보았을까?

그들은 틀렸어! 엄마는 집 안을 서성거리며 말했다. 엄마는 조지 오빠에게 전화했고, 조지 오빠는 캘리포니아 공과대학에 전화했다. 엄마는 진학 지도 선생님을 만나보겠다고 했다. 엄마는 고등학교를 중퇴하고 세계를 뒤바꾼 기업을 차렸거나 백신을 발명한 선각자들의 목록을 만들었다. 엄마는 그 목록을 오빠 방 문 밑으로 밀어 넣었다.

엄마의 분개는 아주 대단했지만 조금은 보여주려고 그러는 듯한 느낌이 들었다. 깜짝 파티를 준비한 사람이 당사자보다 훨씬 더 크게 놀란 척하듯이.

결국 우리는 자물쇠에 머리핀을 꽂아야 했다. 안에서 우리는 침대에 누워 있는 오빠를 발견했다. 교과서를 읽으면서 숙제하는 데 필요한 부분을 간단하게 적어두고 있었다. 그래도 나 나가도 되죠? 오빠가 말했다. 엄마와 내가 큰 소리로 떠들어대는 동안.

23

오빠가 처음 공식적으로 사라진 일은—공식적이라는 건 내 옆에 다른 사람이 있었던 것을 말한다—오빠의 고등학교 졸업식 바로 직전에 일어났다. 문제의 날. 하늘은 군데군데 거뭇거뭇하고 나뭇잎은 축 처진 음울한 유월 오후였다. 오빠는 대학 불합격 통지를 받고 난 후 뭔가에 집중하기도 했고 멍하게 있기도 했지만, 여느 때와 같이 꼼꼼하며 지나치게 안락한, 매주 일요일 저녁의 엄마 손에서 가시 빼내기 작업도 빼먹지 않았고, 마지막 날까지 수업에도 참석했다. 부모님은 어떤 약속이든, 저녁 식사 자리든 뭐든 외출이라는 걸 하지 않았기 때문에 그 이후로는 오빠가 나를 봐줄 일도, 그사이에 사라지는 일도 일어나지 않았다. 나로서는 실망스러웠다. 더 이상 웃음 소동도, 진지한 대화도 없었으니까. 이날 오빠가 할 일은 졸업 모자와 가운이 잘 맞는지 입어보고 핀으로 군데군데를 손보며 출발할 준비를 하는 것이었고, 동생 겸 온순한 사냥개로서의 내 역할은 졸업식 예행연습 시간에 늦지 않도록 오빠를 엄마 자동차까지 데리고 가는 것이었다. 그러나 양들은 달아나버렸다. 어디서도 오빠를 찾을 수 없었다.

　오빠가 방에 없어요. 내가 엄마에게 말했다. 바깥에 나와 있던 엄마는 차 사이드미러를 보며 립스틱을 고쳐 바르고 있었다. 내가 전에 말했던 그거예요.

엄마는 입술에 분홍색 립스틱을 덧칠하면서 눈으로만 나를 올려다보았다. 화장실에 있나?

찾아봤어요.

거의 열두 시, 가야 할 시간이었고 겹겹의 구름 뒤에서 해가 이글거리고 있었다. 바로 제시간에 맞춰 조지 오빠가 비스타 거리 모퉁이를 돌아 나타났다. 머리에는 검은색 졸업 모자를 얹고, 다림질한 가운은 소매를 몇 번 접은 모습이었다. 오빠는 조금 쾌활하게 고개를 숙이며 인사했다.

너희 꼬마들이 졸업을 한다니 믿기지가 않는구나! 엄마가 이마에 손을 얹으며 말하고는, 달려가 조지 오빠를 껴안았다.

엄마와 나는 조지 오빠의 모자에 감탄을 하고 모자에 매달린 부드러운 금색 술을 만져보았다. 전화가 울렸다. 엄마가 뛰어 들어갔다. 현관문이 열려 있어서, 정확히 무슨 말인지는 알아들을 수 없었지만 엄마 목소리가 낮게 작아지는 건 알 수 있었다. 엄마가 가끔씩 오후에 전화를 받을 때 들은 적 있는, 갑작스러운 친밀함으로 한껏 숨을 죽인 목소리. 나는 조지 오빠에게 돌아섰다.

축하해. 내가 말했다.

어이, 로즈. 그는 핀을 다시 조정했다. 잘 지내?

그가 갑자기 어른스러워 보였다. 주머니에 대학 입학 허가증이 있어서였을까. 허가증은 가장자리가 나달해져 있었다.

오빠가 없어졌어.

어디로?

몰라.

그래, 네 오빠 어디 있는 거니? 엄마가 밖으로 나오며 물었다. 눈빛이 약간 더 밝아져 있었다.

방 말고 어딘가요. 내가 대답했다.

혹시 혼자 가버린 거 아닐까? 조지 오빠가 여전히 모자를 매만지며 물었다.

오빠가? 내가 있을 수 없는 일이라는 듯 말했다.

그럴 리는 없겠지. 조지 오빠가 웃었다.

엄마는 핸드백 지퍼를 채우더니 안으로 들어갔다. 우리는 따라 들어갔다. 난감한 상황이었지만, 그래도 이 모든 게 나는 기뻤다. 오빠는 없지만 두 사람이 내 곁에 있다는 것도, 조지 오빠가 우리 집에 왔다는 것도, 그 일이 일어났는데 증인이 있다는 것도. 조지 오빠가 확신에 찬 걸음걸이로 거실을 가로질러 갔다. 부엌 조리대에서는 브라우니가 식고 있었다. 졸업식 후 파티를 위한 것이었다. 우리는 잃어버린 강아지를 찾듯 오빠 이름을 열심히 불렀다.

그날이 졸업식 날이었다는 게 중요했다. 갈림길이 시작되는 바로 그날. 오빠와 조지 오빠는 여전히 수많은 오후를 함께 보냈고, 조지프와 조지라는 이름의 길은 아직 같은 방향을 향하고 있는 듯했지만, 곧 더 근본적인 각자의 방향이 분명히 드러날 것이었다. 지난 몇 달간, 조지 오빠가 특별전형 합격자를 위한 축하 만찬에서 면 냅킨을 무릎 위에 펼치고 크리스털 잔에 담긴 얼음물을 홀짝일 동안, 엄마는 오빠를 대신해서 로스앤젤레스 전문대학에 등록했다. 그러지요 뭐. 엄마와 아빠가 어쨌든 다른 학교에도 원서를 넣어보라고 했을 때 오빠는 말했다. 그래도 나 방 얻어서 나가도 되는 거지요? 오빠는 엄마가 가져온 지원서 양식 뭉치를 대충 넘겨보며 말했다.

졸업식 날이다! 내가 손뼉을 치며 외쳤다. 갈 시간이야!

엄마는 광낸 하이힐을 조심스럽게 디디며 뒷마당을 돌아보았다. 잔디에 뜯겨진 자국이 났다.

조지 오빠는 집 앞에서 거리를 훑어보고 있었다. 뿌리가 구불거리며 튀어나와 보도블록을 깨뜨려버린 고무나무의 껍질을 손가락으로 매만지고 있었다.

조오지프! 엄마가 거실을 성큼성큼 걸어 다니며 외쳤다.

나는 조지 오빠 옆으로 갔다. 계속 우리 오빠랑 친구할 거지? 내가 물었다.

그가 나를 건너다보았다. 놀란 것 같았다. 그는 손을 뻗어 나를 가까이 끌어당기고는 내 머리칼을 쓰다듬었다.

무슨 말이야, 조지프와 나는 언제까지나 친구야.

동네 꼬마 하나가 자전거를 타고 지나갔다. 나는 잠시, 조지 오빠의 어깨에 기댔다. 그도 자기 머리를 내게 기댔다. 레몬 비누 냄새가 났다.

나도 오빠 볼 수 있는 거야?

물론이지. 자주 놀러 올 거야.

내 이마에 닿은 그의 뺨은 따뜻했지만, 그렇게 말할 때조차 그 뜻은 반대인 것처럼 느껴졌다. 수영장 물에 비친 글자들이 반대 방향으로 읽히듯이.

엄마가 문밖으로 고개를 내밀고 소리쳤다. 찾았니?

아직이요. 내가 대답했다.

엄마는 급히 바깥으로 나왔다. 손에는 비닐 커버를 씌운 오빠의 졸업 가운과 모자가 들려 있었다. 부엌에서 다시 전화가 울렸다. 엄마는 조지 오빠에게 캘리포니아 공과대학에 대해 의례적인 질문을 하던 참이어서 내가 뛰어 들어가 전화를 받았다.

여보세요?

남자 목소리였다. 여보세요? 레인과 통화할 수 있을까요?

누구신데요?

래리라고 합니다, 목공소요. 목소리가 말했다.

나는 연필통에서 펜을 하나 꺼내 리걸 패드 위에 동그라미를 하나 그렸다. 그가 자기 이름을 그렇게 쉽게 이야기할 줄은 몰랐다.

지금 전화 못 받으시는데요. 오빠 졸업식 갈 거라서요.

아, 그렇군요. 편안한 중간 톤의 다정한 목소리. 그냥 전화했었다고만 전해주세요. 로즈, 맞죠?

나는 종이 위에 괴물 머리를 그려 넣었다. 누구요?

로즈? 딸이죠?

나는 괴물 머리에 핏발 선 눈을 그렸다. 래리에게 하루 동안 있었던 일을 전부 말하는 엄마가 그려졌다. 가구를 만질 때마다 시시콜콜한 것들을 하나씩 털어놓는 엄마가. 식구들의 이름을 하나하나 그에게 말하는 엄마가. 나는 매일 밤 잠들기 전에 그에게 감사하기를 그만둘 수 없었다. 쿠키와 파이로 가득 찬 쟁반들이 쉬지 않고 목공소로 실려 갔다가 다음 날이면 깨끗하게 비워진 채로 돌아오는 것을 보았으니까.

나는 괴물 머리에 꼬불거리는 머리카락을 휘갈겨 그려 넣었다. 맞아요, 제가 로즈예요.

작게 숨 내쉬는 소리가 들렸다. 반은 웃는 소리였다.

만나서 반갑구나.

부엌 창문 바깥으로 조지 오빠가 엄마의 질문에 대답하고 있는 게 보였다. 오빠는 고개를 연신 끄덕거렸다. 곧 기숙사와 여자애들의 세계로 날아가버릴 조지 오빠. 더는 그가 한 주에 두세 번 우리 집에 오지 않는다는 것은 잔인할 정도로 불공평해 보였다. 차로 걸어가는 엄마는 팔로 비행기 모양 같은 것을 만들면서 계속 말했다.

제가 안다는 거 아시죠?

뭘 말이니?

나는 수화기에 대고 조금 웃었다. 엄마가 차 트렁크를 열고 들여다보는 것이 보였다. 트렁크 안에 있니? 조지프? 잠깐 너무 우스워 보였다. 그저 웃기고 말도 안 되고, 그리고 슬펐다.

아무튼 알아요. 내가 알면 안 되는 거요.

그가 잠시 말이 없었다. 후텁지근한 침묵.

됐어요. 그러니까, 나쁘다고요. 하지만 됐어요. 집에 전화나 하지 마세요. 그리고 주말에는 아무것도 안 돼요. 아시겠어요?

저편에서, 얼어붙은 듯한 침묵. 그러나 묵직한, 듣고 있는 침묵. 조지 오빠가 차 뒷좌석 걸쇠에 자기 가운과 오빠의 가운을 조심스럽게 걸었다.

무슨 말인지 알겠구나. 래리가 말했다.

차 옆에 선 엄마는 신이 나서 조지 오빠에게 뭔가를 말하고 있었다. 엄마의 분홍색, 커다란 입.

감사해요. 나는 그렇게 말하고 전화를 끊었다.

잠시 리걸 패드 위에서 손을 멈추었다. 그러고 나서 새 종이에 적었다. 래리가 전화했음.

열두 시 십오 분. 엄마가 차 경적을 울렸다. 곧 졸업식 예행연습이 시작될 것이다. 졸업을 기념하기 위해 졸업복을 차려입고 강당에 줄지어 선 졸업생 전원의 행렬. 아빠와 조지 오빠네 가족은 나중에 학교에서 진짜 식이 시작될 때 만나기로 되어 있었다.

경적 소리는 자전거 타는 동네 꼬마를 놀라게 했을 뿐이어서 엄마는 차에서 나와 이웃집까지 둘러봐야 했다. 조오지프! 엄마가 길을 향해 외쳤다. 나는 그 종이를 냉장고 위에 자석으로 붙여놓았다. 어쩌겠는가, 나는 더 행복해하는 엄마를 보는 게 좋았다. 엄마가 행복할 때 삶은 더 나았다.

나는 집 안을 돌아다녔다. 열려 있는 벽장 문들을 닫고 불을 껐다. 마지막으로, 나는 오빠 방에 가 섰다. 뛰어다니고 찾아다니고, 열고 닫고, 이 모든 게 거대한 계략 같았다. 마치 오빠가 자기 방 근처만 빼고 어디에나 있다는 것처럼. 비록 나는 오빠를 찾을 수는 없지만 오빠가 어디에 없는지는 알았다. 오빠는 결코 이웃집에는 없었다. 책들, 반쯤 싼 상자들, 옷 무더기. 방 안에 꽉 찬 그 익숙한 긴장감.

오빠는 곧 나타날 거야. 내가 말했다.

엄마가 보도를 뛰어다니고 있었다. 우리 어떡해야 하니? 엄마가 조지 오빠에게 소리쳤다. 갈 시간인데!

나도 알아요. 내가 말했다. 너무 작아 엄마에게는 들리지 않았지만. 나는 눈을 감았다. 잠깐만 기다려봐요.

엄마는 블록 끝을 향해 계속 보도를 뛰어다니고 있었다. 조오지프! 엄마가 외치는 소리가 들렸다. 조오지프! 조지 오빠가 차 옆에 서 있었다. 왔다 갔다 하는 자전거 타는 꼬마에게 말을 걸고, 엉성한 솔방울 하나를 던져 올렸다 받았다 하면서.

나는 오빠 방에서 나와 내 방으로 갔다. 페가수스 펜과 부서진 스툴과 인형 무더기의 나라로. 내 방에서 나는 엄마가 최근 생일 선물로 준 보석함을 열었다. 엄마가 목재 자투리로 만들어준 것이었다. 반들거리는 참나무는 결이 고왔고, 잘라낸 잔가지로 손잡이까지 단 서랍들이 조심스레 자리해 있었다. 엄마가 만드는 것들은 매번 먼저 것보다 더 숙련되어 있었다.

엄마, 세상 무엇보다 오빠를 사랑하는 엄마는 길거리에서 오빠 이름을 외치고 있었다. 조지 오빠, 세상에서 오빠와 가장 가까운 친구인 조지 오빠는 밖에 서서 보도를 훑어보고 있었다. 나로서는 예상치 못한 순간이었다. 오빠와 나는 결코 가까웠던 적이 없고, 나는 무슨 일이 일어나고 있는지도 이해할 수 없었지만, 그런데도 내가 다른 누구보다 이 일에 대해 더 많이 알고 있는 것 같았다. 이유가 무엇이든, 나는 이 방식에 관련되어 있었다. 나는 보석함 서랍들을 샅샅이 살폈다. 이십 달러짜리 지폐들이 보였다. 색깔 돌들을 나란히 늘어놓으며 무엇 하나라도 놓치지 않도록 있는 힘껏 사방으로 귀를 기울였다.

방 안에서는 아무 실마리도 나오지 않았지만, 기다란 비단 리본을 풀 때, 나는 두 번의 발소리를 들었다. 오빠 방이었다. 하나, 둘. 복도로 나왔을 때, 오빠가 있었다. 자기 방문에 기대어, 기계에 들어가서 씻기고 말려진 듯한 얼굴을 하고서.

조오지프! 엄마가 거리에서 외쳤다.

조오지프! 조지 오빠가 따라 외쳤다.

오빠는 나를 고요하게 건너다보았다. 우리는 서로를 응시했다. 그러리라 예상했던 것보다 더 오랫동안.

가자. 오빠가 말했다.

22

팔월, 그들은 누런 상자에 짐을 쌌다. 조지 오빠는 패서디나로, 오빠는 로스펠리츠로 가기 위해. 옆면에 바위투성이 알래스카 산들이 그려진 네모진 이삿짐 트럭을 타고 동쪽으로 떠나던 날, 조지 오빠는 내 방으로 와서 나를 오랫동안 안아주었다. 곧 보러 올게. 오빠가 내 어깨를 붙잡고 눈을 똑바로 쳐다보면서 말했다. 비록 한동안 볼 수 없을 거였지만. 엘리자가 그날 우리 집에 와 있었고, 나는 싫고 그애는 기쁘게도, 오빠는 걔도 안아주었다. 로즈를 잘 부탁한다. 오빠는 엘리자에게 말했다. 나 멀쩡해. 내가 문틀에 몸을 세게 부딪치며 말했지만 엘리자는 엄숙하게 고개를 끄덕였다. 엘리자의 뺨은 밑에서부터 부끄러움으로 가득 차올랐다. 언제 기숙사 한번 구경시켜주세요. 엘리자가 말했다. 나는 뒷주머니에 숨겨두었던 노란색 인형 빗으로 그 애머리를 한 대 후려칠 뻔했다. 그래, 난 기숙사를 보고 싶었다. 다른 무엇보다도! 하지만 거기서도 그 애랑 같이 있고 싶지는 않았다.

　오빠는 부모님이 프로스펙트 애비뉴 근처 버몬트에 아파트를 얻어줄 거라고 굳게 믿고 있었다. 집에서 약 십오 분 거리. 오빠는 삼십 분 동안 아빠랑 텔레비전 앞에 같이 앉아 있었는데, 둘만 같이 그렇게 오래 있는 건 처음 있는 일이었다. 오빠는 아빠에게 진심 어린 눈빛을 한 번 보내고 자신이 얼마나 열심히 공부 계획을 세웠는지, 학교에 가까이 살면 얼마나 도움이 될지에 대해 설명했다. 오빠는 운전할 마음은 조금도 없었고, 새로 얻을 집에서라면 걸어서 로스앤젤레스 전문대학까지, 세븐일레븐까지, 그리고 존스 식료품점까지 갈 수 있었다. 오빠가 마음에 둔 곳은 현관에 렉스퍼드가든이나 베드먼비스타 따위의 이름이 사선으로 쓰인 열 가구 주택이었다. 각각의 집들은 양치식물 담장과 깨진 인어 조각상 분수가 있는 안뜰을 중심으로 둥그렇게 퍼져 있었다. 오빠의 아파트는 공동 발코니 역할을 하는 외부 복도가 딸린 이층이었다.

엄마는 오빠에게 새 아파트를 꾸미라고 목공소 작업실에서 약간씩 하자가 있는 제품들을 가져다주었다. 뻑뻑하게 열리는 서랍장, 목적이 불분명한 아주 작은 차 탁자, 일반적인 소나무 침대 협탁, 가냘픈 단풍나무 스툴 한 쌍.

이거 어떠니? 이사 가는 날 엄마가 동료가 만든 옷걸이를 들고 말했다. 줄무늬가 풍성한 브라질산 자단목으로 고급스러웠지만 둥근 전기톱으로 바르게 자르지 않아 어딘가 균형이 맞지 않는, 구석에 처박아둘 수밖에 없는 물건이었다.

좋아요. 오빠가 말했다. 멋지네.

우리는 엄마가 목재 하치장의 친구들에게서 빌려 온 포드 트럭 뒤칸에 짐 상자를 싣는 중이었다. 오빠가 집 안으로 다시 들어가더니 카드놀이 할 때 쓰는 테이블 의자 두 개를 겨드랑이에 끼고 돌아왔다. 할머니는 요 몇 달 동안 나머지 접이식 가구들을 연달아 보내고 있었다. 그 기다란 나무 상자들 속에, 한 번에 하나씩.

이거 어때? 내가 가져도 돼요? 오빠가 의자들을 목발처럼 짚고 물었다.

엄마가 콧잔등을 찡그렸다. 그걸? 그렇게 잘 만들어진 게 아닌데.

오빠는 할머니 물건 중에서 두 개를 집었고, 그다음 두 개를 더 집었고, 이어서 접이식 탁자를, 마지막으로는 할머니의 금이 간 대나무 샐러드 그릇과 목이 움직이는 놋쇠 스탠드를 챙겼다. 물론 엄마 물건만은 못하죠. 오빠가 트럭으로 걸어가 그것들을 모두 실으며 말했다.

계획은 룸메이트를 구해 집 한 채를 같이 쓰는 것이었지만, 다양한 지원자들과 면접을 하는 동안 오빠는 돌처럼 가만히 앉아 한 마디도 하지 않았다. 의욕이 넘치는 낯선 지원자들은 집을 보러 와서 좋은 인상을 주려고 애를 쓰면서 나와 오빠 앞에 앉았다. 그러나 친해져보려고 던지는 이런저런 질문에 오빠가 단 한 마디도 대답하지 않았을 때 그들의 기분이 가라앉는 것은 한눈에도 보였다. 오빠는 불평조차 하지 않았다. 내가 지금껏 본 것 중 최악이었다. 무엇보다도 원하는 것은 오직 혼자 사는 것뿐이라는 듯 오빠는 조용히 '꺼져'라는 말을 뿜어내고 있었다. 오빠 말로는, 자기는 로스앤젤레스 전문대학에 가게 돼서 좋다고 했다. 그랬을 거다. 오빠는 그저 공부할 시간이 충분하기만을 바랐다. 왜 그렇게 혼자 살고 싶어 해? 내가 물었지만 오빠는 내 말을 못 들은 척했다. 우리가 그렇게 고약해? 오빠를 이 방 저 방 따라다니며 내가 물었다. 오빠는 조지 오빠가 지원한 학교에만 지원을 했었는데, 캘리포니아 공과대학에 가겠다는 그 불타오르던 열의는 이제 보니 학교 자체의 장점 때문이 아니라 오빠가 참아낼 수 있는 세상의 유일한 룸메이트가 거기에 있기 때문인 것 같았다.

엄마는 오빠를 도우려고 엄마 이름으로 아파트 한 채를 임대했고, 오빠와 친구가 되어줄 좋은 룸메이트를 구하고자 심지어 몇몇 가능성 있는 이들에게는 임대료까지 후하게 깎아주려 했지만, 열렬한 눈빛의 룸메이트들은 곧 굳은 얼굴로 떨어져 나갔다. 오빠는 다시 엄마를 졸랐다. 오빠는 돌아가신 할머니 할아버지가 남겨주신 돈으로 임대료 절반을 채우면 안 되느냐고 물었고, 지원자 두 명이 더 포기하고 나자 엄마는 이 문제에 대해 아빠와 상의했으며 결국 오빠 말을 들어주기로 했다. 좋아, 하지만 날마다 전화해야 한다. 엄마는 오빠가 고개를 떨굴 때까지 오빠를 물끄러미 바라보았다. 그랬다. 엄마는 오빠가 캘리포니아 공과대학에 떨어져서 폐인이 될까 봐 걱정했다. 그러나 엄마가 열쇠를 건네주자마자 오빠는 엄마에게 팔짱을 꼈다. 이거 내 거예요? 말하고는 엄마 팔짱을 낀 채로 온 집 안을 다니며 춤을 추었다. 고마워, 엄마! 고마워요! 노래하면서. 팔꿈치는 뾰족한데 목소리는 우렁차게 울렸다. 엄마는 오빠와 함께 환성을 질렀다. 눈물을 흘리면서, 그리고 웃으면서. 아빠에게 전화해. 엄마가 뺨을 닦으며 말했다. 오빠는 전화기를 집어 들었고, 이것 역시 내가 전에는 한 번도 본 적 없는 광경이었다. 오빠는 아빠 회사로 전화를 걸어 비서에게 적당한 감사 메시지를 남겼다. 자기 방으로 가면서 한 번 더 엄마에게 머리를 숙여 인사했고, 그래도 일요일 저녁마다 집에 와서 가시는 계속 빼내주겠다고 약속했다.

제 입으로 온다고 했어. 엄마가 내 볼에 입을 맞추면서 속삭였다.

할머니 할아버지가 남겨주신 돈을 헐지 않으려고 엄마는 목공소에서 물건을 판 돈에 아빠 봉급을 조금 보태 아파트 임대료를 지불했다. 누구도 오빠에게 일자리를 구하라는 말은 꺼내지 않았다.

이삿날, 우리는 목공소 가구와 상자 들을 갖고 끙끙거리며 계단을 오르고 발코니 복도를 내려오기를 반복했다. 짐이 모두 부려지자 엄마와 나는 아파트에 우두커니 서 있었다. 수납장을 열었다가 닫아보았다. 넓은 벽장에 감탄했다. 나는 심심해서 변기 물을 내려보았다.

정말 멋지다! 엄마는 공기가 들어오게 거실 창문을 열었다. 현관에서 고개를 내밀었다. 이웃들 만나봤니?

외부 복도를 따라 늘어선 문들은 커튼이 내려진 채로 모두 닫혀 있었다.

우리는 오빠 집 거실에 어색하게 서 있었고, 오빠는 우리에게 여러 번 고맙다고 하고는 마침내 우리를 현관으로 안내했다. 오빠는 거의 닫다시피 문을 계속 흔들고 있었다.

알겠어. 내가 밖으로 발을 내디디며 말했다. 잘 있어.

매일이다. 엄마가 오빠에게 말했다.

네.

엄마는 오빠를 한 번 더 안아주었고, 코를 풀었다. 오빠가 문을 닫자 엄마는 핸드백을 뒤져 진분홍색 여분의 열쇠를 외부 전등의 금속 선반 안에 떨어뜨렸다.

만일에 대비해서. 엄마가 계단을 내려가며 말했다.

조지 오빠는 대학 생활에 열중했고, 우리 오빠는 은둔자의 삶을 살았으며, 나는 똑같은 생활을 계속했다. 중학교 이학년, 삼학년, 고등학교 일학년, 이학년, 삼학년. 나는 엘리자에게 매달렸지만, 엘리자는 조지 오빠와 한 약속에도 불구하고 새로운 친구들을 찾았다. 커다랗게 웃고, 내리막길을 내달리는 자전거처럼 뭐든 재빠른 여자애들. 흡사 아래로 가는 길만 있는 신비로운 에셔 그림 속에 사는 아이들 같았다.

점심시간에 그들 무리는 대학교에 대해 이야기했다. 엘리자는 심리학 전공으로 버클리를 마음에 두고 있었다. 다른 애들 몇은 정치학이나 의과대학 예과 과정에 관심이 있었다. 나는 몇 군데 원서를 넣기는 했지만 거의 되는대로 넣은 것이었다. 학교를 더 다닌다고 생각하면 그저 혼란스러울 뿐이었다. 늘 긴장해야 하는 생활을 누가 견딜 수 있겠는가. 나는 매주 받는 플루트 강습 덕에 학교 오케스트라에서 연주할 수는 있었지만 평단원 자리에 만족했고 종종 트롬본으로 뽑혔으면 좋겠다고 생각한 적도 많았다. 플루트를 불어젖힐 수는 없는 노릇이었으니까. 내 옛날 피구 라이벌 에디 오클리는 이제 튼튼한 팔뚝을 가진 운동부였고, 이따금씩 기분이 유독 심란할 때면 나는 하루 수업을 마치고 야구장으로 달려갔다. 그러고는 그 애를 불러내 뜯어진 테니스공을 같이 학교 담장 너머 길거리로 던졌다. 받아봐. 내가 테니스공을 하늘 높이 던져 올리며 말했다.

넌 성난 소녀 같구나. 그 애가 나를 보고 웃으며 말했다.

난 화 안 났어. 그저 팔이 튼튼할 뿐이야.

수업이 다 끝나고 한참 뒤 그 애와 나는 몇 번 남학생 탈의실 바깥에서 키스를 했다. 서로에게 얼굴을 바싹 붙였다. 우리에게는 좀 거세고 험한 구석이 있었다. 마치 내가 그 애에게 엄청 화가 나 있고 그 애도 나에게 엄청 화가 나 있어서 입술로 싸움을 하고 있는 것처럼. 그러나 어쨌든 느낌은 꽤나 좋았다. 그 애에게서는 스포츠의 맛이 났다. 어느 날 오후 막 어두워지고 있을 무렵 그 애가 내 머리카락을 귀 뒤로 넘기면서 뭔가 근사한 말을 할 것처럼 굴기에 나는 가야겠다며 그 애의 팔에서 빠져나왔다.

그 애는 마지막 키스라며 나를 끌어당겼고 키스는 그렇게 십오 분이 더 지속되었다. 잠시 쉬는 동안 나는 셔츠 자락을 수습했다.

안녕, 나 간다.

넌 완벽한 여자애야. 그가 턱을 문지르며 말했다. 넌 아무것도 기대하지 않거든.

나는 낡은 테니스공을 하나 집어 그 애 쪽으로 던졌다.

그리고 너는 초등학교 삼학년 때랑 하나도 달라지지 않은 머저리야.

뭐? 그가 일부러 순진한 표정을 지어 보이며 말했다. 맞는 말이야, 안 그래? 그건 좋은 거지! 내일도 똑같은 시간에?

아마도. 내가 멀어지면서 말했다.

그 애가 키득거렸다. 아마도. 암 그래야지.

점심시간, 내리막길 소녀들이 어느 학교에 갈지, 언제 갈지, 왜 갈지에 대해 이야기하는 동안, 나는 원을 그리고 앉은 그들 무리의 언저리에 앉아 있었다. 풀과 콘크리트가 만나는 지점에서 나는 내 점심을 먹고 있었다. 저 멀리 벤치에 앉은 과학 공붓벌레들이 보였다. 책을 펼치고 앉아 있는 그들은 우리 오빠와 조지 오빠의 복제품 같았다.

얘, 넌 왜 매일 인스턴트식품만 먹니? 엘리자의 친구 중하나가 물었다. 붉은색이 도는 금발머리의 테니스반 반장이었다. 그 애는 끼니마다 셀러리와 땅콩버터만 먹었다. 나는 마치 알파벳 큐(Q)자의 꼬리처럼 그들이 그린 원의 정확히 가장자리에 앉아 있었기 때문에 그 애를 똑바로 보기 위해 엉덩이를 돌려야 했다.

엘리자가 귀를 기울이며 건너다보았다. 답을 기다리고 있었다. 엘리자는 요새 학생회장 남자애에게 반해 있었고 테니스반 여자애에게 복도에서 최근에 본 것에 대해 물어보고 싶어 했다.

나는 사람들이 스스로도 깨닫지 못하고 있는 감정을 맛으로 느낄 수 있거든. 그 애에게 말했다. 그리고 그건 명백하게 거지 같은 경험이야.

나는 눈썹을 치켜 올리고 쏘아보았다.

맙소사. 테니스 소녀가 등을 돌리며 말했다. 난 그냥 물어본 거야. 에디 오클리가 네 남자친구니?

아니. 내가 말했다.

너희 둘이 테니스장 옆에서 끌어안고 있는 걸 누가 봤다던데.

나 아냐.

로즈는 피구를 정말 잘해. 그리고 스페인어도 잘해. 엘리자가 끼어들었다. 난 에디도 괜찮다고 생각해.

요새 누가 피구를 하냐. 내가 말했다. 그리고 나는 스페인어 비 마이너스 받았어.

엘리자는 어깨를 한 번 으쓱했다. 그래도 나보다는 훨씬 잘하잖아.

넌 뭐 받았는데?

엘리자는 자기 손가락을 내려다보았다. 최근에 칠한 반짝이 핑크색 매니큐어가 빛을 냈다.

쟤는 에이 받았어. 테니스 소녀가 말했다.

나는 웃었다.

그 애가 복도에서 날 봤을까? 엘리자가 속삭였다.

나는 애들 무리에서 등을 돌렸다. 과학 모범생들은 선생님과 이야기하러 자리를 떴다.

그해 나는 두세 사람에게 음식에 관해 짧게 털어놓았다. 나에게 어떻게 지내느냐고 누군가 물어오면 나는 말했다. 글쎄, 도넛에 좀 빠져 있어. 그러면 보통 두 가지 반응이 돌아왔다. 나를 이상한 눈으로 쳐다보고, 좀 이상한 애라고 생각하면서 다른 화제로 넘어간다. 테니스 소녀처럼. 아니면 언젠가 테니스공을 거리로 던지면서 에디에게 말했을 때처럼 그저 허, 라고 하고는 내 등에 손을 갖다 대거나. 나는 그게 일반적인 반응이라고 생각했지만, 어느 날 오후 점심시간에 새로운 여자애 하나가 나타났다. 몬태나에서 막 전학 온, 온통 은 액세서리로 치장한 담갈색 눈동자의 셰리였다. 영어 수업에서 엘리자를 알게 되었다는 그 애는 점심을 같이 먹을 무리가 있다는 것에 감사해했고, 자기 치킨 샌드위치를 한 입 베어 물면서 우리 모두에게 로스앤젤레스가 뷰트보다 훨씬 더 좋다고 말했다. 그러니까, 여기는 정말 커!

두 팔을 벌리면서 말했다. 영화도 없는 게 없어! 점심을 반쯤 먹었을 때, 엘리자는 테니스 소녀에게 가서 뭔가에 대해 열심히 말을 했고, 그래서 나와 셰리 둘만이 남게 되었다. 우리는 풀밭과 시멘트가 만나는 지점에 남겨진 채 지루해하고 있었다. 침묵을 메울 겸 나는 내 마지막 남은 학교식당 치킨 너겟을 들고 그 여러 가지 특성을 늘어놓기 시작했다. 오하이오, 바쁜 공장이네. 닭은 형편없어. 빵 만든 사람은 금욕주의적이야. 난 그저 딱히 할 말이 없어서 말했을 뿐이었는데 셰리는 바싹 다가와 앉았다. 그 애의 은세공 팔찌가 땅바닥에 세게 부딪힐 정도로. 잠깐, 뭐라고? 그 애가 속삭였다. 너 지금 뭐라고 한 거니?

그날 난 얼마나 기분이 들떴던가. 그 애가 마치 내가 세상에서 가장 흥미로운 사람인 듯 바라보았을 때! 나는 반신반의하면서도 조금 더 설명했다. 그리고 그 애는 내 팔을 꽉 잡더니 바로 그날 오후 나를 자기 집으로 초대했다. 자기 집 부엌에서 바로 브라우니 한 판을 구웠고 네모진 브라우니 하나를 커다래진 눈으로 내게 건넸다. 한 입 베어 물었을 때 나는 그것을 조리대 위에 떨어뜨리고 말았다. 윽, 목소리를 낮추며 물 잔을 움켜쥐었다. 넌 정말 말도 못하게 우울하구나. 내 말에 그 애는 머리를 조리대에 갖다 대고 울기 시작했다. 맞아, 나 사실 침대 밖으로 나오기도 힘들어. 그 애가 눈물을 흘렸다. 세상에나! 캘리포니아에서는 모든 게 정말 멋지다느니, 이사 온 것은 처음부터 다시 시작할 기회였다

느니, 새로운 영광의 날들이며 모든 게 얼마나 경이로운지 모른다면서 점심시간에 그렇게 연설을 하더니. 브라우니 는 꼭 그처럼 단연 성급했다. 그러면 너 언제 또 올 수 있어? 한 시간 뒤 그 애는 눈물로 반짝거리는 동그란 눈을 하고서 물었다. 그날 나는 날아갈 듯한 발걸음으로 그 애의 집에서 나왔다. 새 친구다! 나는 혼자서 노래를 불렀다. 새로운, 진 짜 친구! 드넓은 하늘(Big Sky Country, 몬태나 주의 별칭―옮긴이) 에서 온 선물! 그 뒤로 나는 수도 없이 그 애의 집에 놀러 갔 다. 그리고 갈 때마다 같은 일이 반복되었다. 과도하게 살 가운 인사, 그런 다음 초콜릿칩 쿠키, 그다음에는 단 쌀과 자. 배 속에 집어넣고 또 넣고. 그러고 나서 나의 대답, 식탁 위로 떨어지는 그 애의 눈물, 내가 맞다며 탄식하는 그 아 이. 처음에는 아무렇지 않았다. 상당한 목적의식을 갖고 친 구 집에 가는 것도, 그 집 부엌을 서성거리며 그 애의 내면 에 대한 내 생각을 자세히 늘어놓는 것도 아주 좋았다. 내가 맛볼 수 있는 느낌을 구석구석 하나도 빠뜨리지 않고 묘사 했다. 우리는 몇 달간 떼려야 뗄 수 없이 붙어 다녔다. 그 애 는 나를 '존경스러운' 로즈라고 불렀고, 우리는 그 애의 욕 실에 앉아 아주 슬픈 일렉트로닉 노래들을 십 분 동안이나 내리 불렀으며, 내가 욕조 가장자리에 걸터앉아 그 애의 디 저트를 먹는 동안 그 애는 내 머리를 검은색으로, 그다음은 빨강으로, 그다음에는 검정과 빨강으로 염색해주었다. 그 러나 이는 급기야 내가 그 애의 사물함 앞으로 불려 가고 그 애가 비스킷을 내 얼굴에 들이밀며 자기 감정이 어떠냐고 묻는 지경에까지 이르렀다. 그 애는 나 없이는 자기 감정을 분간하지 못했던 것이다. 그 애는 자기가 정말로 어떤 남자애를 좋아하는지 혹은 그저 착각하고 있는 건지 나에게 말해달라며 오 초 만에 대충 만든 샌드위치를 갖고 복도에서 나를 쫓아다녔다. 나도 모든 걸 다 아는 건 아냐. 내가 입 안에 샌드위치를 욱여넣으며 말했다. 너 그 애를 좋아하네. 내가 고개를 끄덕이며 말했다. 정말 좋아해.

사실 그 애의 집에 갔던 어느 날 오후까지도 그럭저럭 괜찮았다. 그날 나는 그 애에게 아무도 눈치 채지 못한 오빠의 사라져버리는 솜씨에 대해 말했고 그 애는 일자로 자른 앞머리를 가지런히 하더니 물었다. 조지프가 누구야? 우리는 여느 때처럼 먹을 걸 구우면서 걔네 집 부엌에 있었다. 요새 약에 빠진 배구선수 남자애를 짝사랑하는 그 애의 복잡다단한 마음에 대해 한참 이야기하던 중이었다.

조지프? 내가 눈을 가늘게 떴다. 우리 오빠 말이야?

너 오빠가 있었어? 잘생겼니? 얘, 이 토스트 맛 좀 봐줄래? 내가 아직 우울한 것 같니?

우리를 둘러싼 벽들이 무너져 내리는 것 같았다. 토스트가 공중에서 너울거렸다. 있잖아. 내가 천천히 말했다. 그게 말이야, 나 좀 배불러. 오늘은 우리 다른 거 하자. 셰리의 얼굴이 찌푸려졌다. 영화 볼까? 내가 말했다. 뭐 하러? 그 애가 땅콩버터 묻은 칼날을 핥으며 말했다. 영화 보는 게 뭐가 재밌어? 그건 다른 애들과도 할 수 있다고! 그러지 말고, 존 경스러운 로지, 아주 조금 한 입만이라도 안 되겠어?

그날 나는 그 애의 집에서 일찌감치 나와 버스에 올랐다. 창문에 머리를 기대고, 그 애가 사라고 부추겼던 육 달러짜리 싸구려 캣아이 선글라스의 한구석으로 아주 조금 눈물을 흘렸다. 이제 누구와도 다시는 친해지고 싶지 않았다. 영화관 앞에 다다라 나는 벨을 눌렀고, 극장 안의 어두움은 나를 두 팔 벌려 환영해주었다. 거기서 나는 팝콘도 먹지 않고 비어 있는 옆 좌석의 부드러운 벨벳 의자 팔걸이를 어루만지며 혼자 앉아 있었다. 영화라는 건 아름다운 풍경만 나오는 소리와 영상일 뿐이었고 나는 아무 생각 없이 화면에서 보여주는 것만 바라보았다. 나중에 셰리가 전화해 다음 날 라자냐를 먹으러 자기 집에 올 수 있냐고 묻기에 나는 다른 약속이 있다고 말했다.

그리고, 나 음식 먹는 거 좀 쉴까 해, 라고 말했다. 당분간은. 이번 주에 영화 보고 싶으면, 아니면 다른 거 하고 싶은 게 있으면 내게 말해줘.

그 애는 나를 변덕스러운 사기꾼이라고 부르더니 수화기가 부서져라 전화를 끊었다.

이런 식이었기 때문에, 이런 이유로, 나는 비록 엘리자가 자기 성적을 낮게 말하고 지독히 정상적인 범주에 속하는 아이였더라도, 그 애가 고마웠다. 엘리자는 그날 점심, 테니스반 여자애가 내게 음식에 대해 물어보는 것을 옆에서 들으면서 한 마디도 하지 않았지만, 다음 날 샌드위치를 두 개 가져왔다. 우리 집에 칠면조 고기가 너무 많아서, 그렇게 말하면서 종이 포장지에 싸인 여분의 샌드위치를 시멘트 바닥의 햇볕 드는 부분에 놓았다. 엘리자는 아마 그때 처음으로 저 옛날 삼학년 때 왜 내가 한 시간을 식수대에서 보내야만 했는지를 이해한 것 같았다. 그 애가 칠면조 샌드위치를 바닥에 놓고 막 일어서려고 할 때 나는 그것을 집어 들었다. 종이를 벗기고, 천천히 먹었다.

이러한 가벼움 속에서 사는 그 애에 대한 부러움에서 헤어나지 못했던 것만 빼면, 나는 그날 남은 하루를 그 샌드위치 덕에 견딜 수 있었다.

25

중요한 일들은 봄마다 터지는 것 같았다. 공기가 더 상쾌해지고 재스민 꽃이 피면, 뭔가 새로운 것이 나타난다. 내가 음식의 세계를 처음 알게 된 것이 봄이었다. 아빠와 처음으로 가까워진 것도 봄이었고, 오빠가 처음으로 사라진 것도, 엄마의 불륜을 알게 된 것도 어느 해 봄이었다. 불륜은 지금도 계속되고 있는 것 같았다. 엄마가 만들어주는 음식에서 이별의 눈물 맛이 난 적이 한 번도 없었으니까.

오빠는 자기 아파트에서 다섯 번째 봄을 맞았다. 혼자서.

오빠는 날마다 전화하겠다는 약속을 잘 지켰다. 몇 년 동안, 대개 엄마가 저녁을 준비하는 시간인 다섯 시가 되면 전화가 울렸고, 둘은 오빠의 수업과 하루에 대해 그리고 엄마의 수업과 하루에 대해 이야기했다. 오빠는 학교를 꽤 재미있게 다니고 있는 것 같았다. 언제나 공부를 하고 있었고 성적은 좋았다. 엄마는 이야기를 나누며 늘 뭔가를 썰거나 젓고 있었기 때문에 엄마의 음식에서는 자주 옅은 걱정과 동시에 탐욕스러운 자부심의 맛이 났다. 내 아들은, 엄마의 저녁은 말하고 있었다, 순수한 빛 덩어리야.

오빠는 날마다 전화했으므로, 만일 아직 사라지기 실험을 하고 있었다면 분명 빈틈없는 계획에 따라 그렇게 하고 있었을 것이다.

딱 한 번, 오빠는 정해진 시간에 전화를 하지 않았다. 무슨 일이 있나 엄마가 전화를 했을 때 오빠는 받지 않았다. 다음 날 아침에도 오빠는 전화를 받지 않았다. 이틀이 지나도 여전히 답이 없자 엄마는 차를 몰고 오빠 집으로 갔다. 엄마는 걱정하면서 여분의 열쇠로 문을 따고 들어갔고 오빠 아파트가 텅 비어 있음을 발견했다. 집으로 돌아왔고, 서성거렸다. 엄마는 한 시간마다 거르지 않고 전화를 걸었다. 답이 없었다. 이 사라짐에 전혀 관심이 없던 아빠는 스물두 살 청년의 사생활일 거라고 간단히 말하면서, 온 집 안을 휘젓고 다니는 엄마를 안심시키려 애썼다. 사흘째 되던 날 아침, 엄마는 날이 밝자마자 다시 오빠 집으로 차를 몰고 갔고, 도착했을 때는 오빠가 침실 바닥에 뺨을 댄 채 널브러져 있는 것을 발견했다. 팔다리가 불가사리처럼 펼쳐져 있었다. 오빠의 심장박동은 느렸다. 숨이 얕았다. 엄마는 구급차를 불렀고 구급차는 그 길로 곧장 병원으로 갔다. 의사들은 오빠에게 수없이 많은 검사를 했고, 오빠가 탈수 현상이 극심하고 쇠약해져 있지만 곧 괜찮아질 거라고 했다. 너 대체 어디 갔었니? 엄마가 물었고 의사들이 물었지만, 오빠는 그저 고개만 저을 뿐이었다. 아무 데도. 그것이 그들이 오빠에게서 들을 수 있는 최선의 답이었다.

아빠는 병원에 오지 않았다. 그러나 간호사들에게 예의 튤립과 장미 꽃다발을 보냈다. 특별히 잘 보살펴주기를 부탁한다면서.

사월 중순이었다. 오빠가 자기 아파트로 다시 편안하게
돌아가고, 수분을 완전히 회복하고, 다시 하루 한 번 꼬박꼬
박 전화를 하고, 봄학기 고급양자역학 수업의 재등록을 마
쳤을 때, 엄마는 저녁 식탁에서 포크를 들고 중대 발표를 했
다. 엄마는 팔을 동상처럼 들어 올린 채, 작업실 동료들과
함께 캐나다 노바스코샤로 일주일간 출장여행을 다녀올 거
라고 말했다. 일본 목공기법의 기초를 배울 수 있는 아주 드
문 기회야. 엄마가 우리에게 말했다. 못 대신 쓸 수 있는 나
무 경첩을 만들 거야. 엄마는 자기 접시의 감자 더미를 포크
로 찔렀다.

아빠는 아주 느리게 먹고 있었다. 보통 짜증이 날 때 하는
버릇이었다. 아빠 머리칼 사이로 희끗희끗한 가닥들이 보
였다.

생선 어때, 여보? 엄마가 물었다.

맛있네. 아빠가 입을 냅킨으로 누르며 말했다.

로즈. 엄마가 내게 몸을 돌리며 말했다. 엄마는 네가 모두
를 돌봐줄 거라고 말할 때만 갈 거다.

물론이에요. 내가 오빠 확인할게요. 내가 장도 볼까? 여
행은 누구랑 가요?

작업실 사람들 절반 정도. 접근법을 좀 새롭게 해보려고
노력 중이야. 매일 전화할 거지?

그럼요. 엄마 차 써도 돼요?

어른하고 같이 탈 때만. 엄마가 말했다.

아빠의 시선이 내게로 옮겨 왔다. 텔레비전을 같이 보는 것과 더불어, 내 운전연습면허증(미국에서 운전면허 시험을 보기 전에 운전연습을 해도 좋다는 뜻으로 발급하는 허가증 — 옮긴이)을 소지하고 나와 같이 차를 타고 돌아다니는 것은 지침서에 나온 또 다른 부녀지간 권장 활동이었다. 나는 보통 운전연습면허증을 가진 애들에 비해 두세 살은 나이가 많았지만, 차를 모는 데는 훨씬 더 더뎠다.

알겠어요.

고맙구나. 엄마가 나를 보고 따뜻하게 웃었다. 이건 정말로 특별한 기회야. 진짜로 감사한 일이란다. 언제 숲 속에 널 위한 오두막을 지어줄게. 오직 나무로만 된 경첩으로 말이지.

나는 으깬 감자를 한 입 집어넣었다. 캘리포니아 북부, 운영이 잘되는 감자 농장. 곧 있을 여행에 대한 엄마의 어쩔한 흥분이, 늘 느껴지는 하찮음의 소용돌이와 쌍을 이루었다. 나는 그것을 입 한쪽에 몰아넣고 먹었다. 그럴 거 없어요. 내가 삼키면서 말했다. 난 못 있는 게 더 좋아요. 그리고 도시가 더 좋아.

마치 누가 아빠 이름을 부른 듯 아빠가 흘끗 올려다보았다. 아빠는 내 머리를 헝클어뜨리려고 팔을 뻗었지만 내 머리는 전혀 가까운 곳에 있지 않았다. 아빠 손이 공중에서 맴돌았다.

로즈. 아빠가 말했다. 언제 이렇게 컸니!

엄마는 수요일에 떠났다. 엄마 차가 진입로에 가만히 놓여 있어서 나는 어찌어찌 학교까지 차를 몰고 갔다. 수업이 끝난 뒤에는 시내를 한 바퀴 돌기도 했다. 에디가 학교 주차장에서 나를 보고는 친구 집에 가는데 태워다줄 수 있느냐고 물었다. 나는 그를 태웠고 우리는 골목길에 차를 세워놓고 한 시간 동안 엉켜서 입을 맞췄다. 하지만 나는 그날 복도에서 다른 여자애와 팔짱을 끼고 가는 셰리를 마주친 것 때문에 평소보다 기분이 가라앉아 있었고, 별로 흥이 나지 않았다. 왜 그래? 그 애가 얼굴을 들이밀려다가 말했다. 탱크는 어디 갔어?

무슨 탱크?

너 말이야. 그가 나를 보고 씩 웃으며 말했다. 내 머릿속에서는 널 그렇게 부르거든. 탱크.

나는 몸을 일으켰다. 티셔츠를 내렸다.

난 탱크가 아냐. 옛날에 누구는 나를 바다유리라고 했어.

하! 바다유리라. 그래, 알았어.

그는 잠깐 라디오 버튼을 만지작거렸다. 주근깨가 그 애의 귀와 턱 주변에 몰려 있었다.

그래, 너는 졸업하면 뭐 할 거야? 내가 물었다.

그가 나를 돌아보았다. 나? 학교 가겠지, 아마도. 야구로.

왜? 계속 날 만나고 싶어?

아니.

역시 내 여자친구야. 그가 고개를 끄덕거렸다. 그러고는 얼마 전 염색해서 새롭게 붉은 기가 도는 내 머리칼을 만졌다. 손가락이 내 콧잔등을 쓸어내렸다. 예쁜 코야. 그가 말했다.

그 애의 손길에 나는 조금 감상적이 되었다.

아, 이런 처지는 분위기는 집어치우자. 그가 가까이 다가오며 말했다. 이봐! 탱크로 돌아와!

그가 얼굴을 다시 바싹 가까이 갖다 댔지만 나는 대꾸하지 않았다. 우리는 잠깐 입을 맞췄고 나는 이내 그를 밀쳐냈다.

시간 다 됐어.

좋아, 알겠어, 알겠다고. 그가 자기 머리칼을 쓸어내리며 말했다. 그는 사이드미러에 얼굴을 비춰 보았다. 그래도 파운틴 애비뉴까지만 태워주면 안 돼?

딸각 소리에 차 문이 열렸다. 탱크가 너더러 걸어가라신다. 내가 말했다.

저녁이 되면 아빠와 나는 같이 텔레비전 앞에 앉아 말없이 식사를 했다. 수요일 밤에도, 목요일에도. 내가 식료품점에서 골라 온 냉동식품으로 만든 저녁. 내가 가장 좋아하는 공장들의 최고 히트 상품들. 그중 단연 마음에 드는 것은 인디애나의 한 공장에서, '노터치' 공정으로 제조했다고 자랑스레 광고하는 제품이었다. 즉 모든 단계를 로봇 팔이 감독한다는 뜻이었다. 로봇 팔이 접시 위에 토르티야를 올려놓고 그 위에 치즈를 올리고 맨 위에 토마토소스를 한 국자 떨어뜨린 뒤, 이것들을 전부 거대한 오븐 안에 밀어 넣어 완벽하게 텅 빈 엔칠라다(토르티야에 여러 재료의 소를 넣고 말아 소스를 뿌려 먹는 멕시코 요리―옮긴이)를 만들어내는 것이다.

목요일, 저녁을 먹은 뒤 나는 아빠와 함께 차 안으로 들어가 서투르게 몇 블록을 운전했다. 아빠는 내게 브레이크 밟는 법을 가르쳐주었다. 나는 몇 주 동안 차에 탄 적 없는 척했고 아빠는 내 서투른 자세를 교정해주려고 계속 손을 뻗어 운전대를 잡았다. 말로 하면 되잖아요. 내가 팔꿈치로 아빠를 밀어내며 말했다.

그래, 그렇구나. 미안하다. 왼쪽으로 돌아.

다시 오후가 점점 더 길어지고 있었다. 햇살이 무척 아름다워 나는 정지 신호에서 한참을 서 있었다. 시에라보니타 애비뉴에 줄지어 늘어선 플라타너스 나뭇잎 사이로 새어나오는 햇빛이 잎사귀들을 옅은 비취색으로 바꾸어놓고 있었다. 자카란다 나무들은 오월이 되면 본격적으로 그 연보라색 꽃망울을 터뜨리려고 준비하고 있었다.

가야지, 로즈.

미안요.

스케이트보드 타는 사람 둘이 우리 앞으로 지나갔다.

무슨 문제 있니? 내가 오크우드로 운전대를 돌릴 때 아빠가 물었다.

차에요? 내가 계기판을 살짝 두드렸다. 내가 보기엔 괜찮은 거 같은데.

너 말이야. 아빠의 시선은 계속 앞을 향하고 있었다. 부녀지간 지침서 사십삼 쪽. '아빠는 딸을 진심으로 대한다.'

아니요. 내가 말했다.

아빠는 손가락으로 계기판을 두드렸다. 빠르게, 집중해서. 아빠의 손가락은 텔레비전 방 스툴 위에서 다리를 흔들 때와 똑같이 바짝 힘이 들어가 있었다. 우리의 결속은 텔레비전 같이 보기 이상으로 그렇게 많이 진전되지는 않았다. 한 주에 한 번 하는 이 운전 교습을 빼고는. 이나마 구십구 퍼센트는 기술적인 거였다.

네 오빠와 조지는? 아빠가 말했다.

잘 지내니?

별일은 없고?

나는 운전대를 홱 잡아당겼다. 별로요.

잘 지내겠지. 그럴 거야. 아빠는 말끝을 흐렸다. 그나저나 넌 어느 쪽에 관심이 있는 것 같니? 아빠가 잠시 말이 없다가 물었다.

몰라요. 열일곱 살에는 대부분 그런 거 몰라.

그렇지 않아. 많은 사람들이 조금은 계획하고 있는 게 있지.

글쎄. 내가 말했다. 나는 조금도 계획이 없어요.

나는 스탠리 애비뉴에서 차를 돌렸고, 그다음은 로즈우드 애비뉴에서 방향을 틀었다. 정지신호에서 일부러 달려버렸지만 아빠는 아무 말도 하지 않았다. 아빠의 이마에는 노력하는 기색이 역력했다.

나는 두 번째 정지신호도 그냥 지나쳐버렸다.

이런. 내가 말했다. 저기서 멈췄어야 했는데.

브레이크를 밟아야지. 아빠가 눈썹을 문지르며 말했다. 정지신호에서 그냥 가면 안 돼. 그러면 딱지 끊는다.

나는 페어팩스에서 운전대를 돌렸다. 아빠는 창문 밖으로 손을 뻗어 오른쪽 사이드미러를 조정했다.

선셋 대로까지 올라가보자. 아빠가 말했다. 그러고 나서 오른쪽으로 돌아.

알겠어요. 내가 액셀을 밟으며 말했다.

학교에는 별일 없고? 아빠가 노란불을 가리키면서 말했다. 천천히 가라.

나는 빨간불에서 기다리며 노래를 흥얼거렸다. 자동차 엔진도 같이 흥얼거렸다.

좋아요.

재미있니?

별로.

왜?

몰라요.

나는 선셋 대로로 운전대를 돌렸다. 햄버거 먹을까? 아빠가 올아메리칸버거를 지날 때 물었다.

아니. 아빠는요?

됐어. 아빠는 입맛을 다시며 말했다. 아빠는 창문 밖을 가리켰다. 라브레아에서 오른쪽으로.

나는 아빠가 말한 대로 차를 돌렸다. 파란불들을 지나치며 천천히 내려갔다. 몇 블록을 지나 윌러비 쪽으로 다시 차를 돌렸고, 워터앤드파워 백화점 건물을 지나쳐 집 앞에 다다랐다. 나는 차를 진입로 안으로 바로 댔다.

잘하네. 아빠가 말했다.

아빠는 내가 차를 차고 안에 주차시키고 주차 브레이크를 잡아당기는 동안 내내 내 손만 바라보았다.

이제 시험 봐도 손색이 없겠구나. 한 번만 더 돌면 시험 봐도 될 것 같아.

우리는 낮게 내려앉은 커다란 고무나무 가지를 바라보면서 차 안에 앉아 있었다. 아빠는 나가려는 채비를 하지 않았고 나 역시 그랬기에 우리는 잠시 그렇게 앉아, 차고 문의 녹슨 손잡이와 그 손잡이에 아무런 이유도 없이 매어진 쓸모없는 끈을 응시했다.

두 가지 색이 나는 나뭇잎들이 차 앞유리에 부딪혀 쓸려 내렸다. 졸업 모자와 졸업 가운을 걸치고 바깥에 서 있던 조지 오빠의 모습이 잠깐 떠올랐다. 어린 시절의 영상.

네 오빠 말이다.

나는 기다렸다. 아빠는 이내 고개를 내저었다.

운전 가르쳐줘서 고마워요. 내가 말했다.

아빠는 차 안을 한 바퀴 둘러보았다. 밖에서 이웃이 개를 데리고 종종걸음으로 지나가자 우리 집 현관 등이 켜졌다.

넌 나누어줘야 할 게 있다. 아빠가 무뚝뚝하게 말했다.

누구한테요?

그냥 나누는 거야. 세상에.

아빠는 움직이지 않았다. 왠지 나도 움직이면 안 될 것 같아서 나는 아빠와 같이 뻣뻣하게 정면을 계속 응시했다. 고무나무 잔가지가 차 앞유리로, 와이퍼 위로 떨어져 내렸다.

있잖아, 나 이런 이야기를 들었어요.

아빠가 관심 어린 눈으로 나를 흘끗 보았다. 이야기?

학교의 어떤 애 이야기예요. 들어보실래요?

그러자꾸나.

나는 딱딱한 차 시트에 몸을 기댔다.

이런 아이가 있었어요. 영어 수업이었나? 작년이었는데, 낙제점을 받던 아이였어요. 걔는 말하자면 좀 못사는 동네에 사는 거 같았어요. 다저스타디움 근처에. 그 애는 자기가 안경을 써야 한다는 걸 몰랐어요. 모든 걸 흐릿하게 봤죠.

분명 글도 못 읽었겠구나. 아빠가 말했다. 아빠 손은 이야기가 시작되면서 조금 안정되었다. 아빠는 창밖으로 또 팔을 뻗어 오른쪽 사이드미러를 다시 조정했다. 이렇게 하면 보이니?

잘 보여요. 이야기 계속해요?

그럼. 계속해보렴.

어쨌든, 그래요, 걔는 글을 못 읽었어요. 그게 문제였죠. 선생님들이 걔를 데리고 시험을 봤는데 그 애는 한 단어도 읽지 못했어요. 영어시간에 한 마디도 하지 않았고, 몇 년째 형편없는 점수를 받고 있었죠. 그 애는 읽기라고 하는 이 마술적이고 신비한 행위를 도대체 어떻게 할 수 있는지 도무지 이해할 수가 없었어요. 마침내 한 선생님이 아이 눈을 검사해봐야겠다고 말하자 선생님들이 걔를 안과의사에게 데리고 갔어요.

아빠는 고개를 저었다. 선생들이 그걸 제일 먼저 확인했어야지. 하여간 학교 체계란 게 형편없어.

나는 자동차 열쇠를 뽑았다.

음, 그래서 선생님들은 그 애가 시력이 아주 안 좋다는 걸 알아냈고, 그 애는 안경을 쓰게 됐죠. 그 애가 안경을 써보는 동안 모든 선생님들이 그 애를 빙 둘러싸고 서 있었어요.

똑똑한 애였니? 아빠가 물었다.

똑똑했어요, 그랬고말고요. 거기에다 이제 눈에 딱 맞는 안경을 쓰게 된 거예요, 알겠어요? 그 애는 안경을 쓰자 갑자기 읽을 수 있게 됐어요. 그뿐만 아니라, 읽는 행위 자체가 갑자기 자기에게 가능한 일이 되어버린 거죠. 세상 모두가 이 불가능한 능력으로 자기만 빼놓고 앞서가고 있었는데 말이에요.

마음이 따뜻해지는 이야기로구나. 아빠가 고개를 끄덕이며 말했다. 좋은 이야기야. 우리 보는 드라마가 언제 시작하지?

십 분 뒤요. 아무튼, 그게 끝이 아니에요.

아니야? 아빠가 손을 문손잡이에 올려놓은 채 말했다. 난 그 끝이 마음에 드는데. 거기서 끝내도록 하자.

아이는 집에 가요, 알겠어요? 내가 말했다. 안경을 쓰고요. 그리고 새로 받은 책도 갖고요. 그 애의 엄마는 그 애를 문간에서 맞아주죠. 엄마는 웃고 있어요. 학교에서 전화해서 이 좋은 소식을 알려주었거든요. 하지만 이제 아이는 엄마가 정말로 지쳐 있다는 게 보여요. 아이는 그동안 엄마를 선명하게 보지 못했던 거예요. 그토록 오랫동안요! 엄마는 완전히 기운이 빠져 있어요. 눈가는 거무스름하고, 웃으니까 이 하나는 작은 갈색 상자 같아요. 그들은 치과에 갈 돈이 없는 거예요, 네? 그 애 집은 어떠냐고요? 쓰러지기 직전이었죠. 한쪽은 주저앉았고, 마룻바닥에는 바퀴벌레들이 지나다니고, 벽에는 커다란 구멍이 있어요. 전에 그 애는 그 구멍이 그림인 줄 알았다죠.

현관 자동 전등이 꺼졌다. 어둠에 잠긴 아빠의 옆모습.

너 이 이야기 지어내고 있지, 그렇지?

아니요.

그 애 이름이 뭐니?

존.

존 뭐?

존 바르바두치. 내가 잠시 뜸을 들이다 말했다.

아빠가 헛기침을 했다. 바르바두치라, 그렇게 급조한 티가 나는 이름은 처음 들어봤구나. 에이브 링컨, 아니 차라리 조지 워싱턴이라고 하지 그러니? 그래, 좋아. 계속해봐. 그 아이는 자기 눈에 보이는 걸 혐오하는구나.

그래서 그 애는 안경을 발로 밟아버려요.

맙소사! 아빠가 계기판을 후려쳤다. 그런 식으로 나올 줄 알았다. 이제 나는 이 이야기가 아주 싫구나. 그래 이제 그 애는 다시 뒤처지니? 맞아?

그 애는 더 이상 읽는 법을 배우지 않아요. 그래도 그럭저럭 살아가요. 준맹(準盲)으로 등록하고 장애인이 되죠.

세상에, 이제는 정말 형편없는 이야기로구나. 아빠가 고개를 내저었다. 끔찍해. 아빠는 차 문을 열었다.

나도 따라 내렸다. 차 문을 잠갔다.

회전신호에서 잘했다. 아빠가 말했다. 사이드미러 보는 것 잊지 마라.

난 좋은 이야기라고 생각해요.

형편없는 이야기야. 아빠가 현관으로 가며 말했다. 그 애는 장애 등급을 얻잖아, 장애인도 아니면서! 그건 변호사들이 가장 싫어하는 경우야. 구멍이 그림인 줄 알았다고?

아빠는 현관 앞에서 주머니를 더듬었다.

여기요. 내가 아빠 열쇠고리를 건넸다.

아빠는 입을 가리고 다시 헛기침을 했다. 정말로 형편없다니까. 아빠가 문을 열고 안으로 들어가며 말했다. 나한테 뭔가 하고 싶은 말이 있다는 거 안다. 하지만 난 그게 뭔지 전혀 모르겠구나. 알겠니? 나는 이해할 수가 없어. 무슨 말을 하려는 거냐?

아무것도요. 그냥 우리 학교 어떤 애 이야기예요.

그 애 이름이 뭐라고?

존. 내 마음과는 달리 약간 얼굴이 찡그려졌다.

존 뭐?

우리는 선 채로 서로를 바라보았다. 아빠가 팔짱을 꼈다.

존 바르벨루치. 내가 말했다.

아빠가 현관에 매달려 있던 소나무 열쇠걸이를 내려쳤다. 엄마가 목공소에 들어간 첫해에 만든 거였다.

거 봐라! 아빠가 나를 노려보았다. 너 두치라고 했잖아, 아까는. 내가 확실히 기억한다.

루치였어요.

두치라고 했어.

녹음이라도 했어요?

분명하대도! 아빠가 말했다. 문 닫아.

나는 현관문을 쾅 닫고 잠갔다.

그래 네가 읽을 수 있다는 거냐? 아빠가 텔레비전 방으로 성큼성큼 걸어가며 말했다. 결국 그 말을 하려는 거야?

나는 신발을 차 던져 벗어버렸고, 아빠는 재킷을 의자 등받이에 걸었다.

　그래요, 나 읽을 수 있어요.

　정각 여덟 시였다. 우리는 둘 다 달려가 시계를 확인했다. 나는 주스 한 컵을 따랐고, 우리는 아무런 말없이 소파의 각자 자리에 자리를 잡았다. 아빠는 텔레비전을 켜서 우리가 가장 좋아하는 의학 드라마를 틀었고 우리는 심장병이 있던 여자가 살아나서 기뻐했다. 눈이 아주 커다랗고 사랑스러운 여자였다.

26

금요일 아침, 아빠는 어젯밤 대화에 대해 어떤 말도 없이 출근했다. 여느 때처럼 경적을 울려 일곱 시 사십 분에 나를 깨워놓고서. 나는 학교까지 차를 몰고 갔지만 점심시간에 아무도 보고 싶지가 않아서 정오가 되기 전에 학교를 나와 집으로 차를 몰고 돌아왔다. 소파에서 낮잠을 잠깐 잔 뒤 다가오는 주말에 대해 생각했다. 엘리자는 내리막길 여자애들과 동시 상영하는 공포영화를 보러 가자고 나를 초대했다. 셰리도 거기 있을 텐데. 그 애는 어떤 모임에서 마지막으로 나를 보았을 때 울음을 터뜨리며 방에서 나가버렸었다. 너 기분이 엉망인 모양이구나. 나는 그 애 뒤에 대고 소리쳤다. 비열한 짓이었다. 이제 아마도, 그 애는 새 친구를 데려올 것이다. 엘리자는 열렬히 짝사랑하던 그 학생회장과 학교식당 옆 가느다란 세로줄무늬 차양 아래서 막 키스를 했다. 엘리자는 배 위에 있는 기분이었다고 했다. 배라고? 파티에 있었던 여자애들 몇은 남자와 잔 경험이 있었는데, 걔들 말을 들어보면 그건 시간 왜곡에다 기억상실증에 걸린 상태에서 눈을 가리고 한다면야 괜찮은 경험일 것 같았다. 나는 엘리자에게 갈 수 있을지 잘 모르겠다고 말했다. 기숙사의 조지 오빠를 보러 패서디나에 가야 할지도 모른다고, 가서 조지 오빠가 졸업생들의 졸업식 장난

(졸업을 앞두고 학교 전체나 선생님을 상대로 장난을 치는 졸업 문화—옮긴이) 준비하는 걸 도와줘야 할지도 모른다고 했다. 그럼 그래야지. 대답하는 그 애 얼굴이 좀 누그러졌다. 아침 내내 나는 마음이 불안정했다. 부분적으로는 아빠와 나눈 대화 때문이었고, 더 근본적으로는 모든 것 때문이었다. 그리고 나는 부엌을 서성거리다 전화를 들고 낭패스럽게도 패서디나에 있는 조지 오빠의 번호를 눌렀다. 어쩌면 내 말이 실현될지도 몰랐다. 오빠의 자동응답기가 받았고 나는 두서없이 메시지를 남겼다. 만일 오빠가 필요한 게 있으면 내가 차를 가지고 가서 도와줄 수 있다고, 장을 본다든지 무엇 때문이라도 도움이 필요하면 패서디나로 기꺼이 가겠다고, 나는 토요일에 약속이 없고 만일 오빠가 바쁘면 내가 빨래를 해줄 수 있다고, 그리고 그 무엇 때문에라도 도움이 혹시 필요하거든 내게 차가 있으니. 갑자기 내 말을 자르고 오빠가 전화를 받았다. 숨을 헐떡거리고 있었다. 안녕! 그가 말했다. 로즈! 잘 지내? 나는 횡설수설했다. 무엇이라도 필요한 게 있다면 내게 차가 있다고 말했다. 나도 차 있어. 오빠가 친절하게 말했다. 어떻게 지내? 그가 물었다. 나는 고등학교 졸업반 생활에 대해 이것저것 말하며 얼버무렸다. 수화기 너머에서 여자 목소리가 들린 것 같았다. 아무 일 없지, 로즈? 그가 말했다. 오빠 보고 싶어. 내가 말했다. 목소리 톤이 너무 올라가서 애교를 부리는 것 같은 게 끔찍했다. 나도. 그가 말했다. 긴 침묵이 이어졌다. 또 뭐 할

말 있니? 오빠가 할 수 있는 한 가장 친절하게 물었다. 아니, 귀찮게 해서 미안해. 내가 말했다. 귀찮게 하다니! 그가 말했다. 너무 서둘러서.

27

전화를 끊고 일 분 만에 전화가 다시 울렸다.

나는 전화를 받았다. 미안해. 내가 말했다.

여보세요? 목소리가 말했다. 로즈?

바람, 조지 오빠가 다시 전화했으면 하던 바람. 그가 미안해하면서, 주말을 기숙사에서 같이 보내자고 나를 초대하기 위해 너무도 잘 아는 전화번호를 눌렀으면 하던 바람. 오빠는 내게 시내를 구경시켜줄지도 몰랐고, 아니면 엘리자의 파티에 내 파트너로 같이 가줄지도 몰랐다. 그러나 그 대신 내 귓속으로 파고든 것은 엄마의 목소리였다. 전보다 더 빠르고, 날카롭게 달려드는 목소리. 연결 상태가 좋지 않았다. 엄마는 옥외 공중전화에서 전화하고 있는 것 같았고, 이삼 초 간격으로 거대한 바람이 몰아치는 소리가 들렸다. 엄마는 내가 왜 집에 있는지 묻지 않았다. 그 대신 뚝뚝 끊기는 음 사이로, 내 목소리를 들어서 정말 좋고 지금 노바스코샤의 작업실이 있는 작은 시내에서 전화하고 있는 거라는 그 비슷한 말이 들려왔다. 그곳은 기술 편의 시설이 거의 없어서—있는 건 목공 도구와 갈매기뿐이었는지—엄마가 하는 말이 전부 들리지는 않았지만, 몰아치는 돌풍 사이로 엄마가 오빠에게 일곱 번 정도 전화를 했는데 오빠가 전화를 받지 않았으며 이제는 자동응답기가 연결이 되지 않으니 나더러 오빠를 좀 확인해보라는 말 비슷한 게 들려왔다.

확인?

오빠를, 부탁할게. 전화선이 지직거렸다. 베드퍼드가든. 엄마가 나를 위해 철자를 하나하나 불러주었다. B를 불러줄 때 엄마는 전화기에 대고 소리를 질렀다.

나 오빠 어디 사는지 알아. 그냥 내가 전화하면 안 돼요? 아빠가 전화하면 안 돼?

받지 않을 거야. 엄마가 말했다. 전원이 나가 있어. 부탁해.

잠시 바람이 잦아들더니 조용해졌다. 엄마 걱정돼. 엄마가 아주 선명한 소리로 말했다.

오빠는 분명 아무 일 없어요.

너희 아빠는 이런 일을 전혀 심각하게 생각하지 않아. 하지만 엄마는 느낌이 좋지 않구나. 우리 약속했잖니, 로즈.

나는 우편물 더미를 무릎 위로 끌어왔다. 뚱한 기분이 올라왔다.

래리도 거기 있어요?

누구?

래리, 엄마 애인.

뭐라고? 바람 때문에 들을 수가 없구나.

래-리. 엄마 애-인.

수화기 너머의 침묵. 돌아오는 건 바람 소리뿐이었다. 끼룩거리는 갈매기들.

그래, 여기 있지. 이윽고 엄마가 말했다. 작업실 사람들 절반은 여기 왔어.

거기서 재미들 좋으세요? 내가 남성복 광고지로 비행기를 접으면서 말했다.

네가 아는지 몰랐구나. 엄마가 힘없이 말했다.

아, 얼마나 오래됐는데.

어떻게…….

설명하기는 좀 어려워요. 나는 부엌 저편으로 비행기를 날렸고, 비행기는 수납장에 가서 부딪혔다. 그럼 오빠한테는…….

아빠도 아니?

아빠? 눈썰미 엄청 뛰어난 우리 아빠? 엄마 농담해요?

아니면 조지프는? 엄마 목소리가 흔들리기 시작했다. 조지프가 그래서 나간 거니?

나는 수화기에 대고 기침을 했다. 아니, 오빠도 몰라요. 아무도 몰라, 나 말고는. 내가 왜 집에 있는지는 안 궁금해요? 나 학교 안 갔어.

엄마의 말들이 파도처럼 흔들리며 건너왔다. 그래서 엄마가 여기 온 건 아냐. 작업실 사람들 거의 전부가 여기 왔어. 작업차 온 거야. 우리 작업하고 있는 거야. 미안하다, 로즈.

나는 고지서가 든 봉투에서 주소란을 잡아 뜯었다. 전기요금 고지서. 아마도 엄청 많이 나왔을 것이다.

그래서 마지막으로 이야기한 게 언제예요? 내가 물었다.

래리 말이니?

오빠 말이야.

엄마 떠나기 바로 전에. 부탁한다, 아가. 오빠는 내가 전화하면 늘 받았어. 돌아가면 전부 다 이야기해줄게, 약속해. 부탁한다. 너 학교 빠졌다고 했니?

주소란이 잘 떨어지지 않아서 나는 찢어진 전기요금 고지서 봉투를 전화기 옆 우편물 더미에 도로 두었다. 다른 고지서 우편물들, 보이지 않게 우리 집을 지탱해주는 그 종이들 위에.

아니. 농담이었어요. 오늘 쉬는 날이야.

오늘이?

바르벨루치의 날이야. 내가 말했다.

로즈, 만일 혹시라도 무슨 일이 있으면, 엄마는 최대한 빨리 집으로 갈 거야. 조지프가 집에 없을 경우에 대비해서 병원에도 전화해뒀어.

병원에 벌써 전화를 했다고요?

지난번 기억나니? 만일 조지프가 집에 없으면, 혹시 모르니까 카이저 병원에 한번 가봐. 버몬트와 선셋 대로에 있는 곳 말이야. 알겠지만 로즈, 너 말고는 다른 사람이 없구나. 너밖에 없어. 너뿐이란다.

누군가 아주 멀리서 엄마 이름을 불렀다. 나무가 바람에 휘청이는 소리가 들려왔다. 또 다른 땅. 미안, 엄마 가야겠다. 고맙다, 우리 딸. 정말 고마워. 집에 가면 이야기하자.

엄마가 전화를 끊은 뒤 나는 거실로 가서 줄무늬 안락의자에 잠시 앉아 있었다. 창밖에는 사막 같은 봄, 바람 한 점 없는 적막.

28

오빠가 사는 아파트는 회반죽으로 장식된 촌스러운 건물이었다. 빽빽하게 늘어선 편백나무들이 네모진 울타리를 이루었고 현관문에 쓰인 필기체 이름은 너무 평범해서 좀처럼 기억이 남지 않는 곳.

차를 몰고 단지로 들어갔을 때 아파트 전체는 전보다 더 비어 있는 것 같았다. 일층 차고에는 고장 난 갈색 쉐보레 한 대뿐이었다. 내가 차를 댔을 때는 하늘에 구름이 길게 걸려 있던 늦은 오후였다. 거리에 있던 차들이 집에 도착해 차고로 들어가고 회사원들은 트렁크에서 짐을 꺼내 자기 아파트로 향하는 시간.

나는 내키지 않는 걸음으로 계단을 올라 복도를 따라 걸어갔다. 계단을 다 오르니 오빠 집 앞에 누군가가 내놓은 트윈 침대가 난간에 기대어져 있었다. 베개와 솜이불까지, 잠자는 데 필요한 것들이 전부 나와 있었다. 문 앞에서 나는 하나짜리 외부 전구를 감싸고 있는 검은 금속 선반 안으로 손을 집어넣어 진분홍색 여분의 열쇠를 찾아냈다. 열쇠 위에는 엄마의 손글씨로 오빠 이름의 첫 글자가 쓰여 있었다. 그걸로 문이 조금 열렸지만 이내 체인이 나를 가로막았다.

오빠? 내가 조각난 어둠 속으로 말했다.

침묵.

나는 엄마와의 통화, 그리고 조지 오빠와의 통화 때문에 기분이 더욱 언짢아져 있었다. 조지 오빠와의 통화에서는 부끄러웠고, 엄마에게는 내가 알고 있는 것을 말한 것에 대해 화가 났다. 내가 입을 열었으니 이제 엄마와 나는 곧 이야기를 해야 했다. 게다가 오빠라는 작자를 내가 확인해야만 한다는 사실도 퍽 짜증이 났다. 현관문은 밀어도 열리지 않았다. 나는 체인을 풀어보려고 열린 문틈으로 손을 꺾어 집어넣었다. 체인에는 손이 닿지 않았지만 문틀 쪽 나사못들이 헐거워진 상태라서, 팔을 바꿔서 손가락을 한두 번 뒤틀자 체인이 통째로 들려 올라왔다. 조금 뒤 체인 전체가 떨어져 나왔고 문이 열렸다.

거실은 어두웠다. 텅 비어 있었다.

오빠가 사는 곳으로 들어올 일이 그렇게 많지는 않았다. 내가 오빠를 볼 수 있는 것은 오빠가 우리에게 왔기 때문이거나, 엄마가 차를 몰고 가서 오빠를 집으로 데려왔기 때문이었다. 이따금씩 오빠와 조지 오빠가 같이 저녁을 먹으러 집에 오고는 했지만 조지 오빠가 들려주는 대학의 활기찬 소식들과 우리 오빠의 내켜하지 않는 웅얼거림이 이루는 대조는 엄마에게조차 버거운 것이어서, 엄마는 초대의 횟수를 늘리지 않았다.

집 안에서는 약하게 국수 냄새가 났다. 가구라 할 것이 거의 없었다. 과학책 몇 권이 쌓여 있는 카드 테이블, 시트가 뜯어져 나가고 등받이에 할머니의 성이 필기체로 쓰인 의자 하나가 전부였다. 모어헤드. 발랄하게 쓰인 할머니 이름. 커튼은 부엌을 제외하고는 전부 닫혀 있었다. 작은 창을 통해 늦은 오후의 햇살 몇 가닥이 타일 바닥으로 떨어졌다. 격자무늬 타일 위에 그려진 노란색 햇살 무늬. 나는 현관문을 열어두었다.

나 들어왔어.

대답 없음.

나는 복도로 발걸음을 뗐다. 그림 같은 것은 없었다. 욕실 불은 꺼져 있었고, 침실은 맨 끝에 있었다.

나 들어간다. 내가 복도를 걸어가며 말했다. 오빠? 안녀어엉. 나야, 엄마의 충실한 심부름꾼 왔어.

고요. 적막. 나는 머리 위의 복도 등을 켰지만, 그래 봤자 어둑함 위에 누르스름한 흐린 빛을 더할 뿐이었다.

오빠 방에서는 아무 소리도 나지 않았다. 온전한 고요. 전에도 많이 겪어본 것이었다. 바깥에서는 차 두세 대가 거리에서 느릿느릿 움직이고 있었다. 저 멀리, 건물 깊숙한 곳 어딘가의 배관에서 나는 옅은 울림과 덜컥거리는 소리뿐.

오빠는 사람들을 집으로 초대하지 않았고 파티도 열지 않았다. 내가 아는 한 엄마를 제외하고는 내가 몇 주 만에 이 집에 발을 들여놓는 첫 외부인이었다. 이것은 중요했다. 왜냐하면 복도 끝에는 오빠 침실 문이 있었고, 그 위에는 어린 시절의 낡은 팻말이 걸려 있었으니까. 아주 오래전 굵은 검정색 펜으로 쓴, 이제는 회색으로 바래버린 글자들, 접근 금지. 나는 그 'ㅁ' 자의 뭉툭한 모양새를, 약간 큰 'ㄱ' 자의 모양새를 오랜 시간이 지났는데도 그대로 기억하고 있었다. 너무나 익숙한 광경이어서 얼마가 지나고서야 저게 왜 여기 있을까 하는 의문이 들었다. 이게 왜 여기 있지? 오빠는 언젠가 집에 들렀을 때 자기 방문에서 떼어다가 혼자 사는데도 불구하고 그것을 여기에 걸어놓은 모양이었다. 그러나 이제 이 팻말은 누구를 위한 것이란 말인가? 엉망으로 그린 해골과 겹쳐진 뼈들.

나는 문 앞에서 오빠를 불렀고, 대답이 돌아오지 않자 문을 열었다.

방에는 불이 꺼져 있었다. 불을 켰다. 오빠가 방 한가운데, 카드 테이블 앞에, 노트북 컴퓨터를 앞에 두고 의자에 앉아 있었다. 옷을 입고 있었고, 깨어 있었다. 오빠는 아파 보였고 수척했지만, 내게 오빠는 늘 조금 아프고 말라 보였다.

오빠. 내가 놀라서 말했다. 어떻게 된 거야? 여기 있었어? 괜찮아?

괜찮아. 오빠가 조용하게 말했다.

침실은 작았다. 바닥 끝에서 끝까지 빈틈없이 깔린 베이지색 카펫, 거울이 달린 미닫이 벽장. 그런데 침대가 없었다. 평범한 서랍장 하나와 접이식 의자 두 개, 책상, 침대 협탁이 전부였다. 하나 있는 창문은 닫혀 있었다. 저 구석에, 기다란 사각형 모양으로 카펫의 눌린 자국.

저기 밖에 있는 게 오빠 침대야?

바닥이 등에 더 좋아. 오빠가 말했다.

오빠가 바닥에서 잔다고? 무슨 소리 하는 거야?

오빠가 나를 바라보았다. 검은색 속눈썹이 촘촘한 공상적인 눈. 너무 커다랗게 뜬, 깜빡임 없는 응시.

뭐 하고 있었어? 내가 물었다.

공부.

이렇게 쉽게 찾아지다니 어처구니가 없었다. 청바지에 티셔츠 차림, 신발도 신고 있었다. 아무 일도 없었다. 게다가 모든 것이 정상으로 보였다. 서랍장 위에는 중학교 때 은하계 그리기 대회에서 받은 낡은 우승패가 기대어져 있었고, 엄마가 목공일이 더 손에 익었을 때 만들어준 참나무 보석함도 있었다. 그리고 일 센트와 오 센트 동전 몇 개, 낡은 천처럼 나달거리는 일 달러 지폐 한 장.

오빠는 그냥 넘어가주기를 바라는 듯 나를 빤히 바라보았지만, 나는 방 한가운데 카드 테이블 의자가 하나 더 놓여 있는 게 눈에 들어왔다. 역시 등받이에 '모어헤드'라고 경쾌하게 쓰여 있었다. 나는 갑자기 이 모든 무탈함에 왠지 더욱 괴로워졌고, 사실 저기 앉아 있는 오빠를 발견한 게 전에 오빠를 찾을 수 없었던 것보다 더 나쁜 것 같았다. 나는 빈 의자로 걸어가 앉았다.

나 문 좀 열어주지 그랬어? 현관 체인을 내가 망가뜨렸잖아.

바빴어. 오빠가 말했다. 지금도 바빠.

나는 방을 훑어보았다. 벽장 안에는 운동화 몇 켤레 위로 낡은 체크무늬 남방 두 장이 걸려 있었다. 협탁 위에는 고무 밴드 몇 개와 연필, 펜 하나가 굴러다녔다. 침대가 없어진 자리 바로 옆에 놓인, 네모진 갈색 가문비나무 협탁. 나는 다시 일어나 머리 위에서 눈부시게 빛나는 불을 껐다. 창밖 으로 해가 지고 있었고, 낮의 긴 끝이 아파트 건물 위로 널 따랗게 드리워지고 있었다. 차들은 계속해서 아파트 주차 장의 자기 자리를 찾아 들어가고 있었다.

뭐 하느라?

공부. 오빠가 다시 말했다.

아니면서.

나 바쁘다고, 로즈. 오빠가 말끝을 흐렸다. 가줄래?

나는 창문을 열고, 빨간 혼다 시빅이 주차장으로 들어가 는 것을 보았다. 한 여자가 머리칼을 흔들며 나왔다. 여자는 차 문을 열 때 주의를 기울이지 않아서 다른 차에 다리를 치 일 뻔했다.

나중에 설명할게. 오빠가 말했다. 복잡한 실험이라 그래.

그러시겠지. 왜 전화 안 받아? 여기까지 달려왔잖아. 어 떻게 이렇게 쉽게 찾아질 수가 있어?

…….

밥은 먹어?

…….

물은 마셔?

나 집중해야 해. 오빠는 점점 작아지는 목소리로 말했다.

나는 차들을 바라보며 계속 창가에 서 있었다.

밖에서는 하얀 공기가 파란색으로 짙어지고 있었다. 낭만적이기로 유명한 남부 캘리포니아의 땅거미. 난 내 일을 했고, 그러니 이제 가도 좋았다. 엄마에게 전화해 오빠가 살아 있다고 확인시켜주고, 오빠에게 햄 샌드위치와 물 한 병을 사다 주고, 다시 차를 몰고 돌아가 엘리자네 파티에 갈 것인지 말 것인지 머릿속에서 계속 씨름하면 되었다.

하지만 너무나 익숙한, 방 안의 그 느낌. 방 안 공기에는 오빠가 돈 받고 나를 봐주었던 옛날, 오빠 얼굴에서 여러 번 보았던 무거움이 옅게 서려 있었다. 오빠가 헝클어진 머리칼을 하고 피곤에 지쳐 나타났던 그때의 느낌이. 이제 거기 창가에 서 있는 나는, 마치 사건에서 언제 새로운 국면으로 들어설지를 직감해야 하는 탐정이 된 기분이 들었다. 이대로 가만히 서 있기만 한다면, 아주아주 가만히, 내가 할 수 있는 한 가장 가만히 서 있기만 한다면, 전에 보지 못하던 무엇인가를 볼 수 있을지 모른다는 느낌.

이 점을 깨닫자 내 언짢은 기분이 조금 바뀌었다. 짜증스러움은 아직 분명하지는 않지만 뭔가 주파수가 맞아 들어간다는 기대감으로 바뀌었다. 화살은 조준을 시작하고 있었다. 나는 길 건너 아파트 건물들이 어둠에 덮여 안 보일 때까지 창가에 그대로 서 있었다. 창문들에 불이 밝혀지는 것을 보는 소박한 기쁨. 사각형 노란 불빛에 나뭇가지의 검은 굴곡들이 드러나는 광경의 단순한 즐거움.

전조등을 켠 차 몇 대가 거리에 더 나타났다. 나는 방 가운데 있는 의자로 돌아가 앉았다.

책상에 있는 오빠는 눈에 띄게 굳었다.

내가 엄마에게 이메일 보낼게. 오빠가 말했다. 언제? 지금 당장.

나는 고개를 저었다.

미안. 아무래도 여기 좀 더 있어야 할 것 같아.

좀 더가 얼마나인데? 오빠가 거의 쇳소리를 내며 말했다.

나도 몰라.

오빠는 돌아보지 않았다. 우리는 정지한 기차 안의 승객들처럼 한 줄로 앉아 있었다. 내 앞에, 벽을 향하고 앉아 있는 오빠. 오빠의 노트북에는 화면보호기가 띄워져 있었다. 물거품 이는 수조 안에서 소용돌이를 이루는 물고기들. 그래서 나는 오빠가 정말로 공부를 하고 있었던 건지 확인할 수 없었다. 책상에는 노트북 말고는 아무것도 없었다. 연필 두 자루뿐. 창문 아래 벽지에 연필로 갈겨 적은 옅은 표시들. 이것저것 무엇에 관해서든 휘갈겨 쓴 흔적들. 절반은 방정식, 아니면 열을 이룬 숫자들.

오빠의 손가락들이 책상 가장자리로 파고들었다.

미안해. 내가 다시 말했다.

이상한 점은 또 있었다. 오빠가 왜 다시 공부를 계속하지 않을까 하는 것이었다. 내가 창문에 서 있는 동안 오빠는 하던 공부로 돌아가지 않았다. 지금도 아니었다. 어렸을 때 내가 오빠와 같은 방에 있고 싶어 하면 오빠는 온갖 방법으로 나를 외면하다가 결국 화가 나서 수첩이나 책들을 갖고 다른 방으로 가버렸다. 그러면서 아마도 내게 욕을 해댔거나 아니면 문을 잠가버렸겠지. 그러나 여기서 오빠는 가만히 있었다. 충동적으로 내가 손을 뻗어 키보드를 치자 컴퓨터가 작동했다. 오빠는 깜짝 놀라 소리쳤다. 뭐야! 그리고 화면은 깨끗했다. 그저 뉴스 화면. 경제와 대외정책을 다루는 〈뉴욕타임스〉 일면. 열린 파일은 없었다. 내 눈에 보이는 한.

이게 오빠 공부야? 뉴스 읽고 있었어?

그렇다면?

어둠이 방 안으로 스며들었다.

눈에 보이는 바로는 걱정할 만한 건 아무것도 없었다. 방 안에는 보통 청년들이 숨길 만한 급하게 덮어버린 담요라거나 숨겨진 수치심 혹은 격렬한 흥분 따위는 전혀 없었다. 그리고 감정적이지도 않았다. 구석에 처박혀 울고 있거나 스스로를 상처 내는 오빠를 발견한 것도 아니었고 내가 서랍에서 오빠 일기장을 찾아내 고등학교 교내 방송에 대고 큰 소리로 읽어버린 것도 아니었다. 폭발물이나 약봉지도 없고, 사무라이 칼이나 총이나 주사기도 없었다. 지금 일어나고 있는 일은, 그게 무엇인지는 몰라도, 그런 것들과는 달랐다. 더욱 사적이고, 더욱 폐쇄적인 것이었다. 확실한 것은 오빠가 될 수 있는 대로 혼자 있고 싶어 한다는 것, 혼자인 것보다 더욱 혼자 있고 싶어 한다는 것, 가장 혼자 있고 싶어 한다는 것, 그리고 이 방 안의 내 존재는 마치 내가 오빠 머리통에 전극을 휘감고 머릿속 뇌파를 읽어내고 있는 것만큼이나 큰 침해라는 것이었다.

나 그냥 좀 더 오래 있으면 싶어. 내가 할 수 있는 한 가장 조용하게 말했다.

정말 더럽게도 성가시게 구네! 오빠가 말했다. 넌 언제나 가장 성가시게 구는 골칫거리였어! 그러고는 노트북 뚜껑을 쾅 닫았지만, 의자에서 일어나지는 않았다.

다른 때였다면, 전에 수없이 그랬듯이 오빠는 성큼성큼 걸어가 부엌이든 발코니든 나한테서 가장 멀어질 수 있는 곳으로 가버렸을 것이다. 그러나 이번에는 그러지 않았다. 그 점이 참으로 이상해서 나는 의자에 눈길을 두기 시작했다. 그저 조금 더 자세히 보았다. 내 의자와 똑같은 의자였다. 할머니가 보내온, 네 개의 카드 테이블 모어헤드 의자 중 세 번째 것. 이 아파트에 가져올 가구로 오빠가 직접 고른 것.

오빠는 보통 사람들이 앉아 있는 것처럼 의자에 앉아 있었다. 그러나 자세하게 보자 의자 다리가 오빠 신발 안으로 사라져버린 것처럼 보였다. 의자의 두 다리가 오빠의 바짓단 속으로 들어가 있는 것 같았고, 더욱 가까이 들여다보았을 때, 나는 의자 다리가 바짓단을 통과할 수 있게 오빠가 실제로 바지에 딱 맞는 크기로 구멍을 냈다는 것을 볼 수 있었다. 그리고 명백하게도, 의자 다리가, 발치에 고무가 씌워진 그 밝은 회녹색 알루미늄 금속이, 오빠의 발이 있어야 할 그 공간에, 오빠 신발 안에 들어가 있는 걸 볼 수 있었다.

의자 다리가 왜 오빠 바지 속에 들어가 있는 거야? 내가 물었다. 그저 어떤 상황인지 알려고 가볍게 물었다.

오빠는 아무 말이 없었다. 더 이상 화를 내지도 않았다. 오빠는 노트북을 다시 열어 전원을 켜고 뉴스를 읽었다. 그냥 바라보고 있었다. 눈앞에 있는 것을 그저 바라보고 있었다. 나는 의자 다리가 어디서부터 오빠 신발 속으로 들어갔는지 보려고 더 가까이 살펴보았지만, 신발은 바짓단에 덮여 있었다. 그리고 무엇인가가, 기본적인 무엇인가가 없었다. 약간 메스꺼운 느낌이 목구멍에서 올라왔다. 어지러운 느낌, 이걸 좋아하지는 못할 거라는 느낌, 어떤 일을 맞닥뜨리게 되든 그것은 좋은 것이 아니리라는 느낌이 뒤따랐다. 떠나야 했다. 내 저녁 시간으로 돌아가야 했다. 길 건너편 빨간 차 여자네 집 문을 두드리고 뭐든 음식을 달라고 청하고, 그 여자를 껴안고 싶었다. 근처에 있는 아무 남자나 찾아가고 싶었고, 에디에게 불쑥 전화해 제발 내 옷을 벗겨달라고 말하고 싶었다. 지금이야. 가야 해. 어떻게 된 것이든 의자 다리가 이상했다. 어떻게? 오빠가 자기 몸속에 가구를 집어넣기라도 했단 말인가?

오빠 아파? 내가 물었다.

괜찮아. 오빠는 고개를 돌려 나를 보았다. 커다란 회색 눈. 목소리는 상냥하다 할 정도로 부드러워져 있었다.

　그냥 가, 로지.

　오빠와 나 사이에 방이 길게 늘어났다. 울리는 종소리. 우리의 어린 시절을 통틀어 오빠가 나를 로지라고 부른 것은 아마 그때 한 번뿐이었다. 오빠는 나를 로즈라고 부른 적도 거의 없었다. 그 얼굴, 너무나 커다랗던 그 회색 눈동자, 그리고 잠깐의, 진심 어린 다정함. 목구멍이 죄어왔다. 이유를 알 수 없었다. 무슨 일이 일어나고 있는 건지 이해할 수 없었다.

　나는 오빠 발치로 가 앉았다. 오빠 발치에 무릎을 꿇고 앉기는 쉬웠다. 오빠가 나를 차버리고 싶어 한다는 게 느껴졌지만, 오빠 다리 가까이에 의자 다리가 있었기 때문에 오빠는 나를 찰 수 없었다. 나를 손으로 붙잡아 멀리로 밀어버릴 수도 있었건만 그렇게 하지 않았다. 좀 전의 부드러움은 여전히 그 안에 있었다. 로지, 오빠가 말했다. 그리고 내가 몸을 숙이고 오빠 바짓자락을 들췄을 때, 상처는 없었다. 그것을 어떻게 설명해야 할지 모르겠다, 내가 본 그것을. 피는 전혀 없었다. 차라리 그랬다면 얼마나 좋았을까. 피가 오빠 다리에서 솟구쳐 나오는 것을 보았다면. 그리고 오빠에게 수술이, 진통제가 필요했다면, 베이지색 카펫 위로 차라리 피가 스며들고 있었다면.

　내가 알 수 있는 것은 오빠가 의자 다리를 자기 살 속에 찔러 넣지는 않았다는 것, 하지만 아무튼 거기 있는 것은 양

말이 신겨져 신발 안으로 들어가 있는 의자 다리라는 것이었다. 살점으로 된 다리는 보이지 않았다. 혹은 사람 다리 같은 옅은 환영만이 희미하게 어른거릴 뿐이었다. 오빠가 자기 다리를 자른 건가? 아니었다. 분명히 말하지만, 피는 전혀 없었다. 그 대신 의자 다리 주변에 사람 다리의 어스름한 형체가, 의자의 억센 금속 주변으로 인체의 부드러운 희미한 빛무리가 있을 뿐이었다. 어떻게 그랬는지 아무튼 금속과 살갗이 무리 없이 뒤섞여 있었다. 의자가 당연하다는 듯 오빠 다리를 차지하고 있었고, 그렇게 오빠를 해체시키거나 흡수하고 있는 것 같았다. 누구에게나 그렇다는 양 자연스럽게. 그렇게, 끝에 고무가 달린 그 의자 다리는 오빠 신발 안으로 들어가 있었다. 이제는 결코 사람 발이 들어갈 자리가 아닌 듯이.

나는 거기 앉아 있었다. 아무 말도 하지 않았다. 나는 오빠 무릎을 붙잡았다. 혹처럼 뼈가 튀어나온 무릎을.

설명할 수 없는, 거대한 침묵. 오빠 집 여기저기에 흩어져 있는 그 모어헤드 의자들. 어느 날 내가 불쑥 나타났을 때, 이 집에 있는 것들은 침대를 비롯해 다른 가구들까지 전부 복도에 나와 있는 건 아닐까. 그리고 오직 모어헤드 의자 네 개만이 오빠 방에 있는 건 아닐까. 펜 몇 개와 신발과 함께.

난 그게 너무 좋아. 그 의자들이 하나씩 집으로 배달될 때마다 오빠가 엄마에게 말했었다. 정말 멋져, 아주 편해요.

오빠가 너무 좋다는 말을 쓰는 걸 우리가 몇 번이나 들어

봤을까. 혹은 비슷한 맥락에서 멋지다는 말도. 고등학생이 던 때, 오빠는 빨간 벽난로 앞 거실 바닥에 가부좌를 하고 앉아 최근에 온 의자들을 접었다 폈다 하고 있었다. 나는 의 자들에 대해서는 좋든 나쁘든 별로 신경 쓰지 않았지만 오 빠는 그 의자들을 아주 좋아했고, 일직선으로 손쉽게 접히 는 그 의자들을 진정으로 소중하게 생각하는 것 같았다. 우 편배달부는 우리를 지긋지긋하게 생각하기 시작했지만.

맙소사. 너희 할머니도 그 의자들을 무척이나 좋아하시 지. 엄마가 말했다. 난 견딜 수 없던데. 스타일이 없잖아. 싸 구려야.

엄마는 양손을 엉덩이 위에 얹은 채 오빠 위에 버티고 섰 다. 테이블도 있단다, 엄마가 말했다. 그리고 아니나 다를까 테이블은 다음 주에 도착했다.

네 번째 의자가 도착한 날 밤, 오빠는 할머니에게 전화를 걸었다.

고맙습니다. 오빠가 할머니에게 진심으로 말했다.

나는 복도에 서 있었다. 오빠는 한동안 듣기만 했다.

할머니도요. 오빠가 말했다.

오빠가 전화를 끊자마자 나는 쪼르르 오빠 곁으로 갔다. 한시도 참을 수가 없었다. 할머니가 뭐라셔?

알아들을 수 없는 말을 많이 하시네. 오빠가 팔을 내저으 며 말했다. 카드놀이 뭐 그런 거 이야기하신 것 같아. 마작 이랬나?

달리 카드 테이블 의자겠니. 엄마가 말했다.

갖다 놔도 돼요, 내 방에?

진심이니? 엄마가 입술에 힘을 주며 말했다. 엄마는 의자를 세세히 살펴보았다. 접합 부분에 혹처럼 튀어나온 알루미늄 나사못들, 갈색 소용돌이 무늬의 비닐 쿠션.

오빠는 매주 한 번 엄마 손에서 가시를 빼냈다. 대학에 가서도, 심지어 기말고사 기간에도. 소파 위에서, 족집게를 가지고, 몇 시간이고.

오빠 방에서, 오빠는 다시 노트북으로 돌아가 있었다. 마우스를 클릭하면서 마치 내가 거기 없다는 듯 뉴스를 읽었다. 앞을 향해 집중한 채로 얼어붙은 것만 같았다. 부드러움의 순간은 끝났다. 입구는 닫혔다. 그리고 몇 분 전, 내가 얼마나 머물러야 하고 얼마나 주의를 기울여야 하는지 확실히 느꼈던 것처럼, 이번에는 뭔가가 명백하게, 뒤집힌 팬케이크처럼 손쉽게 드러났다. 나는 이제 전화기를 찾아 조지 오빠에게 도움을 청해야 했다. 무엇인가 커다란 일이 오빠에게 일어나고 있었고, 나는 내가 보고 있는 것을 도무지 이해할 수 없었다. 즉시 그 방에서 나와야 할 것 같았다. 그러나 천천히 해야만 했다. 빨리 할 수 있는 일이 아니었다. 우리는 전에도 병원에 간 적이 있고 언제든 다시 갈 수 있으며, 의사들이 오빠를 또 데려가 어쩌면 어떻게 해야 하는지를 알려줄지도 몰랐다. 이십 초였다, 혹은 십 초. 그 방에서 성큼성큼 나와 받침대에 놓인 전화를 발견하고 집어든 것은. 그리고 그때 내겐 다른 선택권이 없었다. 다른 누군가가 이것을 보아야 했고, 반드시 그래야 했다. 오빠가 나를 위해 이 사실을 증명해주지는 않을 테니까. 그런 일은 누구도 해주지 않을 테니까. 그리고 나는 조지 오빠에게 제일 먼저 전화해야 했다. 조지 오빠밖에 없었다. 내가 오래전, 쿠키가 화가 났다거나 스트링 치즈가 피곤하다고 했을 때 나를 믿어준 유일한 사람이었으니까. 그러면 틀림없이 자기 앞에 벌어진 일을 받아들일 수 있을 거라고 믿었다. 나는 오빠 방에서 나와 거실로 성큼성큼 걸어갔다. 재빨리 둘러보고, 전화기를 찾아 수화기를 들고, 번호를 눌렀다. 그리고 전화기를 오빠 방으로 가져갔다.

십 초, 혹은 팔 초. 창문이 아직 열려 있었고 방은 어두웠다. 책상 앞에는 빈 의자 하나만이 놓여 있었다. 그 위 노트북에서는 〈뉴욕타임스〉 첫 화면, 밝고 총천연색인 뉴스들이 보였다.

슬픔과 당혹스러움으로 내가 정신을 잃기 전에, 조지 오빠가 길거리 아래쪽 시장에서 울고 있는 나를 발견하기 전에, 내가 캐나다에 있는 엄마에게 전화해 오빠가 다시 없어졌다고, 떠나버렸다고, 여기 있었고 멀쩡해 보였는데 다시 사라졌다고 말하기 전에, 아빠에게 전화해 울면서 아빠 비서에게 앞뒤 안 맞는 이야기를 해대기 전에, 그전에, 내가 해야 한다고 생각한 일은 오직 그 의자를 표시해놓아야 한다는 것뿐이었다. 그것이 그때 내가 떠올린 유일하게 명료한 생각이었고, 내가 내 인생에서 해본 가장 자랑스러운 일이었다. 방에서 찾을 수 있는 펜 하나, 오빠의 협탁 위에 있던 그 검은 펜을 집어 들고, 책상 앞에 있는 의자로, 네 개 중하나인 그 의자로, 노트북 앞에 있는 그 카드 테이블 의자로 다시 가서 모어헤드라는 글자 아래에 가느다란 불안정한 선을 그어야겠다던 그 충동. 할머니는 늘 자기 이름을 똑같은 필체로 새겨 넣었다. 내가 선을 그으며 말했다. 이건, 오빠야.

해가 질 무렵

•3

29

엄마는 가족 사진첩을, 스티커와 사진 설명을 붙이고 느낌
표를 그려 넣으며 늘 잘 꾸며놓았다. 사진첩 한 권에서 엄
마는 우리 식구가 북부 캘리포니아에서 다른 사람들과 여
럿이 찍은 사진 한 장을 보여주었다. 소살리토 근처 해변에
사는 먼 사촌을 방문했던 때였다. 유심히 들여다보니 옅은
연두색 리넨 드레스를 입은 엄마와 유독 키가 크고 살이 탄
아빠를 알아볼 수 있었다. 이건 누구예요? 갈색 머리칼을
하나로 묶고 내 티셔츠랑 비슷한 빨간 티셔츠를 입은 여자
아이를 가리키며 내가 말했다.

너잖니. 엄마가 말했다.

응? 아닌데.

엄마는 나를 보고 웃었다. 너래도. 머리를 새로 자른 뒤였
을 거야 아마.

각도 때문이었을까? 아니면 빛, 아니면 내가 다시는 보지
못한 사람들에게 둘러싸여 있었기 때문에, 아니면 낯선 풍
경 때문이었을까? 무엇 때문이었든 엄마가 말하기 전까지
잠시 나는 사진 속 아이를 처음 보는 사람이라고 생각했다.
상당히 즐거워 보이는 옅은 갈색 머리칼의 평범한 소녀. 내
옷장에서 보았던 익숙한 빨간 티셔츠를 입은 소녀. 일단 그
게 나라는 걸 알게 되자, 사진 속 얼굴은 내가 지금껏 거울

속에서 보아온 얼굴로 돌아갔다. 응, 맞네. 내가 웃으며 말했다. 처음부터 알고 있었다는 듯이.

30

오빠에게 일어났던 그 일을 나는 내게 있었던 일인 듯 정확하게 다 말할 수 있었다. 그리고 사람들은 사실에만 관심을 두었다. 나는 오빠를 보았다. 분명하다. 오빠는 노트북 앞에 앉아 있었다. 내게 말을 했고, 나를 로지라고 불렀다. 오빠는 뭔가에 몰두해 있었고, 짜증이 나 있는 것 같았고, 그 다음에는 무척, 달콤할 만큼 친절했다. 근처에 무기 같은 게 있지도 않았고, 약을 한 것 같지도 않았으며, 내게 여러 번, 자기는 공부하고 있다고 말했다. 오빠는 나를 현관에서 맞아주지 않았다. 내가 문을 부수고 들어갔다. 엄마는 걱정을 했다. 나를 오빠에게 보냈다. 캐나다에서 전화를 했다. 노바스코샤. 오빠는 옷을 다 입고 있었다. 야위었지만 쇠약해 보이지는 않았다. 평소 모습과 별로 다르지 않았다. 오빠의 냉장고에 음식이라고는 버터, 포도젤리, 그리고 만지기만 해도 가루로 부서지는 오래된 빵 한 덩어리가 전부였다. 침실 창문은 열려 있었고, 부모님 두 분이 주장하는 이론에 따르면 오빠는 어떻게 그랬는지는 몰라도 아무튼 이층에서 창문 밖으로 뛰어내렸고, 아마도 여행용 가방까지 미리 싸 두고 있었으며, 어찌어찌해서 그것을 덤불 속에 숨겨놓았던 것이고, 지금은 여행을 하고 있었다. 조지프는 스스로를 탐색할 시간이 필요한 거야. 엄마는 다음 날 돌아와

눈물을 흘리며 말했다. 로스앤젤레스의 따뜻한 사월 오후
에는 안 어울리는 캐나다산 울 스웨터 차림이었다. 자살을
하려고 한 것 같나요? 다음 주 월요일, 실종 신고를 하러 갔
을 때 군청색 제복 차림의 경찰이 수첩을 손에 들고 물었다.
나는 엄마를 쳐다보았고 아니라고 말했다. 그건 정말이었
다. 혼자 있었어요. 나는 그 대신 몇 차례고 그렇게 말했다.

　　그날 밤, 의자에 선을 긋고 난 후 나는 몸이 떨려오는 걸
멈출 수가 없었다. 나는 덜덜 떨면서 오빠 침실을 나와 베드
퍼드가든의 외부 복도 계단참으로 갔다. 그리고 오빠 침대
안으로 들어갔다. 이 건물을 드나드는 사람은 아무도 없었
다. 텅 빈 침대 시트 안에서 시간이 지나갔다.

　　인어 분수 주변에 드리워진 바나나 나무의 이파리 그림
자들. 모퉁이를 도는 자동차 불빛이 던져놓은, 건물 위의 몇
줄기 빛. 축축한, 오빠의 낡은 베개.

　　나는 아직도 전화기를 마치 담요라도 되는 듯 뺨에 바싹
갖다 대고 있었다. 엄마 예상대로 신호음이 들리지 않았다.
가장 강력한 충동은 거기서, 그 침대 안에서 오래도록 잠을
자고 싶다는 것이었다. 누군가 바로 그 용도로 침대를 발코
니에 가져다놓은 것처럼. 떠나려는 나를 잡아두려고, 매트
리스가 나의 종착지가 되게끔. 그러나 나는 전화를 해야 했

다. 사람들에게 알려야 했다. 내가 본 가장 가까운 공중전화
는 북적거리는 거리, 두세 블록 떨어진 버몬트 애비뉴에 있
었다.

잠시 뒤 나는 침대에서 몸을 일으켜 전화기를 담요 위에
놔두고 계단을 내려왔다. 공기는 차가웠고, 밖은 어두웠다.
더 깊고 두터워진 해 질 녘의 어둠. 머릿속은 바람이 깨끗이
쓸고 간 듯 텅 비어 있었다. 호스에서 나온 물이 보도의 흙
먼지를 싹 씻어낸 것처럼. 좋은 식으로도 나쁜 식으로도 아
닌, 그저 말끔하게.

금요일 밤은 도시의 거리 위에서 만개했고, 로스펠리츠
는 주말 저녁을 앞두고 분주했다. 음식점에는 파라솔들이
펼쳐져 있고, 식탁 위에는 촛불 모양의 전기 등이 켜져 있었
다. 사람들은 담황색 와인 잔을 손에 쥐고 둘씩 짝지어 야외
에 나와 앉아 있었다. 포크와 나이프가 깨끗한 하얀 접시에
부딪혀 소리를 냈다. 존스 식료품점 앞에서, 나는 저 멀리
주차장 모퉁이에 틀어박혀 있는 작은 유리 공중전화 부스
를 보았다. 정신을 바짝 차리고, 침착하게 걸어갔다. 접이식
문을 젖혀 열었다. 안에 들어가니 부스에는 낮은 의자와 검
은 비닐 커버에 싸인 낡은 전화번호부가 있었다. 나는 의자
에 앉았다. 피곤해 보이는 엄마와 아들이 양손에 누런 종이
봉지를 들고 식료품점에서 나왔다. 길 건너편 오렌지색 네
온사인을 단 삼각형 천막의 타코 노점상 앞에는 팔목에 금
팔찌를 여러 줄 두른 십대 소녀 둘이 머리칼을 만지작거리

며 줄을 서 있었다. 차들이 버몬트 애비뉴를 지나가고 또 지나갔다. 이 모두가 그림과 다를 바 없는 풍경이었다.

나는 전화기 앞에 섰다. 잔돈을 찾아 주머니에 손을 넣었다. 전화기의 은색 사각 버튼들이 사람들을 향한 내 유일한 생명선이었다. 그 네모진 번호들. 오래전 누군가들이 철을 캐러 철광 안으로 들어가 몇 시간이고 땀을 흘렸고, 전화기 제조 회사가 요구한 자재들을 땅 위로 실어다 날랐을 것이다. 그것으로 합금을 만들고 녹여 사각형을 만든 다음 그 위에 조그마한 숫자들을 차례대로 새겨 넣고, 거기에 전기선을 달아 전신주와 고무 코팅된 선들을 타고 신호가 전해질 수 있게 했기 때문에, 지금 내가 모든 걸 털어놓을 수 있는 이 세상의 유일한 사람에게 전화를 걸 수 있는 것이었다.

좋아.

나는 작은 네모 칸들을 바라보았다. 123. 456. 789.

조지 오빠는 학교 금요일 행사 같은 것에 참석하느라 지금 외출했을지도 몰랐다. 어쩌면 자기 차에 여자들을 가득 태우고서, 더 이상 내가 갈 수 없는 곳으로 급하게 달려가는 중인지도 몰랐다. 나는 그의 번호를 외우고 있었고, 투입구에 잔돈을 넣고 정확한 순서로 번호를 눌렀다. 그런 다음 전화선이 연결되는 동안 의자에 가만히 앉아 있었다. 신호가 두세 번 갔다.

여보세요?

나는 수화기를 그러쥐었다. 그가 대답했을 때, 나는 잠시 플라스틱 수화기를 귀에 꾹 누른 채 그대로 있었다. 고마움이 밀려왔다. 그가 존재한다는 사실에, 그가 근처에 있다는 사실에, 그리고 그가 실제로 전화를 받았다는 사실에.

안녕. 내가 말했다. 로즈야, 에델스타인. 내가 덧붙였다.

로즈, 나 네 목소리 알아. 왜 그래. 네가 전화해서 정말 반가웠어. 아까는…….

오빠, 아까 일 때문이 아니야.

내가 좀 어색하게 굴었지. 난 그냥, 그러니까…….

오빠. 내가 더 크게 말했다.

그가 말을 멈추었다. 내 목소리의 날카로움을 들은 것이 분명했다.

왜? 무슨 일이야? 조지프 괜찮아?

나는 옆으로 보이는 주류 판매점의 창문을 물끄러미 바라보았다. 초콜릿 따위가 진열된 낮은 선반을 지나 계산대 뒤에 서 있는 점원까지. 검은 곱슬머리의 점원은 값비싼 선명한 색의 병들을 뒤로하고 《포브스》를 읽고 있었다.

오빠 이리로 올 수 있어? 나 존스 식료품점 앞에 있어.

어디?

버몬트 애비뉴.

조지프 괜찮아?

나는 대답하지 않았다. 목구멍이 꽉 막혀왔다.

나도 몰라. 내가 잠시 뒤에 말했다. 아빠에게도 전화할 거야. 나 존스에 있어. 점원이 눈을 비비고 잡지를 한 장 넘기는 것을 보며 내가 다시 말했다. 점원은 잡지를 접어 다른 물건들 사이에 쑤셔 넣었다.

또 사라진 거야? 조지 오빠가 물었다.

응. 내가 낮게 말했다.

식료품점 문이 열리고 이십대로 보이는 연인 한 쌍이 나왔다. 폭주족 차림의 남자는 여자 허리에 팔을 두르고 있었고 여자는 슬러시컵 밑바닥을 빨대로 젓고 있었다.

조지 오빠는 수화기 안으로 길게 숨을 내쉬었다. 그러고 나서 걱정하지 말라고, 전에도 이런 일을 잘 해결했다고, 모든 게 다 괜찮을 거라고, 그리고 바로 오겠다고 말했다.

삼십 분이면 돼, 알겠지? 그가 말했다.

무슨 일이야? 저 멀리 오빠 방 한구석에서 여자 목소리가 들렸다.

나 여기 있을게. 내가 힘없이 말했다. 공중전화 부스 안에. 슈퍼맨처럼.

그러고 나서 나는 엄마에게 전화해 집으로 오라고 작업실 자동응답기에 메시지를 남겼고, 아빠에게 전화해서 비서와 통화했다. 아빠 계세요? 오빠 일이에요. 딸이 전화했다고 전해주세요.

오늘 업무가 거의 끝나셨단다. 비서가 말했다. 집에 있니?

아니요, 저 식료품점에 있어요. 나는 공중전화 번호를 유심히 살펴보았다. 전화기의 금속 몸체 아래쪽에 붙은 기다란 종이 위에 누군가 손으로 적은 흐릿한 펜글씨가 보였다. 공룡이었다, 이 전화기는. 사람 손으로 쓴 흐릿하고 흔들리는 펜글씨를 포함해 그것에 관한 모든 것이 멸종될 운명에 처한 것 같았다.

그냥 베드퍼드가든으로 오시라고만 전해주세요. 아실 거예요.

나는 전화를 끊었고, 몸을 돌려 주차장을 똑바로 바라보았다. 기다렸다.

나쁜 상황에 처했을 때 사랑하는 누군가를 볼 수 있다는 것만큼 고마운 것도 없다. 패서디나는 로스펠리츠에서 동쪽으로 이십 분 거리에 있었고, 길이 막히면 더 걸리고 금요일이어도 더 걸렸다. 존스 식료품점의 주차장은 조지 오빠가 오기까지 다섯 번은 더 꽉 찼다가 비워졌다. 차는 식료품이 필요한, 내가 모르는 사람들을 연신 뱉어댔다. 긴 은발 머리의 날씬한 여자. 파란 양복을 조끼까지 갖추어 입은 땅딸막한 남자. 피어싱을 수도 없이 한 덥수룩한 머리의 남자. 모두 아니었다. 차를 몰고 나타나는 이 모든 익숙하지 않은 얼굴들에 나는 더욱 초조해졌다. 나는 주차장에 나타나는 사람들 중 내가 기억하는 누군가가 있기를 간절히 원하고 있었다. 그리고 차 밖으로 걸어 나오는 그 낯선 눈 코 입들은 나의 이 갈망을 번번이 배반했다. 만일 이웃이라도 보였다면, 내 옛날 플루트 선생님이라도, 혹은 빵집에서 나에게 빵을 판 여자라도 보았다면, 나는 부스 밖으로 달려 나가 그들을 껴안았을 것이다. 저예요, 로즈예요, 로즈. 나는 말했을 것이다. 로즈요.

나는 내 유리 부스 안에 아주 가만히 앉아 있었다. 손을 무릎 위에 포갠 채로. 누레져가는 전화번호부에서 곰팡이 냄새가 실려 왔다. 마침내 조지 오빠가 오래된 폭스바겐 비틀을 몰고 나타났을 때, 눌린 머리에 안경을 쓰고 뺨에 수염이 거뭇거뭇한 채로 낡은 청바지와 샌들과 티셔츠 차림으로 나타났을 때, 나는 처음에는 주차하는 그를 그저 바라보았다. 주차 브레이크를 당기고 문을 열고 나오는 모습을. 그제야 비로소 안도감이 밀려왔다. 나는 그를 알았고, 내가 아는 바로 그 모습으로 거기 있었다.

여기야. 나는 전화 부스 안에 서서 손을 흔들었다. 그는 심각한 얼굴로 성큼성큼 걸어왔다. 우리는 껴안았다. 이것, 도시를 가로질러 전신주를 세워준 철강 노동자들과 건설 작업자들이 준 선물. 그에게서는 갓 쪼갠 사과 냄새가 났고, 확신의 냄새가 났다. 나는 내 머리를 오빠 목의 움푹한 곳에 기댔다. 잠시 뒤, 그는 물러나서 내 어깨를 꽉 잡고 무슨 일이냐고 물었다. 나는 뭐라고 대답해야 할지 몰라 그저 아빠가 오고 있다고, 그리고 오빠가 사라졌다고만 말했다. 내가 오빠를 보았고 오빠가 안 좋아 보였고 그래서 전화를 하러 방에서 나갔고 십 초 후, 방으로 돌아갔을 때는 오빠가 없었다고 말했다. 조지 오빠는 고개를 끄덕이며 내 말을 들었다. 우리는 오빠 차가 주차된 주차장에서 나와 상가 지역을 벗어나 아파트 쪽으로 갔다. 버몬트 애비뉴에서 신호등이 파란불로 바뀌자 우리는 길을 건넜고 조지 오빠는 내 손을 잡았다. 우리 어린 시절의 유령들이 우리와 같이 길을 건넜다.

31

우리가 베드퍼드가든 입구에 도착했을 때 아빠는 길거리의 일렬로 늘어선 좁은 주차 공간에 차를 집어넣고 있었다. 아빠의 사무실은 멀지 않았고 이제 도로가 한창 붐빌 시간은 지나 있었다. 아빠는 비서가 메시지를 전해주자마자 선셋 대로를 탄 모양이었다. 아빠는 늘어선 범퍼들 사이로 나란히 차를 집어넣고 차에서 나왔다. 옅은 회색 줄무늬가 들어간 네이비블루의 늘 입는 법조인 복장. 전보다 더 흰머리가 두드러져 보이는 희끗희끗한 머리칼. 아빠는 생각을 제자리로 정돈해 넣으려는 듯 이마를 쓸어내렸고, 조지 오빠에게 고개를 끄덕여 인사를 했다. 그런 다음 다가와 나를 꽉 안아주었다. 평소보다 더욱 세게. 아빠의 커다란 손이 내 등을 쓸어내렸다.

괜찮을 거야. 아빠가 내 얼굴을 보고 말했다.

없어졌어요. 내가 바보처럼 말했다.

아빠는 베드퍼드가든 안쪽 계단을 응시했다. 멀리 떨어진 데서 보니 건물의 불이 다 꺼져 있는 것 같았다.

오빠가 저기 없어요. 내가 말했다.

이렇게 하자. 아빠가 지갑을 두드리며 말했다. 우선 뭘 좀 먹고. 먹으면서 네가 알고 있는 걸 말해주려무나. 전에도 이런 일 겪었잖니. 네가 전화로 아주 횡설수설했다고 비서가 그러더구나. 아빠는 눈썹을 낮게 내리고 나를 유심히 살펴보았다. 좋아 보이지 않는구나. 조지프가 자해를 했니? 아빠가 물었다.

아뇨. 피는 없었어요.

약은?

약도 없었어요.

그러나 내 목소리는 너무 작고 떨렸기 때문에 두 사람은 나를 가운데 두고, 마치 그들이 거리와 상점으로부터 나를 보호하는 경호원인 것처럼 어깨를 딱 붙이고 몇 블록을 걸었다. 나는 학교 갈 때 입었던 티셔츠와 바지를 그대로 입고 있었고 스웨터도 가져 오지 않았던 탓에 반쯤 걸어갔을 때는 아빠가 양복 재킷을 벗어 말없이 건네주었다.

우리는 저녁을 먹는 사람들, 책을 사는 사람들, 담배를 피우는 사람들, 영화를 보러 가는 사람들을 지나쳤다.

프랭클린 애비뉴 근처 어느 프랑스 식당 입구. 우리는 삼총사처럼 방향을 틀어 그리로 들어갔다. 돌로 된 건물 정면이 그다지 끌리지 않는 작은 식당이었는데, 안으로 들어가니 공간은 따뜻하고 환했다. 짙은 빨간색 벽지와 흐린 조명을 쏟아내는 샹들리에, 그리고 내 얼굴도 가릴 수 있을 만큼 커다란 메뉴판. 뒤쪽 바에서는 몇 사람이 등받이 없는 의자 둘레에서 반쯤 든 와인 잔을 홀짝이고 있었다. 바의 커다란 칠판에 광고된 대로 주말의 와인 시음회를 위해 준비 중인 것 같았다. 우리 셋은 칸막이 칸으로 갔다.

앉자꾸나. 아빠가 말하고는 일어나서 웨이터를 불렀고, 웨이터는 우리에게 물을 한 잔씩 갖다 주었다. 아빠는 자기 잔을 내 앞으로 밀었다. 이것도 마시렴. 조지 오빠는 식탁 맞은편에서 양손을 포갠 채 기다렸다. 두 사람은 모두가 안정될 때까지는 내게 아무것도 묻지 않기로 텔레파시로 입이라도 맞춘 듯했다. 아빠는 다시 웨이터에게 가서 뭐라고 속삭였다. 아빠는 이 공간을 여유롭게 오갔다. 나는 아빠의 성큼성큼 내딛는 그 걸음걸이가 좋았다. 그 걸음으로 이 공간을 반으로 접고 있는 것 같았다. 나는 아빠가 어떤 일에 그토록 집중한 모습을 본 적이 거의 없었다. 할 일 목록과 특별한 기술의 아빠, 그 오래전에 스툴을 만든 아빠가 지금 이 사람이라니.

아저씨 멋지셔. 조지 오빠가 아빠 쪽을 향해 고개를 끄덕이며 말했다. 오빠는 엄지손가락의 살갗을 잡아당기고 있었다. 나는 주머니에서 머리끈을 찾아내 건네주었다.

조지 오빠가 얼굴을 붉혔다. 고마워. 그는 금세 그것을 엄지손가락에 감고는 잡아당기기 시작했다.

엄마에게 전화했니? 아빠가 자리로 돌아오며 물었다.

나는 찬물을 홀짝거렸다. 웨이터가 뜨거운 물이 담긴 누런색 머그잔과 여러 가지 차가 들어 있는 바구니를 갖고 왔다.

그것도 마시렴. 아빠가 말했다. 너 떨고 있구나.

엄마에게 메시지 남겼어요. 내가 페퍼민트 티백을 꺼내며 말했다. 거기는 늦은 시간이라 엄마는 아마 내일 아침이나 되어야 메시지를 받을 거예요.

네가 있어서 다행이었구나. 아빠가 자기 커피 잔을 받아 두 손으로 감싸며 말했다.

엄마가 가라고 했어요.

아주머니가? 조지 오빠가 말했다.

엄마가 오늘 오후에 전화해서 오빠 좀 확인해보라고 했어요. 내가 말했다. 엄마가 걱정하고 있었어.

아빠가 크게 숨을 내쉬었다. 눈을 감았다. 절반 정도는 네 엄마가 잘 맞히지. 아빠가 고개를 저으며 말했다. 무슨 영문인지 모르겠구나.

저쪽 구석에서 웨이터가 주문서를 들고 이쪽으로 왔다. 그는 조금 웃고 있었다.

주문을 한 뒤 나는 둘에게 자세한 이야기를 들려주었다. 의자 다리에 관한 것은 뺐다. 그것에 대해서는 하나도 설명하지 않았다. 어떤 식으로도 설명할 수 있을 것 같지 않았다. 아빠는 커피가 담긴 두꺼운 도자기 잔을 여전히 두 손으로 감싸 쥔 채 집중해 들었다.

그래 늘 있던 일이야. 아빠는 생각에 잠겨 커피를 뚫어지게 바라보았다. 안 그러니?

그런 것 같아요. 내가 말했다.

그런데 왜 그렇게 떨고 있는 거냐? 아빠가 물었다.

그러게 말이에요. 조지 오빠가 엄지손가락에서 고무줄을 튕기며 말했다.

나는 티백 봉지를 돌돌 말아 막대처럼 만들었다. 내 머그잔에서 김이 풍성하게 올라왔다.

나도 모르겠어요. 말했지만 그다지 설득력이 없었다.

조지 오빠가 눈썹을 높이 올렸다. 손가락으로 식탁의 나뭇결을 훑었다. 조지 오빠는 설명이 어딘가 빠져 있음을, 그 틈새를 느끼고 있는 것 같았다. 나중에 증거로라도 써먹으려는 듯이 나를 날카롭게 쳐다보았다.

조지 오빠 앞으로 감자튀김을 곁들인 스테이크가 나왔다. 잠봉 샌드위치는 아빠 것이었다. 나는 양파 수프를 기다리고 있었다.

먼저 드세요. 내가 말했다.

아빠는 아귀가 맞지 않는다는 듯 고개를 갸우뚱거렸다. 하얀색 종이에 싸인 아빠의 바게트 샌드위치는 비스듬히 반으로 잘려 있었다. 아빠는 반쪽을 옆으로 밀어놓았다.

다시 한 번 정리해보자. 아빠가 종이에 싸인 사각 설탕 하나를 커피 안에 털어 넣으며 말했다. 조지한테는 언제 전화했다고?

나중에요. 내가 말했다.

창문이 열려 있었어? 아빠가 물었다.

방에서 나올 때 열려 있었어요.

방으로 돌아갔을 때는?

그때도 열려 있었죠.

그러고 나서 조지에게 전화한 거니?

바로 시내로 나와서 전화했어요. 오빠 전화기는 신호가 가지 않았거든요.

일곱 시 십오 분쯤이었던 것 같아요. 조지 오빠가 감자튀김을 먹으며 말했다. 감자 좀 드실래요?

아빠는 심란한 얼굴로 하나를 집어 들었다.

그냥 좀 이해를 해보려고 그러는데 말이다. 아빠는 설탕을 세 개째 커피에 털어 넣고 있었다. 아빠는 정말로 집중할 일이 있을 때만 그렇게 많은 설탕을 먹었다. 한 번은 어려운 사건을 조사하는 동안 한 주에 초코바 열네 개를 먹어치운 적도 있었다.

그래 바로 그때는 뭘 했니? 한껏 집중한 아빠가 몸을 앞으로 기울이며 물었다. 아빠는 의학 드라마 말고 경찰 프로그램도 좋아했다.

바로 그때라니, 언제요?

네 오빠 방으로 돌아갔던 바로 그때 말이다. 조지프가 그때 없었다고?

네.

창가로 가봤니?

칸막이 안에 앉아 나는 식당 창문 밖의 거리를 내다보았다. 가까이 주차된 차들의 은색 범퍼가 옅게 반짝였다. 걸어

다니는 사람들의 형체가 흐릿해졌다.

　아니요.

　아니라고?

　안 봤어요.

　왜?

　모르겠어요. 그냥 정신이 없었어요.

　방은 찾아봤어?

　아니요.

　정말이냐?

　오빠는 방 어디에도 없었어요. 내가 아빠를 바라보며 말
했다.

　어떻게 알아?

　그냥 알아요.

　나라면 방을 찾아봤을 거다. 아빠가 커피를 삼키며 말했
다.

　이제 좀 달아요?

　아빠가 눈썹을 내렸다. 뭐라 그랬니?

　방에선 아무 소리도 안 났어요. 오빠는 방에 없었다고요.

　건물 바깥을 잠깐 살펴봤는데요. 조지 오빠가 스테이크
를 자르며 거들었다. 아무것도 없었어요.

　그래 그때 넌 뭘 했니? 아빠가 내게 물었다.

　나는 칸막이 구석으로 조금 허물어졌다. 오빠는 거기 없
었어. 내가 말했다.

그냥 좀 이상해서 그런다, 창밖을 보지 않았다는 게 말이야. 아빠는 팔짱을 끼고 뒤로 기댔다. 누구라도 제일 먼저 창밖을 확인했을 거라고.

아저씨. 조지 오빠가 말했다.

나중에 봤어요. 내가 말했다.

그랬더니?

없었어. 나는 아빠의 양복 재킷을 더 꽉 여미며 말했다.

아빠는 하얀색 샌드위치 종이를 돌돌 말아 벗겨냈다.

창문이 작았고 거기로 기어 올라가 빠져나가려면 매우 불편했으리라는 사실에는 아무도 신경 쓰지 않는 것 같았다. 창문 아래 담쟁이 덤불이 망가지지 않았으며 사람 몸의 무게에 눌린 흔적이 없다는 사실에 의문을 제기하거나 그 점을 고려하는 사람은 아무도 없는 것 같았다. 창문만이 유일한 가능성이었고, 그래서 아빠에 따르면 오빠는 어떻게든 꿈틀거리며 창문으로 빠져나가 우아하게 떨어져 내렸고 유유히 착지했다는 것이다. 오빠는 덤불숲을 피해 떨어졌거나, 그게 아니면 어둠 속으로 발 빠르게 사라지기 전에 덤불을 도로 풍성하게 살려놓고 간 모양이었다. 오빠에게 사뭇 어울리는 이미지였다. 밤도둑처럼 온통 검은색으로 입은 남자, 화물열차에 올라타 어딘지 모르는 섬으로 가서 왕이 되다.

아빠는 알겠다는 듯 빨간 비닐 시트 칸막이의 둥근 부분을 손가락으로 두드렸다. 그러고는 샌드위치를 베어 물었다. 좋아. 아빠가 샌드위치를 씹으며 말했다. 그만하마. 미안하다.

나는 다시 몸이 떨리기 시작했다. 지진 같은 떨림이 눈에 띄게 온몸을 관통해 지나갔다.

조지 오빠는 찻잔을 내 쪽으로 더 가까이 밀어주었다. 여기, 더 마셔.

조지프는 돌아올 거다. 아빠는 말하며 내 손을 잡았다. 그 아이는 언제나 돌아오잖니.

내 수프가 나왔다. 위에 덮인 치즈는 가장자리가 노릇하게 구워져 있었다. 웨이터는 그것을 내 앞에 조심스레 내려놓았고, 내가 숟갈로 표면을 깨뜨리자 구멍 난 곳에 따뜻한 양파 국물이 스며들면서 빵 조각들이 국물에 젖어 가라앉았다. 식탁 위에 내려앉는 그 냄새가 따뜻했다. 전혀 어울리지 않는 상황도 있고, 기쁨과 공포가 한데 섞이는 기묘한 저녁도 있는 모양이다. 수프 맛은 내 안을 통째로 씻어내주는 것 같았다. 따뜻하고, 친절하며, 집중돼 있고, 온전했다. 그것은 당연히, 두말할 나위 없이, 내가 먹어본 최고의 수프였다. 요리에서 진정한 안식처를 찾은 요리사가 만든 음식이었다. 나는 그 안으로 잦아들었다.

맛있다. 내가 웅얼거렸다.

조지 오빠는 계속 주전자의 뜨거운 물을 내 머그잔에 채워 건네주었다.

우리는 침묵 속에서 먹었다. 나중에 계산대에서 아빠는

조지 오빠의 스테이크를 계산하겠다고 한사코 고집했다. 우리가 나올 때, 섬광처럼 흔들리는 하얀 주방 문 사이로 요리사들이 고맙다고 손을 흔드는 게 보였다.

32

프로스펙트 애비뉴는 이제 북적거렸다. 어둠이 깔린 밤, 높이 뜬 반달이 구름 한 줄기를 은빛으로 비추고 있었다. 대학 생활에 대한 아빠의 형식적인 질문에 조지 오빠가 대답을 마치자, 우리 셋은 말없이 베드퍼드가든으로 걸어갔다. 길가 카페에는 다가오는 밤을 맞이하려 카페인으로 무장하는 사람들이 넘쳐났다. 천구백이십년대에 지어진 집들, 무너질 것 같은 베란다와 목조 기둥, 스페인식 타일이 깔린 안뜰과 빨간 타일로 된 지붕을 지나쳐갔다. 사람들이 이따금 커피 잔을 들고 나와 계단에 삼삼오오 모여 있는, 프로스펙트와 로드니 애비뉴 교차로의 오래된 교회를 지났다. 한 무더기의 야자나무들. 작달막한 것, 중간 크기, 가늘고 기다란 것. 우리 머리 위로 보이는 무화과나무와 자두나무는 서로 엉킨 가지들을 밀어 올리며 달빛을 받아 빛나고 있었다.

아파트 건물 앞에서 아빠는 나를 안아주었다. 나는 아빠에게 올라가서 방을 확인해보겠느냐고 물었지만, 놀랍게도 아빠는 됐다고 했다. 여긴 병원이 아닌데. 내가 말했지만, 아빠는 그저 조지 오빠에게로 눈길을 돌렸다. 네가 확인할 거지? 아빠가 말했고, 조지 오빠는 고개를 끄덕였다. 우리는 아빠를 차 앞까지 바래다주었다. 나는 아빠에게 곧 집에 가겠다고 말했다. 내 물건들이 오빠 방에 있어서요. 아빠가 조지 오빠 손을 꽉 붙잡고 악수를 했다. 좋아. 아빠가 뜬금없이 말했다. 조지 오빠와 나는 나란히 서서 아빠가 가는 것을 보았다. 주변에는 엔진 소리를 내며 주차할 자리를 찾아 느리게 움직이는 차들이 늘어서 있었다. 아빠 차의 브레이크 등이 발갛게 빛을 내자마자 다른 차 한 대가 그리로 들어가겠다고 깜빡이를 켰다.

식사하는 동안 전에 없이 조용하던 조지 오빠는 이제 내가 앞장서기를 기다리고 있었다. 곧 우리는 거리에서 방향을 돌려 베드퍼드가든 안뜰을 향해 걸어갔다. 나는 아직 그 계단을 똑바로 볼 수 없었기 때문에 우리는 일층, 물을 간헐적으로 내뱉는 인어 분수 바로 옆에서 걸음을 멈추었다. 돌로 된 인어가 기울어진 양동이를 들고 바위 위에 놓여 있었고, 물은 그 양동이에서 흘러나오고 있었다. 양동이에서 일정하게 흘러나온 물줄기는 다시 바다로 되돌아갔다. 분수는 비록 부서져 있기는 했어도 멋진 돌벽으로 둘러쳐져 있었다. 우리는 그 위에 앉았다. 돌이 축축했지만 나는 개의치 않았다. 바지 속으로 파고드는 물의 느낌은 불편했어도, 음식점에 앉아 일어난 일을 설명하려고 애쓰던 조금 전보다는 훨씬 나았다.

이봐, 로즈. 잠시 후 조지 오빠가 가까이에 있는 바나나나무 이파리를 조금 떼어내며 말했다.

응?

그가 내 쪽으로 몸을 돌렸다. 안뜰은 어두웠다. 아파트 몇 채에서 나오는 외부 등만이 시멘트 위로 흐릿한 빛의 흔적을 던져주고 있었다. 보도를 따라 하이힐 소리가 또각거렸다. 조지 오빠는 조심스럽게 바나나 이파리의 초록색 부분을 벗겨냈다. 엽맥과 골격 구조를 해치지 않고 차례차례. 그는 집중하고 있었다. 익숙한 그의 놀란 듯한 눈썹에도, 약간 헝클어지고 피곤한 모습에도, 그는 더할 수 없을 만큼 잘생겨 보였다.

그가 한숨을 내쉬었다. 아니다, 미안.

뭐야?

나는 그의 마음이 다른 주제로 옮겨가는 것을 볼 수 있었다. 너 머리는 언제 염색했니?

나는 머리칼 끝을 만졌다. 그냥 해본 거야, 지난달에.

어울린다. 학교는 어때?

늘 그래. 오빠는?

좋아. 그가 나뭇잎을 향해 고개를 주억거리면서 말했다. 나 여름에 보스턴으로 갈지도 몰라.

보스턴. 내가 멍하게 말했다.

매사추세츠 공과대학으로. 그가 말했다.

우리는 입구 쪽을 바라보았다. 사람들이 바쁘게 성큼성큼 걸어갔다. 나는 옆에 있는 조지 오빠의 몸을 느낄 수 있었다. 내게 아주 가까이 있는, 따뜻하고 살아 있는 오빠의 몸. 어렴풋하게 엘리자의 파티가 기억났고 내가 갈지 안 갈지 엘리자에게 말해주지 않았다는 게 생각났다. 무슨 일이 생겼어. 나는 속으로 엘리자에게 할 말을 연습했다. 조지 오빠가 분수 주위의 양치식물 속으로 손을 넣어 훑었다. 식물은 인어의 양동이에서 찔끔거리며 나오는 물줄기로 무성하게 자라 있었다.

오늘 와줘서 고마워. 내가 말했다. 정말로. 어떻게 다 표현해야 할지 모르겠어.

아, 그러지 마. 네가 전화해서 정말 좋았어. 그리고 아까 낮에 전화했을 때도 반가웠어, 정말이야……

나는 오빠가 앉은 쪽 벽으로 손을 뻗었다. 돌덩어리들. 오빠와 맞닿은 건 아니지만 더 가까워진 기분. 오빠를 꽉 붙잡고 싶은 마음이 간절했지만, 그리 좋은 생각은 아닐 것이었다. 그보다, 몇 시간만이라도 둘이서 어디로든 사라져버리고 싶었다.

우리는 오빠를 그리워해. 멀리 패서디나에 있잖아.

그가 고개를 끄덕였다.

우리, 그러니까 나.

…….

그래.

그래.

보스턴이랬지. 내가 말했다.

말해줄 수 있어? 그가 부드럽게 말했다. 네가 본 것?

나는 고개를 떨어뜨렸다. 아니.

그래도 한번 해봐.

나는 공기 속에 희미한 빗금을 그었다. 방법을 모르겠어.

하지만 너 말하지 않은 게 있잖아.

나는 눈길을 시멘트에서 떼지 않았다. 갈라진 틈은 분수 벽의 밑에서부터 시작해 기다란 번갯불처럼 안뜰을 가로질러갔다.

조지 오빠는 아파트 건물을 뚫어져라 올려다보았다. 우리 발치의 그림자들이 오빠가 손을 대서 흔들리고 있는 양치식물을 따라 출렁였다. 안뜰로 새어드는 위층 불빛이 바닥에 복잡한 이파리 문양의 빛그림을 그렸다.

우리 들어가서 확인해볼까? 그가 말했다.

나는 엄마를 떠올려보았다. 아침에 메시지를 받고 노바스코샤의 작은 공항으로 달려가서 걱정으로 정신을 잃고 필요하다면 몇 번이나 비행기를 갈아타고 올 엄마.

쟤는 왜 양동이를 들고 있을까? 내가 말했다.

누구?

저 인어. 정말로 양동이가 필요할까?

조지 오빠가 일어섰다. 자, 들어가보자.

33

계단참 맨 꼭대기, 우리는 오빠 집 앞에서 멈추었다.

이건 뭐야? 조지 오빠가 침대 끝을 밀며 물었다.

오빠 거야. 내가 말했다. 몇 주 동안 거기 있었나 봐. 오빠는 마룻바닥에서 자는 게 더 좋대.

허. 조지 오빠가 말했다.

전화기가 침대에 있었다. 그럼 이건?

내가 거기 둔 거야. 보다시피, 전원이 안 들어와.

내가 오빠 집 문을 잠그지 않았기 때문에 문은 슬쩍 밀자 그대로 열렸다. 우리는 안으로, 어둠 속으로 들어갔다. 같은 자리에 있는 가구의 그림자들. 모든 게 정지한 채 그대로였다. 그 깊은 텅 빔. 우리가 안으로 들어갔을 때, 몇 달 전 엄마가 발견했던 것처럼 오빠가 카펫 위에 엎드려 있는 것을 보았다면 차라리 좋았을 것이다. 그러나 기다렸다는 듯 되돌아오는 공간의 텅 빈 울림에, 더 퍼져만 가는 텅 빈 메아리에 나는 그저 돌아서서 나가버리고만 싶었다.

조지 오빠는 전화기를 가지고 들어와 당연한 수순을 밟았다. 나는 생각조차 하지 못한 것이었다. 그는 부엌으로 가 벽면 아랫부분의 콘센트를 확인했다.

코드가 뽑혔네. 그가 코드를 다시 꽂자 불이 들어왔다. 그는 내 손을 다시 잡았다.

조지프 방이 어느 쪽이야?

갑작스레 조금 긴장한 듯 보였다.

여기 전에 와본 적 없지? 내가 물었다.

그는 어깨를 약간 움츠렸다. 예전에 한 번? 하지만 오래 전이지.

우리는 복도를 따라 같이 걸었다. 에디와의 오후 시간을 제외하면 나는 어디서도 남자와 단둘이 있을 일이 없었고, 더욱이 지금 내 옆의 이 남자와는 물론이었다. 어린 날에도, 지금 커서도, 내가 그토록 오랫동안 원했던 것. 조지 오빠와 함께 있는 시간, 텅 빈 아파트에서, 손을 잡고 있는 이 시간! 그러나 막상 이 순간은 사진에서 본 무언가처럼, 혹은 다른 사람의 일기장에서 읽은 무언가처럼, 멀게만 느껴졌다. 그 대신 흔들다리의 나무판 위를 같이 한 번에 한 발씩 내딛고 있는 기분이었다. 그는 내 손을 꽉 쥐었고, 나는 그의 손을 꼭 붙잡았다.

오빠 방 문은 복도 끝에 그대로 열려 있었고, 몇 걸음을 더 떼자 우리는 방에 들어와 있었다. 방으로 들어가자 조지 오빠는 내 손을 놓고 곧장 열린 창문으로 가서 주변과 아래를 둘러보았다. 아빠가 보았다면 기뻐했을 것이다.

나는 문간에 그대로 있었다. 책상을 보았다. 열려 있는 노트북. 그 의자.

조지 오빠는 창문을 닫았다가 열었고, 그리고 나서는 방을 살살이 살펴보았다. 벽장, 체크무늬 셔츠와 신발, 협탁 위의 연필들, 노트북 전원이 들어오자 화면에서 빛을 내뿜는 〈뉴욕타임스〉 첫 페이지.

침대는 왜 내놓은 거지? 그가 협탁 옆 횅한 사각형 공간 안으로 들어가 서며 물었다.

나도 몰라. 등 때문에 그런 건가.

여기서 잠을 자기라도 한 건지 모르겠다. 그가 엄지손가락의 머리끈을 잡아당기며 말했다. 이 카펫 위에는 누군가 잠을 잔 흔적이 전혀 없어.

나는 조지 오빠에게로 더 가까이 갔다. 이제 한층 횅해진 방 안에는 내가 저 옛날부터 오랫동안 알고 있던 그 섬뜩하고 묵직한 느낌이 그대로 남아 있었다.

자, 그럼. 조지 오빠가 말했다. 나를 바라보는 그의 얼굴은 침착했고, 집중하고 있었다. 나를 위해 뭔가 해결해보려고 애쓰는 얼굴. 나한테 한번 보여줘봐.

나는 내 자리에서 몸을 돌렸다. 숨을 한 번 내쉬었다. 목소리가 너무 잠겨서 길게 말할 수 없었다. 나는 그저 책상 앞에 있는 의자를 가리켰다.

저기. 내가 말했다.

조지 오빠는 나를 유심히 바라보며 의자로 가 앉았다. 사랑스러운, 아름다운 조지 오빠. 그러고는 나를 빤히 올려다보았다. 달리 무슨 반응을 보이겠는가? 누군가 의자를 가리키고, 저기, 라고 말한다면, 누구나 조지 오빠처럼 뭔가 더

할 말이 있다고 생각하며 거기로 가 앉을 것이다. 그것이 보통 사람들이 생각하는 방식이다. 저기 가서 앉아보면 알게 될 거야.

그 역시 의자로 가 앉았다.

아냐, 미안해. 내가 약간 웃으며 말했다. 다시 일어나봐.

그가 고개를 끄덕이고 일어섰다. 그래, 이거야?

나는 팔을 뻗어 그의 팔을 잡았고, 내 옆으로 바싹 끌어당겨 나와 같이 책상을 향하게 했다. 나는 오빠의 팔에 팔짱을 꼈다, 꽉.

저기. 내가 말했다. 저기.

의자잖아. 조지 오빠가 말했다. 그리고 책상.

바로 그거야.

무슨 말인지 모르겠어.

나는 계속 가리켰다. 그의 소매를 붙잡았다. 저기 말이야.

어쨌든 의자가 조지프와 연관되어 있다는 말이야?

응.

더 말해줄 수 있어?

아니.

왜?

나는 이마를 손으로 짚었다. 표현이 떠오르지 않았다. 적당한 말이 없었다.

어떻게 말을 해야 할지 모르겠는데. 내가 말했다. 오빠가 저 안으로 들어갔어.

저기 앉아 있었다고?

아니.

조지프가 휠체어에 앉게 된 거야?

아니.

그럼 조지프가 의자로 변하기라도 했어? 그가 말했다, 후하게 쳐준다는 듯이.

아! 내 눈이 뜨거워지며 눈물이 차올랐다. 그는 내 눈물을 눈치 채고 재빨리 내 손을 잡았다.

로즈? 그가 혼란스러운 듯이 말했다.

그냥 그대로 있어, 잠깐만. 부탁이야.

바깥에서는 자동차 문이 잠기는 기계음이 들렸고, 나는 눈을 감고 두 손으로 오빠의 한 손을 감싸 쥐었다. 아주 따뜻한, 내 손가락보다 큰 그의 손가락들. 오래전 쿠키 가게로 걸어갔던 그때부터 내가 기억하는 그 마른 온기. 그의 손은 그때도 내게 얼마나 중요한 생명줄이었던가. 꽤 한참을 우리는 그렇게 바로 곁에 서서 가만히 숨을 쉬었다. 전보다 더 가까이서. 나는 그 익숙한 레몬 비누 냄새를 맡을 수 있었다. 세탁기에서 방금 꺼낸 그의 티셔츠 냄새도.

난 이해가 안 돼. 그가 속삭였다.

나는 감긴 눈꺼풀 아래에서 조금 웃었다.

나도 안 돼. 내가 말했다. 전혀. 그냥 지금은…….

내 모든 존재가 소리치고 있었다. 그냥 지금은. 딱 한 번만. 다 잊어버려. 지금은. 물러서지 마. 제발.

로즈……. 그가 말했다.

그리고 그는 더 가까이로도 더 멀리로도 움직이지 않았다. 나 역시 움직이지 않았다. 하지만 마치 가벼운 바람이 창문으로 들어와 꼭 필요한 거리만큼만 우리를 떠민 것 같았다. 그러자 팔꿈치들이, 어깨들이 닿았고, 그의 팔이 나를 감쌌으며, 내 이마가 그의 볼에 닿았다. 겁에 질린 십대였던 나. 그리고 우리는 키스했다. 걱정, 혹은 동정이 섞인 고약한 키스. 그러나 조지 오빠였기 때문에, 내 기억이 허락하는 때부터 원해왔던 조지 오빠와의 키스였기 때문에, 아름다웠다. 너무 부드러운, 그저 입술과 입술을 맞댄 가벼운 입맞춤. 그의 입술은 햇살과 열중, 그리고 일렁이는 어른스러움의 맛이 났다.

우리가 함께 방을 바꿔놓은 것 같았다. 무(無)를 담고 있던 이 방은 이제 서로를 오래도록 알아온 둘을 담고 있었다. 그것은 위로였고 초대였다. 그리고 이 모두에는 지독한 달콤함이 묻어 있었다. 깨어나는 내 얼굴의 감각 안에, 그의 손가락들 안에, 어깨와 얼굴과 등을 쓰다듬고 붙잡는 손길 안에, 그리고 이미 멀리로 뻗어나가기 시작한 그 길들 안에. 주체할 수 없는 감정이 올라왔다. 나는 그에게 더 가까이 다가갔고 그는 나를 꼭 껴안았으며 그것을 기점으로 우리는 새로운 샛길로 내달렸다. 우리를 더 아래로 끌어당기는 중력. 그러나 그때 우리 둘 다 문득 멈추기 시작했고, 모든 것을 늦추었다. 서로 얼굴을 떼었다. 천천히, 더 천천히 입을 맞췄다. 멈춤. 마무리. 마침표. 나는 그의 팔을 꽉 붙잡았다. 이 순간을 잊지 마. 나는 속으로 말했다. 그는 아직 눈을 감은 채로 내 얼굴을, 어깨를 감싸 쥐었고 목덜미를 어루만졌다. 한 시간이 넘은 것만 같던 그 시간 동안 우리는 그저 같이 서 있었다. 손과 입술과 살갗을 맞댄 채로 말없이.

고마워. 내가 말했다. 나는 여전히 눈을 감고 있었다. 이 일 아무도 못 봤어, 나조차도.

나도. 그가 말했다.

34

일요일, 엄마는 노바스코샤에서 뉴어크로, 다시 로스앤젤레스로 열두 시간 비행기를 타고 집으로 돌아왔다. 우리는 문간에서 껴안았고 엄마는 내가 맞는지 확인이라도 하려는 듯 내 얼굴을 계속 쓰다듬었다. 엄마는 자기 이마를 내 이마에 대고 연신 누르는 게 흡사 주름살을 펴려는 사람처럼 보였지만, 주름살은 보이지 않는 펜으로 그어놓은 듯 내 이마에서 엄마 이마로 더 길게 이어질 뿐이었다. 내가 심란해한다는 게 엄마를 더욱 불안하게 했다. 보통은 나도 아빠처럼 오빠의 사라짐을 의연하게 받아들였고 그저 기다리면 나타날 것이라고 생각하는 편이었으니까. 그래도 엄마는 여행으로 잘 쉰 것 같아 보였다. 뺨은 저 멀리 동쪽의 세찬 바람을 맞고 와서인지 붉고 반짝거렸다.

우리는 현관 복도에서 서로를 마주 보고 서 있었다.

고맙다, 확인해줘서. 엄마가 내 어깨를 꽉 잡았다. 그리고 엄마의 눈빛이 바뀌었다. 있잖니…….

나는 고개를 저었다. 그럴 필요 없어요. 지금은 더 중요한 문제가 있잖아. 나 아무 말도 안 할 거야.

엄마는 고마워하며 내 볼에 열렬히 입을 맞추었다. 엄마의 눈물 자국이 내 뺨에 남았다. 그러고 나서 엄마는 베드퍼드가든에 금방 다녀오겠다며 핸드백을 집어 들었다.

엄마 차가 출발하는 소리가 들렸고, 나는 잠시 집 안을 이리저리 돌아다녔다. 도저히 가만히 있기는 불가능했다. 누군가에게 전화를 할까 싶었다. 엘리자, 안 되면 셰리에게라도. 그러나 내가 정말로 이야기하고 싶은 단 한 사람은 조지 오빠였고 나는 그에게 이미 너무 많은 것을 요구했다고 느끼고 있었다. 에디에게 전화하고 싶지는 않았다. 그래서 엄마가 오빠 집에 가고, 아빠는 남북전쟁을 다룬 드라마의 첫회를 보려고 자리를 잡고 앉은 동안, 나는 부엌으로 갔다. 창문이 열려 있었고 식탁 위는 깨끗했다. 마늘 한 통이 조리대에 덩그러니 놓여 있어서 나는 엄지손가락을 가운데로 집어넣어 마늘통을 쪼갰다. 마늘쪽을 넓은 칼의 한 면에 대고 눌러 으깼다. 단단한 심에서 얇은 막 같은 껍질을 벗겨냈다. 다졌다.

엄마는 발코니에 침대가 나와 있는 광경은 한 번도 본적이 없었으므로, 돌아왔을 때는 안절부절못했다. 엄마가 도무지 요리를 할 수 있을 것 같지 않아서 내가 저녁을 하겠다고 했다. 벌써 시작한 것이나 다름없었다. 아빠가 옆방에서 낮은 목소리로 엄마에게 이야기하는 소리를 들으면서 나는 스파게티를 삶기 위해 물이 담긴 냄비 안에 소금을 넣었다. 좋은 토마토 캔을 하나 따서, 올리브오일에 볶은 다진 마늘과 양파에 섞었다. 그것은 내가 기억하는 한 시작부터 끝까지 처음으로 나 혼자서 만든 음식이었다. 나는 최선을 다해 내 손에 맡겨진 그 작업에 집중했다. 파슬리를 다져 조그마한 초록색 조각들로 만들면서 나는 그저 모든 재료들이 서로 잘 어우러지게 하는 데만 힘썼다. 양파 수프에서 느꼈던 그 맛처럼.

저녁 다 됐어요. 한 시간 뒤 내가 말했다. 아빠가 바로 기지개를 켜며 들어왔다. 엄마는 지친 눈으로 허청허청 들어와 식탁을 차렸다. 엄마 어깨는 무거웠다. 나는 식탁 가운데 갈아놓은 파마산 치즈 그릇을 놓았고 모두에게 토마토소스 스파게티를 한 접시씩 내놓았다. 아빠는 내가 어린 꼬마인 것처럼 내 머리를 쓰다듬었고, 엄마는 와인 한 병을 땄다. 둘은 포크를 들고 그릇에 몸을 수그린 채 조용히 먹었다. 내가 그들이 먹는 것을 물끄러미 바라보고 있자 엄마가 왜 같이 먹지 않느냐고 말했다. 나는 더 피할 수 없다는 기분으로 포크를 들어 면을 감아올렸다.

내가 혼자서 만든 첫 번째 진짜 요리. 포크를 입 안에 넣을 때 내 손은 조금 떨리고 있었다.

소스는 맛이 좋았고, 소박했고, 진했다.

슬픔, 분노, 탱크, 구멍들, 희망, 죄책감, 화. 죽어가는 꽃 같은 그리움. 추운 공장.

나는 냅킨으로 눈가를 눌렀다.

괜찮을 거야. 아빠가 내 손을 두드리며 말했다.

식사 중에 한 번 엄마가 고개를 들었다. 눈가가 젖어 있었다. 이거 네가 만든 거니?

응.

맛있구나, 로즈. 엄마가 말했다. 맛이 꽉 차 있구나. 요리
하는 건 어디서 배웠니?

배우긴요. 나도 몰라. 엄마 하는 거 보면서?

연습을 했었니?

별로요.

둘은 각각 두 그릇을 먹었다. 나는 네 번 정도 포크를 들
었다.

아빠는 자기 접시를 닦고 행군 후 부엌에서 나갔다.

엄마는 식탁에 앉아 있었다. 엄마가 눈 밑을 손가락으로
문지르자 오빠에 대한 걱정의 파도가 엄마에게 밀려와 부
서졌다.

우리는 각자의 식탁 매트 앞에 한동안 같이 앉아 있었다.
그 몇 입을 먹은 뒤 나는 침착하려고 애쓰고 있었다. 나는
거의 아무것도 이해할 수가 없었다.

엄마가 평소보다 더 천천히 움직이며 일어섰고, 우리는
같이 그릇을 씻었다. 붉은 물줄기를 배수구로 흘려보내고,
남은 것을 숟가락으로 그릇에 옮겨 담았다. 나는 내가 어떤
공장의 맛을 보았는지 확인하려고 파스타 봉지의 성분을
읽었지만 부합되는 것은 아무것도 없었다.

엄마는 식기를 물로 헹구고 말리기를 끝냈다. 라벤더 향
의 맑은 보라색 주방세제. 부엌 창문 밖에서는 가로등 불빛
에 개목걸이가 얼핏 보였다. 한 이웃이 개줄을 잡아당기며

보도를 걸어가고 있었다.

　엄마는 수세미를 꽉 짜서 물기를 뺀 뒤 싱크대 옆면에 달린 알루미늄 거치대에 올려놓았다. 엄마는 내가 거기 있다는 것을 잊은 듯 보였다.

　너 어디 있는 거니? 엄마가 창문을 향해 속삭였다. 밤 속으로.

여기

별일이 없었다면 대학생으로 지내고 있을 시간, 나는 여전히 부모님 집에서 지냈다. 나는 대학에 가지 않았다. 처음에는 중학생 아이들 개인교사로 일했고 그다음에는 케이블텔레비전 광고를 만드는 광고회사 사무보조로 일했다. 아빠와 같이 앉아 보던 텔레비전 속의 그 웃는 얼굴들이 내 월급을 지불했다.

엘리자와 에디와 셰리가 기숙사와 학교식당을 오가는 동안, 나는 내 방에서 고등학교 시절 영화배우들의 포스터를 떼어내고 거기에 풍경 사진과 인쇄한 그림들을 붙였다. 엄마 아빠의 낡디낡은 결혼 스툴을 벽장 안에 넣었고 인형들과 고등학교 교과서들은 커다란 상자에 넣어 차고에 두었다. 더 단순하게 지내는 것이, 기숙사 학교식당에서 벌어질 뻔한 드라마는 애초부터 피하는 것이 내게 더 좋은 선택이기도 했지만, 무엇보다도 오빠가 없어졌기 때문에 난 집에 남아 있었다.

내가 오빠 집에 다녀온 뒤로 오빠는 딱 한 번 돌아왔었다. 엄마는 날마다 하루에도 몇 번씩 차를 몰고 오빠 집으로 갔고, 엿새째 되던 날 오후 오빠가 다시 자기 방 바닥에 불가사리처럼 팔다리를 늘어뜨린 채 엎어져 있는 것을 발견했다. 조지프가 돌아왔어! 오빠 집 전화기 너머에서 엄마가 우리에게 노래를 불렀다. 조지프가 살아 있어! 엄마는 병원에서 오빠 곁을 지켰다. 안도감에 흠뻑 젖어 오빠 손에 입을 맞췄고, 아빠는 결국 이렇게 될 줄 알았다는 듯 고개를 끄덕였다. 전화가 몇 번 더 왔고 팡파르가 울려 퍼졌지만, 나는 아무런 안도감도 느낄 수 없었다. 의사들이 와서 오빠를 여러 가지로 검사했고 아빠는 전문가들에게 전화해 특별히 신경 써줄 것을 부탁했으나, 오빠는 일단 병원에서 나오자 이삼 일 더 머물렀을 뿐이었다. 오빠는 자기 집에 혼자 남겨지자마자 다시 사라졌고, 다시는 돌아오지 않았다. 앞으로 베드퍼드가든 집에 오빠를 혼자 남겨두어도 괜찮을지 고민할 시간조차 없었다. 오빠는 학교 수업에 필요한 책을 챙긴다며 두세 시간 정도 집에 있겠다고 했고 엄마는 저녁을 하려고 장을 보러 나왔으며 그것이 끝이었다. 나에게 이 일은, 더는 놀랍지 않았다. 병원에 누워 있던 변한 모습의 오빠는 앞으로의 시간을 막을 수 없으리라는 것을 충분히 보여주고 있었다. 한 번 돌아왔든 두 번 돌아왔든, 아니 그보다 더 여러 번 돌아왔다 해도 오빠는 이미 다른 길을 향해, 혹은 다른 길 속으로 들어서 있었다. 그리고 내가 그날 본 것은 분명한 예고였다. 내 인생에서 가장 정신이 깨어 있던 순간.

그 한 번, 오빠가 창백하고 기진맥진한 모습으로, 전보다 더 심한 탈수 상태로 돌아와 입을 닫고 누워 있었을 때, 나는 병문안을 한 번 갔었고 그것이 내가 본 오빠의 마지막이었다.

엄마는 매일 작업실 가는 길에 여전히 오빠 아파트에 들렀다. 확인을 하기 위해서였다. 네 오빠는 이 집을 정말 좋아했어. 엄마는 임대료를 지불하고 우편함 안에 봉투를 떨어뜨리기 전에 봉투에 입을 맞추며 말했다. 그 애는 여기로 돌아올 거야. 엄마는 차를 타고 지나가면서 말했다. 엄마는 빨간 장부의 가로세로 줄들이 그러지 말 것을 권고하는데도 임대 계약을 유지했다. 여섯 달이 지나자 아빠는 우리가 어디 사는지— 월러비 애비뉴— 오빠가 알고 있으니 먼저 원래 집인 이곳으로 올 거라며 엄마를 설득하려 애썼지만, 엄마는 아빠가 이런 이야기를 시작하면 눈썹을 치켜뜨며 곧장 방에서 나가버렸다. 때로는 오빠에 대한 이야기 도중에 방에서 나가버렸고 그러고는 아예 집에서 나가버렸으며 이내 엄마 차에 시동이 걸리는 소리를 들을 수 있었다. 내가 엄마가 자동차 열쇠를 집는 것을 한 번도 보지 못한 것을 보면, 엄마는 언제라도 달아나려는 사람처럼 차에 열쇠를 꽂아두곤 했던 것 같다. 시동 장치에 꽂혀 대롱거리는 열쇠.

엄마는 집에 있는 저녁이면 텔레비전 방에서 빨간 가죽 장부를 든 아빠 옆에 앉아 있었다. 소리를 죽인 텔레비전 색깔들이 카펫 위에 스테인드글라스 같은 문양을 만들어내고 있을 때, 아빠는 엄마 머리칼에 대고 오빠 방세로 내는 돈을 나중에 오빠가 돌아왔을 때 쓰도록 모아두는 것이 어떠냐고 속삭였다.

아직은 아냐. 엄마가 허리를 곧추세우며 말했다. 내 느낌엔 조지프가 곧 돌아올 것 같아. 그리고 그 아인 그 집을 원할 거야. 오늘 집으로 차를 몰고 올 때 강하게 느꼈어.

엄마는 볼펜에 옴폭 파인 장부 위의 숫자들을 손가락으로 훑었다. 마치 숫자들이 소용돌이치며 암호로 변해 엄마에게 오빠가 있는 장소에 대한 실마리를 알려준다는 듯이.

마침내 안 된다고 말한 것은 집주인이었다. 집주인은 아파트 집기들을 교체하려다 베드퍼드가든 사호에 아무도 살지 않는다는 걸 눈치채고는 화가 나서 엄마에게 전화했다. 엄마는 오빠가 저 멀리 동부에 있는 대학원으로 인류학을 공부하러 가 있는데 로스앤젤레스에 머무는 동안에는 그 아파트에 있고 싶어 한다고 이야기를 꾸며냈다. 사람이 안 살면 더 좋지 않으세요? 엄마는 말했다. 집주인은 다른 사람에게 재임대하고 돈을 받는 것은 아닌지 의심하면서 엄마에게 방을 빼라고 했고, 결국 어느 잔뜩 흐린 으스스한 월요일, 나는 오전 근무를 빼고 엄마와 같이 오빠 아파트로 가서 아주 오래전 엄마가 목재 하치장에서 빌려 온 초록색 포드 트럭에 물건을 전부 실었다. 쌀 짐도 얼마 없었다. 아파트 안은 집 전체가 내가 마지막으로 보았던 모습 그대로였다. 간이주방에 배어 있던 희미한 녹말풀 냄새까지.

나는 거기 있는 게 불편해서 경호원처럼 벽에 붙어 서서는 오빠 짐들만 뚫어지게 바라보았다. 엄마는 각 방마다 들어가서 울었다. 엄마는 오빠 방으로 가 창가에 섰다. 자기 집에서 올려다볼지도 모르는 다른 이웃들을 위한 그림처럼 창틀에 몸을 의지한 채 서 있었다. 엄마는 오빠 방 벽장 앞에 한동안 서 있었다. 오빠가 그 안에 비밀의 문이라도 만들어놓았다는 듯이, 그 문을 찾으면 건물 단열재 안에 세운 오빠만의 아지트로 이어지기라도 한다는 듯이. 오빠가 모든 두더지와 쥐에게 명령을 내리는 지하 성채의 왕이라도 되었다는 듯이.

어젯밤에 이런 꿈을 꿨어. 엄마가 말했다. 문을 닫고 계단을 내려와 짐을 가득 실은 트럭 앞으로 왔을 때였다. 바깥공기는 맑고 상쾌했다. 엄마는 여분의 열쇠를 주머니에 넣었다. 일층으로 내려온 나는 접이식 탁자와 의자를 우리가 타는 좌석 바로 뒤에 실었다. 그것들이 트럭 짐칸에서 도둑맞거나 차가 흔들릴 때 떨어지지 않도록.

조지프가 오스트레일리아에서 서핑하고 있는 꿈을 꿨어. 엄마가 운전석에 몸을 구겨 넣으며 말했다.

엄마는 시동을 걸었다. 엄마의 옆얼굴은 차분했다. 조금 지치고, 입가의 옅은 주름이 좀 더 아래로 내려온 모습. 엄마는 나를 바라보았다. 웃기니? 엄마가 말했다.

나는 할머니의 낡은 대나무 샐러드 그릇을 무릎 위에 올려놓았다. 다른 손은 좌석 뒤로 뻗어 짐들을 꼭 붙잡았다.

오빠는 분명 좋아할 거예요. 내가 말했다. 거기 가면 별을 수백 개 볼 수 있다고 들었거든.

엄마는 연석에서 빠져나와 한동안 차를 몰았다. 떠나니

까 좋았다. 엄마가 선셋 대로를 달릴 때 나는 어느새 대나무 그릇과 친해져 있었다. 옆면이 갈라지고 비스듬한 위쪽 가장자리가 옹이 져 튀어나온, 사연도 많게 생긴 그릇. 트럭 짐칸에서는 상자들이 앞뒤로 미끄러졌다.

웨스턴 애비뉴 근처 빨간 신호에서 엄마가 나를 돌아보았다. 엄마 얼굴에는 표정이 다 빠져나가고 없었다.

로즈, 엄마가 말했다. 잘 들어. 우리 이 얘기를 못 끝냈지. 엄만 꼭 말하고 싶단다. 네가 원한다면 그와 헤어질게.

오빠랑? 나는 그릇을 두드리면서 약간 웃으며 말했다.

심란함으로 엄마 이마가 구겨졌다. 결국 네가 알게 되어서 정말 너무 미안하구나. 조심하려고 많이 노력하고 있는…….

엄마는 아주 조심하고 있죠. 내가 말했다.

엄마가 고개를 떨구었다. 엄마는 더 많이 우는지 눈물이 선글라스의 가장자리를 타고 떨어져 내렸다.

너 정말 네 오빠가 나 때문에 없어진 거라고 생각하지는 않는 거지? 난 그렇게밖에 생각할 수 없구나. 네가 알았으니, 어쩌면 네 오빠도 알았을 거야…….

나는 손톱으로 대나무 그릇의 갈라진 틈을 훑었다. 엄마, 그거 새삼스럽지도 않아요. 나 열두 살 때부터 알고 있었어.

엄마가 나를 빤히 바라보았다.

열두 살?

응, 열두 살.

엄마는 큰 소리로 숫자를 셌다. 난 이해를 못 하겠구나. 하지만 바로 그해 시작됐는데.

나는 맞다는 뜻으로 그릇을 두드렸다.

누가 말해줬니?

아니요.

뭔가를 엿들은 거야?

아니, 내가 말했다. 그냥 잘 찍은 거예요.

신호가 파란불로 바뀌었다.

넌 늘 그런 식이었어, 꼬마 때부터. 엄마가 잠시 뜸을 들이다 이상하다는 듯이 말했다. 넌 꼭 내가 포옹이 필요할 때 정확히 와서 날 안아주었지. 마술처럼.

엄마.

난 네 아빠를 사랑한다…….

엄마, 내가 말했다. 괜찮아요.

뒤의 차들이 경적을 울렸다. 엄마는 내 뺨으로 손을 뻗어 귀와 머리카락을 쓰다듬었다.

가쇼! 차 한 대가 소리쳤다.

엄마가 차를 움직이기 시작했다. 그 운전자가 가까이 지나쳐 가며 가운뎃손가락을 치켜세웠다.

댁이나 잘하시지. 내가 그 차를 향해 소리쳤다.

우리 딸 멋지구나. 엄마가 운전을 하며 말했다. 언제 이렇게 컸니. 기특하기도 해라, 우리 예쁜 딸.

나는 거리에서 눈을 떼지 않았다. 손은 그릇 위에 둔 채였다. 내게는 생존의 문제였던 것이 이제는 날 이해심 많은 딸로 보이게 하다니, 편리했다.

그건 마술이 아니었어요. 내가 말했다. 엄마는 늘 포옹이 필요해 보였어. 있잖아 엄마, 오빠가 엄마를 이끈다고 말했던 거 기억나요? 아기였을 때?

엄마는 운전대를 꽉 쥐었다. 응. 엄마 목소리가 갈라졌다.

그 사람도 그래요?

엄마가 뺨을 닦아냈다. 무슨 말이야? 누가?

래리.

래리. 엄마가 따라 했다. 엄마와 나 사이에 새롭게 나온 이름.

나는 창밖을 보며 답을 기다렸다. 편의점과 음식점과 이런저런 가게들이 지나갔다.

네 오빠처럼은 아니지. 엄마가 천천히 말했다. 하지만 그는 정말 많이 도움이 된단다.

그럼 됐네요.

좋은 사람이야.

자세한 이야기는 듣고 싶지 않아요. 하지만 좋아요.

잘못됐다는 거 나도 알아. 엄마가 다시 어쩔 줄 몰라 하며 말했다. 어깨가 움츠러들었다. 그를 보내야 한다는 거 알아…….

아무도 엄마더러 그를 보내라고 하지 않아요. 내가 말했다.

집에 도착해서 우리는 잔디밭에 오빠 짐을 부려놓았다. 옷과 과학책이 든 상자 몇 개. 남은 가구들. 샐러드 그릇. 짝이 안 맞는 은수저 몇 개와 접시들.

나는 상자 하나를 들었다. 이거 어디다 놓을까요?

그 애 방에. 엄마가 숨을 내쉬며 말했다. 부탁한다.

나는 양팔에 짐을 가득 안은 채 휘청거리며 현관으로 들어섰다. 오빠 방은 이제 엄마의 임시 침실이었다. 엄마는 여러 날 밤을 거기서 잤다. 그렇게 하면 오빠가 유난히 더 그리울 때 오빠에게 가까이 있는 기분이 든다고 했다. 가구 위는 엄마 물건들로 빼곡했다. 오빠 책상 위에는 블라우스 더미와 비취색 목욕 가운과 장신구 들이, 침대 협탁 위에는 화장품들이 놓여 있었다.

우리는 현관을 몇 번이고 들락거리며 상자들을 오빠 방으로 옮겼다.

엄마는 오빠가 방에 붙여놓은 포스터들을 바라보는 걸 좋아했고 책상 서랍을 뚫어지게 바라보기도 했지만, 오빠 방의 비밀스러운 최고의 장점은 엄마가 수년 전에 손수 만들어 단 참나무 옆문이었다. 그 문에는 전용 자물쇠와 열쇠가 있었기에 엄마는 언제든 원할 때 들어왔다가 나갈 수 있었다. 그리고 엄마는 아직도 늦잠을 잤기 때문에 나는 이제 더는 엄마가 얼마나 자주 집에서 자는지를 알 수 없게 되었다. 아빠는 엄마의 이 새로운 형태의 독립에 괴로워했는지 어쨌는지 몰라도, 아무튼 그것에 대해 한 마디도 언급하지 않았다. 부모님은 전에 보았던 그 어느 때보다도 서로에게 친절했다. 낮은 목소리로 이야기했고, 소파에 가까이 붙어 앉아 있었다. 심지어 아침이면 종종 오빠 방문 밑에 몸을 숙이고 찻잔이 놓인 쟁반을 두고 가는 아빠를 볼 수 있었다.

아빠는 놀랄 만큼, 벌어지고 있는 상황을 여전히 눈치채지 못한 것 같았지만, 나는 음식 맛을 통해 감지할 수 있었다. 엄마 안에 조그마한 병원 같은 것이 있고, 아빠는 그 병원 주위를 밤낮으로 맴돌고 있다는 것을. 동네 지도에 있는 진짜 병원 주변을 맴돌았던 것처럼.

아빠와 나는 오빠가 어디로 없어졌는지에 대해 더는 이야기하지 않았다. 창문 이론과 확인도 더는 없었다. 우리 모두 걱정이 지나친 거라는 경쾌한 확신도 더는 없었다. 아빠는 그 한시도 가만두지 못하는 발을 붙잡아두려고 조깅을 시작했고, 저녁을 먹고 두세 시간 뒤 현관에 서 있으면 때때로 어둠 속에서 동네를 도는 아빠를 볼 수 있었다. 오래되어 나달거리는 버클리 대학 티셔츠와 반바지 차림으로. 아빠가 땀에 흠뻑 젖어 현관 등의 노란빛을 받으며 보도에 나타날 때면, 나는 아빠의 불그스름한 눈가가 더 빨개진 것을, 뺨보다도 더 짙게 붉어진 것을 볼 수 있었다. 아빠는 화분 선반에 수건을 늘 갖다놓고 집 안으로 들어오기 전에 얼굴을 닦고 머리를 정돈했다.

짐을 모두 부려놓고 트럭이 비자, 엄마는 나를 끌어당겨 내 볼에 입을 맞추고는 고맙다는 말을 연신 퍼부어댔다. 그 토록 긴 감사 인사는 엄마에게 래리가 절실히 필요하다는 걸 증명해줄 뿐인 것 같았다.

나는 일을 하러 갔다. 엄마는 목재 하치장으로 트럭을 몰고 가 돌려주었다. 오빠의 상자들은 몇 주째 우리가 오빠 방에 쌓아놓은 그대로 있었다. 엄마는 차마 그 안을 들여다볼 수 없다고 말해서, 결국 내 손으로 직접 상자들을 풀었다. 몇 날 저녁이 걸렸다. 낮이 길어져 저녁 시간은 더욱 짧았다. 옷이 나오면 세탁한 뒤 반듯하게 접어서 빈 서랍 속에 집어넣었다. 책들은 책장에 꽂았고, 오빠가 곧잘 라면을 끓여먹던 냄비는 우리 집의 다른 냄비들과 나란히 부엌 수납장에 두었다. 할머니의 물건들 몇 가지— 샐러드 그릇, 목이 움직이는 놋쇠 스탠드—는 원래 있던 자리인 골방에 도로 갖다 놓았다. 쌀이나 파스타 면 같은 오래된 식재료들은 버렸다. 나는 모어헤드 접이식 의자와 책상은 오빠 벽장 옆면에 기대어 세워놓았는데, 어느 날 엄마나 아빠가 갑작스러운 슬픔이나 두려움에 휩싸여 이것들을 굿윌(생활용품들을 기부 받아 저렴한 가격에 판매하는 비영리단체—옮긴이)에 줘버리면 어쩌나 겁이 났다.

나한테 알려줘야 해요. 내가 손에서 먼지를 닦아내며 말했다. 혹시 어떤 거 하나라도 어디 줘버릴 거면, 나한테 꼭 말해줘야 해요.

난 그 어떤 것도 밖에 내놓지 않을 거야. 엄마가 말했다.

이런 모든 이유로— 집 안을 차지하고 있는 많은 물건들, 이상하게 바뀌어버린 방 구조, 차 안에서 나눈 그 대화들, 매일 같은 야밤의 조깅— 하나 남은 자식이 집을 떠나기에는 때가 좋지 않았다. 우리는 그때 한집에 있어야만 했다. 일종의 검문소처럼, 혹은 '영속'이라는 제목의 퍼포먼스처럼. 아빠가 저녁 식탁에서 엄마를 호명하고 그다음 나를 호명하며 명부를 확인하지 않은 것은, 그렇게 하면 본인이 셈을 못하는 사람처럼 보일 거라고 생각했기 때문일 뿐이었다.

모두 다 있네! 우리가 음식을 갖다 놓을 때면 아빠는 입버릇처럼 말했다.

36

오빠가 마지막으로 사라진 직후, 조지 오빠는 짐을 챙겨 고철 소리를 내는 그 회색 폭스바겐 비틀을 타고 계곡과 언덕을 지나 오천 킬로미터를 달려 보스턴으로 갔다. 매사추세츠 공과대학 대학원에서 공부를 시작했고, 처음 몇 달간 오빠는 한 주에 못해도 한 번씩 전화를 했다.

무슨 소식 없니? 오빠는 통화를 마칠 때마다 늘 물었고, 나는 늘 아니, 아무 소식도 없어, 라고 말했다.

우리는 안녕, 잘 자, 또 통화해, 인사를 했다.

여름이 가을로 깊어졌다. 산더미같이 쌓인 과제와 연구를 해야 한다는 조지 오빠의 푸념이 이어지고, 책상에서 정신없이 책장을 넘기는 소리에 심지어 한 번은 알람시계 소리까지 듣고 난 뒤, 나는 부엌에 있는 붙박이 전화기 옆에 기대고 앉아 오빠에게 말했다. 혹시 그저 의무감으로 전화하는 것일까 봐 말하는데, 우리는 잘 지내. 모든 게 좋아.

책장 넘기는 소리가 멈추었다.

무슨 말이야? 내가 전화하고 싶으니까 하는 거야.

나는 노란색 전화번호부들을 일렬로 세워 탑을 만들었다.

내 말은, 나를 동정할 필요 없다는 얘기야. 내가 전화번호부의 귀퉁이들을 반듯하게 맞추면서 말했다. 충분해. 오빠는 나한테 정말 큰 도움이 되었어, 그날. 고마워.

로즈. 그가 말했다. 목소리에는 약간 짜증이 묻어 있었고, 부산하던 소음은 그가 의자에 앉아 자리를 잡으면서 잦아들었다. 나 너 동정하지 않아, 전혀. 도대체 무슨 소리 하는 거야?

창밖으로 이웃집에서 늦은 오후에 잔디밭에 물을 주기 위해 스프링클러를 켜는 게 보였다. 싹을 낸 아보카도 씨앗을 나무로 키우려는 중이었다.

부탁해, 오빠. 그 한 번 이상으로 더 바란 적 없어.

핑, 핑, 부엌 창문에 물방울 부딪히는 소리.

왜 아니야? 조금 뒤에 그가 물었다.

뭐가 아냐?

왜 그 한 번 이상을 바라지 않느냐고.

창문 위로 물방울들이 얼룩졌다. 아직 집에 아무도 오지 않았다. 의자에 앉아 귀를 기울이고 있을 오빠가 선하게 그려졌다. 그 집중해서 경청하는 얼굴로. 창밖으로는 막 붉어지기 시작한 시월의 낙엽이 보일 것이다. 그날의 입맞춤은, 나에게는 그 일회성에 의미가 있었다. 심지어 그 일이 일어나고 있을 때조차도 나 자신에게 일렀다. 조지 오빠와의 입맞춤은 말하자면 몇 년간 쌀국수만 먹다가 딱 한 번 캐러멜을 물리도록 먹은 것과 같다고.

진심이야. 내가 작은 목소리로 말했다. 알아들었어?

흠. 그가 목소리를 조금 높여 말했다. 나한테는 중요했어. 알아? 심심풀이가 아니었다고.

아니. 나는 전화번호부 더미를 무릎 위에 올려놓았다. 나한테도 아니었어. 그러니까 내 말은…….

그래, 난 여기 있고, 넌 거기 있지. 넌 네 삶을 살아야 하고, 나에겐 내 삶이 있어. 그게 똑똑한 거야. 하지만 다른 사람도 아니고 로즈, 너잖아. 그가 말했다. 안 그래?

나는 전화번호부 맨 위에 볼을 갖다 댔다. 다섯 시 반. 날아와 맺히는 물방울들. 곧 집에 오실 부모님. 부모님 집에서, 엄마를 위한 저녁을 만들기 한 시간 앞서 이런 대화를 나누고 있다는 것이 마음에 걸렸다.

오빠. 내가 불렀다. 할 수 있는 한 가장 부드럽게.

전화선을 통해 들려오는 그의 숨소리가 고요해졌다. 몇 분간, 우리는 그저 수화기를 들고 그대로 있었다. 저편에서 느껴지는 고요. 나는 전화기 맞은편에 있는 요리책 선반을 물끄러미 바라보면서, 마음속으로 흑마늘 요리책을 더 두꺼운 초록색 파스타 책 위에 얹어놓았다.

오빠 있지, 나 내가 직접 만든 스파게티 먹었다. 나는 조금 웃었다. 내가 만든 걸 먹은 건 처음이야.

그랬더니?

거기 커다란 네온사인 간판이 있었어, 커다란 오렌지색 글자들이. 거기 이렇게 써 있더라. 나는 조지 오빠에게 준비가 안 되어 있다.

거짓말 마.

거의 맞아.

네가 직접 만든 음식을 먹은 게 그게 처음이었다고? 그 오랫동안?

처음이었어.

어땠는데?

어떤 공장 맛이 났어. 대답이 불쑥 튀어나왔다.

어디 공장?

모르겠어.

파스타 면을 만든 공장이라는 거야?

그런 것 같진 않아. 나는 마음속에서 선반 맨 위에 수평으로 밀어 넣었던 책들을 다시 수직으로 세워 놓으며 말했다.

허. 그가 말했다. 자리에서 일어났는지 목소리가 길게 늘어지며 높이 올라갔다. 글쎄, 그럼 그걸 한번 알아내 봐. 나는 공장 이야기나 하려고 전화하고 싶지는 않아. 그런 건 은행 자동응답전화로도 충분하다.

기다란 책은 선반 가장자리에 세우고, 가운데에는 더 조그만 책들을. 두꺼운 책들은 서 있는 책들에 기대 바닥에 눕히고.

난 은행 자동응답전화 목소리라면 질색이야. 그가 말했다. 듀-울. 둘을 그렇게 말하잖아, 듀-울.

오빠 외출해?

그럴 거야. 연구생들 모임이 있어.

키 순서대로 세워진 요리책들의 내리막 계단.

알았어. 내가 말했다. 고마워. 통화해서 반가웠어. 저녁

잘 보내.

그가 투덜거렸다. 녀석, 바보같이 굴기는.

전화를 끊었을 때, 나는 잠시 전화번호부를 무릎에 올려
놓은 채 의자에 멍하니 앉아 있었다. 무거운 종이들. 당장
선반을 정리해야겠다던 마음은 온데간데없어졌다. 통화 중
에는 그보다 중요한 게 없는 것 같았는데. 선반을 다시 정리
하겠다고, 전화를 끊고 나면 곧바로 해야겠다고 계속 생각
하고 있었는데, 이제 통화가 끝나자 그 급박함은 어디론가
사라져버렸다. 앉아 있으니 편했다. 넘겨도 넘겨도 끝없이
나오는 전화번호들을 뒤적이며 의자에 붙박이처럼 앉아 있
는 것이.

37

오빠가 사라진 그해, 나는 내가 할 수 없는 게 무엇인지를 분명히 알 수 있었다. 나는 대학을, 줄지어 선 식판 안에 담긴 고통들을 견딜 수 없었다. 아직은 집에서 독립할 수도 없었다. 비행기표를 한 장 사서 조지 오빠에게 달려가 찬란하게 노란 잎을 불태우는 사탕단풍나무를 배경으로 오빠의 손을 잡고 나란히 걸을 수도 없었다. 그럴 수 없었다.

그러나 내가 할 수 있는 일이, 더 작은 일이기는 하지만 있었다. 나는 이제 혼자서 로스앤젤레스 카운티의 여러 요리사들을 만나보며 남다른 음식을 찾아내야겠다고 마음먹었다. 나는 될 수 있는 한 자주 외식을 했다. 이것은 내게 가장 친숙한 일이었고, 또한 내가 이 집에서 살면서 할 수 있는 단하나의 유의미한 일이었다. 감별해야 할 요소들은 무척 많았고, 시간을 두고 천천히 감별해야 하는 것들도 있었다.

다른 무엇보다도, 오빠가 사라진 뒤의 그 일요일, 내가 부모님에게 만들어주고 나도 직접 먹어보았던 그 스파게티는 이만저만 놀라운 것이 아니었다. 감별할 것들이 넘쳐서 앉은자리에서 다 헤아릴 수는 없었지만, 유독 거슬리는 첫인상이 두 가지 있었다. 하나는 메슥거릴 정도로 달콤한 향수(鄕愁)였다. 발암물질로 알려진 설탕 대체물의 뒷맛 같은, 더 어리고 더 달콤했던 시절에 대한 갈망과 투정. 그다음은 그 공장이었다.

공장을 맛으로 알아내는 것은 식은 죽 먹기였다. 나는 그 동안 쭉 공장들의 맛을 보아온 터였다. 이름을 다 알았고 가끔은 주소까지도 알 수 있었다. 그러나 미국에 있는 공장을 모두 알고 있다고 생각했던 내게, 그 스파게티에서 느껴지던 새로운 공장의 등장은 아주 큰 놀라움이었다.

저녁을 만든 바로 다음 날, 엄마가 실종 신고를 해야 하는지 알아보기 위해 경찰서에 들르고 오빠의 아파트에 다녀오기를 반복하는 동안, 아빠가 소파에 앉아 텔레비전 소리를 배경으로 모든 게 다, 다, 다 문제없을 거라고 큰 소리로 연신 외치던 동안, 나는 부엌 수납장으로 가서 파스타 봉지들을 전부 확인했다. 아이오와주 에임즈산(産), 이탈리아 파라산마르티노산(産). 이런 곳들은 리가토니에서, 마카로니에서, 라자냐 반죽에서 맛본 적 있어 아주 잘 알았다. 나는 어느 식당에서 밥을 먹든 일 초면 생산지 이름을 댈 수 있었다. 나는 덩어리 파마산 치즈의 성분 표시를 다시 읽었다. 모두 신선한 것들이었다. 슈퍼마켓에도 가서 마늘과 양파를 어디서 들여왔는지 고객안내센터에 물어보았다. 나는 녹색 잎채소와 차가운 종이 상자 냄새가 나는 슈퍼마켓 창고에서, 고객 상담원과 함께 배송 영수증들을 뒤적이면서 한 시간을 기다렸다. 그 여자는 나에게 자기는 오페라에서 노래를 부르는 게 소원이라고 말했다.

집에 와서 나는 똑같은 음식을 다시 만들었다. 부모님 두 분 다 반기며 먹었다. 엄마가 와인을 마시며 목공소가 얼마나 힘이 되는지 모른다고 구구절절 늘어놓는 동안, 나는 포크를 달그락거리고 물을 홀짝이면서 같이 식사하는 시늉만 하고 내 것은 따로 남겨두었다. 두 분이 각자의 침실로 들어가 잠이 들자, 나는 남은 음식을 스토브에 데웠다. 혼자 식탁에 앉았다.

다시 그 똑같은 알 수 없는 공장. 음식 안의 커다랗고 분명한 외침. 내가 식별해낼 수 없는 옅은 기계 맛. 그리고 돌아가고 싶다는, 아무것도 모르던 때로 돌아가고 싶다는 어린 소녀의 목소리. 돌아갈래. 그 꼬마는 말했다. 묵묵부답. 공장의 대답이었다. 나는 마음을 단단히 먹고 다시 소스만 한 숟가락을 떠서, 정보의 모든 결들을 감별해낼 수 있도록 최대한 천천히 혀를 굴렸다. 이탈리아에서 토마토를 따려고 농부가 손을 뻗는 게 실제처럼 느껴졌다. 산마르자노 온 마을에 울려 퍼지는 교회 종소리가 거의 들리다시피 했다. 그러나 너무 달콤한 향수와 돌처럼 차가운 공장의 맛은 계속해서 금속성 소용돌이로 되돌아올 뿐이었고, 그것은 내가 아는 그 수많은 공장 어디와도 부합되지 않았다. 요리한 사람에게서 나온 것이라고 볼 수밖에 없었다.

이것은 내 사진을 보았지만 그게 바로 내 얼굴이라는 것을 알아보지 못했던 것과 같았다. 오빠의 바지를 들어 올렸지만 의자 다리밖에 없었던 것과 같았다.

나는 그 맛을 보고 싶지 않았다, 결코.

어쩌면 네온사인만큼 크고 분명하지는 않았을지도 모른
다. 내가 조지 오빠에게 준비되어 있지 않다고 하던 그 소리
는. 그러나 비슷했다.

엘리자가 대학에 들어가서 꼭 내가 상상했던 그대로, 맥
주 파티에 가고 남자와 처음으로 자고 룸메이트와 자정이
넘도록 눈물 젖은 담소를 나누며 달이 가고 해가 바뀌면서
점점 소식을 듣기 어려워지는 동안, 나는 매일을 사무실에
서 일하면서 보냈다. 서류를 정리하고 다른 사람들을 위해
복사를 하면서. 그리고 점심시간만 되면 새로운 음식을 먹
어보기 위해 온 거리를 샅샅이 뒤지고 그 노란 전화번호부
안에 들어 있던 빼곡한 목록들에 자문을 구했다.

시작은 동네에서 했다. 오키도그에서 파스트라미 부리토
를, 아스트로버거에서 디럭스 가든버거를, 그린블라트에서
마초볼 수프를, 그리고 포르모사에서 느끼한 춘권을 사 먹
었다. 웃긴 것도 있었고, 경직된 것도 있었고, 졸리거나 화
가 난 것도 있었다. 사람들. 그런 다음 동심원을 좀 더 넓혔
다. 우선 캔터스델리와 핑크스핫도그로, 그다음에는 원을
더 넓혀 야부 레스토랑의 두부와 알레그리아의 몰레소스
로. 중동 식당 마루치 퀴진의 수주크 소시지로. 실버레이크
에 있는 카스바 카페에서 단옥수수 샐러드로, 피코 대로에
있는 래즈 레스토랑의 숯불구이 버거로, 그리고 글렌데일
에 있는 중동 식당 카루셀에서 마늘 맛이 나는 후무스로. 어
마어마하게 다양한 음식을, 그리고 기분을 먹었다. 좋아하

는 식당들이 생겨났다. 대대로 여러 나라를 전전해온 어떤 가족이 하는 식당에서는 음식에서 출입국 심사의 맛이 흠뻑 배어났다. 오하이오와 웨스트우드 근처의 한 이란 식당에는 양의 다리에 대한 너무도 극진한 슬픔이 담겨 있어서, 입 가장자리로 밀어 넣는다든가 성분을 분석한다든가 빨리 씹어 삼켜버린다든가 하는 나만의 방법들을 전혀 쓰지 않고 그릇을 싹 비울 수 있었다. 거기 있는 것 자체가 한 번 실컷 우는 것과 같아서, 접시를 비우고 나면 무거운 짐이 없어진 듯 기분이 청명해졌다. 내가 요리사에게 감사를 표시할 수 있는지 웨이터에게 묻자 그는 나를 뒤편으로 안내했다. 실용적인 커트 머리를 한 아주 평범해 보이는 은발의 여자가 프라이팬 앞에서 반투명해진 양파를 뒤적이고 있었다. 그 여자가 악수를 건넸다. 부엌의 온기에 약간 땀이 스며 나온 얼굴이 차분해 보였다.

맛있게 드셨다니 기쁘네요. 여자가 팬에 사프란 한 줌을 넣으면서 말했다. 오래된 가족 요리법이에요.

목소리의 떨림도, 뺨을 타고 흘러내리는 눈물도 없었다.

나는 머리를 조금 숙여 인사했다. 달리 무슨 말을 해야 할지 알 수 없었다. 고맙습니다. 다시 한 번 내가 말했다.

차이나타운의 힐스트리트에 있는 어떤 딤섬 음식점은 진정한 분노가 무엇인지 알고 있어서, 나는 몇 판을 시켜서 실컷 먹고 기운이 충만해져서 나왔다. 올림픽대로 부근 페어팩스에 있는 에티오피아 식당은 나를 웃게 만들었는데, 마치 주방장이 음식에게 은밀한 농담을 하고 있는 것 같았다. 기차와 어떤 대담함에 연관된 농담이었다. 내용을 잘 이해하지는 못했지만, 계속 내 물잔을 다시 채워주던 웨이트리스는 급기야 나더러 괜찮으냐고 물었다.

전 괜찮아요. 나는 렌틸콩을 채워 넣은, 작은 구멍이 뿡뿡 뚫린 아프리카식 인제라 빵을 손에 쥔 채 그 여자에게 말했다. 너무 웃겨요!

그 여자는 눈알을 한 번 굴리고는 내게 계산서를 일찌감치 갖다주었다.

그래도 그중 내가 가장 좋아하는 곳은 역시 버몬트의 그곳, 프랑스 식당 리요네즈였다. 조지 오빠와 아빠와 같이 있던 그 밤, 내게 최고의 양파 수프를 내주었던 곳. 두 명의 주인은 프랑스 리옹이 파리 버금가는 식도락 도시로 급성장하기 전에 리옹에서 이리로 건너왔다. 안에 들어가면 테이블은 달랑 두세 개에, 웨이터들은 불러야만 왔으며, 창문에는 등급 B라고 적힌 데다, 내가 가면 보통 젖히고 들어가는 주방 문 바로 옆자리에 앉혔지만, 그런 것은 아무렇지 않았다.

거기서 나는 치킨 디종이나 비프 부르귀뇽, 아니면 간단한 녹색 채소 샐러드나 파테 샌드위치를 시켰고, 음식이 나오면 무엇이 됐든 녹아들고 말았다. 특히 곁들여 나오는 약간의 시금치 그라탕은 감탄을 금할 수 없었다. 시금치와 치즈의 균형을 정확히 맞추는 요리사의 기분은 기쁨에 넘쳤다. 시금치와 치즈의 만남을 주선하고 있는, 둘이 즉시 사랑에 빠지리라는 걸 알고 있는 중매쟁이 같았다. 물론 소소하게 다른 데 주의를 빼앗기거나 딴생각에 빠져 있는 마음도 들어 있었지만, 나는 그 안에서 음식을 느낄 수 있었다. 음식이 중심이었다. 그 음식을 만든 사람은 음식에 열중하고 있어서 나는 정말로, 다른 데서와는 비교할 수 없이 음식을 즐길 수 있었다. 나는 될 수 있는 대로 천천히 먹었다. 내 주변의 공기가 달라지는 기분이었다. 목적이 생기는 것 같았다. 이런 게 바로 조지 오빠가 가는 길일 것이었다. 흔들리는 주방 문 따위는 내게 아무것도 아니었다. 나는 한 주에 적어도 한 번, 때로는 더 자주 그 식당에 갔다. 보통 내 일상은 부모님과의 고요하고 슬픈 저녁들, 그것을 제외하면 점심이나 저녁을 먹으러, 세상으로 통하는 출입구와 같은 이 식당에 들르는 것으로 요약될 수 있었다. 오빠가 사라진 그날 밤, 그 식당이 처음 내 관심을 끌었다는 것은 어딘가 맞아떨어지는 구석이 있었다. 그날 밤은 내가 조지 오빠 맞은편에 앉아 아빠 양복 재킷을 걸치고 덜덜 떨면서 방금 본 것을 이해해보려 애쓰던 밤이자, 얼마 안 있어서는 조지 오빠와 함께 우리 오빠 방의 공기를 바꾸어놓던 밤이었으니까. 웨이터들은 내가 매주 금요일 여섯 시 문을 열고 들어가면 나를 알아보았다. 일요일, 뒤쪽 바에서 화려한 금색 샹들리에 조명을 받으며 어슬렁거리는 시음 손님들을 위해 와인 반 잔씩을 내놓으면서도 그들은 점심 먹으러 온 나를 알아보았다.

나는 새 옷을 거의 사지 않았고 새로운 기기들도 사지 않았으며 방세를 내지도 않았다. 버는 돈을 거의 다 음식에 들였다. 접시 위의 음식이 참을 수 없다고 느껴지면 음식점을 그대로 나와버리는 사치를 스스로에게 허용했다. 그 대신 아빠가 잘하던 버릇대로 플라스틱 칼과 포크까지 갖춰 음식을 전부 포장해달라고 부탁하고는, 밖으로 가지고 나와 나처럼 사치스러운 문제를 갖고 있지 않은 노숙자 아무에게나 주었다.

38

구운 닭고기가 유난히 더 맛있던 어느 날 오후, 나는 계산
을 하고 나서 리요네즈 외관을 한 바퀴 돌면서 식당 주방
문으로 들어가는 길을 찾아보았다. 주방 문은 거대한 갈색
쓰레기통과 비둘기 한 무리가 둥지를 튼 골목 안쪽으로 나
있었다. 그날은 서류 정리 일에서 하루 쉬는 날이었다. 엄
마는 최근에 작업실 부대표가 되었고, 엄청난 양의 연장들
을 시내에서 가까운 비벌리 대로 근처의 새 건물 꼭대기층
으로 옮기느라 바빴다. 아빠는 직장에 있었다. 아빠는 조깅
에 완전히 빠져들어서, 과도한 매연을 피하기 위해 오직 어
두워진 이후에만 달리는 '나이트 러너스'라는 이름의 모임
에 들어갔다. 아빠는 밤마다 집 근처에서 연습을 했다.

　식당 뒤편에서 나는 굳이 노크를 하려던 것은 아니었다.
그저 그 가까이에 있고 싶었던 것인데, 그렇게 십 분쯤 지났
을 때 짧은 머리를 검게 염색한 자그마한 여인이 흰색 쓰레
기 봉지를 들고 문을 열고 나왔다. 밖으로 나온 여인은 얄따
란 분홍색 공단 슬리퍼를 신은 발로 아스팔트를 조심스럽
게 내디뎠다. 쓰레기통에 봉지를 던졌다. 약간 주름이 지고
지쳐 보이는 얼굴이었지만 눈빛은 선명했다. 그 여자는 나
를 보자 멈추었다.

　안녕하세요. 여자가 말했다. 배달 왔어요?

아뇨. 내가 말했다. 죄송해요, 그냥 단골이에요.

아, 여자가 손가락으로 가리키며 말했다, 출입문은 저쪽인데요.

나는 고개를 끄덕였다. 네, 알아요.

그 여자는 다시 골목으로 들어가 주방 문 쪽으로 돌아갔다. 비둘기들이 내 뒤에서 소리를 냈다. 그 여자 역시 이 세상에 살고 있는 평범한 사람 같아 보였다. 특별히 속물 같거나 다혈질이라거나 아니면 엄청나게 인기가 많거나 해 보이지 않았다. 그러나 그 닭고기, 타임과 버터에 푹 절인 그토록 맛 좋은 온기를 가진 닭고기를 나는 한 번도 먹어본 적이 없었다. 오직 닭고기의 맛이라고밖에는 표현할 수 없는 그런 맛. 어떻게인지는 몰라도 그녀의 손에서 음식은 그 자체로 살아나는 것처럼 느껴졌다. 시금치는 시금치가 되었다. 좋은 농장에서 자라나고 소금과 열기, 그리고 그녀의 관심을 받아 이파리 많고 널찍한 자기 자신 안으로 편안히 녹아들어 있는 시금치. 마늘은 그 생기 있는 성질을 고스란히 담고 있었다. 토마토는 소고기만큼 중요한 것처럼 느껴졌다.

문간에서, 그 여자는 잠깐 옆을 보며 멈춰 섰다. 길 건너편에서 약하게 흔들리고 있는 작달막한 야자수를 보는 것 같았다.

뒤퐁 부인이세요? 내가 메뉴판 맨 아래 조그마한 글씨로 적혀 있던 것을 떠올리며 말했다. 주방장과 부주방장으로 마담 뒤퐁, 그리고 무슈 뒤퐁이라고 적혀 있었다.

그 여자가 눈을 깜빡였다. 그런데요.

당신의 요리를 정말 좋아해요. 시금치를 시금치 맛이 나게 요리하세요. 나는 당황해서 말을 더듬었다. 죄송합니다. 내가 말했다. 나는 끝도 없이 더 이야기할 수 있었지만, 어떻게 정확하게 표현해야 할지 알 수 없었다.

좋게 말해줘서 고마워요. 그 여자가 문손잡이를 만지작거렸다. 그런데 왜 거기 계세요?

나는 주변을 둘러보았다. 비둘기들이 쓰레기를 쪼고 있었다. 저 여기서 일할 수 있을까요? 내가 물었다. 무슨 일이든지요. 주말에는 어떠세요?

그 여자는 내 말을 더 잘 듣기 위해서라는 듯 목을 길게 뺐다. 슬리퍼에 묻은 조그만 흙먼지를 털어냈다.

웨이터로요? 그 여자가 말했다. 웨이터 지원은 앞에서 하세요.

나는 고개를 저었다. 아니요, 그게 아니에요. 뒷문으로요, 음식으로.

셰리가 내 머릿속에서 스쳐 지나갔다. 그 오래전 셰리. 지금은 샌프란시스코의 피아노 카페에서 오래된 팝송들을 부르고 있다고 들었다.

글쎄, 쓰레기 버리는 일을 하셔야 할 텐데요. 여자가 다시 주방으로 들어갔다가 꽉 찬 흰 봉지를 하나 더 가지고 나오며 말했다.

좋아요. 내가 몇 걸음 다가서며 말했다.

좋다고요? 그 여자는 쓰레기 봉지를 내게 건넸다. 그러고는 자기 뺨을 톡톡 두드렸다. 일요일과 수요일에 설거지할 사람이 필요하기는 해요. 우리 설거지 담당이 얼마 전에 영화에서 배역을 맡았거든요. 설거지 당번 역할이죠.

좋고말고요. 내가 말했다. 나는 쓰레기통으로 걸어가 쓰레기 봉지를 던져 넣었다. 정말 마음에 들어요.

설거지하는 게요?

나는 손을 털었다. 여기 있는 게요, 정말로요.

39

할머니가 돌아가셨다. 워싱턴에서. 할머니는 모든 걸 준비
한 채로 병원에 입원했다. 마지막 우편물로, 할머니는 굵은
검은 펜으로 우리 집 주소를 쓴 빠른 우편물 상자 하나를
세세한 지시사항과 함께 수간호사에게 건넸다.

할머니는 병원으로 잠옷, 알약, 옅은 하늘색 펠트 슬리퍼
를 담은 여행 가방을 가져갔다. 그때 연세가 아흔하나였다.
엄마는 비행기를 타고 장례식장으로 갔고, 화장하고 남은
재는 워싱턴에 모시기로 한 뒤 우편물과 비슷한 시기에 집
으로 돌아왔다. 우편물 상자에는 옅은 하늘색 펠트 슬리퍼,
빈 알약통, 가장자리에 코끼리 조각이 되어 있는, 안에 보드
라운 회색 먼지가 쌓인 티크 나무함이 들어 있었다.

엄마는 코끼리 발의 반원을 손가락으로 쓸어내리며 중얼
거렸다. 엄마가 이 함을 갖고 계셨단 말이야? 이거 내가 만
든 걸 텐데. 엄마가 함을 뒤집자 뚜껑에서 먼지 한 줌이 흘
러내려 카펫 위로 흩날렸다. 그래 틀림없어. 바닥 한구석에
는 엄마 이름의 머리글자가 새겨져 있었다. 내 눈에 그것은
할머니가 우리 엄마를 안아준 것과 가장 비슷한 일이었다.

엄마는 작업실 일로 아주 바빴고, 나에게 래리 이야기는
다시 입 밖에 꺼내지 않았다. 벤치, 스툴, 트렁크를 만들었

다. 상자, 탁자, 책장을 만들었다. 오빠처럼 엄마 손에서 가시를 빼내줄 수 있는 사람은 아무도 없었다. 나는 엄마가 가시 박히지 않은 손으로 집에 돌아올 때면 래리가 가시를 빼주는지, 아니면 엄마가 이제는 나무판을 만질 때 훨씬 더 조심하기로 한 것인지 알 도리가 없었다. 나는 오빠가 엄마 손가락에서 가시 빼내주는 것을 보며 늘 못마땅했다. 소파에 엄마와 나란히 붙어 앉아 물 대접에 족집게를 담그던 모습. 참으로 오랫동안 나는 함께 있는 둘을 보아왔고, 종종 내가 왠지 거실에 버티고 앉아 두 사람을 감시해야 할 것 같은 기분이 들기도 했다. 둘에게는 사감 선생님이 필요해 보였다. 그러나 내가 재료를 썰거나 굽거나 휘젓거나 또는 길을 걸어 다니는 동안, 새롭게 가시를 빼내고 있는 그 둘이 내 머릿속을 떠다녔다. 오빠는 나무 같은 걸 조각해본 적이 한 번도 없었는데도 이 일에는 내가 짐작했던 것보다 훨씬 열중했다. 그리고 이제 보니 엄마 손에서 가시를 뽑아내는 행위는 엄마에게서 자기를 뽑아내려는 것과 비슷했던 게 아닐까 하는 생각이 들었다. 엄마 손바닥과 손가락 구석구석까지 그토록 세심하게 집중하던 그 친밀한 행위로, 오빠는 또한 남아 있는 아주 조그만 흔적까지도 모두 지워내고 있었던 건 아닐까. 갑자기, 내가 늘 근친상간을 떠올리며 메스껍다고 느꼈던 그 의식이 이제는 나가고자 하는, 떠나고자 하는, 남아 있는 마지막 흔적까지도 모두 뽑아 허공으로 날려버리려고 하는 오빠의 필사적인 몸부림이 아니었을까 하는 생각이 들었다.

나는 약상자 한 귀퉁이에서 족집게를 찾아냈다. 끝이 뾰족하고 날카로운 십이 달러짜리 족집게. 나는 족집게를 과산화수소로 깨끗이 닦아 멜로즈에 있는 미용용품점에 갖다주었다. 혹시 여분의 족집게 필요하지 않으세요? 계산대 뒤에 있던 여자가 나를 의심스러운 눈으로 훑어보았지만, 족집게가 아주 새것이라는 것을 확인하더니 어깨를 한 번 들어 올리고는 커다란 메이크업 상자에 넣었다.

40

고등학교 동창들이 대학 졸업반으로 지낼 동안, 나는 여가 시간은 식당에서, 낮 시간은 케이블텔레비전 사무실에서 보냈다. 미묘하게 변하는 로스앤젤레스의 계절이 이십 도 안팎을 오르내리며 바뀌는 내내, 그리고 그 미묘한 변화가 여러 번 반복되는 내내. 남는 시간에는 아티시아에서 팰리세이즈까지 계속 로스앤젤레스의 식당들을 탐방하고 다녔다. 어느 여름날 저녁, 내 오랜 라이벌 에디 오클리가 불쑥 전화를 해 우리는 서너 번 만났고, 결국 대학생들이 사는 그의 아파트의 탁한 파란색 이불 위에서 섹스를 했다. 멋진데. 끝나고 나서 그가 내 팔을 쓰다듬으며 말했다. 드디어 원이 완성됐어.

나는 여기서 산다면 어떨까 상상해보면서 그의 침대에서 삼십 분 정도 잠을 잤다. 아래층에서는 자동차 소리가 왁자했다. 그 또래의 학생들이 복도에서 큰 소리로 떠들고 맥주를 카펫에 흘리면서 뛰어다니고 있었다.

매주 일요일 아침과 수요일 밤, 나는 리요네즈 식당에 제시간에 나타나서 싱크대 앞에 자리를 잡고 끝도 없이 나오는 접시를 닦았다. 분명히 나는 그들이 만나본 설거지 담당 중에 단연 가장 고마운 직원이었을 것이다. 나는 그 일을 사랑했다. 접시를 깨끗이 닦는 것에만 몰두했다. 그릇들을 물로 헹구는 동안, 보글거리는 솥과 지글거리는 프라이팬 바로 옆에 서서, 다진 양파 무더기와 반죽을 펴는 밀대에서 퍼지는 주방 냄새에 흠뻑 취해 있었다. 그리고 나는 그저 거기 있는 게 좋았다. 할 수 있는 한 오래 거기서 시간을 보내는 게.

엄마는 더는 한밤중에 깨지 않았고—혹은 집에 아예 없기 때문인지도 몰랐지만—새벽 두 시에 거실에 불이 켜져 있다면 그건 이제 아빠가 깨어 있는 것이었다. 때로는 야간 조깅에서 그때 들어오기도 했다. 아빠는 차를 마시지 않는 대신 물 한 컵을 따라 마시고는 그 똑같은 오렌지색 줄무늬 의자에 몸을 내맡겼다. 한밤중 소용돌이치는 부모님의 머릿속. 가끔 나는 두꺼운 책의 책장이 넘어가는 소리를 듣기도 했는데, 반쯤 잠들어 몽롱하게 들려오는 그 소리에 아빠가 무엇을 읽고 있을까 궁금했다.

조지 오빠는 여전히 한 달에 한 번 꼴로 전화를 했다. 처음에는 새 여자친구가 생겼다고, 정말 괜찮은 여자라고 하더니, 다음에는 그 여자가 정식 애인이 되었다고, 그녀가 나를 무척 만나보고 싶어 한다고 했고, 그다음에는 그 여자를 약혼녀라고 불렀다. 그런 다음 나는 흘림체로 멋지게 글씨가 쓰인 푸른 오팔 빛깔 청첩장을 우편으로 받았다. 나는 내 이름 옆에 웃는 얼굴을 그려 넣어 조그마한 답장 카드를 보냈다. 참석. 스테이크.

사무실에서는 비쩍 마른 피터라는 남자가 내게 데이트 신청을 했다. 그는 복도 저편 마케팅 팀에서 일했다. 네? 그가 데이트 신청을 했을 때 내가 되물었다. 전에는 그를 별로 눈여겨본 적이 없었다. 그의 두꺼운 갈색 눈썹과 진중한 목소리를. 그는 똑같은 말을 반복했다. 약간 몸을 비틀고 턱을 쓰다듬으면서 내 책상 앞에 서서 기다렸다. 나는 어떻게 해야 할지 알 수 없었고, 그 순간 입안에서는 강철 맛의 공장들이 스쳐 지나갔다. 그러나 어찌 된 일인지 나는 볼 한쪽을 깨물고는 그러자고 말했다.

그가 저녁으로 뭘 먹고 싶냐고 묻기에, 나는 그 대신 걸으면 어떻겠느냐고 답했다.

산책이요? 좋지요.

그 주 후반 일이 끝나고서 우리는 사무실에서 나와 가위 거리까지 같이 걸었다. 파운틴 애비뉴를 지나 바인 거리로 올라가 프랭클린 애비뉴까지, 할리우드의 명소들과 교회, 돌 건물, 미니어처 공원을 지나쳤다. 걷는 내내 우리는 아무 말도 하지 않았다. 전혀 놀라운 일은 아니었다. 사무실에서 관심을 두고 보니, 그는 보통 사람들과 어울릴 때 눈을 마주 보는 법이 거의 없는 것 같았고, 자기에 대해 질문을 받으면 스스로 알아채지도 못한 채로 엉뚱한 대답을 계속 늘어놓고는 했다. 걷기 시작한 처음 십 분 동안 그는 최근 구두를 산 경험에 대해 안절부절못하며 내게 설명했고, 그다음부터 우리는 그저 걷기만 했다. 고요한 산책이 나는 아무렇지 않았다. 마치 말없이 곁에 있다는 게 어떤 건지 연구하는 사람이 된 기분이었다. 우리는 보도를 물끄러미 바라보며 걷기만 했지만, 그는 내가 부모님 집에 살고 있는 것도 대학에 가지 않은 것도 비웃지 않았고, 무엇에 관심이 있느냐는 질문에 내가 쉽게 대답하지 못하자 그건 보기보다 훨씬 더 복잡한 문제라고 말하기도 했다. 프랭클린 애비뉴에 다다라서, 우리는 나의 괴짜 할머니에 대해 한동안 이야기를 나누었다. 루스벨트 호텔 로비에 서서 오래된 돌기둥의 냄새를 맡았다. 나는 그를 다시 보면 좋겠다고 말했다. 헤어질 때 나는 내 차 부근에서 그에게 고맙다고 손을 내밀었고, 그는 내게 키스하려고 비틀거리며 앞으로 나왔다. 그의 팔이 나를 바싹 끌어당겼고, 일 초, 아니 그보다 더 짧은 순간, 온몸의 근육에서 힘이 풀렸는지 그는 오직 자신감이라고밖에 할 수 없을 무엇으로 나를 안았다. 그러고 나서 우리는 어색하게 잘 가라고 인사했고 각자 모퉁이로 재빨리 돌아서버렸다.

그다음 주, 나는 리요네즈 식당에서 수많은 접시에 남은 아름다운 음식의 찌꺼기를 깨끗하게 닦아냈다. 나는 높다란 접시 더미를 다 해치우고 마른 행주에 손을 닦았다. 식당 메인룸을 몰래 엿보며 주방 문에 기대 있었다. 바에서는 늘 그렇듯 사람들이 와인 시음을 하고 있었다. 한 남자가 코를 잔에 갖다 대더니, 자기가 보르도에서 맛보았던 일명 가죽 가장자리라는 맛에 대해 장황하게 설명했다. 나는 문간에서 그것을 들었다. 흰 콧수염을 기른 단신의 주방장 뒤퐁 씨가 잔을 더 채웠다. 블랙베리 맛이 납니까? 그가 물었다. 그러자 스툴 거치대에 하얀색 하이힐을 걸쳐 놓고 있던 한 여자가 고개를 끄덕였다. 블랙베리네요. 네, 맞아요.

41

조지 오빠의 결혼식인 주말, 나는 결혼식 사전 순서는 모두 놓치고 늦게 도착했다. 붉게 충혈된 눈으로 정오에 시작하는 결혼식에 가까스로 도착했다. 신랑 신부 입장이 있기 전, 안내를 하던 여자가 나를 끌어 신랑 측에 앉혔고, 나는 잘 차려입은 사람들 사이를 지나 조금 더 앞으로 가서 모르는 남자들이 앉은 줄에 앉았다. 조지 오빠가 고등학교 이후에 사귄 새로운 친구들이었는데, 멋들어진 양복에 웃음이 터져 나올 만큼 안 어울리는 넥타이를 매고 있었다. 나는 손목이 우아한 빨간 머리의 식물학자 신부가 그녀의 유연함을 돋보이게 해주는 드레스를 입고 식장으로 걸어 들어올 때 보라색과 파란색의 꽃다발에만 시선을 두었다. 신부의 움직임은 밀려갔다 밀려오는 바닷물의 포말처럼 편안하고 자연스러웠다.

신부의 얼굴 전체가 기쁨으로 활짝 폈다. 조지 오빠는 두 손을 만지작거리면서 엄지손가락을 잡아 뜯는 통에 거의 반지를 떨어뜨릴 듯했다.

네, 맹세합니다. 네, 맹세합니다. 입맞춤.

둘이 퇴장해 나올 때 공기 중에 꽃가루 같은 먼지가 소용돌이쳤다.

등이 잔뜩 달린 진달래 정원에서의 점심식사. 나는 조지 오빠의 할머니 옆자리에 앉았다. 할머니는 노란색 술 달린 숄을 계속 끌어올리면서 와인 잔을 내 잔에 연신 부딪혔다. 밴드가 첫 곡으로 쉬운 노래를 연주했다. 나는 내 잔을 들었고 조그마한 크랩 케이크를 먹었으며 집으로 돌아가는 밤 비행기 시간에 맞춰 떠나기 위해 손목시계에서 눈을 떼지 않았다.

디저트가 나오기 바로 전 식탁을 돌던 조지 오빠가 신부에게서 떨어져 급하게 내 쪽으로 왔다. 우리는 경황이 없어 아직 인사할 틈도 없었다.

이게 누구야! 오빠가 나를 껴안으며 말했다.

적어도 삼 년 만이었다. 가까이서 보니 오빠는 달라 보였다. 보기 좋게 살이 더 붙었다. 동부가 체질에 맞는지, 천성이던 느긋함 대신에 약간의 형식과 격식이 몸에 배어 있었다. 오빠의 금테 안경은 이제 좀 더 기름한 타원형 안경이되어 있었고, 당연하다는 듯 벨트를 매고 있었다. 몇 킬로그램은 족히 붙은 듯했다.

나는 오빠에게 흔히 하는 결혼 축하 인사를 건넸고, 오빠는 내게 손을 뻗었다. 자, 그가 나를 끌어당기면서 말했다. 너 나랑 춤춰야 해. 그는 나를 무대로 끌고 갔다.

야외에 매달린 등은 옅은 오렌지색 빛을 냈고, 주변의 테이블에서는 말소리와 웃음소리가 터져 나왔다. 나는 경직된 채로 오빠의 어깨에 손을 올렸다. 밴드 가수가 스탠드 마이크로 다가가 달콤하게 속삭이며 노래하기 시작했다. 노래의 중간 즈음, 오빠가 몸을 조금 떼더니 내 얼굴을 바라보았다.

왜? 내가 말했다.

그 쿠키 가게 기억 나?

그 점원과 여자친구가 만든 샌드위치? 내가 말했다. 물론이지. 그 망친 그림들로 만들었던 벽지는 기억해?

그가 나를 보며 얼굴을 붉혔다. 네가 와줘서 정말 기쁘다. 그가 내 어깨를 꽉 쥐며 말했다. 네가 대표로 온 거야, 네가. 그는 팔을 쭉 뻗어 나를 빙그르 돌렸다. 아직도 공장 맛이야?

순간적으로 비틀거리며 그의 팔 쪽으로 몸이 기울어졌다. 그 이야기는 딱 한 번 했을 뿐이었다.

좀 나아졌어. 내가 뒤로 물러나며 말했다.

오빠는 트럼펫 선율을 따라 흥얼거리며 나를 가까이 안았고, 그는 너무나 익숙하고도 낯설게, 너무나 내 사람이면서도 내 사람 같지 않게 느껴졌다.

이봐. 그가 말했다. 네가 조지프 방에 들어와서 나한테 음식에 대해서 어떡하면 좋겠냐고 물었던 거 기억나?

오빠가 뭐라고 했는지는 잊었어.

익숙해질 수도 있다고 했어.

나는 그의 어깨에 대고 숨을 들이쉬었다. 완벽하게 다림질된 새 턱시도, 그리고 옛날과 똑같은 옅은 레몬 비누 냄새.

익숙해졌냐고 묻는 거야?

글쎄다. 익숙해졌어?

우리는 둘 다 어색하게 웃었다.

나 식당에서 설거지 일 하고 있어. 내 손에 맞닿은 그의
손의 온기를 느끼면서 내가 말했다. 정말 멋진 곳이야. 오빠
도 알아. 조지프 오빠 없어졌던 날 밤에 갔던 곳 기억나? 아
빠랑. 프랑스 식당. 오빠는 감자튀김을 먹었잖아.

네가 설거지를 한다고? 왜 거기서 음식 맛을 보지 않고?

그냥 거기 있는 게 좋아. 공짜로 음식도 줘.

그가 무릎을 굽히는 춤동작을 했다. 설거지가 나쁘다는
건 아닌데. 그가 무릎을 구부리며 말했다. 그냥 적절한 일
같지가 않아서 그래. 그렇지 않아? 그들도 알아?

그는 나를 끌어당기고는 신부를 보고 윙크했다. 신부는
이제 피로연장 저편에서 아버지와 춤을 추고 있었다.

나는 신부가 대답으로 키스를 보내는 것을 보았다.

그들도 뭘 알아? 내가 물었다.

그가 눈알을 한 번 굴렸다.

아, 누가 에델스타인 집안 아니랄까 봐. 그가 말했다. 그
러지 말자고. 그게 꼭 비밀일 필요는 없잖아, 네가 할 줄 아
는 것 말이야. 나 조지프가 뭔가 연구하고 있었다는 거 알
아, 아주 열심히. 한 번은 내게도 몇 장 보여줬었지. 아주 오
래전이었지만. 어떤 그래프들을 그리고 있었어. 놀라운 연
구였는데. 정말로. 믿기지 않을 만큼. 그런데 지금 그것들은
다 어디에 가 있지?

나는 몸을 돌려 오빠 얼굴을 똑바로 바라보았다.

미안, 미안해. 그가 말했다. 냉정하게 굴려던 건 아니었어.

냉정하지 않아. 사실이야.

내 말은…….

오빠. 내가 그의 어깨를 꽉 잡고서 말했다. 축하해. 정말로.

노래는 끝을 향해 갔고 그의 눈은 두 가지를 말하고 있었다. 반은 나를 측은해했고, 반은 고마워하고 있었다. 그러나 타이밍이 적절하지 않았던 내 축하 인사는 누구나 하는 평범한 인사말처럼 들릴 뿐이었다. 그리고 그의 생각은 대부분 아직도 우리 오빠에게 집중되어 있었다.

내 말은, 조지프가 여기 있는 애들만큼 똑똑하다는 뜻이야. 그가 저쪽으로 팔을 휘 내저으며 말했다. 목소리는 화가 나서 높아져 있었다.

그 자식은 여기 있어야 한다고.

밴드가 노래의 마지막 소절을 끝냈다. 테이블에서는 시들시들한 박수가 나왔다. 누군가 케이크를 달라고 외쳤고, 오빠는 내 뺨에 입을 맞추고는 손을 꽉 잡고 고맙다고 말했다. 그는 그 순간 내게 줄 수 있는 것을 다 주었고, 결국 나는 시간과 식순에 그를 빼앗겨버렸다. 그는 신부에게로 돌아갔다. 신부는 그가 몇 주 동안 바다에라도 나갔다 온 듯 두 팔로 껴안으며 그를 맞았다.

42

나는 그날 밤늦게 집에 도착했다. 조지 오빠가 이제 결혼을 했다는 사실에 알 수 없는 평정이 찾아왔다. 돌아오는 비행기 안에서의 그 몇 시간 동안 나는 머릿속에서 재생되는 영상을 애써 지우면서 내내 창밖을 바라보았다. 이마를 유리창에 댄 채 해가 지는 모습을 보았고, 비행기가 서쪽으로 날아가는 통에 뭉게구름 사이로 해가 지는 것을 또 보았다. 나는 케이크 절단식 대신 집에 오는 저녁 비행기를 택했다. 일요일 아침 설거지를 하러 가기 위해 늦지 않게 도착하는 비행기를 예약해둔 터였다. 조지 오빠의 결혼식에 가는 게 중요하기는 했다. 하지만 공항으로 가는 택시 안에서 사실 내 기분은, 폐부 한구석을 차지하고 있던 구겨진 종이뭉치가 펼쳐지듯 아프면서도 시원했다.

집에 왔을 때는 열한 시가 넘어 있었다. 아빠가 아직 깨어서 낡은 버클리 대학 티셔츠와 조깅 반바지 차림으로 어둠 속에서 오렌지색 줄무늬 의자에 앉아 있었다. 손에 쥔 물 잔에 담긴 물이 원통형 실린더처럼 방을 되비쳐주었다.

엄마는요?

잠들었어. 아빠가 오빠 방 쪽에 대고 손을 흔들었다.

아빠 괜찮아요?

아빠는 대답 대신 어서 오라는 뜻으로 한 손을 뻗었다. 나는 다가가 손을 잡았다.

결혼식은 어땠니?

좋았어요.

신부가 참하든?

좋은 사람 같아요. 예뻐. 나는 여행 가방을 내려놓고 빨간 벽돌 벽난로 가장자리에 걸터앉았다.

아빠 무릎에는 낡은 가족 사진첩이 펼쳐져 있었다. 이따 금씩 들렸던, 아빠가 책장을 넘기는 소리에 걸맞은 무거운 사진첩이었다. 놀라웠다. 차고 벼룩시장 이야기를 빼면 아 빠는 과거에 잠기는 일이 별로 없었고, '브리가둔'의 발견 은 아빠에게 대학생 때보다 더 어린 시절이 있었음을 알려 준 드문 경우였기 때문이다.

뭘 보고 있었어요?

아, 그냥 가족사진들. 잠이 안 와서 말이다.

나는 더 잘 보려고 가까이 다가갔다. 아빠가 깨어 있어서 반가웠다. 아직 여행에서의 기분을 정리하지 못한 나는 잠 들고 싶지 않았다. 우리는 멀리 바깥에서 들어오는 희미한 불빛으로 흑백 형체의 아빠 어린 시절의 사람들을 겨우 알 아볼 수 있었다. 나의 친할머니, 가족을 먹이기 위해 닭의 모든 부분을 요리했던 검은 머리칼의 여인. 축구공을 들고 있는 허쉬 삼촌. 할아버지는 시내 어딘가에 나가 있는 모습 이었는데, 얼굴을 뭔가로 가리고 있었다.

할아버지가 아프셨어요?

아, 그거 알잖니, 마스크 말이다.

무슨 마스크?

마스크 이야기 해주었을 텐데.

들은 적 없는데. 내가 말했다. 나는 더 가까이 들여다보았다. 흰색 천 조각이 할아버지 얼굴의 아래쪽 절반을 감싸고 있었고 입 위로는 접혀 올라가 있는 것 같았다.

난 아버지한테 얼굴에 팬티를 쓰고 다니는 것 같다고 말했지. 아빠가 고개를 저었다.

알레르기 때문이었어요?

내가 이 이야기를 한 번도 해준 적이 없니?

무슨 얘기요?

네 할아버지가 사람들의 상태를 냄새로 알 수 있었다는 이야기?

할아버지가 뭘 할 수 있으셨다고요?

정말 모르냐?

나는 약간 기침을 했다. 음, 네. 정말 몰라요.

아빠가 부드러운 손길로 사진을 만졌다.

우리 아버지는, 아빠가 말했다, 가게에 들어가 숨을 한 번 들이마시면 가게 안에 있는 사람들에 대해서 꽤 많은 것을 알 수 있었단다. 누가 행복한지, 누가 불행한지, 누가 아픈지 기가 막히게 맞혔지. 하늘에 맹세코 사실이었어. 아버지는 그 천 조각을 코에다가 쓰고 다녔어. 바깥에서 말이야. 아, 우리 아버지! 일하다 쉴 때는 그것을 코에다 쓰고 미시

건 애비뉴를 걸어 다니셨지.

아빠는 거기 사진이 있다는 사실을 도저히 믿을 수 없다는 듯이 사진첩 페이지를 내리쳤다.

좋은 분이셨단다, 참으로 좋은 분이셨어. 정말로 너그러우셨지. 하지만 너 상상할 수 있겠니, 이런 사람과 장을 보러 간다면 어떨지? 한 번은 내가 아버지한테 아버지랑 같이 다니기 싫다고 말했지. 그 덕에 이틀 동안 내 방에 갇혀 있어야 했고.

바깥에서는 나뭇가지들이 바람에 흔들려 와삭거렸다. 나는 목구멍이 옥죄어왔다.

그래서 그런 말은 두 번 다시 하지 않았지. 아빠가 말했다.

할아버지가 무슨 냄새를 맡으셨는지 이야기해주셨어요? 내가 아주 부드럽게 물었다.

고통. 아빠는 어깨를 들었다 내렸다.

난 아버지를 사랑했다. 아빠가 의자에 등을 기대며 말했다. 참 사랑했어. 하지만 그놈의 마스크를 안 쓰고 있을 때 가장 사랑했지.

나는 사진첩을 더 가까이 끌어왔다. 할아버지를 바라보았다. 마스크 위로 보이는 진지한 짙은 색 눈. 친절한 얼굴의 할머니. 나비넥타이를 맨 다섯 살 꼬마인 아빠.

아버지는 쉰넷에 돌아가셨어. 당신의 죽음을 냄새로 맡으셨고, 그러고는 돌아가셨지.

아빠는 사진의 사각형 윤곽을 손가락으로 훑었다.

나도 그럴 수 있어요. 내가 말했다.

뭘 할 수 있어?

나는 생각을 가다듬으려는 듯 사진첩을 쓸어내렸다.

네가 사람을 냄새로 알 수 있다고?

음식으로요.

사람을 맛볼 수 있는 거냐, 그럼?

네. 내가 아빠를 보지 않은 채 말했다. 말하자면요.

아빠가 나를 뚫어지게 바라보았다. 농담하는 거지? 한 번도 그런 말 한 적 없었잖니. 그거 고약하니?

나는 조금 웃었다. 그렇기도 하죠.

아빠는 눈을 감고 눈썹을 문질렀다. 허, 아버지도 이따금씩 그걸 아주 싫어하셨지. 아빠는 기억을 더듬었다. 지독히도 싫어하셨지만 그 덕분에 좋은 사람들도 만나셨어. 한 번은 시어스 쇼핑몰에 갔는데 아버지가 마스크를 벗더니 숨을 크게 들이마셨지. 아주 훌륭한 사람의 냄새를 맡았던 거야. 어브 아저씨, 정말 보석 같은 분이셨어. 오래도록 가족들끼리 친구가 되었단다. 너는 사람을 맛으로 알 수 있다고 했니? 사람을 깨물어 먹어봐야 한단 말이냐?

나는 사진첩을 내려다보며 웃었다. 아니, 사람들이 만든 음식에서 맛이 나는 거예요. 누가 음식을 요리했는지에 따라. 뭐 그런 거예요.

아빠는 비록 눈은 아직 감은 채 혼란스러움으로 찡그리고 있었지만 고개를 끄덕였다. 아빠는 마음속에서 떠오르는 다양한 순열의 질문들 사이를 오가면서 그 질문들을 통째로 넘어가려고 하는 것 같았다.

놀라운 가족이야. 아빠가 말했다.

나는 딱히 뭘 해야 좋을지 몰라 다시 사진첩으로 돌아갔다. 작은 물방울무늬 나비넥타이를 매고 두 손을 하늘로 뻗어 올린 조그마한 아빠.

귀엽네 아빠. 내가 말했다.

아빠는 자기를 보려고 목을 길게 뺐다. 아, 그 넥타이.

우리는 그 물방울무늬 나비넥타이가 세상에서 가장 흥미로운 옷이라도 되는 듯 같이 뚫어지게 바라보았다.

너도 알듯이 나는 특별한 능력이 없잖니.

기억해요.

아빠가 약간 입술을 꾹 다물었다. 너나 할아버지 같은 것 말이다.

나는 사진첩을 넘겼다.

그런데 난 그냥 그런 감이 와. 알다시피 난 오랫동안 그게 어떤지 다 봤지 않니. 그놈의 마스크! 너라면 온종일 얼굴에 그런 마스크를 쓰고 시내를 다니고 싶겠어?

아빠는 티셔츠 소매를 만지작거렸다. 할아버지 어깨에 목말을 타고 나뭇가지에서 자두를 따려고 하는 아빠. 그네 위에서 싱글벙글 웃고 있는 어린 아빠.

무슨 감이요? 내가 물었다.

그냥, 상상해보는 거야. 아빠가 팔짱을 끼며 말했다. 내가 병원에서 할 수 있을지도 모르는 뭔가를. 그게 뭔지는 모르겠다. 안다면 너무 부담스럽지 않겠니, 안 그래? 내가 병원 안으로 들어가면 뭔가가 나타날 것 같아. 그러니까 특별한 능력 같은 게. 그게 전부란다. 모르는 게 백번 낫지. 그게 내 신조야. 모든 건 단순하게! 쉽게!

나는 움직이지 않았다. 꼼짝도 할 수 없었다.

무슨 말이에요, 뭔가가 나타날지도 모른다는 게? 내가 단어를 천천히 발음하며 말했다.

그냥, 뭔가 특별한 걸 할 수도 있지 않겠니, 병원에서 말이다.

아빠는 입술을 굳게 다물었다. 달이 창문틀 안으로 내려와 물잔을 통과하며 깨끗한 빛을 던졌다.

그게 뭔지 전혀 모른다고요?

전혀. 아빠가 차분하게 말했다.

그리고 그건 그냥 직감이고요?

그냥 끌어당기는 느낌이지. 아빠가 의자 안에서 고쳐 앉으며 말했다. 병원 건물을 볼 때 그런 게 느껴진단 말이다. 내가 안으로, 안으로 들어가야 할 것만 같은 느낌.

나는 의자 팔걸이 천의 솔기 안으로 손을 집어넣었다. 나의 아빠, 생각지도 못한 데서 불쑥 나타난 비밀.

그래서 해봤어요? 들어가봤어요?

아니.

한 번도요?

관심 없다. 아빠가 말했다. 예전에 이웃집에 아픈 사람이 살았었는데 그걸로 충분했다.

그 사람은 좋아졌어요?

안 그래도 회복되고 있는 중이었어. 아빠가 손바닥으로 팔을 두드리면서 말했다.

그래도 아빠가 그분을 도와드린 거 아니에요?

과연 그럴까 모르겠다. 그 사람은 이런저런 약을 많이 먹고 있었어.

나는 아빠 손을 붙잡았다. 그럼, 가봐요! 가서 시험해봐요. 늦었으니까, 사람도 별로 없을 거예요. 그리고 내가 한시도 아빠 옆에서 떨어지지 않을게요, 네? 어떻게 생각해요? 정말 엄청난 소식일지도 몰라! 그러니까, 도울 수 있을지 모르잖아요, 안 그래요? 쓸모 있는 정보인지도 몰라요, 세상에 말이에요.

아빠 몸은 그 자리에 있으려는 관성을 더하면서 내가 끌어당기면 당길수록 더욱 무거워졌다.

싫어. 아빠가 말했다. 미안하다, 로즈. 아버지가 어떻게 사셨는지 난 다 보았다. 난 안 가.

하지만 내가 아빠 옆에 꼭 붙어 있을게요. 내가 매달렸다. 옆에 꼭 붙어서 들어갈게요, 한시도 안 떨어지고. 그냥 시험해보는 것일 뿐이에요. 내가 아빠 곁에서 절대로 안 떨어질게요.

나는 아빠 팔을 더 세게 잡아당겼다.

그게 놀라운 솜씨면 어떡해요? 내가 말했다.

아냐. 아빠가 말했다. 고맙다, 하지만 싫어. 고개를 들어 나와 마주친 아빠의 눈빛은 돌처럼 굳어 있었다. 아빠는 내 손등을 톡톡 두드리더니 부드럽게 팔을 빼냈다. 여전히 무겁게 의자에 가라앉아 있는 아빠의 상체.

그렇지만 어쩌면 나를 도울 수 있는 건지도 몰라요.

아빠 얼굴이 찌푸려졌다. 어떻게 그럴 수 있다는 건지 모르겠구나. 음식과 병원은 같은 게 아니야.

아빠는 냉정을 되찾으려고 펼쳐진 사진첩을 다시 내려다보았다. 꼬마인 자신을 오래도록 뚫어지게 내려다보았다. 나는 아빠를 의자에서 떠밀어버리고 싶은 충동을 꾹 참아야 했다. 어떻게 해서든 아빠를 밀어붙이고 싶었다. 아빠를 크레인으로 푹 떠서 병원에 떨어뜨리고 싶었다. 강제로라도 그렇게 하고 싶었다. 내게는 믿을 수 없을 만큼 사치스러워 보였다. 아빠에게 선택권이 있다는 것이, 아빠가 다른 길로 돌아갈 수 있다는 것이, 자기 자리에 앉아 생각하면서, 숙고하면서, 아무것도 모른 채로, 아무것도 알아내지 않은 채로 있을 수 있다는 것이.

그래도 아빠는 병원에서만 그런 거잖아요. 내가 약간 무기력하게 말했다.

그래서?

나는 의자 팔걸이의 천을 그러쥐었다.

행운아네요.

아빠 입술이 굳었고, '행운아'라는 단어가 우리 주위에서 되튀어 올랐다. 아무것도 의미하는 게 없는, 잘못된 말.

로즈. 아빠가 감정 없이 말했다. 난 네 오빠 병문안조차 못 갔다.

그렇게 말하고 아빠 얼굴은 단단하게 굳었다.

맞는 말이었다. 오빠가 병원에 입원해 있었을 때 아빠는 한 발이라도 들여놓으려 애쓰면서 한 시간이 넘게 병원 자동문 밖에 서 있었다. 해보고, 또 해보면서. 나는 들어가는 길에 아빠 옆을 지나쳐 갔다. 아빠는 줄곧 손에 읽을 책을 들고 있었기 때문에, 지나가는 사람들은 아빠가 약속이 있어 기다린다고 생각했을 것이다.

그게 마지막인지 몰랐잖아요. 내가 낮은 목소리로 말했다.

알았다 해도. 아빠가 말했다.

잠시, 우리는 깊은 밤 속에 같이 앉아 있었다. 토요일 밤, 속도를 냈다 줄였다 하면서 샌타모니카 대로를 달리는 차들의 먼 소리에 잠긴 채. 달빛이 창문을 뚫고 들어왔다. 아주 오래전 응급실로 실려 갔던 그날이 생각났다. 나를 내려다보며, 입을 없애버릴 수는 없다고 말하던 의사들.

나는 머리를 의자 팔걸이에 묻었다. 나도 그렇게 정해진 곳에서만 그랬더라면, 아빠처럼 했을지 몰라요.

아빠가 내 팔에 손을 얹었다. 아빠의 손바닥이 차가웠다.

안 먹고 살 수는 없으니까, 그렇지?

그래요.

그리고 아빠가 그 말을 한 바로 그때, 새 한 마리가 하늘을 가로지르듯 오빠가 내 마음속에서 반짝 나타났다. 비록 반쯤만 떠오른 생각이었지만, 그래도 음식은 어쨌든 먹는 것이고, 식사는 늘 정해진 시작과 끝이 있다는 생각이, 그리고 나는 내가 먹을 수 있는 것과 먹을 수 없는 것을 고르고 선택할 수 있었다는 생각이 문득 떠올랐다. 게다가 아빠는 병원을 한 바퀴 차로 돌 수도 있었고, 할아버지는 대부분 가게에서만 냄새를 맡았던 것 같았지만, 만일 오빠가 날마다 느낀 게 무엇이었든지 그것이 그처럼 형태가 있는 게 아니었다면 어땠을까 하는 생각. 피하거나 조정할 수 있는 방법이라고는 없는, 지속적인 것이었다면?

나는 팔을 뻗어 아빠의 손을 잡았다. 아빠의 눈을 마주 보았다.

미안하구나. 아빠가 말했다. 조금 번민에 빠진 눈빛.

아빠는 내 손을 꼭 쥐었고, 두려운 듯한 눈빛이 순간적으로 번쩍였으나 이내 아빠의 눈 속에서 사라졌다. 아빠는 나머지 한 손으로 얼굴을 문질렀다. 휴. 아빠의 한숨.

늦었구나. 아빠가 목소리를 고치고 말했다. 아빠는 잡은 손을 놓고 내 어깨 위에 그 단단한 손을 올렸다.

잘 시간이죠. 내가 무릎으로 일어나 앉으며 말했다.

아빠는 사진첩을 덮었지만 한 손으로 계속 내 어깨를 붙잡고 있었다. 그 손에는 할 말이 더 남아 있었다. 나를 계속 거기 있게 하는, 조금만 더 말하고 싶은 게 있다는 그 손. 어차피 커다란 것을 하나 밝혔으니 그 밖에 말할 수 있는 것은 뭐든 털어놓고 싶다는 듯이. 나는 그 안에서 단거리 주자의 충동을 볼 수 있었다. 겁이 나서 피해 오던 것을 전부 짧은 한순간 속으로 던져버리고, 그렇게 잠들어서 모든 걸 잊어버리고 싶다는 충동을.

한 가지만 더. 아빠가 말했다.

너 그날 뭔가를 보았지, 그렇지?

달빛이 아빠 얼굴을 훤하게 비추었다.

언제요? 내가 알면서도 물었다.

아빠는 답하지 않았다. 나는 계속 의자 팔걸이에 고개를 기대고 있었다.

맞아요.

네가 뭘 보았는지는 알려고 하지 않겠다. 아빠가 사진첩을 테이블에 놓으며 말했다. 다만 한 가지는 알고 싶구나. 괜찮겠니?

알겠어요. 내가 작은 목소리로 말했다.

조지프가 돌아올 수 있니?

아니요.

아빠는 스스로를 위해 마음의 준비를 하는 것처럼 세차게 고개를 끄덕였다. 잠시 동안 계속 고개를 끄덕였다.

나도 그렇게 생각하고 있었다. 너무 오래됐지.

아빠가 머릿속의 생각을 누르려는 듯이 이마를 꾹꾹 눌렀다.

조지프가 뭐라고 말은 안 했니? 그날 아파트에서? 너한 테 뭐라도 부탁한 건 없었어? 병원에서는?

없었어요.

아빠는 카펫 위에서 발을 흔들었다. 아빠 운동화의 은색 줄무늬가 달빛을 받아 반짝거리는 불꽃을 만들었다.

그 애는, 괜찮은 거냐?

나도 몰라요. 내가 말했다. 거기에 뭐라고 대답해야 할지 알 수 없었다.

조지프도 무슨 능력이 있었니?

나는 눈을 감았다. 네, 오빠도.

한 삼십 분 정도, 아빠는 이마를 누른 채 발을 흔들었다. 고개를 저었고 한쪽으로 기울였다. 핀볼 하나가 아빠 몸속 에 떨어져 뼈와 힘줄 사이를 돌아다니는 것처럼, 그리고 아 빠는 그 핀볼을 피하려는 것처럼 이 새로운 소식을 이리저 리 피하며 밀어내고 있는 것 같았다. 나는 무엇인가를 바라 보거나 생각하기에는 너무 피곤해서 계속 눈을 감고 있다 가 조금 잠을 잤다.

내가 눈을 떴을 때, 낮게 내려온 달이 의자와 테이블에 말 간 달빛을 뿌리고 있었다. 앞장에 '사진첩'이라고 박힌 금 박 글씨가 달빛을 받아 반짝였다. 아빠는 다시금 정지한 채 고요히 또렷하게 깨어 있었다.

나는 마룻바닥에서 몸을 일으켰다. 이야기를 해줘서 고 맙다고 말했다. 아빠에게 굿나잇 키스를 했다. 나 좀 걷고 오

마. 아빠는 그렇게 말하며 일어나 현관문으로 나갔다. 보도에 길게 그림자를 드리우며, 흰 달빛 자락 안으로 들어갔다.

43

일요일 아침, 나는 일을 하러 식당으로 걸어갔다.

맑게 갠 오월의 아침이었다. 공기는 평소보다 더 깨끗하고, 험준한 샌페르난도의 산들은 자동차라는 것이 발명되지 않은 듯 멀리서도 선명하게 보였다. 나는 일찍 도착했다. 식당 문이 아직 닫혀 있었다.

새들이 전선 위에서 폴짝 거리는 것을 보면서 식당 앞의 돌담을 따라 걸었다. 그러고 나서 뒷문을 두드리니 뒤퐁 씨가 손잡이를 돌리며 나를 들여보내주었다.

열 시쯤, 일곱 정도 되는 배고픈 사람들이 식당 바깥에 모여 있었고, 문이 열리자 한꺼번에 우르르 몰려 들어와 브런치를 먹기 위해 자리를 잡았다. 바깥은 바다에서 불어오는 가벼운 바람으로 공기가 깨끗했고, 이 공기가 그들을 따라 들어와 식당 안을 씻어주었다. 나는 세 시간 동안 접시를 닦았고, 머릿속이 아빠와 오빠와 병원과 마스크로 뒤죽박죽이었기 때문에, 밀려 있던 은수저들을 대강 해치우고 나서 주임 웨이터에게 휴식을 청했다. 점심을 먹게 삼십 분 정도 쉬어도 괜찮은지 물었다. 나는 허락을 받고서 여느 때와는 달리 부엌에서 나가 와인 감별을 하는 바로 갔다. 턱살이 늘어진 거구의 남자와 빨간 스카프를 동여맨 검은 머리의 작은 여인 사이에 자리를 잡았다. 뒤퐁 씨가 손에 쥔 천으로 볼을 쓸어내리며 뒷방에서 나왔다.

미모사 한 잔 하시겠어요? 뒤퐁 씨가 샴페인 잔에 와인을 따르며 말했다.

좋다마다요. 턱살 남자가 말했다.

저 음식 감별을 해보고 싶습니다. 내가 말했다.

뒤퐁 씨가 고개를 치켜들었다. 눈가에는 모자란 잠기운 이 아직 남아 있었다.

음식 감별? 그가 말했다.

샤르도네 한 잔 부탁해요. 빨간 스카프의 작은 여자가 말 했다. 그는 벽에서 잔을 하나 꺼내 바로 세웠다.

제 점심을 여기서 먹어도 될까요? 그리고 제가 맛보는 것 을 말씀드릴게요. 내가 약간 떨리는 목소리로 부탁했다.

뒤퐁 씨가 어깨를 한 번 으쓱했다. 안 될 거 없지. 우리 설 거지 담당이죠?

맞습니다. 내가 말했다.

열심히 일하더군. 뒤퐁 씨가 말했다.

재밌겠군요. 남자가 말했다. 저도 끼어도 됩니까?

뒤퐁 씨가 화이트 와인 한 병을 따서 희미한 빛을 반사하 는 여자의 잔에 따라주었다.

키슈(달걀과 크림 등을 이용해 구운 프랑스 파이―옮긴이)로 주세 요. 내가 말했다.

키슈. 남자가 따라했다. 맛있겠군.

빨간 스카프의 여자가 와인 잔 가장자리에 코를 묻고 얼마간 집중했다. 뒤퐁 부인이 뒤쪽에서 나오자, 설탕에 졸여지는 양파 냄새가 바에까지 밀려왔다. 달콤하고 부지런한, 정오의 인사 같은 냄새. 뒤퐁 씨 부부는 가깝게 붙어 서서 몇 분 동안 이야기를 나누었고 뒤퐁 씨의 손이 자연스럽게 부인의 목덜미를 감쌌다. 주방으로 들어갔던 웨이터 한 명이 이내 조그마한 접시 둘을 갖고 나왔다. 노릇노릇 잘 구워진 노란 키슈 한 조각이 올려져 있었다. 뒤퐁 씨는 두 손님에게 와인을 한 잔씩 더 채워주고는, 십자말풀이가 있는 〈뉴욕타임스〉 일요일판과 끝을 씹어놓은 연필 한 자루를 가지고 왔다. 그는 바 뒤에 있는 자기 스툴에 자리를 잡고 앉아 문제들을 읽기 시작했다.

　　내 옆에서 턱살 남자가 자기 접시를 쥐었다. 바깥에서는 차들이 주차할 곳을 찾아 버몬트 애비뉴를 오르내리고 있었다. 나는 키슈를 내려다보았다. 바삭거리는 가장자리에 갈색 금빛이 돌았다.

　　내 포크를 들었다.

　　옆에 앉은 남자가 급하게 한 입 떠 넣었다.

　　자, 여기서 맛보는 걸 말하면 되는 거지요? 그가 말했다.

　　그럼요. 내가 대답했다.

　　달걀. 그가 말했다. 달걀 맛이 나는구먼.

　　나는 웃었다. 뒤퐁 씨는 아직 채우지 못한 낱말 맞추기에서 눈을 떼지 않았다.

그럼요. 뒤퐁 씨가 신문에 대고 말했다. 그렇고말고요. 키 슈에 달걀이 빠질 수 없지요.

그리고 이 와인에서는 약간 장미향이 나는군요. 옆의 여 자가 말했다.

나는 내 키슈를 한 입 입에 넣었다. 진정한 온기와 균형으 로 만들어진 것이었다. 그리고 삼켰다.

계란이 미시건 것이라고 덧붙이고 싶네요. 내가 말했다.

턱살 남자가 입을 오므렸다. 우리는 지역을 말하는 게 아 니잖소. 그는 또 한 입 먹었다. 크림. 그가 말했다.

나는 내 스툴을 바 쪽으로 조금 더 당겨 앉았다. 뒤퐁 부 인이 주방에서 나와서 문간에 섰다.

맞아요. 부인이 말했다. 키슈에 크림이 들어가지요.

사실은 반반씩 섞인 것 같은데요. 내가 말했다.

아니에요. 부인은 그렇게 말했지만 약간 얼굴이 붉어졌 다. 아, 너로구나. 부인이 말했다. 뒤퐁 씨가 신문에서 고개 를 들었다.

휴식 시간이라서요.

부인은 딴생각으로 옮겨 가며 고개를 끄덕였다. 부인의 눈길이 옆면 벽을 따라 올라갔다.

그게요, 우유가 두 종류가 들어갔는데, 내가 스툴에서 몸 을 기울이며 말했다. 하나는 크림이에요, 네바다 것이요. 제 가 볼 땐 약간 민트향이 나니까요. 하지만 그냥 일반 우유도 들어갔어요. 프레즈노 산이요.

글쎄. 부인이 말했다. 부인은 주방으로 들어갔고 나는 부인이 냉장고 문을 열어 우유 통을 꺼내는 소리를 들었다.

뒤퐁 씨가 네모 칸 안에 조심스럽게 낱말을 채워 넣고 있었다. 키슈 로렌, 그가 신문에 대고 말했다. 프랑스 북동부 로렌 지방의 이름을 따서 만든 것으로 십육세기 초에 많이 먹었지요. 독일의 영향을 받았고요.

햄이요. 빨간 스카프의 여자가 말했다.

나는 물을 한 모금 마셨다.

돼지고기는 유기농이네요. 내가 덧붙였다. 캘리포니아 북부요.

이 아가씨가 막 지어내고 있네. 턱살 남자가 말했다.

제가 맞나요? 내가 말했다.

뒤퐁 씨가 싱긋 웃으며 연필을 돌렸다.

유기농 고기라는 것을 어떻게 아니? 그가 물었다.

뒷맛이 달라요. 질감이 살아 있어요. 머데스토 동부 같은 데요. 내가 말했다.

프레즈노란다. 뒤퐁 씨가 말했다. 우유랑 같은 데야. 우리가 아주 좋아하는 농부가 있지. 벤이라고.

버터는 프랑스 거네요. 내가 말했다. 저온 살균 처리하지 않은 거. 파슬리는 샌디에이고 산이고요. 이 파슬리 농부 아저씨는 안 되겠는데요.

아! 뒤퐁 씨가 바를 치면서 말했다. 우리가 왜 자꾸 그 작자한테서 사는지 모르겠어. 참 맘에 안 드는 작자란 말이야.

그것을 맛으로 알 수 있어요? 빨간 스카프 여자가 말했다.

파슬리 딸 때의 손길이 느껴져요. 거칠게 땄어요.

뒤퐁 부인이 바 뒤쪽으로 물러섰다. 우유는 잘 맞혔구나. 냉장고 안을 보았니?

넛맥도 들지 않았나요? 빨간 스카프의 여자가 물었다.

부인이 고개를 끄덕이자 여자가 얼굴을 붉혔다. 대개는 잘 모르는데, 부인이 앞치마 끈으로 입가를 누르며 말했다, 넛맥을 넣을 거라곤 생각 못 하거든요.

뒤퐁 씨가 나를 똑바로 바라보았다. 내 말을 기다리고 있었다.

먼 곳이에요. 인도네시아? 비행기를 타고 건너왔어요.

반죽은? 거구의 남자가 물었다.

이 근처에서요. 뒤퐁 씨가 직접 만드신 것 같은데요.

내가 만들었단다, 직접. 어젯밤에.

맛있어요. 내가 말했다.

그나저나 왜들 와인 바에서 먹고 있는 거예요? 부인이 물었다.

바다소금도 들었어요. 빨간 스카프의 여자가 말했다.

아가씨는 먹고 있지도 않잖소. 턱살 남자가 말했다.

음식 감별을 하고 있어요, 와인 감별 대신에.

크러스트는, 남자가 음미했다, 크러스트는…….

나는 한 입 더 먹었다. 정보들이 올라오도록 천천히 먹었다. 뒤퐁 씨는 낱말풀이를 멈추었고, 나는 이제 그가 나를 보고 있는 것을 느낄 수 있었다. 바짝 정신이 들었다. 세밀한 관심을 받고 있는 날카로운 감각.

요리한 분은 약간 실망한 기분이네요. 내가 말했다.

음. 부인이 와인 선반에 기대어 서서 소리를 냈다.

내 옆의 거구 남자는 냅킨으로 이마를 닦아냈다. 실망은 음식 재료가 아니잖소.

그러나 나는 부인의 눈을 바라보았고, 시선을 떼지 않았다.

그렇지만 요리한 분은 즐겁게 재료를 섞었어요. 적절한 재료를 한데 섞는 조화를 즐기면서요. 화합하는 것을 사랑하면서요.

그건 맞아. 뒤퐁 씨가 고개를 끄덕이며 말했다.

빨간 스카프의 여자는 와인 잔에 코를 갖다 대기를 멈추고 내 말을 듣고 있었다.

재료를 섞는 데 조금 서두른 느낌도 있었어요. 약 팔 분 정도 빨랐나요?

내 옆의 남자가 손을 들었다. 골파가 들어가지 않았소?

팔 분이요. 내가 말했다. 서두르셨어요?

아마 사 분일 거야. 부인이 잘라 말했다.

뒤퐁 씨가 생각에 잠겨 천장을 올려다보았다.

키슈를 만드는 동안 이 사람은 에디트에게 전화할 생각을 하고 있었지. 우리 딸 말이야. 뒤퐁 씨가 나를 보면서 말했다. 안 그래, 마리?

부인은 바 뒤에서 와인 병들을 정리하고 있었다. 병 하나

를 꺼내고, 그것을 같은 상표의 다른 와인으로 바꿔 넣고 있
는 것 같았다.

약 팔 분 정도 빨랐던 맛이 나요. 내가 말했다.

에디트가 낙심해 있었지. 뒤퐁 씨가 말했다. 그 녀석 일본
어에서 낙제를 했거든.

부인이 병 하나를 내려놓으며 말했다. 팔 분이 아니야.

팔 분이에요.

그 아이는 일본 한자 쓰는 데는 영 젬병이야. 뒤퐁 씨가
말했다.

오 분이야. 부인이 말했다.

뒤퐁 씨가 어깨를 한 번 으쓱했다. 아주 작은 웃음이 아랫
입술에 번졌다.

요리한 분에게는 옅은 슬픔도 조금 있어요.

이제 뒤퐁 씨는 아예 연필을 내려놓고 낱말풀이 신문을
접어두었다.

우리 모두가 갖고 있는 것 아니겠니. 뒤퐁 씨가 고개를 끄
덕였다.

나는 내 자리에서 자세를 고쳐 앉았다. 냅킨으로 다시 입
가를 닦았다. 이렇게 오랫동안 내가 받은 인상을 모두 꺼내
놓은 것은 처음이었다. 나는 내가 만나고 싶어 했던 이 사람
들에게 나를 소개하고 싶었다. 그것이 내 마음의 전부였다.

내 다른 쪽 옆에서는 빨간 스카프의 여인이 내 접시를 다
시 빤히 바라보았다.

페이스트리 크러스트는 밀가루, 버터, 설탕으로 만들지요. 그 여자가 말했다.

자, 이제 그만들 하세요! 부인이 앞으로 걸어 나오며 말했다.

집중은 깨어졌고, 부인은 여자에게 공짜 와인을 반 잔 더 따라주었으며, 남자는 자기 키슈를 다 비우고는 혼자 신이 나서 뒤퐁 씨에게 다양한 베이컨의 종류에 대해 늘어놓았다. 나는 내 자리에 그대로 있었다. 뒤퐁 씨와 남자가 큰 소리로 웃는 동안 부인이 내게 조금 다가왔다.

그걸 어떻게 알았니? 부인이 낮은 목소리로 말했다.

모르겠어요. 그냥 알아요.

부인은 와인 바 너머로 팔을 뻗었다. 누군가 주방에서 뒤퐁 씨와 부인을 불렀고 그들은 다른 손님을 위해 바로 자리에서 일어났지만, 나는 이 일이 끝나지 않았음을 알고 있었다. 기다리는 동안 빨간 스카프의 여자가 내 어깨를 두드렸다.

그 여자는 나를 보고 웃었다.

안녕하세요. 그 여자가 말했다.

나는 그 여자에게 맛보지 않고도 반죽 재료를 짐작한 것을 가리키며 잘하시더라고 말했다.

저, 음식에 대한 정보를 미리 알고 있었나요? 그 여자가 말했다. 그 여자는 가방 안에서 뭔가를 더듬어 찾았다. 야무진 얼굴이었다. 눈빛이 작은 새의 눈처럼 반짝였다.

아니요.

그렇다면 굉장히 박식하군요. 그 여자가 껌 종이와 펜들을 옆으로 밀어 놓으며 말했다. 빨간 스카프 때문인지 그 여자의 뺨도 비슷하게 붉은 것 같았다. 건강한 붉은 색이었다.

고맙습니다. 나는 냅킨으로 테이블을 휘 닦았다. 그냥 보시는 게 다예요.

그렇군요! 여자가 말하더니 명함 한 장을 꺼내 내게 내밀었다. 그 위에는 그 여자 이름이 적혀 있었고, 학교와 관련된 어떤 직업이 쓰여 있었다.

그러니까 여러 가지를 알아낼 수 있다는 거죠, 음식에서? 그 여자가 말했다. 내게 고정된 눈길.

나는 눈을 깜빡이지 않았다. 네.

많은 것을요?

네, 많은 걸요.

저한테 그럼 전화를 한 번 주시겠어요? 여자가 말했다. 좀 전에 들떠서 재료를 알아맞히던 사람은 사라지고 이제 흔들림 없는 눈빛이 내 눈을 똑바로 바라보고 있었다. 그 여자는 갑자기 좋은 사람, 아주 좋은 사람 같아 보였다. 제가 그쪽을 좀 활용할 수 있을지도 모르겠어요.

나는 명함의 네 귀퉁이를 조심히 들었다.

전 청소년들과 같이 일하고 있어요. 그 여자가 말했다.

여자는 몸을 돌려 식당에서 나갔다. 뒤를 돌아보지는 않았지만, 그 작은 사각형 명함이 나를 쳐다보고 있었다. 나는 그것을 주머니 안에 넣었다.

이제 바는 깨끗하게 치워져 있었다. 턱살 남자는 식당에서 나가, 여느 때와 같은 차들의 행렬 속으로 합류해 들어갔다. 뒤퐁 씨와 부인은 바에서 주문을 정리하고 잔들을 치우느라 바빴다. 부인은 늘 그렇듯 테이블 쪽에서 한시도 눈을 떼지 않았지만 그 느낌은 달라져 있었다. 앞서의 거리감은 이제 맘에 들지도 모를 누군가와의 첫 만남을 앞둔 어색함과 수줍음으로 바뀌어 있었다.

뒤퐁 씨가 다른 쪽에서 바 앞으로 걸어 나왔다. 그가 손을 뻗었다. 우리는 악수를 했다.

이름이 뭐라고 했더라?

로즈요. 로즈 에델스타인.

그래, 로즈 에델스타인. 그가 말했다. 다 같이 어디 가서 커피나 한잔 할까.

22

그래, 요리사가 되고 싶은 거니? 다 같이 차로 걸어갈 때 부인이 물었다.

아직은 잘 모르겠어요.

내 어깨너머로 배우고 있는 건가?

아마도요. 그냥 부인이 요리하실 때 주변에 있는 게 좋아요. 그래도 괜찮죠? 사실 그래서 일하는 거예요.

음식 평론가가 되고 싶은 거니?

그냥 좀 더 배우고 싶을 뿐이에요. 전 대학에도 안 갔어요.

그런 건 상관없다. 몇 살이라고 했지?

스물둘이요.

양파 썰 줄 아니?

그럭저럭이요.

그래, 그럼. 부인이 차 트렁크에서 빨간 양파 망을 집어 들며 말했다. 여기서부터 시작하자꾸나.

45

사람들이 엄마에게 오빠가 어디 갔느냐고 물으면, 엄마는
여행 중이라고 답했다. 그것은 탐구와 문학과 정신의 고결
함으로 가득 찬, 엄마가 좋아하는 낱말이었다. 때로 엄마는
오빠가 안데스 산맥에서 고대 문화를 배우고 있다고 말했
다. 오빠는 어떤 때는 오스트레일리아 어떤 깊은 바닷속의
다이버가 되었다가, 또 어떤 때는 서퍼가 되었다. 오빠는
엄마 기분에 따라서 파도를 타기도 했고 그 아래를 탐험하
고 있기도 했다. 엄마는 할머니 할아버지가 남겨주신 유산
을 이자가 높고 유동성이 적은 계좌로 옮겨 넣었다.

엄마는 아직도 거의 대부분의 시간을 작업실에서 보냈
고, 한동안 엄마의 프로젝트는 매우 작고 복잡한 것들이었
다. 나무 공깃돌, 꽃무늬를 새긴 나무 약통, 세밀한 나무 삼
각대, 그리고 그 위에 올려놓을 수 있는 작은 나무 액자. 엄
마는 아랫집 꼬마 소녀와 친해졌는데, 그건 오직 전체 가구
가 갖추어진 인형의 집을 만들어주려는 속셈에서였다. 그
러나 그 소녀는 말괄량이였고, 엄마가 만들어준 조그맣고
완벽한 인형 침대 세트가 농구공에 맞아 산산이 부서진 것
을 보았을 때, 엄마는 만들기를 멈췄다.

한 주에 두 번, 나는 엄마를 위해 요리했다. 우리는 같이
요리책을 꺼내왔고, 내가《요리의 즐거움》에 나온 음식을

하나씩 요리해가는 동안 엄마는 자리에 앉아 식당 일에 대해 묻거나 엄마의 목공 기술이 얼마나 늘었는지에 대해 말해주었다. 나는 엄마더러 그냥 앉아 있으라고, 안 도와줘도 된다고, 엄마는 그동안 충분히 요리를 했다고 고집을 부렸다. 또 한 번, 살기 위한 내 생존 전략은 다른 사람들이 보기에는 착하고 좋은 딸 노릇으로 비쳤다. 몇 달 동안 우리는 애피타이저만 먹었다가, 다음은 수프도 먹을 수 있게 되었고, 그다음은 샐러드, 그리고 앙트레(두 가지 코스 사이에 제공되는 요리 또는 메인 요리—옮긴이)도 먹을 수 있게 되었다. 나는 너무 어려워 보이는 요리는 넘어갔고, 엄마는 가장 좋아하는 요리를 고르면서 이것저것을 요구했다.

엄마는 내가 만든 것에서 위안을 얻었다. 나는 엄마를 위해 그 음식을 만들었다. 나는 그날 그날 내가 얼마나 견디고 싶은지에 따라서 조금씩만 먹었다. 음식 안의 균형은 날마다, 한 입 한 입 먹을수록 점점 변해갔다. 엄마의 생일이 돌아왔을 때 나는 엄마를 위해 크림치즈를 얹은 코코넛 케이크를 구웠고, 우리는 커다랗게 물결무늬가 진 케이크 조각을 놓고 식탁에 마주 앉았다. 여덟 살. 내가 만든 케이크가 속삭였다. 넌 아직도 여덟 살로 돌아가고 싶어 해, 네가 아무것도 모르던 그때로.

나는 엄마 자리에 캐모마일 차 한 잔을 놓았다. 엄마가 내게 고맙다고 말했다. 이제 눈가의 잔주름이 도드라지게 보이는, 여전히 아름다운 엄마. 우리는 래리에 대해서는 더 이야기하지 않았고 오빠 이야기만 나오면 늘 시작되는 엄마의 공황 상태도 시간과 함께 조금 누그러들었다. 하지만 나는 오빠가 전화를 하지 않는다는 것을, 전화할 시간인데 전화가 울리지 않는다는 것을 엄마가 기억해낼 때면 엄마의 이마에 팽팽한 주름이 지는 것을 아직도 볼 수 있었다. 그애는 어디 간 걸까? 그 물음은 포크의 떨림과 함께 엄마 눈가를 더 처지게 했고, 내가 엄마에게 줄 수 있는 것은 그 케이크가 전부였다. 반은 비어 있고 반은 차 있는, 나만의 잡다한 생각들로 가득 찬 케이크. 그리고 식탁을 가로지르는 햇살을 받으며, 우리는 같이 케이크를 먹었다.

지금까지 한 것 중 제일 맛있다. 엄마가 포크를 핥으며 말했다.

그날 오후 우리는 각자 두 조각씩을 먹었다. 차를 더 마셨다. 무엇보다도 그 시간을 더 늘이기 위해서.

우리 둘 모두 이제 요리책의 디저트 부분에 다다랐다는 것은 말하지 않았다. 그 뒤에는 찾아보기 항목밖에 없다는 것을.

케이크를 먹은 뒤 우리는 여느 때처럼 설거지를 했다. 그릇들을 헹구었다. 수저통에 스패출러를 꽂았다. 엄마는 다음번에 레몬 초콜릿 케이크를 만들어주겠다고 했지만, 나는 엄마 어깨에 부드럽게 손을 올리고 난 이제 레몬 초콜릿 케이크를 좋아하지 않는다고 말했다.

하지만 너 좋아했잖아! 엄마가 말했다.

그랬죠. 아주 오래전에요.

엄마는 스펀지 수세미로 싱크대 안쪽을 문지르며 남은 찌꺼기들을 닦아냈다. 나를 정면으로 보지는 않았지만, 나는 엄마 눈가의 떨림을, 엄마 안에서 부스럭거리는 고통의 벌집 같은 것을 느낄 수 있었다. 엄마가 건조대 통의 칼과 포크를 다시 정리할 때. 수세미를 꽉 짜서 물기를 뺄 때. 얼마 뒤, 엄마가 고개를 들어 부엌 창밖을 보았다.

가끔은, 거의 혼잣말처럼 엄마가 말했다. 내 아이들을 내가 잘 모르는 것 같은 기분이 들어.

나는 마치 엿듣는 듯 엄마 옆에 가까이 서 있었다. 엄마는 창밖을 향해 그 말을 했다. 땅거미 속에서 고개를 숙인 채로, 팬지와 수선화로 가득 찬 창턱의 꽃 화분에게. 엄마가 지난 몇 년간 사라진 아들을 향한 모든 간청과 질문을 쏟아냈던 그곳에. 스쳐 지나가는 말이었지만, 엄마가 품고 있으리라고는 생각하지 못한 말이었다. 결국, 엄마는 우리를 혼자 낳았고, 기저귀를 갈아주고 먹여주었으며, 우리의 숙제를 도와주었고, 우리에게 입맞춰주고 우리를 안아주었다. 그렇게 엄마의 사랑을 우리 안에 쏟아부었다. 그런 엄마가 우리를 잘 모르는 것 같다는 말은 엄마라는 존재가 고백할 수 있는 가장 초라한 말인 것 같았다. 엄마는 마른 행주에 손을 닦으며 벌써 여느 때와 같은 일상으로 돌아가 있었다. 그런 생각은 웃기고, 말도 안 되는, 보통의 세상으로. 하지만 나는 거기 서서 그 말을 들었고, 그것은 엄마가 한 말 중

아주아주 오랜만에 내가 오롯이 수긍할 수 있던 첫 번째 말이었다.

나는 몸을 기울여 엄마의 뺨에 입을 맞췄다.

우리 둘 다가 해주는 거예요. 내가 말했다.

46

회사 점심시간에 나는 프랭클린 애비뉴로 차를 몰았다. 거기 고속도로 바로 동쪽에 면해 있는 오래된 석조 건물을 찾아가 빨간 스카프의 여인을 만났다. 그 여자는 보호가 필요한 아이들을 위해 일하고 있었고, 내가 말하는 것을 전부 수첩에 받아 적었다. 나는 여자가 '쿠키', '바닐라를 사기', '음식 안의 감정' 같은 말들을 진지하게 받아 적는 모습을 보면서 그 모든 공식적인 분위기에 웃음을 터뜨릴 뻔했다. 우리는 다음 주에 아이들이 쿠키 몇 판을 구우면 내가 맛을 보기로 정했다. 나는 여자에게 이 일을 자주 하기는 어려울 거라고 미리 일러두었다. 할 수 있을 때 오세요. 그 여자가 그것 역시 받아 적으면서 말했다. '그렇게 자주는 안 됨.'

회사에서는 피터가 또 한 번 내게 산책을 하자고 청했다. 우리는 도시를 구석구석 걸어 다녔다.

그날 저녁 나는 식당으로 차를 몰고 갔다. 뒤퐁 씨와 부인은 식당의 가장 최근 메뉴 계획을 다시 한 번 확인하느라 바빴고, 부인은 내게 바게트 위에 파테와 오이 피클을 올린 저녁 샌드위치를 간단하게 만들어주었다. 평소에는 조금 시다고 느꼈던 톡 쏘는 작은 오이 조각들이 오늘은 파테 뒤에 붙은 조그마한 느낌표 같았다. 파테! 파테!

고기는 어떠니? 부인이 콧잔등을 찡그리며 물었다.

좋아요.

샐러드는?

나는 양상추를 한 입 먹었다. 음…….

유기농이니?

네.

좋아. 부인이 손뼉을 쳤다. 업자 말이 사실인지 긴가민가
했는데. 값이 꽤 나가거든.

음식을 다 먹어갈 즈음 뒤퐁 씨가 맹꽁이자물쇠를 하나
가지고 뒷방에서 나왔다.

벽장을 사물함으로 쓰면 좋겠구나. 뒤퐁 씨가 말했다. 네
물건들을 보관하렴.

네 물건들이 좀 생길 거다. 부인이 덧붙였다. 그리고 앞치
마 갖다 두고. 우리가 식당을 비웠을 때 갈아입을 수 있도록
옷도 좀 가져다 놓으렴. 시내에 나가거나 시장에 갈 수 있으
니까.

알겠어요. 내가 말했다.

뒤퐁 씨는 들고 있던 자물쇠를 내게 건네주었다. 사용설
명서 같은 작은 종이도 같이 주었다.

그거 어떻게 쓰는 건지 난 다 잊어버렸구나.

나는 앞면의 다이얼을 돌렸다.

그냥 쉽게 기억할 수 있는 숫자를 세 개 고르면 될 거야.
그가 말했다. 알겠지? 됐니?

나는 손 안에서 자물쇠를 앞뒤로 돌려보았다. 앞면은 검은색이고 숫자들 사이로 톱니 모양의 선이 있는, 평범한 맹꽁이자물쇠.

벽장에 다른 것도 넣어도 돼요? 내가 자물쇠 앞면의 숫자들을 손가락으로 만지작거리며 물었다.

아, 그가 어깨를 으쓱해 보이며 말했다, 얼마든지. 필요한 거라면 뭐든지 넣어 놓으렴. 여기를 편하게 생각하면 좋겠구나.

나는 뒤로 가서 벽장을 보았다. 식당 전체는 세 공간으로 이루어져 있었다. 칸막이 칸과 테이블이 있고 와인 바가 있는 메인 홀, 주방, 그리고 식품저장실과 주방용품을 두는 뒤편 창고. 뒤편 창고로 가보니 나를 위해 치워진 조그마한 벽장이 하나 있었다. 위쪽에 가로대가 있고 그 위에 작은 선반이 얹힌 평범한 크기의 벽장이었다. 문손잡이에는 자물쇠를 걸 수 있는 쇠로 된 고리가 달려 있었다. 나는 내 차로 걸어가며 숫자 세 개를 정했다. 9, 12, 17.

집에 와 저녁을 먹으면서 나는 부모님께 식당에서 파트타임으로 일하게 되었다고 설명했다. 어떤 식으로든 요리를 배우게 될 것이고, 나만의 공간도 갖게 되었다고. 내가 가져가고 싶은 물건들을 전부 말하자 두 분 모두 고개를 끄덕이며 허락했다. 아직 집을 나가는 건 아니에요. 내가 말했다. 하지만 준비 단계이긴 하죠.

부모님은 내가 차에 짐 싣는 것을 도와주었다. 엄마는 내가 집 밖에서 공식적으로 만든 첫 번째 음식은 엄마가 제일 먼저 먹어보고 싶다고 했다. 네가 정말 자랑스럽구나. 엄마가 말했다. 두 분은 내가 차를 출발시킬 때까지 나란히 서 있었다. 두 분의 입가가 낚싯줄에 끌어당겨지듯 위로 올라갔다.

차가 멀어지기 전에 내가 경적을 한 번 울리자 아빠가 한 손을 들어 보였다.

식당에 도착했고, 짐을 부리는 건 간단했다.

벽장 안에 내 가방과 흰색 조리사 가운, 그리고 내가 산 여러 조리도구와 요리책 들이 꽉 찬 상자를 집어넣었다. 먼지 가득 쌓인 할머니의 티크 나무함. 엄마가 만들어준 참나무 보석함. 내가 갈비찜을 만들어주었을 때 엄마가 상이라며 준, 체리 한 쌍이 그려진 엄마의 앞치마. 쿠션을 교체하는 걸 보고 싶지 않아서 가져온 벨벳 고리버들 스툴. 둘둘만 폭포 사진. 술이 달린 졸업 모자.

구석에는, 접이식 의자 하나.

27

내가 오빠를 찾아냈던 그해 봄, 오빠는 두 주간 돌아왔었다. 탈수가 심했다. 전보다 더욱 말라 있었다. 눈가 피부가 내려 앉은, 푸르스름한 살갗. 의사들이 몸을 이리저리 들추며 남김없이 검사를 할 때도 아랑곳하지 않던, 오빠의 고요.

엄마는 바닥에 엎드려 있는 오빠를 발견했을 때 구급차를 불러 오빠를 시더스 사이나이 병원으로 옮겼다. 우리 둘다 태어난 곳. 처음 이삼 일간 오빠는 중환자실에 있었고 바이탈 사인이 안정되자 칠층 회복실로 옮겨졌다. 아빠의 발은 병원 입구의 유리 자동문에서 얼어붙었고, 결국 아빠는 예전 고객과 친구의 친구와 테니스 파트너 들에게 닥치는 대로 전화를 걸어 자기가 아는 모든 전문가들을 동원했다. 그들 모두에게 오빠에게 무슨 이상이 있지 않은지 알아봐 달라고 부탁했다. 병원에 갔던 날, 나는 아빠 차가 병원 바로 앞 갓길에 세워져 있는 것을 보았다. 차 안은 비어 있었고, 아빠는 병원 입구 자동문에서 얼마 떨어지지 않은 곳에 서서 열심히 책을 읽고 있었다. 그날 내가 병원에 간 데는 나만의 특별한 이유가 있었다. 나는 멈춰서 아빠에게 인사하지 않았다.

주말은 병문안 시간을 여유롭게 갖기에는 너무 분주했기

때문에 나는 하루 학교를 빠지고 평일에 나 혼자서 병원으로 걸어갔다. 그 옛날의 쿠키 가게가 있었던 건물을 지나고, 엘리자의 집을 지나고, 내 입을 없애버리고 싶었던 오래전의 응급실을 지나치며 내내 생각에 잠겨 걸었다. 자동문을 지나 병원 안으로 들어가서 나는 커다랗고 둥근 안경을 쓴 간호사에게 오빠 병실 번호를 물었다. 칠백십사호예요. 간호사가 말했다. 늦은 아침이었고, 병원은 한가한 느낌이 감돌아 마치 병원이 아니라 사람들이 그저 건강 관련 업무를 보러 오는 곳인 것 같았다. 긴급함도 별로 없었다. 느린 기계음과 딸깍거리는 소리들. 나는 칠층으로 가기 위해 엘리베이터로 갔고, 진분홍색 정장을 아래위로 갖춰 입은 여자와 같이 탔다. 그 여자의 손톱은 옷 색깔과 똑같이 진분홍색이었는데, 너무 길고 구부러져 엘리베이터 버튼을 누를 수 없자 나에게 자기 층수를 눌러달라고 부탁했다.

그럼요. 내가 말했다.

내 손가락 아래에서 육층과 칠층에 불이 켜졌다.

칠층에 내려 나는 안내데스크로 가서 오빠를 보러 왔다고 설명했다. 완벽한 콧날에 머리를 붉게 염색한 흑인 여자 간호사는 전문의들이 오빠에게 몇 가지 검사를 하고 있지만 기다리는 건 얼마든지 가능하다고 말해주었다. 간호사가 손으로 병실 방향을 가리켰고, 나는 오빠 병실 쪽 복도에 의자가 있는 것을 발견하고 거기서 조용히 기다렸다. 간호사들이 컴퓨터 앞에서 바쁘게 일하고 있었고, 게시판에는 따분해하는 환자들이 그린 색색의 가족 그림과, 병원 방침의 변화를 알리는 빨간 잉크로 인쇄된 종이들이 붙어 있었다. 나는 자리에 앉아 조금 졸았다. 의사들이 오빠 병실로 들어가고 나왔다. 근처 창가로 걸어가보니, 아니나 다를까 아빠 차가 신중히 선택한 자리에 세워져 있었다. 오빠 병실의 거의 바로 아래에.

엄마가 와서 내게 입을 맞추며 인사했다. 엄마는 학교를 빠졌다고 나를 혼내지 않았고, 오빠 병실로 들어가서 의사들이 하는 말을 귀 기울여 들으며 서 있었다. 그러고 나서 서둘러 갈 채비를 하고 작별인사의 입맞춤을 날렸다. 엄마는 하루에도 몇 번씩 들렀다.

한 시간이 더 흘렀다. 오전이 오후로 바뀌었다. 오후 한시, 나는 병원 카페테리아에서 점심을 사 왔다. 상습적으로 마리화나를 피우며 유명해지고 싶어 하는 어떤 사람이 그릴에 구운 그저 그런 햄버거였다. 나는 그것을 복도 내 자리에서 먹었다.

내가 다 먹었을 때 조각 같은 콧날의 그 간호사가 다가왔다.

의사들이 있어도 언제든지 들어가도 좋아요. 간호사가 말했다. 가족이니까.

나는 고개를 저었다. 소다가 입안에서 웅성거렸다. 웅성, 웅성.

아녜요, 고맙습니다. 오빠하고 둘만 있고 싶어요.

간호사는 자기 책상으로 돌아가서 검진 일정을 확인했다. 그리고 이쪽으로 다시 왔다. 예쁜 귀고리를 하고 있었다. 움직일 때 같이 따라 움직이는 금줄이 꼬인 귀고리가 마치 귀에 달린 풍경(風磬) 같았다. 간호사는 지금 있는 의사가 나가면 적어도 삼십 분 동안은 아무도 오지 않을 거라고 말해주었다.

고맙습니다. 내가 말하고는, 귀고리가 예쁘다고 말해주었다. 간호사는 내게 잡지를 건네주었다. 인내심이 아주 대단하구나. 그 여자가 말했다.

나는 패션 잡지를 대충대충 읽으면서 앞머리 형태로 얼굴형을 가장 예쁘게 보이게 만드는 법을 배웠다. 자신감 있게 행동해 직장에서 점수를 높이는 법도 배웠다. 병동 안의 공기는 더웠다. 동쪽 산타아나에서 실려 오는 미풍에 건조하고 까끌거리는 더운 오월 오후였다. 건물 안에서는 낡은 선풍기 한 대가 구석에서 돌아가면서, 환풍구에서 나오는 있으나마나 한 에어컨 바람을 다시 돌리고 있었다. 나는 눈을 감았고, 내 뒤 병실에서 들려오는 미세한 소리들을 듣는 연습을 했다. 간호사들, 병실에 누워 있는 다른 환자들, 오빠의 정보들을 측정하고 있는 전문가들. 선풍기 덕분에 회전되어 시원한 공기.

마침내 마지막 의사가 인사하는 톤으로 목소리를 높였고 같이 온 간호조무사도 자리를 떴다. 그 여러 명의 전문가들이 다음 환자를 진료하러 가고 병실 입구가 한산해졌을 때, 나는 일어서서 오빠 병실로 들어갔다. 오빠의 침대는 서쪽을 향해 있었고, 오빠가 등지고 있는 창문을 통해 햇빛이 쏟아져 들어와 바닥을 밝히고 있었다. 오빠는 다른 쪽을 보고 있었지만, 내가 의자를 침대 가까이로 끌어오자 다음은 누구인지 보려고 고개를 돌렸다. 나를 보았을 때 오빠의 눈빛이 부드러워졌다. 내 인생에서 한 번도 기대하지 않은 것이었다. 잠시 동안 우리는 함께 침묵 속에서 앉아 있었다. 바깥에서는 비행기 한 대가 하늘을 가로질러 갔다. 낙엽 청소기가 낙엽을 배수로 안으로 쓸어 넣었다. 삼번가와 산비센테 대로에서 차들이 낮은 소음을 냈다. 언제인가부터 내가 침묵을 깨뜨리기 시작해, 나는 오빠에게 경찰서에 신고를 했던 것이며, 사람들의 반응이며, 오빠를 둘러싼 일련의 가설들과 여행용 가방과 덤불에 대해서 이야기했고, 내가 말하는 동안 오빠는 팔을 뻗어 내 손을 잡고 있었다.

오빠의 팔에는 튜브들이 꽂혀 있었다. 그것은 내가 기억하는 한 오빠가 처음으로 내 손을 잡은 것이었다. 오빠는 정말로 마음을 모아 내 손을 잡고 있었다. 손가락으로 내 손을 꽉 그러쥐고 있었다. 그 따뜻하고, 힘센 피아니스트 손가락들. 나는 침대에 가까이 달라붙게끔 의자 끝으로 바싹 당겨 앉았다. 우리가 말을 하는 동안 오빠는 손을 꽉 잡고 있었고, 오빠의 목소리는 낮게 떨어져 거의 속삭이는 것 같았다. 말하자면 속삭임으로만 들을 수 있는 대화 같은 것이었다.

알고 있는 사람은 너뿐이야. 오빠가 말했다.

목소리는 너무 작아서 나는 귀를 오빠 입에 바싹 갖다 대야 했고, 너무 조용해서 말들을 놓치지 않고 다 듣기는 아주 어려웠다. 그 목소리로 오빠는 내게 의자가 가장 좋았노라고, 삶을 지속할 수 있는 가장 수월한 방법이었노라고 속삭였다. 가끔씩은 침대에도, 옷 서랍에도, 테이블에도, 협탁에도 들어갔었노라고. 시간이 걸렸고, 거의 끊임없는 연습이 필요했다고. 그렇게 멀리 가 있는 동안은 좋았지만, 돌아오면 견딜 수 없이 힘들었다고. 여러 가지를 시도해봤어. 오빠가 말했다. 여러 가지 다른 것도 선택해봤어. 그런데 그 의자가, 최고야.

나는 더 잘 듣기 위해 오빠가 말하는 동안 눈을 감았다. 놓칠 듯 말 듯한 말들. 우리 손 위의 햇살. 병원 침대를 팽팽하게 감싸고 있던, 톡 쏘는 표백제 냄새를 희미하게 피워 올리던 침대 시트.

그거 아파? 내가 속삭였다.

아니.

오빠의 손가락은 내 손 아래에서 가늘고 부서질 듯했다.

의식은 있어? 멀리 가 있는 동안?

아니, 아무것도 몰라, 가 있는 동안은.

시간의 흐름을 느껴?

오빠가 고개를 저었다. 아니.

침대 시트가 창문으로 비스듬히 들어오는 햇볕을 받아

점점 따뜻해졌다. 늦은 오후 로스앤젤레스의 따뜻하고 밝은 해. 나는 눈을 떴다. 오빠의 피부에는 전에 그랬던 것처럼 여전히 무거움이 내려앉아 있었다. 이해할 수 없게도 그의 얼굴에만 시간이 더 많이 지나간 것 같았다. 마치 오빠가 지구의 시계와 우주의 시계 사이 상대성 균열의 살아 있는 예인 것처럼. 시간이 많지 않았다. 곧 아빠가 보낸 또 다른 전문가 무리가 도착할 것이었다. 클립보드와 달칵거리는 금속성 펜들과 청진기를 들고 입구에 나타날 것이었다.

있지, 오빠. 나 부탁이 하나 있어.

기계들이 우리 옆에서 윙윙 돌아갔다. 문 밖으로 간호사 한 명이 걸어갔다. 고무 밑창 신발을 신은 부드러운 발소리.

오빠가 대답 대신 내 손을 가볍게 힘주어 잡았다.

오빠에게는, 감히 우리 오빠에게는 보통 부탁이란 것을 할 수가 없었다. 나는 오빠에게 뭔가를 실제로 부탁해본 적이 없었다. 딱 한 번 학교에서 조지 오빠를 보게 해준 적이 있었을 뿐, 내가 그 오랜 시간을 같이 놀아달라고 졸랐어도 오빠는 엄마가 뇌물로 새 과학책을 사줄 때에만 나랑 놀아주었다. 오빠가 충동적으로 나를 한 번 안아준 것은 그날, 오래전, 내가 입에 대해서 발작을 일으키고 나서 응급실에서 돌아왔을 때였다. 우리는 같이 놀러 나가지 않았고, 같이 식사를 하지 않았고, 전화 통화도 하지 않았다. 때로 나는 오빠가 내 이름을 잊어버렸을 거라고 확신하기도 했다. 하지만 나는 오빠 손을 힘주어 맞잡았다. 눈길을 낮춰 베개 한

구석에 고정시킨 다음 가장자리의 솔기를 따라가면서, 내가 의자에 그어놓은 선에 대해서 오빠에게 말했다. 나는 오빠에게 앞으로는 꼭 그 의자만 선택하라고 부탁했다. 다른 의자는 말고. 다른 어떤 물건도 말고. 그것만. 그러면, 어떤 일이 일어나도, 내가 알 테니까.

볼펜으로 그은 선일 뿐이야. 내가 말했다. 하지만 쉽게 눈에 보여. 나는 더 가까이 몸을 숙였다. 오빠의 심장이, 바로 옆 스크린 녹색 화면 위에서 오르락내리락했다.

부탁이야. 내가 말했다.

오빠의 눈은 여전히 부드러웠다. 내 눈을 바라보고 있었다.

내 말 듣고 있어, 오빠?

응.

말이 되지?

돼.

그렇게 해줄 거야?

오빠가 내 손을 꽉 잡았다. 응.

집으로 걸어오는 길에 나는 아빠 차를 지나쳤다. 아빠는 이제 운전석에 있었다. 머리를 가슴 쪽으로 무겁게 떨구고 잠들어 있었다. 나는 근처 풀숲에서 동백꽃 한 송이를 따서 아빠 차 앞유리에 두었다.

집으로 향했다. 혼자서.

잡지에서 기사를 하나 읽었다. 사람이 얼마 살지 않는 캘리포니아 중부 연안의 한 작은 섬에 대한 기사였다. 섬 둘레에는 껍질이 부드럽고 맛 좋은 나무들이 무성했지만, 새 떼가 나무를 덮치는 바람에 살아남은 것이 거의 없어져가고 있었다. 그 중에서도 어떤 한 그루, 오래되고 우아하고 수려한 야자수 종류의 나무가 쓰러졌다. 섬의 가장자리에 거의 닿을 정도로 가깝게 자라나 있던 그 나무는 왕성하게 뻗어나간 뿌리며 그 어마어마한 줄기가 멋졌지만, 지속적인 새 부리의 공격과 침식되는 토양, 따가운 햇살과 땅속의 뿌리를 침식해 들어가는 땅다람쥐들의 구멍에는 당해낼 재간이 없었다. 결국 그 나무는 쓰러져 바닷속으로 들어갔다. 이것이 그 섬에 대한 기사였다. 동물들에 대한, 그리고 나무의 종류에 대한, 그리고 축제에 대한. 나는 그 기사를 치과에서 치석 제거를 받으려고 기다리는 동안 읽었다.

더 높은 부분, 섬의 안쪽에서도 많은 나무들이 역시 동물들의 습격을 받았다. 하지만 일부는 살아남았다. 거기서는 햇살과 그늘의 균형이 좋았고, 뿌리들이 더 깊이 파고들 수 있었으며, 새들이 그렇게 많지 않았다. 이 지역에서는 수많은 나무 중 한 그루가 살아남아 뒤얽힌 가지들을 양옆으로 뻗어 내렸다. 섬사람들은 흥미로운 나무라고 말했다. 그들은 이 나무가 옆으로 어찌나 극적으로 기울어져 있었는지 생존의 상징이라고 생각했다. 그들은 그 뻗어나간 가지 아래서 여름 축제를 열었고, 두툼한 가지 밑에서는 수많은 결혼식이 열렸다. 눈물 어린 맹세가 나뭇가지들을 뒤덮었다.

이십 미터 더 안쪽은 어땠을까? 거기서는 나무들이 곧게 자라났다. 뿌리가 복잡하게 뒤얽혀도 공간이 충분했다. 새들은 내려앉았다 날아갔다. 땅다람쥐 구멍은 타격을 주지 못했다. 나무들은 튼튼했고, 건강했다. 그 나무들은 사람들에게 그늘과 산소를 주었다.

우리는 비슷했던 것 아닐까? 나는 여전히 공장과 자판기 음식을 즐겨 먹었다. 중학교 때 한 번은 자판기 앞에 무릎을 꿇고 앉은 적이 있었다. 정말로 무릎을 꿇었다. 고개를 숙이고 기도하는 자세로. 나는 기계가 떨어뜨린 내용물을 받으면 그 작은 쇠창살 안으로 고맙다는 인사를 불어넣었다. 이런 나와 비슷했던 것 아닐까? 학교를 돌던 수위 아저씨는 나를 보고 웃었다. 오레오는 나만 좋아하는 줄 알았더니. 아저씨가 소리 내 웃었다. 난 과자를 사랑해요. 내가 과자봉지를 꼭 붙잡고 아저씨에게 진지하게 말했다. 난 과자와 사랑에 빠졌어요. 그때가 열두 살쯤이었다. 나는 학교의 그 기계 없이는 어떻게 하루를 날지 방법을 알지 못했다. 나는 고맙다는 기도를 그 기계에게 바쳤다. 그 안에 과자를 채워 넣는 사람이 누구든 그 사람에게, 그리고 그 과자를 사 가는 이들이 누구든 그들에게, 매일 밤.

이건 오빠가 카드 테이블 의자를 선택한 것과 비슷한 것 아니었을까? 다만 난 내 선택으로 세상에 남을 수 있었고, 오빠는 그럴 수 없었다는 점만 빼면.

감사의 말

성심피정센터(Immaculate Heart Center)와 야도(뉴욕 소재 예술인 공동체—옮긴이) 위원단에 깊은 감사를 드리며, 지혜와 커다란 도움을 준 이들에게도 고마움을 전한다. 빌 토머스, 헨리 더노, 멜리사 다나츠코, 앨리스 세볼드, 글렌 골드, 미란다 정, 마이크 정, 수전 벤더, 클리포드 존슨, 헤롤드 멜처, 메리 벤더와 무용단 '쿼텟', 데이비드 벤더, 캐런 벤더, 브라이언 앨버트, 필 헤이, 줄리 리드, 로리 예기아얀, 헬렌 데스먼드, 마크 밀러에게.

경력 30여 년의 어떤 프로 요리사가 몇 가지 요리 원칙을 소개하면서 다음과 같이 말하는 것을 보았다. "음식을 만드는 동안 몸과 마음을 최상의 평화로운 상태로 만들어 음식에 좋은 파동이 담길 수 있게 한다." 음식 만드는 이의 상태가 음식에도 고스란히 전달된다는 생각을 오랜 경험으로 체득해 자연스레 받아들이고 있다는 게 느껴졌다.

음식에 파동, 즉 에너지가 담긴다는 생각은 다소 낯선 개념일 수 있지만, 라우라 에스키벨의《달콤 쌉싸름한 초콜릿》이나 무레 요코의《카모메 식당》, 라세 할스트롬의 영화 〈초콜릿〉 등 생각해보면 픽션에서는 사뭇 자연스럽게 받아들여지기까지 하는 정서가 아닌가 한다. 이 책 역시 음식에 그 음식을 만든 사람의 감정이 담기고 먹는 이에게도 전달된다는 흥미로운 대전제로부터 시작된다.

이 책의 주인공 아홉 살 로즈는 어느 날 자기가 먹는 음식에서 그 음식을 만든 사람의 감정을 아주 구체적으로 맛보게 된다. 그리고 음식에서 감정을 느끼는 이 독특하고 민감한 감수성 덕분에 사람들이 마음속에 감추고 있는, 때로 알고 싶지 않을 만큼 충격적이기도 한 '비밀'을 엿보게 된다. 너무 일찍 많은 것을 알아버린 아홉 살 꼬마는 이 재능인지 재앙인지 헷갈리는 능력을 과연 어떻게 받아들이고,

또 보듬으며 성장해 나갈까?

이 책은 국내에도 번역된 《보이지 않는 사인》에 이어 에이미 벤더가 발표한 두 번째 장편소설이다. 에이미 벤더는 아직 국내 독자에게는 그리 친숙한 이름이 아닐지 모르나, 미국에서는 푸시카트 상을 두 번 수상하고 판타지소설 분야의 독보적 문학상인 팁트리 상 후보에 오르는 등 '마술적 리얼리즘' 분야에서 이미 그 독창성과 필력을 인정받은 작가이다. 특유의 독특하고, 때로는 기괴하기까지 한 상상력과 감수성 때문에 '벤더레스크(Benderesque, 기괴하다는 뜻의 영어 단어 grotesque와 Bender를 합친 말)'라는 말이 만들어지기도 했다는데, 이 책에서 역시 작가 특유의 남다른 감수성과 상상력의 조합을 만끽할 수 있을 것이다. 이에 더해 인생이 '살아남아야만 하는' 어떤 것이 되어버린 한 가족이 각자의 방식으로 인생을 받아들이고 계속해 나아가는 모습을 슬프지만 애정 어린 시선으로 그려내는 솜씨도 인상적이다.

현대 물리학에서 말하듯 결국 모든 것이 에너지라면, 요리하는 사람의 에너지가 또한 에너지인 음식 안에 담기는 것은 어쩌면 지극히 당연한 사실이 아닐까? 그러한 개념이 좀 더 구체적으로 가시화되면 어떤 모습일지 이 책을 통해 상상해보는 재미를 느낄 수 있을 것이다. 또한 이 책을 읽고 나서부터 지금 내가 먹는 음식에 어떤 감정이 들어 있을까 의식을 모으는 자신을 발견한다면, 혹은 내가 요리하는 음식에 어떤 에너지가 담길까 돌아보는 자신을 발견한다면,

그리고 그 안에 평화롭고 선한 파동이 담기기를 바라게 된다면 그것 역시 한 편의 동화와도 같은 이 이야기에서 얻는 흥미로운 소득이 아닐까 한다.

2023년 2월

황근하

레몬 케이크의 특별한 슬픔

초판 1쇄 발행 2023년 3월 15일

지은이. 에이미 벤더
옮긴이. 황근하
펴낸이. 김태연

펴낸곳. 멜라이트
출판등록. 제2022-000026호
이메일. mellite.pub@gmail.com
인스타그램. @mellite_pub
디자인. 강경신

ISBN 979-11-980307-2-6 (03840)